알렉산드리아 사중주

저스틴

로렌스 더럴

알렉산드리아 사중주

저스틴

권도희 옮김

펭귄클래식코리아

알렉산드리아 사중주 : 저스틴

1판 1쇄 발행 2009년 12월 28일
1판 9쇄 발행 2023년 5월 1일

지은이 | 로렌스 더럴 옮긴이 | 권도희
발행인 | 이재진 단행본사업본부장 | 신동해
편집장 | 김경림 마케팅 | 최혜진 최지은 홍보 | 반여진 허지호 정지연
제작 | 정석훈 국제업무 | 김은정 김지민

브랜드 펭귄클래식 코리아
주소 경기도 파주시 회동길 20 웅진씽크빅 단행본사업본부 펭귄클래식코리아
문의전화 031-956-7066(편집) 031-956-7127(영업)
홈페이지 www.wjbooks.co.kr
인스타그램 www.instagram.com/woongjin_readers
페이스북 https://www.facebook.com/woongjinreaders
블로그 blog.naver.com/wj_booking

발행처 ㈜웅진씽크빅
출판신고 1980년 3월 29일 제406-2007-00046호

The Alexandria Quartet
Justine ⓒ 1957 by Lawrence Durrell
Korean translation Copyright ⓒ 2009 by Woongjin Think Big Co., Ltd.
Korean edition is published by arrangement with Curtis Brown UK, London
through Duran Kim Agency, Seoul.
이 책의 한국어 판 저작권은 Duran Kim Agency를 통한 Curtis Brown UK 사와의
독점계약으로 ㈜웅진씽크빅이 소유합니다. 신저작권법에 의하여 한국 내에서 보호를 받는
저작물이므로 무단 전재와 복제를 금합니다.

Penguin Classics Korea is the Joint Venture with Penguin Random House Ltd.
Penguin and the associated logo are registered and/or unregistered trademarks of Penguin
Random House Limited. Used with permission.
펭귄클래식코리아는 펭귄랜덤하우스와 제휴한 ㈜웅진씽크빅 단행본사업본부의 브랜드입니다.
펭귄 및 관련 로고는 펭귄랜덤하우스의 등록 상표입니다.
허가를 받아야만 사용할 수 있습니다.

한국어 판 ⓒ 웅진씽크빅, 2009

ISBN 978-89-01-10514-7 04800
ISBN 978-89-01-08204-2 (세트)

• 잘못된 책은 바꾸어 드립니다.
• 책값은 뒤표지에 있습니다.

차례

작가 서문 / 『알렉산드리아 사중주』에 대하여 · 7

저스틴

1부 · 13
2부 · 112
3부 · 183
4부 · 276
뒷이야기 · 303

옮긴이 주 · 313

일러두기
▶ 본문 내의 고딕체는 원서에서 이탤릭체로 강조된 부분이다.

작가 서문

『알렉산드리아 사중주』에 대하여

이 네 편의 연작소설은 '알렉산드리아 사중주'라는 전체 제목 아래 하나의 작품으로 보이게끔 의도되었다. 가장 적절한 부제는 '한 단어의 연속체'쯤 될 것이다. 나는 대략적인 유추로 상대적인 서술을 적용하여 나만의 형식을 만들어내고자 했다. 앞의 세 권은 삽입 방식으로 연계되어 있으며, 서로 형제이지, 속편의 개념이 아니다. 마지막 한 권만이 진정한 속편으로서의 기능을 담당하고 있으며, 시간의 범위에서 벗어나 있다. 이 작품은 그 시대의 시대적 상황이 물씬 녹아 있는 전통적인 연작소설의 형태에 도전하고 있다.

나는 각 작품의 끝에 붙여 놓은 「뒷이야기」를 통해 등장인물들과 상황들이 장차 유기적으로 전개될 수 있게끔 했다. 하지만 그건 이 연작소설이 확장되더라도 그 결과가 대하소설이 되지 않게끔 암시할 뿐이다. 만일 그 작품의 축이 제대로 자리 잡고 있다면 엄격함이나 관계의 조화로움을 잃지 않고, 사방으로 퍼져 나가 '연속체'를 이룰 수 있을 것이다.

이번 판에서는 독자들과 비평가들에게 지적받은 작은 실수들을 수정했고, 초판에서 삭제되었던 문단들을 조금 보강했다. 그러나 전체적으로 크게 달라진 부분은 없다. 『발타자르』와 『마운트올리브』는 각각 여섯 줄씩 삭제했으며, 『클레어』에는 작은 문단과 C. P. 카바피스 시의 새 번역을 추가했다.

로렌스 더럴, 1962년 프랑스에서

저스틴
Justine

작가 주
이 작품의 화자를 비롯한 모든 등장인물은 허구이며, 실제 인물과 전혀 관련이 없음을 밝힙니다. 오직 이 도시만 진짜입니다.

"나는 모든 성적 행위의 관점을 이 네 명의 등장인물이 뒤얽히는 과정으로 보는 것에 익숙해져 있다네. 우리는 이 점에 대해 많이 토론하게 될 거야."

S. 프로이트, 『서간문』

"그곳에는 우리가 선택할 수 있는 두 가지 입장이 있어. 그중 하나는 우리를 행복하게 해주는 범죄이고, 다른 하나는 우리를 불행에서 지켜주는 교수형이지. 사랑하는 테레즈, 혹시 주저하고 있지 않은지 묻고 싶어. 당신의 그 작은 마음이 그런 것과 맞서기 위한 논의를 찾을 수 있을까?"

D. A. F. 사드, 『저스틴』

이브에게

그녀의 고향을 추억하며

1부

세차게 몰아치는 바람에 오늘도 파도는 높이 일렁인다. 한겨울임에도 봄의 기운을 느낄 수 있다. 한낮임에도 잔뜩 흐린 진줏빛 하늘, 보금자리에서 우는 귀뚜라미들, 바람에 이리저리 흔들리는 거대한 플라타너스……

나는 책 몇 권과 이 아이, 그러니까 멜리사의 아이만 데리고 이 섬으로 도망쳐 왔다. 어째서 내가 '도망'이라고 표현하는지 모르겠다. 마을 사람들은 이렇게 먼 곳까지 찾아오는 이는 요양하러 오는 환자들뿐이라고 농담처럼 말한다. 그래, 그런 식으로 말하자면, 나도 내 자신을 치료하기 위해 이곳에 온 셈이다…….

바람이 휘몰아치는 밤, 바람 소리가 울리는 벽난로 옆에 놓인 나무 침대에는 아이가 조용히 잠들어 있다. 나는 등불을 밝히고 서성거리며 친구들을 떠올린다. 저스틴, 네심, 멜리사와 발타자르. 추억의 고리는 돌고 돌아 잠시 우리가 함께 머물렀던 도시로 이끈다. 우리를 자생식물로 여겼던 그 도시. 우리를 갈등에 빠지게 만들었던 그곳. 그 갈등은 우리 때문에 생긴 일인 줄 알았는데, 사실은 그 도시가 만든 것이었다. 사랑하는 알렉산드리아!

난 그 모든 것을 이해하기 위해 이렇게 멀리 떨어진 곳으로 와야 했다! 여름날 오후면 석회 같은 먼지가 쌓이던 그 도시에서 이렇게 멀리 떨어진, 매일 밤 아르크투루스[1]의 빛으로 어둠을 밝히는 헐벗은 절벽에 살고 있다. 이제 나는 우리 중 그 누구도 과거에 있었던 일들을 제대로 판단할 수 없다는 것을 알게 되었다. 심판을 받아야 하는 것은 그 도시지만 그 대가는 우리가, 그 도시의 아이들인 우리가 치러야 한다.

* * *

이 도시는 문자 그대로 우리에게 무엇일까? 알렉산드리아라는 지명은 무엇을 의미할까? 이 순간 마음의 눈앞에 가장 먼저 펼쳐지는 것은 먼지로 뒤덮인 천 개의 거리다. 오늘날 파리 떼와 거지들이 차지하고 있는 거리. 그리고 그 사이에 끼어서 살아가는 사람들.

다섯 개의 종족, 다섯 개의 언어, 열두 개의 종교를 가진 도시. 그리고 다섯 개의 선단이 항구 모래톱 뒤로 기름 낀 바다 위에 그림자를 드리우며 방향을 돌리고 있다. 또한 그곳에는 다섯 개 이상의 성(性)이 존재한다. 그중에 세속적인 그리스인만 두드러지게 눈에 띈다. 손만 내밀면 닿을 수 있는 다양하고 수많은 성적(性的) 만찬에 주춤거리게 된다. 아무도 이곳을 낙원으로 여기지 않을 것이다. 자유로운 그리스 세계의 상징적인 연인들은 이곳에서 뭔가 다른 것으로, 그 자체가 미묘하게 뒤바뀐 자웅 양성적인 무언가로 대체되어 왔다. 동양에서는 이런 달콤한 육체의 혼돈을 좋아하지 않는다. 그쪽은 육체를 초월하기 때문이다. 나는 예전에 네심이 한 말을 기억한다. 그 친구도 어디서 인용한 말일 거라고 생각하지만. "알렉산드리아는 거대한 사랑의 압축

기라네. 그 속에서 제외되는 건 몸이 아픈 사람과 외톨이, 선지자 들뿐이지. 다시 말해서 자신들의 성에 깊이 상처 입은 사람들 말일세."

* * *

주변 풍경의 분위기를 설명하자면…… 길게 연속으로 그린 템페라화[2] 같다. 순수한 레몬빛으로 여과된 햇빛. 벽돌 먼지가 자욱한 대기에는 먼지의 달착지근한 냄새와 뜨겁게 달아오른 보도에 물을 뿌려 식힌 냄새가 가득하다. 가볍게 물기를 머금은 구름이 대지 위를 뒤덮고 있지만 아직 비는 내리지 않는다. 그 위로 붉은색, 푸른색, 자주색과 물결 무늬를 띤 진홍빛 노을이 뿜어 나온다. 여름에는 바다 안개가 대기 속에서 가볍게 사라진다. 그 모든 것이 고무나무 아래 펼쳐져 있다.

가을이 되면 가슴을 두근거리게 하는 건조한 대기에, 기분 나쁜 정전기가 얇은 옷 사이를 뚫고 피부를 자극한다. 정욕이 솟구치기 시작하지만 감정을 억누르려 애쓴다. 술에 취한 매춘부는 밤마다 깜깜한 거리를 걸어 다니며 꽃잎을 흩뿌리듯 노래를 흘린다. 안토니우스를 그가 사랑하던 이 도시에 영원히 사로잡아 버린, 심장을 마비시킬 것 같은 위대한 선율의 노래도 이와 같았을까.

몸이 달아오른 젊은이들이 벌거벗은 친구를 뒤쫓기 시작한다. 발타자르가 이 도시의 노시인*과 함께 종종 들르던 작은 카페에서는 젊은이들이 석유 등불 아래 할 일 없이 백개먼[3] 판에서 시간을 보내고 있다. 그다지 낭만적이지도 않고 믿을 수도 없는

---

* 알렉산드리아에서 일생을 보낸 그리스 시인 카바피스를 말한다.

메마른 사막 바람의 훼방 속에서 젊은이들은 건들거리며, 지나가는 낯선 타인들의 모습을 지켜본다. 그들이 숨을 쉬려 애쓸 때마다 매번 생석회 맛이 나는 여름 바람이 입술을 스친다…….

* * *

머릿속에서 이 도시를 완전히 재건하기 위해 난 이곳에 와야 했다. 자기 인생이 '암울한 몰락'으로 가득 차 있다고 본 '노시인'의 그 우울한 도시*를 재건하기 위해. 마자리타의 요오드색 광장을 가로지르는 전차 선로에서 울리는 금속성에 몸서리친다. 금, 인, 마그네슘 종이. 우리는 종종 여기서 만났다. 여름이면 그녀는 그곳에 놓여 있는 연한 색으로 칠해진 의자에서 차가운 빙수나 수박을 즐겨 먹곤 했다. 그녀는 항상 약속 시간보다 몇 분씩 늦게 나타났다. 어두컴컴한 방 안에서 밀회를 끝내고 허겁지겁 달려왔다. 하지만 난 금세 그 생각을 접어두었다. 내 입술 위로 너무나 싱싱하고 젊은, 생기 넘치는 여름처럼 활짝 핀 꽃잎 같은 입술이 겹쳐졌다. 그녀가 떠난 뒤에도 그 남자는 여자와 함께한 시간을 끊임없이 떠올리고 있을 것이다. 그녀 역시 그 남자가 남긴 키스의 여운이 여전히 입술 위에 남아 있을 것이다. 멜리사! 비밀을 털어버린 사람만 가질 수 있는 사심 없고 솔직한 미소를 지으며 내 팔에 기대는 그녀의 나긋나긋하고 가벼운 몸을 느낄 때면 그런 일들은 아무 상관 없어진다. 서로 무엇을 원하는지 잘 알고 있기에 가쁜 숨소리를 내며, 약간은 부끄러워하면서 어색하게 그 자리에 서 있는 것이 좋았다. 거리낌 없이 서로 자신의 의사를 입술로, 눈빛으로, 빙수로, 색을 입힌 의자로

---

* 카바피스의 작품 「올드맨」에 나온다.

직접적으로 전달하고 있었다. 그 자리에서 새끼손가락을 걸고 즐거운 마음으로 서서, 오후의 짙은 장뇌 향을 맡으며 도시의 일부가 되는…….

* * *

오늘 밤 그동안 내가 쓴 기록들을 살펴보았다. 그중 일부는 주방용 휴지로 사용했고, 일부는 아이가 가지고 놀다 못쓰게 만들었다. 나는 이런 검열이 좋다. 예술 작품에 대한 자연계의 무관심을 보여 주기 때문이다. 나도 이 무관심에 동조하기 시작한다. 무엇보다 멜리사에게 어울리는 가장 좋은 비유는 무엇일까? 검은 강 하구의 야트막하고 미지근한 모래 아래 미라처럼 깊이 파묻혀 있는 그녀에 대해.

그렇지만 내가 잘 보관하고 간직해야 하는 건 저스틴이 그동안 써온 일기장 세 권과 네심의 광기를 기록한 문서다. 내가 떠날 때 그 기록들을 가지고 있다는 것을 알아차린 네심이 고개를 끄덕이며 말했다.

"그래, 그 기록들을 가지고 가서 읽어보게. 그 안에는 우리에 관한 내용이 전부 적혀 있으니까. 그 글을 읽고 나면 자네도 주저 없이 저스틴의 생각에 공감할 수 있을 거야. 내가 그랬던 것처럼."

그건 멜리사가 죽은 후 여름 궁전에서 있었던 일이다. 그때도 그는 여전히 저스틴이 자신에게 돌아올 거라 믿고 있었다. 나는 저스틴을 향한 네심의 사랑을 생각할 때면 종종 약간의 두려움을 느낀다. 세상 그 무엇이 그보다 더 관대할 수 있을 것이며, 그보다 더 확실할 수 있겠는가? 그건 그의 고통을 연인들이 겪는 단순한 고통이 아니라 성인들에게서나 찾아볼 수 있는 일종의 무아지경의 상태이자 기꺼운 고통으로 바꾸어놓는다. 만일 네심이 조금이라도 유머 감각을 가지고 있다면 그 끔찍한 고통에서 벗어날 수 있을 텐데. 남을 비판하기는 쉽다. 그건 나도 안다.

* * *

 겨울 저녁의 한없는 적막함 속에 시간을 알려 주는 건 단 하나, 바다뿐이다. 마음속에서 울리는 바다의 희미한 파동이 이 글을 쓰게 만드는 푸가[4]다. 파도의 공허한 운율이 자신의 상처를 핥고, 삼각주 입구를 볼록하게 쌓아주며, 황량한 해변을 끓어오르게 한다. 그곳은 텅 비어 있다. 날아다니는 갈매기들 외에 아무도 없다. 구름이 미처 뒤덮지 못한 어슴푸레한 잿빛 하늘에 하얀 갈매기들이 점점이 흩어진다.
 만일 이곳에 배를 타고 찾아오는 이들이 있다면 그들은 육지의 그림자가 뒤덮기 전에 죽을 것이다. 난파선의 잔해는 섬의 산록 완사면으로 밀려 올라온다. 마지막까지 남아 있던 조각들은 비바람에 부식되고, 바다의 푸른 나락 속으로 가라앉아…… 사라진다!

* * *

 매일 집을 청소해 주러 마을에서 나귀를 타고 오는 주름 많은 노파를 제외하면 아이와 나는 완전히 고립되어 있다. 낯선 환경 속에서도 아이는 행복한 듯 보이고 활동적이다. 나는 아직 아이에게 이름을 지어주지 않았다. 당연히 저스틴이라고 부르게 되겠지만, 달리 누구의 이름을 붙인단 말인가?
 나는 행복하지도 불행하지도 않다. 뚜렷하지 않은 추억의 교착점 안에서 머리카락 한 올이나 깃털 한 개처럼 누워 있을 뿐.

난 예술의 무익함에 대해 말한 적은 있지만 이제까지 예술이 위안을 준다는 진실에 대해서는 말하지 않았다. 지금 내가 성심성의껏 하고 있는 이 일이 주는 위안은 오직 화가나 작가가 침묵 속에서 현실을 다시 기록하고, 재생하며, 중요한 의미를 나타낸다는 데 있다. 현실에서 우리의 일상적인 행동들은 단지 금란[5]을 숨긴 베옷이며, 그 안에 의미가 숨어 있다. 우리 같은 예술가들은 일상생활 속에서 경험한 실패나 상처를 전부 예술을 통해 절충할 수 있기를 기다린다. 보통 사람들처럼 운명을 회피하지 않고, 참된 가능성을 실현한다. 그게 상상력이다. 그렇지 않다면 무엇 때문에 우리가 서로 상처를 주겠는가? 아니, 내가 구하는 용서는 —— 틀림없이 받아들여지리라 생각하긴 하지만 —— 멜리사의 반짝이던 다정한 눈동자나 저스틴의 우울하고 어두운 눈빛 속에서 볼 수 있는 것이 아니다. 우리는 지금 모두 다른 길을 가고 있다. 하지만 내가 어른이 된 후 처음 겪는 이런 엄청난 분열 속에서 내 예술과 삶 속에 깃들어 있는 그들에 대한 추억으로 인한 한계는 더욱 커져만 간다. 난 생각 속에서 그들을 새롭게 조명할 수 있다. 지금 이 자리, 그러니까 올리브 나무 아래 바닷가의 목재 테이블 위에서는 그들의 가치를 더 높일 수 있다. 그래서 지금 쓰고 있는 이 글에서는 살아 있는 소재, 곧 그들의 숨결, 피부, 목소리에서 가지고 온 어떤 것으로 그 추억을 유연한 직물로 짜낼 수 있다. 나는 고통이 예술이 되는 단계에서 그들을 되살리고 싶다……. 어쩌면 그건 쓸데없는 시도인지도 모른다. 하지만 나는 그렇게 말할 수 없다. 내가 반드시 시도해야 하는 일이니까.

오늘 아이와 나는 함께 집의 난로석을 깔았다. 우리는 조용히 대화를 나누며 일을 했다. 난 아이에게 마치 혼잣말을 하듯 이야기한다. 그러면 그 애는 자기가 만든 대담한 언어로 대답한다. 우리는 이 섬의 관습에 따라 코헨이 멜리사에게 사준 반지들을 난로석 아래 바닥에 묻었다. 이렇게 하면 이 집에 사는 사람들에게 틀림없이 행운이 따를 것이다.

* * *

저스틴을 만났을 때, 나는 대체로 행복한 편이었다. 멜리사와 가까워진 계기는 갑작스러웠다. 그 관계는 뜻밖이었고, 정말 가당치 않은 일이긴 했지만 멋진 일이기도 했다. 다른 이기주의자들처럼 나 역시 혼자 사는 것을 견딜 수 없었다. 그뿐 아니라 독신으로 보낸 지난 한 해는 정말 힘들었다. 가사(家事)에 대한 무능함, 도무지 가망 없어 보이는 옷이나 음식, 돈 관리가 나를 절망적인 상황으로 몰아넣었다. 그 당시 나는 바퀴벌레가 우글거리는 집에서 베르베르 출신인 애꾸눈 하미드의 시중을 받으며 살고 있었다.

나의 이처럼 엉성한 방어벽을 뚫고 들어오기 위해 멜리사는 매력이라든가 보기 드문 미모나 지성 같은, 연인이 되기 위한 어떤 덕목도 이용하지 않았다. 그녀가 내게 다가온 힘은 덕목이라는 단어의 그리스식 해석인 자비심이라고 부를 수밖에 없다. 그 전에도 그녀를 본 적이 있다. 내 기억에 멜리사는 가냘프다기보다 허약해 보이는 몸에 낡은 바다표범 코트를 걸친 채, 작은 개를 앞세우고 겨울 거리를 지나가고 있었다. 정맥이 드러난 파리한 손, 예술적으로 꺾어 그린 눈썹이 강조하는 의연하고 솔직한 눈동자. 지난 몇 달간 나는 매일같이 멜리사와 마주쳤다. 하지만 그녀의 음산한 아름다움은 내게 별다른 감흥을 주지 않았다. 매일 검은 모자를 쓴 발타자르가 내게 '가르침'을 주기 위해 기다리고 있는 알 아크타르 카페로 가는 길에 그녀와 마주치곤 했다. 그때만 해도 내가 그녀의 연인이 되리라고는 꿈에도 생각한 적이 없었다.

난 멜리사가 한때 화실에서 모델 —— 그리 부러워할 만한 직업은 아닌 —— 로 일했다는 것과 현재는 댄서라는 것을 알고 있었다. 그리고 그 도시에 사는 뚱뚱하고 천박한, 나이 많은 모피상의 정부라는 것도. 나는 그저 바다에 빠져버리고 만 내 인생의 한 토막에 대해 쓰기 위해 이런 몇 가지 일을 설명하고 있는 것뿐이다. 멜리사! 멜리사!

* * *

우리 네 사람이 서로 잘 몰랐던 그때를 돌이켜본다. 그 시기는 꿈속 공간이자 시간과 작용, 원칙에서 벗어나 끊임없이 변화하는 공간이었다……. 밀물처럼 밀려오는 무의미한 사건들은 사물의 평면을 따라서 어슬렁거릴 뿐 우리를 새로운 환경에 휩싸이게 하지도, 어떤 곳으로 이끌지도 않았다. 다만 우리가 그곳에 있어야 한다는 불가능한 것을 요구했을 뿐이다. 저스틴은 우리가 인간의 것이라고 하기에는 지나치게 계획적이고 너무나도 강력한 의지의 투영 속에 갇혀버렸다고 말하곤 했다. 알렉산드리아는 본보기로 우리를 선택해 그 같은 중력의 장 속에 내던져 버린 것이다…….

* * *

6시. 역에서 흰옷을 입은 사람들이 터벅터벅 걸어 나오고 있다. 상점들은 쇠르가(街)의 광장처럼 가득 찼다가 텅 비곤 했다. 길어진 오후의 어슴푸레한 빛에 해안로의 기다란 굽잇길이 뚜렷하게 보이지 않는다. 그리고 뿔뿔이 휘날리는 종이처럼 둥글게, 스러져가는 마지막 햇살을 날개 위에 받으며 첨탑 위로 올라가는 비둘기들이 눈부시게 보인다. 환전소의 카운터에서는 은화가 쟁그랑 울린다. 은행의 바깥쪽 쇠창살은 아직 뜨거워서 손을 댈 수 없다. 또각또각 말이 끄는 마차는 붉은 터키모자를 쓴 공무원들을 태우고 해안 거리 카페를 향해 나아간다. 이제 견디기 어려운 시간이다. 나는 잠에서 완전히 깨지 않은 상태에서 발코니로 나왔다가 뜻하지 않게 하얀 샌들을 신고 시내 쪽으로 멍하니 걷고 있는 그녀를 본다. 저스틴! 도시가 늙은 거북이처럼 목을 쭉 내밀고 바깥을 응시한다. 그 순간 도시는 너덜너덜한 넝마를 벗어버린다. 정육점이 있는 외진 골목에서 새어 나오는 소 떼의 비명 소리와 신음 소리 위로 다마스쿠스 연가의 콧노래가 울려 퍼진다. 뼈를 가루로 가는 것 같은 날카로운 사분음이다.

이제 완전히 지친 사람들은 각자 발코니 문을 내리고, 어스름하지만 강렬한 햇살 속에서 한 걸음 물러선다. 모두 뜨거운 오후 햇살 속에 누렇게 뜬 꽃잎처럼 시들거리며, 지저분한 침대에 몸을 던지고 꿈속으로 빠져든다. 나 역시 가난하지만 양심적인 근로자의 한 사람이며 알렉산드리아의 시민이다. 저스틴이 내 창문 아래를 지나간다. 왠지 은근히 만족스러운 듯한 미소를 지으며. 얼굴을 작은 갈대 부채로 부드럽게 부치고 있다. 다른 사람들과 함께 있을 때면 하얀 이를 환하게 드러내며 웃는 그녀에게서 다시는 찾아볼 수 없을 미소다. 하지만 그녀 자신의 것이라고는 생각할 수 없는 장난기로 가득한 그 미소는 안타깝게도 너무 빨리 사라져버린다. 사람들은 저스틴이 좀 더 비극적인 부류의 인간이며, 일상적인 유머 감각이 부족하다고 말할지도 모른다. 그 미소를 도저히 잊을 수 없는 나는 그 말을 믿지 못한다.

* * *

 다른 때도 저스틴의 모습을 본 적은 많다. 물론 우리가 만나기 아주 오래전부터 난 그녀에 대해 잘 알고 있었다. 이 도시에서는 연봉 200파운드 이상의 수입이 있는 사람이라면 그 이름을 모를 수가 없다. 나는 그녀가 바닷가에 혼자 앉아 신문을 읽거나 사과를 먹는 것을 보았다. 세실 호텔 입구의 먼지투성이 야자수들 사이에서 옷 위로 은제 장신구를 늘어뜨리고, 모피를 걸치고 있는 모습도 봤다. 농부가 코트를 걸치고 있는 것처럼, 그녀는 기다란 집게손가락을 모피 상표에 찔러 넣은 채 어깨에 걸치고 있었다. 네심은 조명과 음악이 가득한 무도회장 입구에서 멈춰 섰다. 그는 그녀를 놓쳐 버렸다. 노인 두 사람이 야자수 아래 어둑한 구석에 앉아 체스를 두고 있다. 저스틴은 그 자리에 서서 그들을 지켜보고 있었다. 그녀는 체스에 대해 아무것도 몰랐지만, 집중력과 정적만 가득한 그 구석 자리의 분위기에 매혹되었다. 저스틴은 귀머거리 체스 선수들과 음악의 세계 사이에 한참을 서 있다. 어느 쪽으로 가야 할지 확신이 서지 않는 것처럼. 마침내 네심이 그녀를 발견하고 다가와 그녀의 팔을 부드럽게 잡는다. 이제 그들은 함께 그 자리에 서 있다. 저스틴은 체스를 두는 사람들을 보고, 그는 그녀를 지켜본다. 마침내 저스틴은 마지못한 듯 가볍게 한숨을 내쉬며 빛이 가득한 세상으로 발걸음을 옮긴다.

 다른 상황에서라면 그녀 자신이나 우리에게 그리 명예롭지 못한 곳에 갔을 것이다. 그곳에서는 평소 남자 같고 지성이 뛰어난 저스틴이 더할 수 없이 사근사근하고 나긋한 여성성을 보여주곤 했다. 그런 그녀를 보고 있으면 어쩔 수 없이 알렉산드리아인들의 잠재의식 속에 구름처럼 맴돌고 있는, 근친상간 연애의 암모니아 냄새를 뒤에 남기는 무서운 여왕들을 떠올리게 된다.

아르시노에 같은 거대한 식인 고양이들이 그녀의 진정한 자매였다. 그렇지만 저스틴의 행동 뒤에는 뭔가 다른 것이 있다. 그건 도덕성이 사악한 성격과 균형을 이루는 비극적 철학 속에서 잉태된 것이다. 그녀는 진정으로 영웅적인 불신의 희생자였다. 그렇지만 나는 여전히 태아를 버린 지저분한 개수대에 몸을 숙이고 있는 저스틴의 모습과 집요할 정도로 완벽한 사랑을 위해 죽은 가련한 발렌티누스의 소피아 사이에 직접적인 연관이 있다는 것을 알 수 있다.

* * *

바로 그 시기, 나는 네비 다니엘가에 위치한 아파트에서 조르주 가스통 퐁발이라는 하급 영사관원과 함께 살고 있었다. 그는 외교관들 사이에서도 보기 드물 정도로 올곧았다. 단조롭고 지겨운 업무나 초현실주의적인 악몽 같은 접대도 그에게는 이국적인 매력으로 가득해 보였기 때문이다. 조르주는 외교를 두아니에 루소[6]의 눈으로 보았다. 그 자신이 그 일에 몰두하긴 했지만 결코 자신의 지성을 소진하지는 않았다. 난 그가 그렇게 할 수 있었던 성공의 비밀은 거의 초자연적이라고밖에 볼 수 없는 엄청난 나태함에 있다고 생각한다.

조르주는 총영사관 안에 있는 자기 자리에 앉아 동료들의 이름이 적혀 있는 명함을 조각조각 잘라내곤 한다. 인간의 탈을 쓴 나무늘보라고 할 만큼 더할 나위 없이 동작이 느리다. 오후 낮잠도 남보다 오래 자며, 크레비용 피스[7]의 글을 읽는 것도 질질 끌고 있다. 그의 손수건에서는 특이하게도 오 드 포르투갈 향이 난다. 조르주가 가장 좋아하는 화제는 여자에 관한 것으로, 언제나 자신의 작은 아파트로 끊임없이 찾아오는 방문객과 있었던 경험에 대해 이야기하곤 한다. 같은 사람이 두 번 찾아오는 일은 드물다. "프랑스인에게는 이 도시에서 나누는 사랑이 정말 흥미진진하다네. 그들은 생각하기 전에 행동하지. 시간이 지나면 의심하고 후회로 고통스러워하지만. 지나치게 열정적이라 힘이 남아 있는 사람은 아무도 없어. 섬세함이 부족하다고나 할까. 그런 방식이 동물적이긴 하지만 내게는 잘 맞는 편이지. 난 사랑이라는 것에 머리도, 마음도 완전히 지쳐버렸어. 이젠 혼자 있고 싶다네. 무엇보다도 친구, 난 이런 주제에 대해 분석하거나 분류하는 걸 좋아하는 유대 콥트교 광신도에게서 벗어나고 싶어. 노르망디에 있는 농장으로 돌아가고 싶을 뿐이야."

겨울이 되면 그는 오랜 기간 휴가를 떠난다. 나는 이 작고 눅눅한 아파트에서 하미드의 코 고는 소리를 벗 삼아 늦은 시간까지 혼자서 습작을 교정한다. 지난해, 나는 막다른 상황에 몰렸다. 어떤 일을 하든 열심히 해서 지금보다 나은 지위에 오른다거나 글을 쓸 수 있는 의지가 부족했다. 심지어 사랑을 나눌 의지조차 없었다. 난 그 상황을 어떻게 극복해야 할지 알 수 없었다. 그때 처음으로 내가 살아가는 데 현실적으로 필요한 의지력이 부족하다는 것을 경험했다. 때때로 나는 넌더리를 내며 원고 묶음이나 오래된 소설이나 시집 제본을 뒤적거린다. 그럴 때면 누군가의 낡은 여권을 살펴보는 것처럼 슬프다.

가끔씩 조르주가 알고 지내는 수많은 여자 중 누군가가 뜻밖에도 나 혼자 있을 때 찾아오는 경우가 있다. 그런 일들은 점점 깊어만 가는 삶의 권태에서 나를 구해 준다. 조르주는 이런 문제에서만큼은 사려 깊고 관대했기에 떠나기 전에(내가 얼마나 가난한지 알고 있으므로) 종종 골포의 선술집에 있는 시리아 여자 중 한 명에게 미리 돈을 주고, 이따금 시간이 허락할 때마다 이 아파트에서 밤을 지내달라고 부탁했다. 여자가 할 일은 내 기운을 북돋아 주는 것이었다. 표면적으로 봐서는 내가 그리 기운 빠진 것처럼 보이지 않기 때문에 사실 그리 적합해 보이는 임무는 아니었다. 사소한 세상사를 떠들어대면서 더 이상 이야기할 필요가 없을 때까지 자동적으로 대화는 이어진다. 원한다면 안심하고 여자를 안을 수도 있다. 누구라도 이곳에서는 잠을 제대로 잘 수 없으니까. 하지만 그럴 만한 열정도, 관심도 없다.

육체적 욕구가 한계에 다다른 가련하고 지친 존재에게는 이런 식의 만남이 흥미로울 뿐 아니라 심지어 감동적이기까지 할 것이다. 하지만 나는 그쪽 감정에는 완전히 흥미를 잃어버렸기에, 그 여자들은 내게 스크린에 비치는 무수한 사람과 다를 바 없었다. "여자에게 할 수 있는 건 세 가지뿐이야. 여자를 사랑하거나 여자 때문에 괴로워하거나 아니면 여자를 문학으로 승화시키는 것." 예전에 클레어는 이렇게 말했다. 난 그 모든 감정의 영역에서 실패를 경험했다.

지금 이런 사실들을 글로 쓰고 있는 건 멜리사가 나 같은 가망 없는 인간을 선택해 내 콧구멍 속에 생의 숨결을 불어넣어 주고, 상대해 주었다는 사실을 보여 주기 위해서다. 그녀 자신의 열악한 환경과 질병이라는 두 가지 짐을 참고 견디는 일만 해도 쉽지 않았다. 거기에 내 짐까지 더한다는 건 멜리사에게 정말 용기가 필요한 일이었다. 그렇게 하기로 한 건 어쩌면 절망에서 기인한 것일지도 모른다. 나와 마찬가지로 그녀 역시 모든 것이 끝장난 단계에 도달해 있었으니까. 우리는 인생이 파산한 동지였다.

그리고 몇 주일간, 멜리사의 애인인 늙은 모피상이 나를 쫓아다녔다. 그 남자가 입고 있는 코트 주머니는 권총이 들어 있는 탓에 축 늘어져 있었다. 천만다행으로 멜리사의 친구가 그 총에는 총알이 장전되어 있지 않다고 알려 주긴 했지만, 그렇다 하더라도 그 늙은이가 나를 쫓아다니는 일은 기분이 좋지 않았다. 마음속으로 우리는 도시 골목 구석에서 매번 상대방을 향해 서로 총을 쏘아야 했다. 내 입장에서는 지저분한 구멍이 숭숭 뚫린, 얼굴이 심하게 얽은 그 남자의 모습을 보는 것을 견딜 수 없었다. 그자가 멜리사를 거칠게 안았을 것을 생각하는 일도 참을 수 없었다. 가시 돋친 동물처럼 검은 털이 수북이 덮인 땀에 젖은 그 작은 손으로 말이다. 하지만 그런 신경전이 몇 달 동안 이어지자 우리 사이에는 특별한 친밀감 같은 것이 생긴 듯했다. 마주치면 서로 목례를 하고 미소를 짓게 되었다. 한번은 술집에서 그 남자와 마주쳤는데, 한 시간 가까이 그 남자 옆에 서 있었다. 마침내 우리가 서로 대화를 나눌 수 있는 상황이었다. 하지만 두 사람 다 말을 꺼낼 용기가 없었다. 멜리사를 제외하고는 공통의 화제도 없었다. 내가 긴 거울 속에 비친 그의 모습을 흘낏 쳐다보았을 때 남자는 고개를 숙인 채 자기 앞에 놓인 포도주 잔만 쳐다보고 있었다. 인간의 감정을 흉내 내도록 훈련받은 바다표범 같은 그 남자의 모습에는 날 놀라게 만드는 무언가가 있었다. 그리고 처음으로 그 남자가 나만큼 멜리사를 많이 사랑하고 있을지도 모른다는 사실을 깨달았다. 나는 그의 추한 외모를 동정했다. 그 남자의 얼굴에는 사랑하는 정부를 빼앗긴 데서 오는 너무나도 생소한 질투라는 감정을 제대로 이해하지 못해 고통스러워하는 빛이 역력했다.

 그 후 남자의 주머니 속에 들어 있던 잡동사니 중에 멜리사가 사용하던, 거의 다 쓴 작은 싸구려 향수병이 있는 것을 보았다. 난 그 병들을 아파트로 가지고 돌아와 벽난로 위에 올려놓았다. 그 병들은 하미드가 봄맞이 청소를 하면서 버릴 때까지 몇 달간 그 자리에 놓여 있었다. 난 그 일을 멜리사에게는 이야기하지 않았다. 하지만 그녀가 춤을 추러 나가 혼자 남는 밤이나, 아마도 그녀를 숭배하는 남자들과 같이 자러 나간 밤이면, 나는 그 작은 병을 들여다보며 끔찍한 외모를 가진 늙은 남자의 사랑을 떠올리면서, 그와 비교해 내 사랑을 재보곤 한다. 그리고 배신자의 추억이 여전히 배어 있는 버려진 작은 향수병을 꼭 움켜쥐며 그 남자를 대신해 그와 똑같은 절망감을 느낀다.

나는 알렉산드리아의 황량한 해안에서, 반쯤 물에 빠진 지친 새 같은 멜리사를 찾아냈다…….

* * *

부두를 거슬러 올라가면 넝마를 걸친 불결한 창고 관리인들이 우글거리는 거리가 나온다. 서로의 입 냄새에 쓰러질 정도로 악취가 난다. 문이 닫힌 발코니에는 쥐가 우글거리고, 노파들의 머리카락에는 진드기 피가 잔뜩 묻어 있다. 칠이 벗겨진 벽마다 몸을 가누지 못하는 주정뱅이들이 기대어 서 있다. 아이들의 입술과 눈에는 파리 떼가 검은 리본처럼 달라붙어 있다. 사방이 축축한 여름철 파리똥으로 덮여 있다. 카페와 노점의 보라색 출입구에는 달라붙은 파리 무게로 축 늘어진 오래된 끈끈이 종이가 걸려 있다. 계단용 양탄자에서 뭔가 썩어가는 것처럼 베르베린[8] 거품 냄새가 난다. 그리고 거리의 소음. 왁자지껄한 거리의 소음 사이로, 가끔씩 물을 파는 사우디아라비아인이 손님을 모으기 위해 금속 컵을 부딪치는 날카로운 소리가 작은 동물의 내장을 꺼내는 것처럼 새어 나온다. 이처럼 이곳의 생활상은 깜짝 놀랄 만큼 비참하다. 그리고 사람들의 감정은 혐오감과 두려움으로 가득하다.

난 엘 바브라는 카페에서 저스틴을 기다리고 있었다. 그곳을 향해 거리를 당당하게 누비며 다가오는 그녀의 자신만만한 모습을 닮고 싶었다. 우리는 지저분한 원형 출입구 앞에 앉아 아무 사심 없이 대화를 나누었다. 이야기를 나누는 동안 앞으로 우정이 시작될 것 같은 좋은 예감을 느낄 수 있었다. 어둠이 땅 위로 조금씩 내려앉기 시작하자 암갈색 진흙 바닥의 열기가 급속도로 차가워지는 느낌이 들었지만, 우리는 보통 사람들이 나누는 정상적인 사고 범주의 대화를 뛰어넘어, 오직 각자의 경험과 생각을 나누고 싶다는 생각밖에 없었다. 저스틴은 남자처럼 말했고, 나도 그녀가 남자인 양 말했다. 그날의 대화는 내용이 아니라 그 중요한 의의와 형식만 기억난다. 팔꿈치를 대고 앉아 싸구려 아라크주(酒)[9]를 마시며, 저스틴에게 미소를 짓고 있던 나는 그녀의 드레스와 피부에서 따뜻한 여름 향기를 마실 수 있었다. 이유는 모르겠지만, 그 향수의 이름은 '자메 드 라 비'[10]였다.

* * *

연인으로서가 아니라 작가로서 존재하는 순간이 있고, 그런 순간은 끊임없이 계속된다. 누군가에게는 그런 순간이 추억 속에서 몇 번이고 되돌아올 수도 있고, 글을 쓰는 소재로 어떤 이의 삶의 일부를 구성하는 데 이용할 수도 있다. 누군가는 그런 순간을 언쟁으로 낭비해 버릴 수도 있다. 그러나 어느 누구도 그런 순간을 망칠 수는 없다. 그런 맥락에서 나는 모스크[11] 근처 싸구려 방에 잠들어 있는 여자 옆에 누운 채 다시 한 번 그런 순간을 되찾는다. 이슬비가 자욱하게 내리는 봄날. 새들도 아직 잠에서 깨어나지 않은 이른 시간, 도시 전체에는 정적만 흐르고 있다. 모스크에서 에베드[12]를 암송하는 눈먼 무에진[13]의 듣기 좋은 목소리가 들린다. 그 목소리는 한 오라기의 머리카락처럼 야자수 때문에 시원해진 알렉산드리아의 상공에 걸려 있다. "완전하신 신, 영원불멸의 신을 찬양합니다.(이 구절을 세 번 낭독하는데, 점차 목소리를 높여 가며 점점 느리게 낭독한다.) 완전하신 신, 우리가 간절히 바라는 신, 현존하는 위대한 유일신이시여. 완전하신 신이자 유일신이며, 남자나 여자 배우자 없이 그 자체로 완전하신 신이시여, 누구도 그와 같을 수 없고, 거역할 수 없으며, 그 누구도 대신할 수 없고, 그와 동등한 이나 자손도 없습니다. 완전하신 신을 찬양하소서."

잠결에 그 위대한 기도가 눈부신 말의 소용돌이로 뱀처럼 꼬리에 꼬리를 물며 뱅글뱅글 돈다. 무에진의 목소리는 높은 음역에서 낮은 음역으로 가라앉는다. 그날 아침을 가득 채우는 위대한 치유력과 예기치 못한, 분에 넘치는 은총이 멜리사가 누워 있는 초라한 방에 스며들 때까지. 멜리사는 갈매기처럼 가벼운 숨소리를 내고 있다. 결코 알 수 없는 바다의 장대한 언어에 흔들리는 갈매기처럼.

* * *

저스틴에게 어리석은 면이 없다고 어느 누가 말할 수 있을까? 쾌락에 대한 숭배, 소소한 허영심, 시중드는 사람들에게 칭찬받으려는 욕심, 오만함. 저스틴은 질릴 정도로 성급하게 결정을 내리곤 한다. 그렇다, 정말. 하지만 이런 모든 단점은 돈 때문에 생긴 것이다. 내가 말할 수 있는 건, 저스틴은 많은 면에서 남자처럼 생각하고, 남자 같은 시각으로 독립적인 자유를 즐기며 행동한다는 것이다. 드물게도 우리는 정신적인 관계였다. 나는 꽤 일찍부터 그녀가 사람의 마음을 정확히 읽을 수 있다는 것을 알았다. 우리는 동시에 같은 생각을 떠올렸다. 예전에 저스틴이 떠올린 생각과 내 생각이 똑같다는 것을 알게 된 순간을 기억한다. "이 관계는 더 이상 진전될 수 없을 거야. 왜냐하면 우리는 각자 상상 속에서 이미 모든 가능성을 타진해 봤으니까. 그리고 우리의 우정은 너무 깊어서 그 이면에 상대방에 대한 관능적인 마음을 숨긴 채 영원히 서로 얽매여 지내게 될 거라는 결론을 얻었을 테지." 이건 성적 매력에 기반을 둔 사랑보다 더 위험하고, 그 경험 때문에 더 빨리 지치게 되는 마음의 불장난 같은 것이다.

저스틴이 네심을 정말 사랑하고 있는 만큼 나 역시 그를 많이 좋아하고 있었기에, 그런 일은 생각만으로도 두려웠다. 그녀가 내 옆에 누워 가볍게 숨을 몰아쉬며, 커다란 눈으로 지품천사가 새겨진 천장을 응시하고 있을 때 내가 말했다. "아무것도 될 수 없어. 가난한 학교 선생과 알렉산드리아의 상류층 여자의 연애에서 남는 건 씁쓸하기만 한 상투적인 스캔들의 끝일 테니까. 그때가 되면 당신은 나를 어떻게 처리해야 할지 결정해야 할 테지." 저스틴은 진실한 말을 듣는 것을 싫어했다. 그녀는 팔꿈치를 바꿔 누워 있던 방향을 돌린 뒤, 근심이 가득한 눈으로 한참 동안 나를 쳐다보았다. "이 문제에 있어서는 선택의 여지가 없어." 내가 무척이나 좋아하는 쉰 목소리로 저스틴이 말했다. "마치 선택의 문제인 것처럼 말하네. 우리는 그렇게 강하지도 않고 그런 선택을 연습해 볼 수 있을 정도로 사악하지도 못해. 이 모든 일은 특별한 무언가, 어쩌면 이 도시 때문일지도 모르고, 우리 자신의 다른 일부일지도 모르는 어떤 것이 준비한 실험의 일부야. 그걸 누가 알 수 있겠어?"

나는 그녀가 샤크스킨[14] 옷을 맞추기 위해 재단사 방에 있는 다면 거울 앞에 앉아 있던 모습을 기억한다. 그녀가 말했다. "이

것 좀 봐! 똑같은 모습이 다섯 면에 비치고 있어. 내가 글을 쓸 때 한 인물에 대해 프리즘 같은 시각으로 다각적인 인상을 쓰는 것처럼 말이야. 어째서 사람은 한 번에 한쪽 면밖에 볼 수가 없는 걸까?'

저스틴은 하품을 하고, 담뱃불을 붙인다. 그리고 침대에 앉아 손으로 가느다란 발목을 잡는다. 이제 얼굴을 찌푸린 채, 오래전부터 내려오는 연애 사건을 소재로 한 고대 그리스 시인의 훌륭한 시구를 외운다. 그 시구들은 영어로 옮기면 엉망이 된다. 그녀가 그 시구를 암송하는 것을 듣다 보면, 철학적이고 반어적인 그리스어의 음절 하나하나가 부드럽게 다가온다. 나는 예전부터 이 도시의 이상한, 알 수 없는 힘을 느껴왔다. 평평하게 충적토로 뒤덮인 정경과 바람 한 점 없는 대기. 그리고 그녀가 알렉산드리아의 진정한 딸임을 알고 있었다. 그리스인이나 시리아인, 이집트인이 아니라 그 모두가 합쳐진 알렉산드리아인.

그리고 저스틴은 노시인이 자신을 감동시킨 연애편지를 던져버리는 구절에서 뭔가를 느꼈는지 이렇게 외쳤다. "난 슬픔 속에 발코니로 나갈 거야. 뭐든 이런 기분을 바꿔주겠지. 내가 사랑하는 이 도시의 거리나 가게의 사소한 움직임만 보게 된다 해도!' 그녀는 창문을 열고 불빛으로 물든 도시를 내려다보며 컴컴한 발코니에 서 있었다. 아시아의 경계에서 불어오는 저녁 바람을 느끼며. 순간 저스틴의 몸이 어둠 속에 파묻혔다.

* * *

네심 '왕자'는 당연히 농담이다. 적어도 담황색 휠 캡을 단 커다란 은색 롤스로이스를 타고 소리 없이 카노푸스 대로를 지나가는 그를 보는 가게 주인들이나 검은 옷을 입은 상인들에게는 더욱 그랬다. 우선 그는 이슬람교도가 아니라 콥트교도였다. 그렇지만 그 별명은 사실 네심에게 어느 정도 잘 어울렸다. 그는 설령 부자라 할지라도 알렉산드리아인이라면 누구나 가지고 있는 본질적인 특성 중 하나인 탐욕이라는 부분에 초연했기 때문이다. 그 덕에 네심은 레반트 외곽에 사는 이들에게는 관심을 두지 않는 사람들에게서 기인이라는 소리를 듣게 되었다. 무엇보다 그는 돈을 쓸 때를 제외하고는 돈에 관심을 두지 않았다. 두 번째로 네심은 **독신 남자용 아파트**를 가지고 있지 않았고, 저스틴에게 굉장히 충실한 것처럼 보였다. 바람을 피운다는 소문은 전혀 들리지 않았다. 지나칠 정도로 부자였지만 돈을 혐오하는 것이 분명했다. 그래서인지 직접 돈을 들고 다니는 법이 없었다. 네심은 아라비아 방식으로 돈을 썼고, 가게 주인들에게 수표를 써주었다. 나이트클럽과 레스토랑에서는 그가 서명한 수표를 기꺼이 받았다. 빚은 반드시 갚는다는 신용은 말할 필요도 없었다. 매일 아침 비서인 셀림이 차를 몰고 전날 네심이 움직인 동선을 따라다니며 외상값을 지불하곤 했다.

이런 그의 태도는 고상함이라고는 찾아볼 수 없는 상스러운 이 도시 사람들에게 기이하게 여겨졌고, 극도로 오만하게 보였다. 천박한 선입견과 제대로 된 교육을 받지 못한 그들은 이런 유럽식 감각의 방식에 대해 알 길이 없었다. 네심의 이 같은 모습은 단순히 교육을 받았기 때문이 아니라 타고난 것이었다. 모든 돈벌이가 계략으로 이루어지는 이 조그만 세상에서 그는 본연의 품위를 지닌 사색적인 분야의 일을 찾을 수 없었다. 그런 것에 극단적으로 완강한 사람들은 네심의 인품에서 우러난 그런 행동들을 비판했다. 사람들은 그의 그런 방식들이 외국 교육을 받았기 때문이라고 여겼다. 사실 독일이나 영국에서 지낸 경험도 그가 이 도시의 삶에 혼란스러워하고 어울리지 못하는 것에 영향을 미치기도 했다. 독일에서의 생활은 오직 타고난 지중해 정신이란 무엇인지에 대한 추상적인 사색을 위한 철학으로 깊이 새겨졌다. 네심에게 격식을 가르치려 했던 옥스퍼드 생활에서 건진 유일한 성공은 그가 가장 사랑하는 예술인 미술로 먹고사는 일은 불가능하다는 이성적인 사고의 발전이었다. 네심은 그 생각에 많이 괴로워했지만, 무엇보다도 직업 화가로서 살아가는 것을 실천하는 데 필수 조건인 결단력이 부족했다.

네심은 이 도시에 적응하지 못했다. 하지만 엄청난 재산 덕분에 매일 그 도시의 사업가들과 접촉해야 했다. 그들은 네심을 만났을 때의 거북함을 머리가 약간 모자라는 사람을 상대하고 있다는 듯한 우스꽝스러운 방자함과 생색내는 태도로 표현했다. 네심의 사무실에 들어가 보면 사람들이 그러는 것도 어쩌면 놀랄 일이 아니다. 사무실은 통으로 된 강철과 가벼운 유리 석관 같았다. 그 안에서 그는 종과 도르래, 신기한 전등 같은 것들로 뒤덮인 커다란 책상에 고아처럼 앉아 버터 바른 흑빵을 먹고 있거나, 멍하니 편지나 서류에 서명하듯 바사리[15]의 책을 읽고 있다. 그러다가 창백한 아몬드형 얼굴로 상대방을 쳐다볼 것이다. 모든 것을 가로막아 버리는, 내성적이다 못해 거의 애원하는 듯한 표정으로. 그렇지만 그런 부드러움 사이 어딘가에 강철처럼 강인한 구석이 있었다. 네심 밑에서 일하는 사람들은 태만한 것처럼 보이는 그에게서 그런 강한 모습을 발견할 때마다 끊임없이 놀랐다. 네심은 사업에 관해서는 아무리 작은 부분이라도 모르는 게 없었다. 그러다 보니 그의 뛰어난 판단이 없으면 업무를 진행하기 힘들었다. 그는 부하 직원들에게 일종의 현인 같은 존재였다. 그렇지만(그들은 한숨을 쉬면서 어깨를 으쓱했다.) 네심은 전혀 신경 쓰지 않는 것처럼 보였다! 수익에 대해서는 관심이 없었다. 그런 모습 때문에 알렉산드리아에서는 그가 미친 것으로 여겨졌다.

나는 우리가 실제로 만나기 여러 달 전부터 그들의 얼굴을 알고 있었다. 이 도시에서 내가 모르는 사람은 없다. 얼굴뿐 아니라 소문으로도 알고 있었다. 눈에 띄고, 오만하며, 관습에 따르지 않는 생활 방식 때문에 그들은 우리 지역 거주민들 사이에서 악명이 높았다. 저스틴은 수많은 연인을 두고 있다는 소문이 있었고, 네심은 **마리 콩플레장**[16]으로 여겨지고 있었다. 나는 두 사람이 춤을 추는 모습을 여러 번 보았다. 그는 호리호리한 체격에 여자처럼 잘록한 허리, 길고 아름다운 손가락을 가지고 있었다. 저스틴의 사랑스러운 얼굴은 마치 반쯤 훈련받은 판다처럼 보였다. 아라비아 사람답게 오똑 솟은 코에 벨라도나[17]를 넣은 커다란 눈동자가 투명했다.

그때 나는 '아틀리에 데 보자르'에서 이 도시 출신 시인에 대해 강연을 하기로 되어 있었다. 그곳은 일종의 재능 있는 아마추어 예술가들이 만나는 장소이자 스튜디오로 빌려주기도 하는 클럽이었다. 가을이 끝나 가고 있었고, 멜리사에게 새 코트를 사줄 정도의 돈을 받을 수 있었기에 나는 그 일을 받아들였다. 하지만 그 일 때문에 고통스러웠다. 사방에서 그 노시인을 느낄 수 있었기 때문이다. 이를테면 스튜디오 주변의 음침한 거리마다 그 노시인이 경험한, 보잘것없지만 보답받은 그 사랑을 정제한 시구의 향기가 스며들어 있었다. 아마 사랑은 돈으로 살 수 있을 것이다. 그리고 잠깐 동안은 지속될 것이다. 그렇지만 그 사랑은 지금 그의 시구 속에서 살고 있었다. 그는 의도적으로 부드럽게 그 이질적인 순간을 사로잡았고, 모든 것을 순식간에 물들였다.

내가 알렉산드리아의 거리와 매음굴을 작품의 주요 소재로 삼았던, 타고난 재능을 가진 그 풍자 작가에 대해 강연을 하다니 얼마나 주제넘은 일인지 모른다! 더군다나 이번 강연의 대상은 잡화상 조수나 어린 사무원들이 아니라 품위 있는 상류층 부인들이었다. 그 노시인으로 대표되는 문화란 그런 귀부인들에게는 일종의 혈액은행이었다. 그들은 수혈받기 위해 이곳에 모였다. 실제로 많은 이는 이전의 브리지 파티도 그런 식으로 여겼다. 비록 그 부인들은 자신들이 향상되기는커녕 제자리를 맴돌 뿐이라는 사실을 알고 있었지만 말이다.

나는 노시인의 얼굴이 머리에서 떠나지 않는다고 말한 것을 기억한다. 마지막으로 남긴 사진에서 본 무서울 정도로 슬퍼 보이는 그 부드러운 얼굴을. 견실한 시민의 부인들은 향수 냄새를 남긴 채 초라한 스튜디오를 나서서, 돌 계단을 내려가 불을 환하게 밝힌 자동차들이 자신들을 기다리고 있는 젖은 거리로 나섰다. 그들이 모두 떠난 뒤, 나는 예술에 열정을 가진 한 여자가 외롭게 남아 있는 것을 알아차렸다. 그녀는 강의실 뒤쪽에 생각에 잠긴 채 앉아 있었다. 남자처럼 다리를 꼰 채 담배를 피우고 있었다. 그녀는 나를 쳐다보지 않고, 노골적으로 자기 발아래 바닥만 내려다보고 있었다. 한 사람이라도 노고를 알아준 거라는 생각에 우쭐해진 나는 축축해진 서류 가방과 낡은 방수 코트를 챙긴 다음 거리로 나섰다. 가느다란 이슬비가 촉촉이 바닥을 적시고 있었다. 나는 바다 쪽에서 시내 방향으로 걷기 시작했다. 지금쯤이면 잠에서 깬 멜리사가 내가 하숙하고 있는 방에서 신문지로 덮은 테이블 앞에 앉아 저녁 식사를 준비해 놓았을 것이다. 미리 고기를 좀 구워 오라고 하미드를 빵집에 보냈을 것이다. 우리는 오븐조차 가지고 있지 않았다.

거리는 추웠다. 나는 환하게 불을 밝히고 있는 포드가(街)의 상점들을 지나쳤다. 식품점 진열대에서 오르비에토라는 이름의 작은 올리브가 들어 있는 깡통을 보았다. 지중해의 오른쪽으로 가고 싶다는 갑작스러운 열망을 이기지 못하고, 나는 가게 안으로 들어섰다. 그리고 그 깡통을 사서 그 자리에서 통을 열었다. 나는 어두침침한 불빛이 비치는 대리석 식탁에 앉아 이탈리아[18]를 먹기 시작했다. 비쩍 마른 검은색의 과육, 봄 흙을 만지는 듯한 촉감, 열매꼭지. 난 멜리사가 이 일을 절대로 이해하지 못할 거라고 생각했다. 돈은 잃어버렸다고 해야 할 것이다.

처음엔 그녀의 커다란 자동차가 가게 앞에 멈춰 서는 것을 보지 못했다. 그녀는 갑자기 결정을 내린 듯 재빨리 가게로 들어왔다. 그리고 레즈비언이나 돈 많은 여자들이 가난한 사람들을 대할 때 나타나곤 하는 권위적인 어조로 이렇게 말했다. "무슨 의도로 도덕률 초월론자의 풍자적 특징에 대해 언급한 거죠?" 잊어버리긴 했지만 그런 유의 질문이었다.

이탈리아에서 헤어날 수 없었던 나는 거칠게 고개를 들었다. 그러자 가게 안에 달려 있는 삼면거울을 통해 내 앞에 몸을 숙이고 있는 여자의 모습이 보였다. 그녀의 우울한 얼굴에는 당혹감과 오만함이 가득 차 있었다. 당연히 나는 그날 밤 강연에서 반어법이나 그 외 다른 일에 대해 뭐라고 말했는지 잊어버린 상태였기에, 그건 그렇게 중요한 문제가 아니라고 대답했다. 그녀는 그제야 안도했다는 듯 짧게 한숨을 내쉬고는, 맞은편 자리에 앉아 프랑스제 카포랄[19]에 불을 붙였다. 그리고 짧게 담배 연기를 뱉어내자 가느다란 푸른 연기가 어두침침한 조명 쪽으로 날아갔다. 나는 몸을 살짝 앞으로 내밀고 나를 쳐다보는 여자의 노골적인 시선에 당황했다. 그녀는 나를 어떻게 이용할 것인지 생각하고 있는 것처럼 보였다. "난 당신이 이 도시에 대해 그 시인이 쓴 시구를 인용한 게 마음에 들어요. 그리스어를 잘하더군요. 물어보나 마나 당신은 작가겠죠." 그녀가 말했다. "물어보나 마나죠." 무명이란 건 언제나 상처가 된다. 더 이상 이야기를 끌어갈 수 없었다. 난 항상 문학에 대해 이야기하는 것을 싫어했다. 그래서 올리브를 하나 건넸다. 그녀는 재빨리 먹었다. 장갑 낀 손을 고양이처럼 모으고 씨를 뱉은 뒤, 무심히 씨를 들고 있었다. "남편 네심에게 당신을 소개해 주고 싶어요. 같이 갈래요?"

경찰이 가게 입구에 나타났다. 무단으로 주차해 놓은 자동차 때문인 것이 분명했다. 내가 로지아[20]에 조각상들과 야자수가 늘어서 있는 네심의 대저택을 본 건 그때가 처음이었다. 조각상은 쿠르베와 보나르의 작품들이었다. 그곳은 아름다우면서 기괴했다. 저스틴은 잠시 걸음을 멈추고, 코트 주머니에 넣어두었던 올리브 씨를 중국 화병에 집어넣은 뒤, 계속 네심의 이름을 부르며 기다란 계단을 급하게 뛰어 올라갔다. 저택의 정적을 깨며 우리는 방마다 그를 찾아다녔다. 마침내 맨 위층에 있는 커다란 스튜디오에서 그가 대답했다. 그녀는 사냥개처럼 그에게로 달려가더니, 나를 네심의 발아래 던져놓고는 뒤로 물러나 꼬리를 흔들었다. 저스틴이 나를 잡아 온 것이다.

도서실용 사다리 꼭대기에 앉아 있던 네심은 천천히 우리 앞으로 내려왔다. 먼저 저스틴을 쳐다보고, 그런 다음 내 쪽을 돌아보았다. 젖은 머리에 추레한 복장으로 올리브가 들어 있는 깡통을 들고 있던 나보다 그가 더 수줍어했다. 내 입장에서는 내 존재에 대해 설명할 필요가 없었다. 내가 이곳에 끌려온 이유를 알지 못했기 때문이다.

나는 수줍어하는 그가 안쓰러워 올리브를 권했다. 우리는 그

자리에 앉아 깡통에 들어 있던 올리브를 다 먹어치웠다. 내가 기억하기로는 저스틴이 마실 것을 가지러 간 사이, 오르비에토를 다 먹고 나서야 나는 네심과 대화를 나누기 시작했다. 우리의 첫 번째 만남은 돌이켜 생각하기만 해도 위안이 된다. 그때 난 그 두 사람과 결코 가깝지 않았다. 그러니까 내 말은 그들의 결혼에 대해 알 정도로 가깝지 않았다는 뜻이다. 내게 두 사람은 결혼을 통해 머리가 두 개 달린 거대한 동물이 된 것처럼 느껴졌기 때문이다. 저스틴에 관한 온갖 소문이 떠올랐다. 하지만 네심의 따뜻하고 온화한 눈빛을 보며, 그녀가 무슨 짓을 했든 그건 전부 그를 위한 일이었다는 것을 알 수 있었다. 그 일들이 세간에 얼마나 사악하고 해롭게 보였든 말이다. 저스틴의 사랑은 어린 헤라클레스가 쓰고 다니던 가죽같이 네심에게 밀착되어 있었다. 자신에 대한 성취감을 얻기 위한 노력이 언제나 그녀를 앞으로 나아가게 이끌어주었지만, 그렇다고 해서 네심에게서 멀어지진 않았다. 두 사람의 세상에는 내가 알고 있는 그런 종류의 모순이 통용되지 않았다. 내가 보기에 네심은 저스틴에 대해 잘 알고 있었다. 사랑은 소유하는 것이라는 관념에 사로잡혀 있는 보통 사람들에게는 설명할 수 없는 방식으로 저스틴을 받아들이고 있는 것 같았다. 언젠가, 물론 한참 뒤의 일이지만, 그가 이렇게 말한 적이 있다. "달리 어떻게 한단 말인가? 여러 가지 면에서 저스틴은 나보다 강하다네. 내가 해줄 수 있는 건 그녀를 마지막까지 사랑해 주는 것뿐이지. 그건 내 오랜 소원이기도 해. 난 저스틴을 향해 나아가고 있지. 그 모든 과정은 기대로 가득 차 있다네. 저 앞에 있는 그녀가 나를 찾곤 해. 난 언제나 저스틴이 쓰러질 때마다 일어날 수 있게 도와줄 준비가 되어 있어. 아무렇지 않은 듯이 말이야. 그러니까 그녀가 내 명성을 깎아내리는 일 같은 건 전혀 신경 쓸 일이 아니라네."

그건 훨씬 나중 일이다. 그때는 불행의 불운한 조합에 얽매이기 전이었고, 우리는 그런 일에 대해 자유롭게 이야기할 수 있을 정도까지는 서로에 대해 잘 몰랐다. 그가 이런 말을 한 것도 기억난다. 부르 엘 아랍에 있는 여름 별장에서다. "내가 저스틴을 위대하게 생각한다고 말하면, 자네는 당혹스럽겠지. 그건 예술이나 종교적 측면에서가 아니라 일상생활을 엉망으로 만드는 능력이 그렇다는 걸세. 저스틴이 사랑에 눈을 돌리는 순간 모든 게 엉망이 되어버리고 말지. 분명히 저스틴은 여러 가지 면에서 좋지 않지만 그건 전부 사소한 일뿐이라네. 아무리 나라고 해도 그녀가 다른 사람에게 전혀 해를 끼치지 않는다고는 말할 수 없어. 하지만 저스틴은 다른 사람에게 피해를 줄 때 가장 많은 결실을 얻어내곤 한다네. 그녀는 사람들의 해묵은 자아를 깨뜨려 주지. 그 때문에 사람들은 상처받고, 오해하게 되는 거야. 난 그렇지 않지만." 그리고 그는 상냥하면서도 이루 설명하기 어려운 쓸쓸함이 뒤섞인 예의 그 유명한 미소를 지었다. 네심은 가볍게 숨을 내쉬며 다시 한 번 마지막 말을 반복했다. "난 그렇지 않지만 말이야."

* * *

카포디스트리아…… 그 남자를 어떻게 설명해야 좋을까? 그자는 사람이라기보다 마귀에 가깝다고 생각할 수 있다. 거대한 전두엽을 가진 뱀처럼 평평한 삼각형 머리. 과부의 앞머리[21]에서 자라는 머리카락. 살짝살짝 보이는 희끄무레한 혓바닥은 얇은 입술을 적시느라 바쁘다. 그는 이루 말할 수 없을 정도의 엄청난 부자로, 손가락 하나 까딱할 필요가 없다. 온종일 브로커스 클럽

테라스에 앉아 지나가는 여자들을 쳐다본다. 손으로는 카드를 계속 섞고 있지만, 눈은 쉴 새 없이 움직인다. 가끔씩 카멜레온이 혓바닥을 내밀어 공격하는 것처럼 카드가 튀어나온다. 그리 눈에 띄지 않긴 하지만, 그건 신호다. 그 신호가 떨어지면 테라스에서 누군가 빠져나가 그가 지시한 여자를 쫓는다. 때때로 카포디스트리아의 부하들은 대놓고 여자에게 접근해, 그의 이름이 붙은 거리에서 돈을 언급하며 흥정한다. 이 도시에서 돈을 거부하는 사람은 없다. 그냥 웃는 여자도 있고, 단번에 승낙하는 여자도 있다. 그들 중 화를 내는 사람은 없다. 그렇다고 우리가 가지고 있는 정조 의식이 거짓이라는 건 결코 아니다. 정조를 지키지 않는다고 해서 악한 것도 아니다. 그저 양쪽 모두 자연스러운 일일 뿐이다.

카포디스트리아는 가슴에 색이 있는 실크 손수건을 늘어뜨린, 티 하나 없이 깨끗한 샤크스킨 코트를 입고, 그 모든 일에서 멀리 떨어진 곳에 앉아 있다. 그가 신고 있는 폭이 좁은 신발에는 윤기가 흐른다. 친구들은 그를 다 카포라고 부른다. 가지고 있는 재산만큼 혹은 못생긴 것만큼 유명한 여성 편력 때문이다. 카포디스트리아와 막연하게 관련이 있는 저스틴은 그 남자에 대해 이렇게 말했다. "난 그 남자가 불쌍해. 마음은 속에서 시들어가고 있는데 오감만 남아 있으니까 말이야. 깨진 포도주 잔 조각처럼." 그러나 그렇게 질릴 만큼 지루한 인생도 그를 낙담하게 하는 것 같지는 않다. 카포디스트리아의 가계(家系)에는 자살한 이가 많았다. 불행히도 그런 정서적 혼란의 역사와 질병은 그에게도 유전되었다. 카포디스트리아는 종종 긴 집게손가락으로 관자놀이를 어루만지며 침착하게 말했다. "우리 조상은 모두 머리의 이 부분이 잘못됐어. 아버지도 그랬지. 엄청 여색을 밝히는 분이었어. 나이가 들자, 완벽한 여자를 모델 삼아 고무로 여자 인형을 만드셨지. 실물 크기로 말이야. 겨울이면 그 속에 뜨거운 물을 채울 수도 있었어. 그 인형은 깜짝 놀랄 정도로 아름다웠지. 아버지는 할머니 이름을 따서 그 인형을 사비나라고 불렀어. 어딜 가든 그 인형을 데리고 다니셨지. 아버지는 여객선을 타고 여행하는 게 꿈이었고, 실제로 돌아가시기 전 이 년 동안은 그렇게 사셨어. 뉴욕을 이리저리 여행하면서 말이야. 사비나는 좋은 옷도 가지고 있었지. 저녁 만찬을 위해 드레스로 차려입고 식당에 나타나기도 했어. 아버지는 여행에 켈리라는 하인을 데리고 가셨지. 멋진 드레스를 입은 사비나는 취하기라도 한 것처럼 두 사람 사이에서 부축을 받았어. 아버지는 돌아가시던 날 밤, 켈리에게 말했지. '드미트리에게 전보를 보내게. 오늘 밤 사비나가 내 품에서 아무 고통 없이 죽었다고 말이야.' 사비나는 아버지와 함께 나폴리에 묻혔어." 그가 웃음을 터뜨린다. 이제껏 내가 들은 것 중 가장 자연스럽고 꾸밈이 없는 소리다.

그 뒤에 내가 카포디스트리아에게 잔뜩 빚을 지고 그 걱정에 반쯤 미칠 지경이 되자, 나는 더 이상 그를 친구로서 편하게 대할 수 없다는 것을 알게 되었다. 그러던 어느 날 밤, 멜리사가 반쯤 취한 채 난로 옆에 놓인 발 받침대에 걸터앉았다. 긴 손가락 사이에 차용증서를 들고 있었다. 내가 카포디스트리아에게 초록색 잉크로 짧게 '갚겠음'이라고 써준 그 차용증서였다. 그 기억들은 상처로 남았다. 멜리사가 말했다. "저스틴이었다면 그 많은 재산으로 당신 빚을 갚아줬겠지. 난 그 여자와 당신이 자주 만나는 걸 바라지 않아. 그리고 당신이 더 이상 나를 사랑하지 않는다 하더라도 난 여전히 당신에게 뭔가 해주고 싶어. 그러니까 이건 최소한의 희생일 뿐이야. 내가 그 남자와 잤다고 해서 당신이 크게 상처받을 거라고는 생각하지 않아. 당신은 나를 위해 똑같이 하지 않아도 돼. 그러니까 내가 엑스레이 검사를 받게 하려고 저스틴한테 돈을 빌리지 않아도 된다는 말이야. 당신이 거짓말했다는 건 알고 있었어. 하지만 난 거짓말하지 않아, 절대로. 자, 이 차용증서를 가지고 가서 없애 버려. 더 이상 그 남자와 도박은 하지 마. 그 사람은 당신 같지 않으니까." 그리고 멜리사는 고개를 돌리더니 아랍식으로 침을 뱉었다.

　　　　　　　　　　＊ ＊ ＊

네심의 사교 생활에 대해서는 별로 쓰고 싶지 않다. 처음에는 사업 동료들에게 집중하지만 점차 막연하고 정치적인 일에 집중하게 되는 화려하고 지루한 파티들. 나는 커다란 연회장을 살금살금 빠져나가 스튜디오로 올라가다가 잠시 멈춰 서서 벽난로 위에 놓여 있는, 초대 손님들의 좌석 배치가 든 가죽 판을 들여다보았다. 저스틴의 오른쪽과 왼쪽에 누가 앉는지 알고 싶었다. 처음 얼마간 두 사람은 그런 모임에 나를 참석시키려고 애를 썼지만 난 병을 핑계 삼아 그들을 금세 지치게 만들었다. 그 시간에 스튜디오나 거대한 서재를 탐험하는 일이 더 즐거웠다. 모임이 끝난 후에 우리는 공모자라도 되는 양 만나곤 했다. 그럴 때면 저스틴은 사교 생활을 위한 화려함, 지루함, 허식을 모두 벗어던졌다. 그녀와 나는 신발을 벗어 던지고, 촛불 아래서 피케[22]를 했다. 그 뒤 그녀는 침실로 올라가다가 층계참에 있는 거울에 비친 자기 모습을 보았다. 그리고 거울 속 자신에게 말했다. "지루하고 우쭐대는 신경질적인 유대인 같으니!"

* * *

 므넴지안의 바빌로니안 이발소는 포드 1가와 네비 다니엘가가 교차하는 모퉁이에 위치해 있다. 매일 아침, 나와 퐁발이 나란히 누워 있는 모습이 이곳 거울에 비친다. 그는 우리가 앉은 의자를 들어 올리며, 빙글빙글 돌려 천장을 올려다보게 눕히고는 하얀 천으로 우리 몸을 죽은 파라오처럼 덮는다. 작은 흑인 소년이 우리 몸을 천으로 덮는 동안 거창하게 빅토리아식으로 둥글게 콧수염을 기른 이발사가 막 자라기 시작한 수염을 깎기 전, 좋은 냄새가 나는 비누 거품을 두 사람의 뺨에 듬뿍 바른다. 비누 거품이 뺨을 빈틈없이 덮고 나자, 이발사는 보조 일을 하는 소년에게 그 일을 넘긴 뒤, 자신은 가게 벽의 끈끈이 종이 사이에 걸어놓은 커다란 가죽 숫돌에 영국제 면도칼의 날을 갈기 시작한다.
 몸집이 작은 므넴지안은 어린 시절을 고스란히 담고 있는 보랏빛 눈동자를 가진 난쟁이다. 모든 것을 기억하고 있는 그는 이 도시의 공문서 보관소다. 만일 선조나 임시 거주자들의 도래에 대해 알고 싶다면 므넴지안에게 물어보면 된다. 그러면 그는 면도날을 갈고 난 뒤, 시험 삼아 자기 팔뚝에 난 지저분한 검은 털을 깎으며, 노래를 부르는 듯한 목소리로 세세한 사항까지 전부 다 읊어줄 것이다. 설사 자기가 모르는 일이 있다 하더라도 금세 알아낼 수 있다는 것을 므넴지안은 잘 알고 있다. 그뿐 아니라 죽은 이의 인생을 정리하는 일도 잘한다. 문자 그대로 속속들이 알고 있기 때문이다. 그리스인 병원에서 장의사들이 시신을 수습하기에 앞서 죽은 이의 면도를 위해 므넴지안을 고용하자, 그는 그 일을 하면서 고인의 민족적 고유 의식까지 치러주었다. 고대부터 내려온 이 의식은 산 자와 죽은 자의 양쪽 세상을 모두

포용할 수 있었다. 그는 다음과 같은 말로 시작하는 경우가 많다. "아무개가 마지막 숨을 내쉬며 내게 이렇게 말했답니다." 여자들 사이에서는 므넴지안이 환상적일 정도로 매력적이라는 소문이 돌았다. 그는 그 추종자들 덕분에 거금을 모아놓았다고 말하곤 했다. 추종자 중에는 나이 많은 이집트 부인도 몇 명 있었는데, 므넴지안이 정기적으로 머리를 손질해 주는 단골 고객인 주지사나 군사령관의 부인, 또는 과부들이다. 그가 장난스레 말하는 것처럼 그들은 '못 해줄 것이 없는' 여자들이었다. 그러면서 므넴지안은 종종 등 뒤 보이지 않는 곳에 난 혹을 어루만지며 자랑스럽게 말했다. "그 여자들은 이 혹에 자극받곤 하죠." 므넴지안은 추종자 중 한 사람에게서 선물로 받은, 금으로 된 담배 상자를 가지고 있었다. 그는 그 안에 낱장으로 된 담배 종이 뭉치를 넣어두었다. 므넴지안의 그리스어는 불완전했지만 과감하고 생기 넘쳤다. 그래서 퐁발은 므넴지안이 그리스어보다 훨씬 잘하는 프랑스어를 사용하지 못하게 했다.

므넴지안은 종종 내 친구에게 조심스레 매춘부를 알선했다. 그럴 때마다 나는 므넴지안이 자기가 데리고 있는 여자들에 대해 설명할 때면 종종 나타나는 뜻밖의 시적 비약에 놀랐다. 이를테면 그는 퐁발의 달 같은 얼굴 위로 몸을 숙이고는, 신중하게 면도칼을 움직이며 나직하고 조심스러운 목소리로 속삭인다. "제가 준비한 게 있습니다. 아주 **특별하답니다.**" 퐁발은 거울을 통해 나와 눈을 마주친다. 그리고 웃음이 전염되지 않도록 재빨리 시선을 돌린다. 그리고는 다른 사람에게 들리지 않게 투덜거린다. 므넴지안은 가볍게 발끝에 몸을 의지한 채 눈을 가늘게 뜬다. 그가 나지막하고 상냥한 목소리로 말하는 내용은 이중적인 의미를 지니고 있다. 그런 다음 이어지는 가볍지만 염세적인 한숨이 그의 이야기에 무게를 더한다. 잠시 말이 끊어진다. 난 거울에 비치는 므넴지안의 머리 위를 볼 수 있다. 잘 다듬어 관자놀이에 바짝 붙인 곱슬머리에서 검은 머리카락이 지저분하게 비어져 나와 있다. 비뚤어진 뒷머리 가발에서 시선을 돌리게 하기 위해 일부러 그런 것이 분명하다. 이발사가 면도칼을 가지고 일하는 동안에는 눈빛이 흐릿해지고, 얼굴도 무표정해진다. 그의 손가락은 우리의 얼굴 위를 서늘하게 헤매며 다니고 있다. 그 손가락들은 꼼꼼하고 정확하게 움직인다.(운이 좋게도.) "이번에는 모든 면에서 만족하실 겁니다. 그 여자는 젊은 데다 값도 싸고 깨끗하니까 말이죠. 얼굴을 보면 어린 메추라기, 꿀이 가득 들어 있는 집, 비둘기라는 말이 절로 나오실 겁니다. 경제적으로 어려운 여자죠. 최근에 홀완[23]에 있는 정신병원에서 나왔답니다. 남편이라는 작자가 그 여자가 미쳤다면서 그곳에 가둬두려 했다더군요. 제가 그 여자한테 로즈마리의 야외 테이블에 앉아 있으라고 했습니다. 1시에 그 여자를 만나러 가보시죠. 만일 마음에 드셔서 데려 가고 싶으시면 제가 드린 카드를 그 여자에게 주시면 됩니다. 하지만 돈은 제게 주셔야 한다는 걸 잊지 마세요. 신사 대 신사로 제가 정한 이 한 가지 조건만 지켜주시면 됩니다."

므넴지안은 더 이상 말하지 않는다. 퐁발은 계속 거울에 비치는 자기 모습만 쳐다보고 있다. 그의 타고난 호기심과 여름 더위로 인한 무관심이 싸우고 있는 것이다. 하지만 그 친구가 결국엔 지치고 혼란에 빠져 있는 누군가와 함께 아파트에서 요란하게 뒹굴게 될 것이라는 데에는 의심의 여지가 없다. 연민을 제외하고는 어떤 감정도 불러일으키지 못할 일그러진 미소를 짓고 있을 그 여자와 말이다. 그렇다고 해서 그 친구가 인정이 없다고 말할 수는 없다. 퐁발은 언제나 그런 여자들을 위해 일거리를 찾아주려고 애쓰기 때문이다. 그래서 예전에 그와 관계를 가졌던 여자 중에서 그에게 필사적으로 잘 보이려고 노력한 이들 대부분이 영사관에 직원으로 들어가 있었다. 그 여자들이 취직할 수 있었던 건 무엇보다 조르주의 끈질긴 노력 덕분이었다. 일단 외적으로 관심을 끌기 위해서는 너무 초라하거나 볼품없거나, 나이가 많은 여자는 안 된다는 건 말할 필요도 없다. 내가 알고 지낸 프랑스인의 기질 중 하나인 어느 정도의 용기와 재치도 필요했다. 자극적이고 관능적인 프랑스인의 매력은 자부심과 정신적인 나태함에 너무 쉽게 물들어 버린다. 프랑스인의 생각은 모래틀처럼 무너져 내리고, 타고난 재치는 시들어가는 관념에 굳어 버린다. 퐁발은 섹스를 가볍게 생각하고 있었고, 그렇게 행동했다. 그렇다고 해도 그의 냉담한 분위기는 우리와 종종 아침에 면도를 같이 받는 카포디스트리아의 생각이나 행동과는 질적으로 다르다고 할 수 있다. 카포디스트리아는 순전히 본능적으로 여자의 모든 것을 휘어잡을 수 있는 기술을 가지고 있다. 그의 시선은 의자 아래 여자들의 맨다리를 고통스러울 정도로 쫓아다닌다. 카포디스트리아는 무엇이든 임신시킨다. 그의 시선을 의식하자, 테이블 위에 놓여 있던 수박조차 씨가 안쪽으로 파고 들어가 살아나기 시작하는 것을 본 적이 있다. 항상 혓바닥을 얇은 입술 사이에서 날름거리는 평평하고 가느다란 그의 얼굴을 볼 때마다 여자들은 자신이 독사를 만난 새 같다고 느낀다. 나는 한 번 더 멜리사를 생각한다. 호르투스 콘클루수스[24], 소로르 미아 스폰소르[25]……

* * *

"르가르 데리주아르[26], 어떻게 당신이 우리와 어울리게 되었을까? 아니, 사실은…… 그렇지도 않은 거지?' 저스틴이 말했다. 그녀는 거울 앞에 앉아 검은 머리를 빗어 내리고 있다. 시선은 입에 물고 있는 담배에 고정되어 있다. "당신은 정신적 도망자야. 아일랜드인이니까 당연하겠지. 그럼에도 우리 같은 앙구아스[27]가 없어." 저스틴은 남몰래 우리가 아닌 풍경이 발산하는 독특한 기질을 찾고 있다. 잔뜩 지친 금속성 정취가 마레오티스 호수의 대기를 물들이고 있는 그런 풍경 속에서.

그녀가 말하는 동안 나는 이 도시의 설립자들과 유리로 된 관 안에 누운 전쟁의 신 그리고 왕릉을 향해 강을 따라 내려가는, 은에 둘러싸인 젊은 시신[28]에 대해 생각한다. 순수한 지적 유희로 네모난 머리에서 신의 개념을 떠올린 위대한 흑인 플로티노스를 생각한다. 이 풍경에서 떠오른 관념은 일반 주민들의 손에 닿지 않는 어딘가에 집중되어 있는 듯하다. 그곳에서는 제멋대로인 최후의 침묵을 벗어던진 육체가 훨씬 포괄적인 선입견에 따라야 한다. 그러지 않으면 그 육체는 무세이온[29]에서 행하는 연구나 과학, 그리고 예술의 초록빛 안뜰에서 자웅동체의 노골적인 유희 속으로 사라질 것이다. 인공적으로 뮤즈들을 수태시키고자 하는 서투른 시도에서 나온 시. 멜리사의 잠자는 얼굴 위 밤하늘에서 빛나는 머리털자리[30]의 강렬하지만 지루한 상징. "아! 그곳에는 뭔가 자유로운 것이 있을 거야. 우리가 살아가는 데는 폴리네시아인 같은 방종함이 있어야 해." 예전에 멜리사는 이렇게 말했다. 심지어 이탈리아나 스페인에서는 키스의 의미가 다르기 때문에 그건 지중해 방식이라는 것도 덧붙였을지 모른다. 이 자리에 있는 우리의 몸은 아프리카 사막에서 불어오는 거칠고 건조한 바람에 쓸려 벗겨진다. 그리고 사랑은, 현명하긴 하지만 가혹할 수도 있는 정신적 관대함, 고독을 지워버리는 것이 아니라 고독을 강조하는 그런 관대함으로 바꾸어야 한다.

심지어 지금 이 도시에는 중력의 중심이 두 개 있다. 진짜 자석의 중심과 북쪽에 있는 지역적 특징의 중심. 두 개의 중력 중심 사이에서 이곳 주민들의 기질은 방전된 것처럼 거센 불꽃을 일으킨다. 신성한 중심은 자신의 정체성 때문에 혼란스러워했던, 신의 이름을 빌린 젊은 전사의 시신이 누워 있는 소마의 잊혀진 어떤 곳이다. 세속적인 중심인 브로커스 클럽에서는 면직물 중개업자들이 카발리*처럼 앉아 커피를 마시거나 엽궐련을 피우면서 강둑 위에 있는 사람들이 어부나 화가의 작업을 지켜보는 것처럼 카포디스트리아 쪽을 바라보고 있다. 나에게 전자는 시간과 공간, 물질의 영역에서 인간의 위대한 정복을 상징한다. 패배 의식은 관 속에 누워 있는 정복자에게 바쳐야 한다. 후자는 상징이라기보다 자유의지의 살아 있는 지옥이다. 그 안에서 내가 사랑하는 저스틴은 자신을 드높이고 새로운 통찰력을 가져다줄 총체적인 불꽃을 전심전력으로 찾아다녔다. 알렉산드리아인인 그녀에게 방종이란 자기부정이나 자유 곡해의 이상한 형태였다. 만일 내가 그녀를 이 도시의 본보기로 본다면, 저스틴은 알렉산드리아나 내가 생각할 수밖에 없는 플로티노스가 아니라 발렌티누스의 가련한 서른 번째 아이다. '루시퍼처럼 하느님께 반항한 것이 아니라 하느님과 하나가 되기를 너무나 간절히 바란' 발렌티누스는 타락했다.** 간절하게 바라는 것도 지나치

---

* 너무 일찍 죽음을 맞이한 사람들의 저승에서의 육신. "그들은 몸을 움직이기 위해서 육신이 있는 것처럼 상상한다. 실제로 육신은 없고 생각으로만 행동하는 것이다." (파라셀수스)

** "그노시스파의 교리에 따르면 창조는 실수다……. 그는 최초의 신, 성스러운 조화의 중심을 상상한다. 그래서 자신의 모습을 딴 남자와 여자를 만들었다.

면 죄가 되는 법이다. 그 비극적인 철학자의 말에 따르면 소피아는 자기 자신의 성스러운 조화를 깨뜨렸기에 타락했다. 그리고 물질이 구현되었다. 이 도시를 비롯한 세상 전부가 그녀의 고통과 후회로 형성된 것이다. 소피아의 생각과 행동에서 기인한 비극의 씨앗은 염세론적 그노시스주의[31]의 씨앗으로 자라났다. 난 이 같은 진실을 확인할 수 있었다. 왜냐하면 그 후 이 문제로 고민하던 저스틴이 나를 매달 발타자르가 주도하여 여는 카발에 초대했기 때문이다. 저스틴은 발타자르가 그노시스에 대해 말하는 내용에 큰 흥미를 가지고 있었다. 언젠가 그녀는 마치 자신이 발타자르의 생각을 제대로 해석하고 있는지 궁금하다는 듯 매우 열정적으로 이렇게 물었다. "그러니까 하느님은 우리를 창조하지 않았고, 우리도 창조되길 원하지 않았지만, 자신을 창조주라고 잘못 알고 있던 데미우르고스라는 하급 신 때문에 우리가 태어난 거란 말이지? 세상에, 정말 그럴듯한걸! 그런 자만심 강한 오만함이 우리 아이들에게도 전해져 왔던 거네." 그리고 저스틴은 갑자기 내 앞을 가로막아 걸음을 멈추게 한 뒤, 내 코트 깃을 잡더니 내 눈을 뚫어지게 쳐다보며 말했다. "당신은 어떻게 생각해? 아무 말도 하지 않고 있잖아. 가끔씩 웃기만 하고."

내 입장에서 그런 건 아무래도 상관없다는 대답을 어떻게 해야 할지 알 수 없었다. 그런 사상들이 존재하고 있다는 사실은 누군가 그런 것을 만들어내고 있다는 것을 입증한다. 그 사상이

하지만 매번 그 남자와 여자는 전임자보다 열등했고, 열세 번째로 만든 여자 소피아('지혜')는 그중에서도 제일 형편없었다. 그녀는 자신의 단점을 보여주지 않았다. 하느님께 반항한 루시퍼처럼 그녀 또한 지나칠 정도로 하느님과 하나가 되기를 바라고 있었다. 소피아는 사랑에 빠져 있었던 것이다." (E. M. 포스터의 『알렉산드리아』)

객관적으로 옳든 그르든 무슨 상관이란 말인가? 그노시스주의는 오래가지 못했다. "하지만 그건 문제야. 중요한 일이라고. 아주 중요한 문제!" 저스틴이 감정이 격앙된 듯 소리쳤다.

우리는 우리 풍경의 아이들이다. 이 풍경은 우리의 행동은 물론 생각까지 좌지우지한다. 우리는 거기에 응답한다. 이건 확실하다. "말하자면, 그 많은 불안과 절대적인 진리에 대한 갈망을 포함한 당신의 의심은 그리스 회의론과는 달라. 사고(思考)를 게임의 일부로 여기는 궤변에 의도적으로 의지하는 지중해인의 정신적 유희에서 기인한 그리스 회의론과는 다르다는 거지. 왜냐하면 당신의 사고는 무기이자 신학 그 자체니까."

"하지만 행동을 어떻게 달리 판단할 수 있단 말이야?"

"사고가 그 자체로 판단될 때까지 포괄적으로 판단할 수는 없어. 왜냐하면 우리 생각은 그 자체가 행동이니까. 부분적으로 판단을 시도하면 오해만 불러일으킬 뿐이지."

나는 그녀가 자신의 마음속에서 충돌하는 여러 생각 때문에 갑자기 벽에 기대거나 폼페이 기둥 유적지 뒤뜰에 있는 부러진 기둥에 앉아 억누를 수 없는 슬픔에 빠지는 모습을 보는 것이 좋았다. "정말 그렇게 믿는 거야?" 저스틴이 그런 슬픔 속에서 말할 때면, 난 감동받았을 뿐 아니라 재미있게 여기곤 했다. "그런데 어째서 웃는 거지? 심각한 일인데도 당신은 늘 웃기만 하잖아. 세상에! 정말 슬픔이란 게 뭔지 알고 있는 거야?" 저스틴이 나에 대해 전부 알고 있다면, 나중에라도 알게 될 것이다. 우리 중에서 그런 감정을 깊이 느끼고, 인간의 사고로는 해결되지 않는 혼란을 완전히 인식하고 있는 사람의 유일한 해답은 다정함과 침묵이라는 반어법이라는 것을.

그곳의 밤하늘은 별들이 쏟아질 것처럼 빛나고 있었고, 날카롭고 메마른 잔디 사이에는 개똥벌레 유충들이 엷은 자줏빛으로 유령처럼 아늘거리며 마주하고 있었다. 난 저스틴의 옆에 앉아 아무 말도 하지 못한 채 그녀의 아름다운 검은 머리카락만 쓰다듬을 뿐이었다. 저 아래 흐르는 검은 강은 발타자르가 가지고 온 책에서 때로는 감동으로, 때로는 너무 많은 추상적 사고로 인한 피곤함 때문에 떨리는 목소리로 읽어 내린 고상한 인용과 같다. "몸을 위한 한낮과 영혼을 위한 밤. 육체가 멈추면 인간의 정신이 일을 시작한다. 몸이 깨어나면 정신이 잠들고, 정신이 잠들면 몸이 깨어난다." 그런 뒤 천둥소리처럼 큰 소리로 외친다. "악은 변질된 선이다."[32]

* * *

난 오랫동안 네심이 그녀를 늘상 지켜보고 있다는 사실이 의심스러웠다. 무엇보다 저스틴은 밤에 도시를 날아다니는 박쥐처럼 자유로웠고, 그녀가 자신의 행적에 대해 설명하는 걸 들어본 적이 없기 때문이다. 이 도시 생활에서 너무나 변화무쌍하게 수많은 장소에서 밀착하는 누군가를 감시한다는 건 쉬운 일이 아니다. 그럼에도 저스틴이 누군가에게 해를 끼치지 않도록 지켜보는 일은 가능했다. 그 일이 일어난 건 내가 저녁 식사에 초대받아 그 저택에 간 밤이었다. 우리는 정원 가장자리에 처놓은 작은 천막에서 저녁 식사를 하기로 했다. 여름 저녁의 선선함이 분수 가장자리의 네 마리 사자 머리에서 흐르는 물결의 속삭임과 어울리고 있었다. 저스틴이 드물게도 늦게까지 나타나지 않아, 그 자리에는 네심 혼자 앉아 있었다. 그의 뒤로 커튼이 드리워져 있었고, 그의 길고 부드러운 손가락에서는 황옥이 석양빛에 반사되어 반짝거리고 있었다.

이미 한 시간 사십 분이 지났다. 네심이 저녁 식사를 준비하라는 신호를 보냈다. 그때 작은 검은색 전화기의 내선이 날카로운 소리로 울리기 시작했다. 네심은 한숨을 쉬며 테이블 위로 손을 내밀어 수화기를 들었다. 나는 그가 초조한 목소리로 "여보세요." 하고 전화를 받는 것을 들었다. 낮은 목소리로 전화를 받던 네심은 갑자기 아라비아어로 바꾸어 통화하기 시작했다. 그 순간 나는 전화 상대가 므넴지안일 것 같다는 느낌이 들었다. 어째서 그런 기분이 들었는지는 모르겠다. 네심은 봉투 위에 뭔가를 갈겨썼다. 그리고 수화기를 내려놓더니, 자신이 쓴 메모를 외우려는 듯 잠시 그 자리에 서 있었다. 그런 다음 나를 돌아보았다. 네심은 갑자기 사람이 달라진 것처럼 보였다. "저스틴한테 우리 도움이 필요한 모양이야. 같이 가겠나?" 대답을 기다릴 새도 없이 그는 계단을 뛰어 내려가 백합 화분이 놓인 길을 지나쳐 차고로 달려갔다. 난 즉시 네심의 뒤를 따랐다. 작은 스포츠카를 타고 포드가로 통하는 무거운 대문을 돌아 나가기까지 몇 분 걸리지 않았다. 바다 방향으로 복잡한 거리를 이리저리 누비듯 뚫고 지나가 라스 엘 틴으로 미끄러지듯 나아갔다. 시간이 많이 늦지 않았는데도 사람들은 몇 명 없었다. 우리는 빠른 속력으로 요트 클럽 앞 경사진 해안 도로의 굽이진 갓길을 따라 달렸다. 느릿느릿 바다 쪽으로 내려가는 말이 끄는 마차('사랑의 마차')들을 거칠게 추월했다.

우리는 요새에서 방향을 돌려 타트위그가(街) 뒤쪽의 혼잡한 빈민가로 들어갔다. 우리 차의 금색 헤드라이트가 개밋둑 같은 카페와 사람들로 가득한 광장을 비추었다. 그곳은 이상하게 눈이 부셨다. 부서지고 무너져 내린 집들이 줄줄이 늘어서 있는 그 뒤쪽 어딘가에서 장례 행렬의 곡소리와 울음소리가 울려 퍼졌다. 직업적 대곡꾼들의 고인을 위한 애도의 소리가 밤거리를 소름 끼치게 만들었다. 우리는 모스크 옆 좁은 골목에 차를 세웠다. 네심은 지저분한 명패를 단 사무실들이 절반쯤 들어와 있는 커다란 건물의 깜깜한 입구로 들어갔다. 사무실 문은 모두 닫혀 있었다. 보아브[33]가 천을 덧댄 의자에 앉아 짧은 수연통을 문 채 담배를 피우고 있었다. 그곳은 온통 낡은 자동차 타이어 같은 버려진 물건들로 가득 차 있는 것 같았다. 네심은 문지기에게 날카롭게 질문을 하고는, 그 남자가 대답하기도 전에 그곳을 지나쳐 건물 뒤쪽으로 나갔다. 컴컴한 뒤뜰은 지저분한 회반죽과 흙으로 만든 벽돌로 지은 건물에 둘러싸여 있었다. 네심은 잠시 멈춰서서 라이터에 불을 켠 뒤, 흐릿한 불빛에 의지해 건물들의 출입구를 하나하나 살펴보기 시작했다. 네 번째 문 앞에서 그는 딸깍 소리를 내며 라이터를 끈 뒤, 주먹으로 문을 두드리기 시작했다. 아무 대답이 없자, 네심은 문을 열었다.

컴컴한 복도를 따라가니 작은 방이 나왔다. 방은 희미한 전등 불빛 아래 어두웠다. 그곳이 우리의 목적지임이 분명했다.

우리가 들이닥친 그곳의 광경은 기괴하기 그지없었다. 진흙 바닥을 시작으로 그곳에 있는 사람들의 눈썹, 입술, 광대뼈를 비추며 사람들의 얼굴에 커다란 검은 반점을 남기는 불빛 때문인지도 모른다. 그 때문에 그들은 쥐 떼에게 얼굴을 절반쯤 뜯긴 것처럼 보이기도 했다. 초라한 건물의 서까래 사이로 쥐들이 오르락내리락하는 소리가 들렸다. 그곳은 어린 매춘부들의 집이었다. 그 침침한 곳에서 입술을 진하게 바르고 우스꽝스러운 성경 장면이 그려진 잠옷을 걸친 채, 긴 구슬 목걸이에 싸구려 반지를 낀 소녀들이 서 있었다. 소녀들의 머리카락은 반쯤 헝클어져 있었다. 모두 많아야 열 살을 넘을 것 같지 않았다. 독특한 잠옷 아래에서도 빛나는 어린이 특유의 순진함은 방 한가운데 서 있던 프랑스 선원의 야만적인 모습과 깜짝 놀랄 정도로 대비를 이루었다. 그자는 사납고 뒤틀린 얼굴을 저스틴 쪽으로 내밀고 있었다. 저스틴은 우리 쪽으로 상반신을 반쯤 돌린 채 서 있었다. 남자가 막 지른 고함 소리에 정적이 깨졌다. 소리가 사라진 뒤에도 길게 내민 턱과 얼굴 아래 검고 단단한 근육에는 그 여운이 남아 있었다. 저스틴의 꼼꼼하고 학구적인 얼굴은 고통으로 가득 차 있었다. 그녀는 한 손에 병을 들고 있었지만 결코 던지지 못할 것이 분명했다. 틀린 방향으로 잡고 있었기 때문이다.

벽에서 반사된 따뜻한 그림자가 방 한쪽 구석에 놓여 있는 못 쓰는 소파 위를 뒤덮고 있었다. 소파 위에는 아이 중 한 명이 죽음을 맞이하기라도 하는 듯 몸을 잔뜩 웅크린 채 누워 있었다. 소파가 놓여 있는 벽 위에는 푸른색으로 찍은 소녀의 손자국이 여기저기를 뒤덮고 있었다. 그 집을 악마의 눈에서 지키기 위한 일종의 액막이 부적이었다. 그 방의 유일한 장식이기도 했다. 실제로 이 도시에 있는 아랍인 처소 전체의 일반적인 장식이기도 했다.

네심과 나는 그 기괴하지만 아름다운 광경에 깜짝 놀라 순간 멍하니 서 있었다. 빅토리아풍 싸구려 성경에 새겨진 끔찍한 색의 그림처럼 전체적인 모습이 어느 정도 비뚤어지고 왜곡되어 있었다. 저스틴은 금세 울음을 터뜨릴 듯 거칠게 숨을 몰아쉬고 있었다.

우리는 그녀에게 와락 덤벼들었다. 그런 다음 저스틴을 데리고 거리로 나왔다. 어쨌든 바다에 도착해서 맑은 청동색 달빛 아래 해안 절벽가 도로를 달린 것을 기억하는 건 우리 세 사람 중 나뿐이다. 네심의 슬픔에 잠긴 고요한 얼굴이 백미러에 비쳤다.

그리고 그의 아내는 아무 말 없이 그 옆에 앉아 부서지는 은빛 물결을 응시하며, 네심의 재킷 주머니에서 빌린 담배를 피우고 있었다. 그 뒤 차고에 도착했을 때, 우리가 차에서 내리기 전에 그녀는 네심의 눈 위에 부드럽게 키스했다.

* * *

그 모든 일이 내게는 처음으로 얼굴을 맞대는 실질적인 만남에 대한 일종의 준비 단계로 여겨졌다. 세 사람 사이의 공통적인 취향을 기반으로 한 우정과 우리 사이의 유쾌하면서도 즐거운 공감은, 사랑이 아니라 탐욕스러운 성적 유대감이 거의 없는 정신적인 집착이었다. 어떻게 우리는 그렇게 할 수 있었던 것일까? 다른 곳에서였다면 지금껏 있었던 일들을 통해 우리가 잘 어울린다는 것을 알았을 것이고, 그 사랑의 실패에 익숙해진 채로 견뎌냈을 것이다.

가을이 되어 월계수가 희미한 인광성으로 바뀌면서 오랫동안 먼지가 자욱하던 날들이 지나간다. 처음으로 누에고치에서 벗어나 펄럭거리는 나비의 날갯짓 같은 가을의 떨림을 느낄 수 있다. 마레오티스 호수는 연한 황금빛이 섞인 자줏빛으로 바뀌고, 진흙으로 뒤덮인 측면 지대는 눈부신 아네모네밭으로 변신한다. 아네모네는 해안가를 가득 메운 진흙 사이를 뚫고 자란다. 네심이 카이로에 가 있을 때, 책을 몇 권 빌리려고 그 집에 찾아간 적이 있다. 그런데 정말 놀랍게도 저스틴이 스튜디오에 앉아 낡은 스웨터를 꿰매고 있었다. 사업상 회의에 참석해야 하는 네심을 놔두고, 그녀 혼자 밤 기차를 타고 알렉산드리아로 돌아왔다고 했다. 우리는 함께 차를 마셨다. 그러다가 갑자기 수영을 하고 싶은 충동을 느꼈다. 그래서 차를 타고 녹슨 광물 찌꺼기가 쌓여 있는 멕스 지역을 지나 부르 엘 아랍의 모래사장으로 향했다. 빠르게 사라져가는 오후의 연한 황금빛이 섞인 자줏빛 햇살이 반짝이고 있었다. 드넓게 펼쳐진 바다는 산화된 수은빛의 신선한 모래 양탄자에 부딪히며 소리를 낸다. 그 선율 고운 파도의 깊이 있는 울림은 우리가 나누는 대화의 배경음악이 되어주었다. 우리는 발목 깊이까지 움푹 들어간 얕은 웅덩이에 자라난 등대풀을 밟으며 걸었다. 여기저기 뿌리가 찢어진 해면으로 가득했다. 우리는 사람들이 없는 길을 지나갔다. 내가 기억하기로는 덫으로 잡은 야생 새들이 가득 담긴 철사 바구니를 머리에 멘 비쩍 마른 베두인 젊은이만 지나갔다. 흐릿한 눈빛의 메추라기들.

우리는 한참 동안 젖은 수영복을 입은 채 나란히 누워 있었다. 해가 지기 전 마지막 어슴푸레한 빛이 피부 위에 기분 좋은 저녁의 서늘함을 안겨 줄 때까지. 저스틴이 한쪽 팔꿈치로 몸을 받친 채 손바닥을 펴서 눈을 가리며 내 얼굴을 쳐다보고 있는 동안, 나는 반쯤 눈을 감고 누워 있었다.(그럼에도 그녀의 모습은 뚜렷이 볼 수 있었다!) 내가 말을 할 때마다 그녀는 내 입술을 쳐다보는 버릇이 있었다. 이상하게 반쯤 놀리는 것처럼, 마치 내가 발음을 틀리길 기다리기라도 하는 것처럼 무례할 정도로 빤히 쳐다보곤 했다. 그 일이 정확히 언제 시작되었는지는 기억나지 않는다. 하지만 난 그녀가 목이 잔뜩 쉰 목소리로 이렇게 말했던 것을 기억한다. "만일 우리에게 이런 일이 일어난다면 뭐라고 말할 거야?" 하지만 내가 대답하기도 전에 그녀가 고개를 숙여 내게 키스했다. 난 입으로는 냉소적으로, 적대적으로 말해야 했다. 그렇지만 그건 나답지 않은 것 같아 반쯤 정색을 하고 그녀를 비난했다. 하지만 그 키스는 너무나도 부드러워서 숨을 쉴 수 없을 정도였고, 이젠 익숙한 그녀의 무례한 웃음, 조롱하는 듯 불안한 그 웃음을 멈추게 할 정도로 따가웠다. 내가 보기에 저스틴도 몹시 놀란 것처럼 느껴졌다. "우리 사이에 일어나서는 안 되는 일이야." 만일 그때 내가 이렇게 말했다면 그녀는 틀림없이 이렇게 대답했을 것이다. "그래도 그런 일이 일어난다면, 어떻게 할 건데?" 난 똑똑히 기억한다. 내 입술 위로 그녀의 입술을 강렬하게 느끼던 그 순간, 그녀의 갈색 팔이 내 몸을 감싸 안고 있던 바로 그때 저스틴은 자기 합리화를 하느라 정신이 없었다는 것을.(우리는 프랑스어로 대화하고 있었다. 언어는 국민성을 만든다.) "내게 이번 일은 과식이나 방종 같은 실수가 아니야. 우린 너무 세속적인 기준으로만 생각하고 있어. 그저 서로 상대에게서 뭔가를 배운 것뿐이야. 그게 뭐지?"

그건 뭐였을까? "그래서 키스가 그 방법이라는 건가?" 난 저녁 하늘 위로 흔들거리며 커다랗게 떠오른 네심의 모습을 보며 이렇게 물었던 것을 기억한다. "나도 몰라. 모르겠어." 저스틴은 자신을 비하하는 표정으로 무례하면서도 완강한, 그렇지만 절망적인 목소리로 말했다. 그리고 그녀는 타박상을 누르듯 자기 몸으로 내 몸을 눌렀다. 마치 내게서 생각이라는 것을 지워내고 싶어 하는 듯했다. 나는 키스를 할 때마다 느껴지는 미세한 전율이 그런 고통을 사라지게 만든다는 사실을 알게 되었다. 벤 곳을 찬물로 가라앉히는 것처럼. 그때만큼 저스틴이 이 도시의 아이라는 것을 절실하게 느낀 적이 없다. 이 도시는 여자들의 운명을 쾌락이 아닌 고통스러운 방종에 빠지게 만든다.

저스틴은 자리에서 일어나 저 멀리 떨어져 길게 굽이진 해안 쪽으로 걸어가기 시작했다. 고개를 숙이고 천천히 용암처럼 뜨겁게 달아오른 물구덩이들을 건너갔다. 나는 방에 있는 거울에 비친 그녀를 보며 미소 짓던 네심의 잘생긴 얼굴을 떠올렸다. 우리에게 방금 전에 일어났던 그 모든 일들이 내 마음 속에서는 꿈처럼 비현실적으로 느껴졌다. 그녀를 쫓아가기 위해 자리에서 일어난 뒤, 담뱃불을 붙였다. 떨리는 손으로 담뱃불을 붙이는 그때의 내 모습은 객관적으로 보면 이상하게 보였을 것이다.

하지만 내가 그녀를 따라잡아 붙잡았을 때, 나를 돌아보는 그녀의 얼굴은 소름 끼치는 악마처럼 보였다. 저스틴은 분노로 불타오르고 있었다. "당신은 내가 그저 정사를 나누고 싶어 하는 거라고 생각하지? 세상에! 우리 사이가 겨우 그 정도였어? 어떻게 내가 어떤 감정을 느끼는지 모를 수 있지? 어떻게 그래?" 그녀가 젖은 모래 위에서 발을 힘껏 굴렀다. 그건 단순히 우리가 자신 있게 밟고 다니던 땅에 단층이 벌어진 게 아니었다. 마치 오랫동안 내버려 두었던 내 성격의 중심이 갑자기 무너져 내린 것과 같았다. 그처럼 생각과 감정의 교류가 불능인 상태로 울창한 정글 같은 마음속으로 통하는 길이 열렸다는 것을 난 인정할 수밖에 없었다. 우리는 여기서 육체의 노예가 되었고, 도무지 알 수 없는 복잡하고 미묘한 감정을 머리로 알게 되었다. 이 세상에서 드물게 우리 사이를 보완해 주는 어떤 내면의 것이 이 새로운 감정을 받아들이고 해석하고 이해할 수 있게 해주었다.(아주 보기 드물기 때문에, 그중 하나를 찾아내는 일은 흔치 않다!) "그러니까 이번 일은 섹스와 상관없단 말이야." 난 그녀가 한 말을 기억하고 있다. 비록 그 말에서 자신이 전하고 싶은 말과 육체를 떼어놓고자 하는 저스틴의 필사적인 시도를 알아차렸음에도 난 웃고 싶었다. 그건 사랑에 빠졌을 때 파탄이 일어나는 것과 같은 종류의 일로 여겨졌다. 그제야 내가 훨씬 이전부터 보아온 것이 무엇인지 알 수 있었다. 그건 우리의 우정은 이미 서로 부분적으로나마 일부가 되어버린 그 시점까지 무르익어 버렸다는 사실이었다.

그런 생각은 우리 둘 모두에게 충격을 줄 것이라고 생각한다. 왜냐하면 그런 관계에 겁을 낼 수밖에 없다는 사실에 벌써 지쳐버렸기 때문이다. 우리는 더 이상 어떤 말도 하지 못한 채 아무 말 없이 손을 맞잡고 옷을 벗어놓은 해안으로 돌아갔다. 그녀와 나는 자신의 감정을 시험하기 위해 서로 도망칠 수밖에 없었다. 우리는 아무 말도 하지 않았다. 차를 타고 시내로 돌아오자, 저스틴은 평소처럼 나를 아파트 근처 모퉁이에 내려주었다. 내가 차 문을 소리 나게 닫자, 그녀는 내게 인사말을 건네거나, 시선도 한 번 주지 않고 그대로 출발했다.

아파트 방문을 열었을 때도 난 여전히 젖은 모래에 새겨진 저스틴의 발자국을 볼 수 있었다. 책을 읽고 있던 멜리사가 나를 쳐다보며, 특유의 차분한 통찰력으로 물었다. "무슨 일이 있었구나. 대체 무슨 일이야?" 나 자신도 알 수 없었기에 그녀에게 아무것도 대답할 수 없었다. 난 손으로 멜리사의 얼굴을 감싸 안은 채 아무 말 없이 한참을 들여다보았다. 이전에는 느껴보지 못했던 슬픔과 갈망, 관심과 배려심을 가지고. 그녀가 말했다. "지금 당신이 보고 있는 사람은 내가 아니야. 다른 사람이지." 하지만 처음에는 멜리사를 보고 있었다. 역설적이긴 하지만 멜리사를 있는 그대로 보게 만들어준 사람은 저스틴이었다. 그리고 그렇다는 건 내가 그녀를 사랑한다는 걸 인정하는 셈이다. 멜리사는 미소를 지으며 담배를 찾았다. "당신은 저스틴을 사랑하고 있잖아." 난 진지하고 정직하게 그리고 할 수 있는 한 고통스럽게 대답했다. "아니야, 멜리사. 그것보다 더 심각한 일이야." 도대체 내 인생이 무엇 때문에, 어쩌다 이렇게 된 건지는 설명할 수 없었지만.

저스틴을 생각하면 풍자만화에 등장하는, 남성이라는 굴레에서 벗어난 여자들의 자유롭고 멋진 모습이 떠오른다. "썩은 고기가 있는 곳에는 독수리들이 모여들지." 그녀는 자신의 고향에 대해 이야기하며 자랑스럽게 뵈메[34]를 인용한 적이 있다. 그 순간 저스틴은 독수리처럼 보였다. 하지만 멜리사는 잔뜩 흐린 하늘 아래 겨울 풍경을 그린 슬픈 그림 같았다. 시멘트 공장의 창턱에 놓여 있는 제라늄 몇 송이가 피어 있는 화초 상자 같은 그림.

내가 이곳으로 가지고 온 저스틴의 일기 중 한 구절을 소개한다. 그전에 일어난 일들에 대해 길게 언급하고 있을 게 틀림없기에 난 여기에 그 일기를 번역했다. 내가 자세히 적긴 했지만, 그 일기에는 내면에서 자라나고 있던 지독한 사랑의 특징이 정확하게 표현되어 있다. 우리 자신보다도 이 도시를 특별하게 여기는 그 사랑에 대해. 〈마음과 생각이 일치하는 사랑에 빠지는 것을 상상하는 건 아무 소용 없는 일이다. 두 사람의 마음에 동시에 불꽃이 일어나면 자율적으로 성숙한 행동을 시작하게 된다. 그건 무언가가 각각의 내부에서 소리 없이 폭발하는 감각이다. 그런 일을 겪으면 연인들은 멍하니 마음을 빼앗긴 채 남자든 여자든 자신의 경험을 되돌아보며 감동한다. 그녀는 잘못된 대상에게 감사를 표하게 되고, 친구와 대화를 나누는 것 같다는 환상을 만든다. 하지만 그건 거짓이다. 사랑의 대상은 단순히 자아도취에 빠져 같은 순간의 경험을 나눈 누군가일 뿐이다. 그리고 사랑하는 대상을 가까이하고 싶다는 욕망은 처음에는 소유해야겠다는 생각이 아니라, 마치 다른 거울에 비친 두 영상처럼 두 사람의 경험을 비교하게 내버려 두는 것이다. 이 모든 것은 첫인상, 키스, 접촉보다 앞설지도 모른다. 야망, 자존심과 질투에 앞설지도 모른다. 전환점에 흔적을 남기겠다는 첫 번째 선언에 앞설지도 모른다. 왜냐하면 여기서부터 사랑은 습관이 되며, 소유로 타락하게 되고, 다시 외로워지기 때문이다.〉 얼마나 독특하고, 진지한 마법 같은 저스틴의 재능을 보여 주는 묘사인지. 그러면서도 얼마나 진실한…… 그녀의 모습인지!

〈모든 남자는…….〉 다른 부분에서는 이렇게 쓰고 있다. 지금 이 자리에서 나는 저스틴이 쓴 글에 그녀의 수심 어린 허스키한 목소리가 겹쳐지는 것을 들을 수 있다. 〈모든 남자는 진흙과 악령으로 만들어졌다. 그리고 어떤 여자도 그 두 가지를 기를 수는 없다.〉

그날 오후, 집에 돌아간 그녀는 오후 비행기로 도착한 네심을 만났다. 저스틴은 열이 나는 것 같다며 일찍 잠자리에 들었다. 네심이 옆에 앉아 그녀의 열을 재보려 하자, 저스틴은 그가 도저히 잊을 수 없는 말을 했다. 네심은 아주 오랜 시간이 지난 후에 내게 그 말을 그대로 전해 주었다. "특별히 아픈 데가 있는 건 아니야. 그냥 한기가 좀 들어서 그래. 병이란 건 죽고 싶어 하는 사람한테는 관심이 없나 봐." 그러다가 제비가 공중에서 갑자기 방향을 돌리듯 급작스럽게 화제를 돌리며 그녀가 말을 덧붙였다. "아! 네심, 난 너무 튼튼한 것 같아. 진정으로 사랑받지 못하는 건 그 때문이 아닐까?"

* * *

내가 처음으로 알렉산드리아 사교계의 거대한 거미줄 속에서 자유롭게 움직이기 시작한 건 네심을 통해서였다. 얼마 안 되는 내 수입으로는 멜리사가 춤추는 나이트클럽에조차 갈 수 없었다. 처음에는 영원히 네심의 환대를 받아야 하는 처지라는 사실에 조금이나마 수치심을 느끼고 있었다. 하지만 우리는 이내 가까운 친구가 되었고, 난 그들과 함께 어디든 다니게 되었다. 그러자 그 문제는 더 이상 안중에 없어졌다. 멜리사가 내 옷 가방 중 어딘가에서 낡은 정장을 찾아 손질해 주었다. 그들과 함께 처음으로 멜리사가 춤추는 클럽을 찾아갔다. 저스틴과 네심 사이에 앉아서 눈부신 부분 조명 아래 갑자기 나타나는 멜리사의 모습을 보는 건 낯설었다. 부드러운 얼굴을 나이 들어 보이게 만드는, 상상력이라고는 찾아볼 수 없을 정도로 짙은 화장을 한 멜리사는 알아보기 힘들 정도였다. 난 그녀의 춤이 너무 진부하다는 데 실망했다. 평균 이하였다. 그러나 가젤이 물레바퀴를 돌리는 것 같은 멜리사의 가느다란 손과 발의 무력하면서도 부드러운 움직임을 지켜보았다. 난 미적지근한 박수에 인사하는 그녀의 평범하고 자기 비하적인 멍한 모습을 다정하게 지켜보았다. 그 뒤 멜리사는 쟁반을 들고 좌석을 돌면서 오케스트라를 위한 모금을 시작했다. 그녀는 내가 앉아 있는 테이블에 절망적일 정도로 겁에 질린 모습으로 다가왔다. 창백한 얼굴로 눈을 내리깐 채 손을 떨고 있었다. 내 친구들은 그 당시 우리 관계를 알지 못했다. 하지만 저스틴은 내가 주머니에서 찾은 지폐 몇 장을 멜리사 못지않게 떨리는 손으로 쟁반 위에 올리는 모습을 호기심 어린 짓궂은 시선으로 보고 있었다. 그 강렬한 시선에서 난 그녀가 당혹해하고 있다는 것을 알 수 있었다.

그런 다음 나는 저스틴과 춤을 춰서 기분이 좋아진 상태로 약간 취한 채 아파트로 돌아왔다. 그때까지 자지 않고 있던 멜리사가 전기 열선 위에 주전자를 올려 물을 끓이고 있었다. "어쩌자고 모금 쟁반에 가지고 있던 돈을 집어넣었어? 그것도 주급을 몽땅 다. 당신 미쳤어? 내일부터 우린 뭐 먹고 살아?" 멜리사가 말했다.

우리 둘 다 돈 문제에서 절약이란 부분에는 대책이 없었다. 그렇긴 해도 그나마 따로 떨어져 있는 것보다는 같이 있는 편이 나았다고 할까. 밤늦게 나이트클럽에서 집까지 걸어서 돌아오는 멜리사는 집 앞에 있는 골목길에서 멈춰 선다. 내가 전등불을 밝혀 놓은 것을 보고 낮게 휘파람 소리를 낸다. 그 소리를 들으면 나는 읽고 있던 책을 내려놓고 조용히 계단을 내려간다. 난 마음의 눈으로 나지막하니 맑은 소리를 내고 있는 그녀의 오므린 입술을 볼 수 있다. 그 소리는 가볍게 솔질을 할 때 나는 소리 같다. 내가 글을 쓰고 있던 시기에 멜리사는 여전히 노인과 그의 대리인들에게 쫓겨 다니며 괴롭힘을 당하고 있었다. 우리는 아무 말 없이 손을 잡고 폴란드 영사관이 있는 미로 같은 골목으로 서둘러 내달린다. 간간이 어두운 골목에서 우리를 뒤쫓는 자들을 확인하기 위해 멈춰 서면서. 마침내 상점들이 보이지 않게 되고, 푸르른 바다가 보인다. 우리는 알렉산드리아의 밤에 우유처럼 하얗게 빛나는 바다를 향해 서둘러 나갔다. 기분 좋게 따스한 공기 속에서 우리는 걱정거리를 미뤄놓는다. 그리고 바람과 파도가 가볍게 어루만지는 몬타자의 검은 벨벳 같은 젖가슴 위에 두근거리며 누워 있는 샛별을 향해 걸어간다.

그 시절 멜리사의 도발적이면서도 사람을 빨아들일 듯한 관대함은 젊음을 재발견할 수 있게 해주었다. 그녀의 길고 매혹적인 손가락. 내가 잠들었다고 생각하면 우리가 나누었던 행복을 기억하려는 것처럼 내 얼굴을 어루만지는 멜리사의 손가락을 느낄 수 있었다. 그녀에게는 동양인다운 탄력과 유연함, 남자를 보살펴 주려는 열정이 있었다. 내 허름한 옷들 —— 그녀가 내 지저분한 셔츠를 집어 드는 모습을 보면 넘쳐 나는 갈망을 주체하지 못하는 것 같았다. 아침이면 티 하나 없이 깨끗한 면도칼에, 심지어 금방이라도 쓸 수 있도록 치약까지 묻혀 놓은 칫솔을 발견한다. 나를 위한 멜리사의 보살핌은 내 생활에 그녀의 검소함과 어울리는 일종의 형태와 형식을 갖추라고 자극을 준다. 멜리사는 과거 사랑의 경험에 대해서는 결코 이야기하지 않는다. 욕망보다 필요에 따라 다가온 사랑의 경험들은 권태와 혐오로 버려 버린다. 멜리사는 내게 듣기 좋은 말을 해준다. "남자의 경솔함과 어리석음을 두려워하지 않게 된 건 이번이 처음이야."

가난하다는 것 또한 깊은 유대감을 주었다. 우리가 한 여행 대부분은 바닷가 옆에 있는 시골 마을들을 찾아다닌 간단한 여행이 전부였다. 모래 해변을 달리는, 바퀴가 덜컹덜컹 소리를 내는 작고 초라한 시가 전차를 타고 시디 비슈르로 가거나, 노우즈하의 명소인 샴 엘 네심에서 시간을 보내곤 했다. 그곳에서 초라한 이집트인 가족들 사이에 끼어 서양 협죽도[35] 아래 잔디에서 소풍을 즐겼다. 수많은 사람들 사이에서 느끼는 불편함은 기분 전환이 되었으며, 우리 두 사람 사이를 더욱 친밀하게 만들어주었다. 우리는 아이들이 진흙 바닥 속에 숨어 있는 동전을 찾으러 썩은 물이 흐르는 운하로 뛰어드는 것을 쳐다보거나, 도시의 게으름뱅이들 사이를 돌아다니다가 진열대에 놓고 파는 향긋한 수박을 먹으면서 뭐라 말할 수 없는 행복을 느꼈다. 시가 전차 역의 이름들은 그 여행의 시적 감흥을 반영했다. 챗비, 샹 드 세자르, 로렌스, 마자리타, 글리메노풀로스, 시디 비슈르…….

또 다른 면도 있다. 밤늦게 돌아와 보면, 멜리사가 붉은 슬리퍼를 벗어 던지고, 베개 옆에 작은 해시시[36] 파이프를 놔둔 채 잠들어 있는 모습을 볼 때가 있었다……. 난 그녀가 우울증에 빠져 있을 때 어떤지 알고 있다. 그럴 때는 멜리사에게 아무것도 해줄 것이 없다. 그녀는 점점 창백해지고, 감상적이 되며, 잔뜩 지친 것처럼 보인다. 그러면 며칠 동안 멜리사의 기면 상태를 깨우는 것은 불가능하다. 그녀는 혼잣말을 많이 했고, 라디오를 듣거나 하품을 했다. 또는 낡은 영화 잡지 무더기를 관심 없이 뒤적거리기도 했다. 이 도시의 우울이 멜리사를 사로잡을 때마다 난 그녀의 기운을 북돋우기 위해 온갖 기지를 발휘하곤 했다. 그녀는 무녀처럼 먼 곳을 향한 눈으로 내 얼굴을 어루만지며 끝없이 같은 말만 반복했다. "내가 어떻게 사는지 안다면 당신도 날 떠날 텐데. 난 당신한테 어울리는 여자가 아니야. 어떤 남자한테도 어울리지 않지. 난 지쳤어. 당신은 상냥함을 낭비하고 있는 거야." 내가 그건 상냥함이 아니라 사랑이라고 대꾸했다면, 그녀는 얼굴을 찌푸리며 이렇게 말했을 것이다. "그게 사랑이라면 날 이대로 내버려 두는 것보다 더 나를 망치고 있는 거야." 그런 다음 멜리사는 아직까지는 완전히 망가지지 않은 폐로 기침을 하기 시작한다. 그 소리를 듣고 있기 힘들어지면 난 아랍인으로 꽉 찬 캄캄한 거리로 나가 걸어 다니거나, 참고 서적을 찾기 위해 영국 문화원 도서관을 찾아가곤 한다. 그리고 그곳에서 영국 문화는 빈약하고 인색하며 지식의 수박 겉핥기일 뿐이라는 보편적인 인상을 받는다. 도서관에서 저녁 시간을 혼자 보내다 보면 내 주위에서 들리는 소리는 책 넘기는 불분명한 소리뿐이다.

  하지만 그렇지 않을 때도 있었다. 햇살이 심하게 따가운 오후 시간이면 —— 퐁발은 그런 무더운 시간을 '꿀처럼 흐르는 땀'이라고 부르곤 했다. —— 우리는 침묵 속에서 생각에 잠긴 채 나란히 누워 있었다. 우리의 호흡과 조화를 이루는 마레오티스 호수 바람의 조용한 호흡에 따라 부드럽게 살랑거리는 노란 커튼을 바라보며. 그러고 나면 그녀는 자리에서 일어나 시계를 보고 흔든 뒤에 골똘히 소리를 듣는다. 벌거벗은 채로 화장대에 앉아 담뱃불을 붙인다. 무척 어리고 예뻐 보인다. 그리고 내가 그녀에게 사준 싸구려 팔찌가 보이게 가느다란 팔을 들어 올린다.("그래, 난 나를 보고 있어. 하지만 이 팔찌 때문에 당신이 떠올라.") 덧없는 거울에 대한 숭배에서 몸을 돌린 멜리사는 재빨리 볼품없는 방을 가로질러 하나뿐인 욕실로 들어간다. 그리고 지저분한 철제 개수대 앞에 서서 차가운 물을 손으로 받아 재주껏 몸을 씻는다. 그동안 나는 계속 자리에 누운 채 그녀의 검은 머리가 놓여 있던 베개의 달콤함과 따스함을 들이마신다. 지금은 옆에 없는 온전한 코끝, 생기 넘치는 눈동자, 가느다란 목덜미의 점과 볼록 솟은 가슴 선으로 이어지는 매끈한 피부를 쳐다본다. 그 순간들은 헤아릴 수도, 어떤 말로도 형언할 수 없다. 그건 누구의 손도 닿지 않은 저 깊은 바다의 밑바닥에서 떠오른, 어떤 독특하고 아름다운 생명체 같은 추억 속에 녹아든 채 살아 있다.

* * *

그해 여름을 떠올려보면 풍발이 퍼스워든에게 자기 아파트를 빌려준 탓에 몹시 곤혹스러워했던 기억이 난다. 난 자신이 쓴 아주 우아한 산문이나 시와는 대조적인 모습을 보이는 그 작가가 싫었다. 그에 대해 잘 알지는 못했지만, 퍼스워든이 소설가로서 경제적인 성공을 거두고 있었기 때문에 난 그가 부러웠다. 비록 오랜 세월 사회적인 경험을 통해 얻은 그의 처세술은 결코 나 자신의 일부가 되는 일이 없을 터였지만. 그는 영리했다. 큰 키에 금발 머리인 그는 거짓말로 어머니를 진정시키는 젊은 남자 같다는 인상을 주었다. 그가 친절하지 않다거나 착하지 않다고는 말할 수 없다. 왜냐하면 퍼스워든은 친절하고 착한 사람이었기 때문이다. 하지만 내가 좋아하지 않는 사람과 같은 아파트에 지내면서 생기는 불편함은 짜증스러웠다. 그렇지만 내가 그런 엄청난 불편함을 감수하고서라도 복도 끝 골방으로 옮기고, 작고 지저분한 식기실에서 몸을 씻기로 한 건 집세를 깎아주었기 때문이다.

퍼스워든이 파티를 좋아한 탓에, 나는 일주일에 두 번은 술을 마시며 웃고 떠드는 소리에 시달려야 했다. 어느 날 밤, 아주 늦은 시간에 누군가 내 방문을 두드렸다. 문 앞에 퍼스워든이 서 있었다. 기분이 좋아 보인다기보다 창백해 보이는 얼굴이었다. 마치 총이라도 쏴서 곤경에 처하기라도 한 것처럼 보였다. 그 옆에는 인상이 나쁘고 못생긴, 뚱뚱한 해군 선원이 서 있었다. 해군 선원들은 전부 그렇게 보인다. 마치 아이를 노예로 팔아넘길 것처럼 보인달까. 퍼스워든이 날카로운 목소리로 말했다. "퐁발 말로는 자네가 의사라고 하더군. 아픈 사람을 좀 봐줄 수 있겠나?" 예전에 나는 조르주에게 완전히 독립한 의사가 되기 위해 의대에서 일 년간 공부한 적이 있다고 말했었다. 그는 가벼운 병이나 몸에 난 상처가 감염되었을 때 내게 치료를 받았을 뿐 아니라 자기 아이를 가진 여자를 식탁 위에서 유산시켜 달라고 부탁하기도 했다. 난 진짜 의사가 아니라고 퍼스워든에게 다급히 말했다. 그리고 전화로 의사를 부르라고 충고했다. 하지만 전화는 고장 났고, 문지기는 깨워도 일어나지 않았다. 나는 오로지 호기심 하나로 잠옷 위에 방수 코트를 걸쳐 입고 복도로 따라나섰다. 우리가 처음 만난 건 그때였다!

방문을 열자 눈부신 불빛과 자욱한 연기 때문에 앞이 보이지 않았다. 일반적인 파티가 아닌 듯, 손님들은 불구처럼 보이는 해군 생도 서너 명과 골포 선술집에서 온 매춘부가 있었다. 소금 내 나는 발 냄새와 태피아* 냄새가 났다. 그 자리에 있는 줄도 몰랐던 여자가 소파 맨 구석에 몸을 잔뜩 웅크린 채 앉아 있었다. 그게 지금 내가 알고 있는 멜리사였다. 하지만 그때 그녀는 그리스 비극의 마스크를 쓰고 있는 것처럼 보였다. 뭔가를 떠들어대고 있는 것 같았지만 그녀의 목소리는 들리지 않았다. 그래서 그녀의 모습은 마치 무성영화에 나오는 사람 같았다. 멜리사의 얼굴은 움푹 들어간 것처럼 보였다. 그때 심하게 공포에 질린 듯한 나이 든 여자가 그녀의 귀를 때리며 머리카락을 잡아당겼다. 해군 생도 중 한 사람이 퐁발이 가장 아끼는 보물 중 하나인, 밑바닥에 프랑스 왕실 군대의 휘장이 새겨진 화려한 침실용 변기를 이용해 어설프게 그녀에게 물을 뿌렸다. 방 어딘가에서 또 다른 사람이 어딘가 아픈 것처럼 천천히 나타났다. 퍼스워든은 내 옆에 서서 그 광경을 바라보고 있었다. 자신을 부끄럽게 생각하고 있는 것처럼 보였다.

멜리사는 땀에 흠뻑 젖어 머리카락이 관자놀이에 달라붙어 있었다. 우리는 그녀를 에워싼 채 괴롭히고 있는 사람들을 밀어냈다. 멜리사는 얼굴에 비명 소리가 영원히 새겨지기라도 한 듯 온몸을 떨며 말로 표현할 수 없는 침묵 속으로 빠져들었다. 일단 그녀가 어디에 있었고, 무엇을 먹고 마셨는지 알아보는 것이 영리한 처신이었을 것이다. 하지만 내 옆에서 눈물을 짜내며 떠들어대는 사람들을 흘긋 보니, 그들에게서 상식적인 정보를 기대하는 건 불가능해 보였다. 그럼에도 옆에 있던 소년을 붙잡고 질문을 퍼붓기 시작했을 때 해군 선원에게 붙잡혀 히스테리를 부리고 있던, 골포 선술집에서 온 나이 든 여자(해군 선원이 뒤에서 붙잡고 있었다.)가 잔뜩 쉬어 알아듣기 힘든 목소리로 소리를 지

---

* 이집트산 싸구려 적포도주.

르기 시작했다. "청가뢰³⁷⁾야. 그 남자가 저 여자한테 그걸 줬어." 그러면서 자신을 붙잡고 있던 남자의 팔에서 생쥐처럼 빠져나오더니, 핸드백을 움켜쥐고 한 선원의 머리를 내려쳤다. 가방에는 못 같은 것이 잔뜩 들어 있었던 모양이다. 남자는 그대로 현기증을 느끼는 듯 쓰러졌다가, 머리에 자기 그릇 부스러기를 묻힌 채 다시 일어났다.

여자는 결국 작은 소리를 내며 흐느끼기 시작하더니 경찰을 불러달라고 했다. 선원들은 모두 그녀에게 시선을 모은 채, 굵은 손가락을 내밀어 나이 든 여자를 단념시키기 위해 어르고 달래며 충고하고 훈계했다. 그 누구도 해경이 끼어드는 걸 원하지 않았다. 하지만 벨라도나 약병과 콘돔으로 불룩한 프로메테우스 같은 핸드백으로 얻어맞고 싶어 하는 사람도 없었다. 노파는 조심스럽게 한 발자국씩 뒤로 물러섰다.(그동안 나는 멜리사의 맥박을 재고, 그녀의 블라우스를 열어젖히고 심장 소리를 들었다. 난 그녀의 상태에 겁먹기 시작했다. 게다가 퍼스워든은 전략적으로 안락의자 뒤쪽에 자리를 잡고서 사람들에게 손짓으로 자신의 의사를 전했다.) 선원들이 울부짖는 여자를 구석으로 몰아가자 큰 소동이 일어나기 시작했다. 하지만 운 나쁘게도 그 여자를 몰아간 곳은 퐁발이 소중히 여기는 수집품들을 보관해 놓은 화려한 세라턴 장식장 앞이었다. 나이 든 여자가 손을 뒤로 뻗치기만 해도 무기들이 거의 무제한으로 공급되는 셈이었다. 여자는 의기양양하게 쉰 목소리로 고함을 지르며 핸드백을 던져놓더니, 내가 이제껏 한 번도 본 적 없는 정확도를 자랑하며 자기 그릇들을 쉬지 않고 집어 던지기 시작했다. 주위는 순식간에 이집트와 그리스산 눈물 병과 우샤브티³⁸⁾, 세브르 도자기로 가득 찼다. 오래지 않아 귀에 익은 문 상인방³⁹⁾에 부딪히는 부츠의 징 소리가 크게 울리기 시작했다. 불빛이 건물 안에 있는 우리 주위를 비추기 시작했다. 퍼스워든이 놀라는 모습은 아주 인상적이었다. 이집트 언론에서 이 난동을 알게 되기라도 하면, 그는 유명 인사의 일원으로서 이런 종류의 스캔들을 감내하기 힘들 것이다. 내가 그에게 동의를 구한 다음, 거의 의식이 없는 멜리사를 부드러운 부하라 융단으로 감싸기 시작하자 퍼스워든은 안도했다. 우린 그녀를 부축해서 비틀거리는 걸음으로 복도를 지나 내 아늑한 골방으로 갔다. 멜리사를 침대 위에 눕히고, 클레오파트라에게 그랬던 것처럼 융단을 풀었다.

난 같은 거리에 늙은 그리스인 의사가 살고 있다는 사실을 기억해 냈다. 그리고 금세 그 의사를 이끌고 깜깜한 계단을 올라왔다. 노의사는 오는 내내 비틀거리며 카테터와 청진기를 떨어뜨렸고, 저속한 그리스어를 중얼거렸다. 그는 멜리사가 아주 중한 병에 걸렸다는 선고를 내렸지만, 이 도시의 관례대로 진단 자체는 광범위하고 모호했다. "전부 다야. 영양실조, 히스테리, 알코올, 해시시, 결핵, 청가뢰…… 자기 몸을 좀 챙겨야지." 그런 다음 의사는 주머니에 손을 집어넣더니, 우리에게 이야기한 온갖 질병 중에서 고르라는 시늉을 했다. 하지만 노의사는 역시 노련했다. 그는 다음 날, 그리스 병원에 입원할 수 있게 준비해 주겠다고 했다. 그동안 멜리사는 조금도 움직이지 않았다.

그날 밤, 난 밤새 침대 발치에 놓여 있는 소파에서 지냈다. 내가 일을 하러 나간 동안에는 그녀를 애꾸눈 하미드, 친절한 베르베르인에게 믿고 맡겼다. 처음 열두 시간 동안 멜리사는 몹시 아팠다. 가끔씩 헛소리를 했고, 눈이 보이지 않는다며 괴로워했다. 그녀는 발작이 일어나는 것을 두려워했고, 그 때문에 고통스러워했다. 멜리사와 함께 지내는 일이 좀 힘들긴 했지만, 우리는 최악의 상태를 극복할 수 있도록 그녀에게 용기를 주었다. 그리고 다음 날 오후가 되자, 그녀는 작은 소리로나마 말을 할 수 있게 되었다. 그리스인 의사는 멜리사의 경과에 만족스러워했다. 의사가 그녀에게 고향이 어디인지 물어보자, 멜리사는 고통스러운 얼굴로 "스미르나."라고 대답했다. 그녀는 이름이나 부모님의 주소를 말하지 않았다. 의사가 자꾸 물어보자, 벽 쪽으로 고개를 돌려 버렸다. 그러자 그녀의 메말랐던 눈에 눈물이 서서히 고이기 시작했다. 의사는 멜리사의 손을 잡고 약지를 살폈다. 그러고는 나를 돌아보더니 반지가 없는 그녀의 손가락을 가리키며 의사다운 담담한 어조로 말했다. "이걸 보게. 이게 이유야. 이 여자의 가족은 이 여자와 관계를 끊고 내쫓았어. 요즘 흔히 있는 일이지……." 그리고 멜리사를 보며 애처롭다는 듯 덥수룩한 머리를 흔들었다. 그녀는 아무 말도 하지 않았다. 하지만 구급차가 도착하고, 들것에 옮겨지자 멜리사는 내가 도와준 것에 대해 감사 인사를 했고, 하미드의 손을 잡아 자기 뺨에 꾹 눌렀다. 그 순간 나에게는 익숙하지 않은 그녀의 용감한 행동에 나는 깜짝 놀랐다. "내가 퇴원할 때까지 여자친구가 없다면, 날 생각해요. 연락하면 바로 달려올게요."* 그리스인의 이 솔직하고 용감한 구애를 영어로 어떻게 옮겨야 할지 알 수 없었다.

그 뒤 한 달 정도 멜리사를 보지 못했다. 너무 많은 문제가 있어서 그녀를 생각할 수조차 없었다. 그러던 어느 무더운 오후, 나는 창가에 앉아 잠에서 깨어난 시내를 내려다보고 있었다. 그때 멜리사가 거리를 걸어오더니 우리 집 현관문으로 들어서는 것이 보였다. 지난번에 봤을 때와는 다른 모습이었다. 그녀는 문

---

* 원문에는 그리스어로 되어 있다.

을 두드리더니 꽃을 한 아름 끌어안은 채 집 안으로 들어왔다. 오랜 세월 잊고 있던 저녁 시간을 되찾았음을 알 수 있었다. 멜리사에게는 나중에 나이트클럽에서 오케스트라를 위한 모금을 할 때의 모습과 같은 수줍음이 보였다. 그녀는 머리를 당당하게 치켜세우고 있는 조상 같았다.

나는 예의를 차리는 일에 온통 신경이 쏠려 있었다. 의자를 권하자 멜리사는 의자 끝에 걸터앉았다. 꽃다발은 내게 주려고 가지고 왔지만, 그녀에게는 그것을 내 품에 안겨 줄 용기가 없었다. 멜리사가 꽃을 꽂아둘 만한 데가 없는지 방 안을 이리저리 살피고 있다는 것을 알 수 있었다. 방에는 반쯤 껍질을 벗긴 감자가 가득 담긴 에나멜 세면기밖에 없었다. 난 그녀가 오지 않았으면 좋았을 거라고 생각하기 시작했다. 멜리사에게 차라도 대접하고 싶었지만, 전기 열선은 망가져 버렸고 밖에서 차를 사다 줄 돈도 없었다. 그 무렵 심각한 빚더미에 빠져 있었기 때문이다. 하미드에게 단벌 여름 양복을 다림질해 오라고 보낸 터라, 난 찢어진 실내복을 입고 있었다. 멜리사는 오만해 보일 정도로 말쑥하고 멋있는 차림새였다. 또렷한 포도 잎사귀 문양이 새겨진 새 여름 드레스와 커다란 금종 같은 밀짚모자를 쓰고 있었다. 난 어서 하미드가 돌아와 그녀의 주의를 돌려 주기를 간절히 기도했다. 멜리사에게 담배를 권했지만, 내 담뱃갑은 텅 비어 있었다. 도리어 그녀가 가지고 다니는 가는 줄이 새겨진 작은 담뱃갑에서 담배를 받았다. 애써 태연한 척하며 그 담배를 피웠다. 그리고 그녀에게 시디 가브르 근처에서 일거리를 얻어 따로 수입이 생길 거라고 말했다. 멜리사도 다시 일을 시작했고, 새로 계약했는데 돈을 조금밖에 주지 않는다고 말했다. 그렇게 몇 분이 지난 뒤, 그녀는 다른 사람과 차를 마실 약속이 있다면서 가봐야겠다고 말했다. 난 층계참까지 배웅하며 그녀에게 언제든 오고 싶을 때 다시 와달라고 말했다. 멜리사는 고맙다고 말하면서 그때까지 꼭 끌어안고 있던 꽃다발을 너무나도 소심하게 내 손에 쥐여 주곤 천천히 계단을 내려갔다. 그녀가 떠난 후, 난 침대에 앉아 내가 기억할 수 있는 모든 욕설을 4개 국어로 내뱉었다. 누구에게 욕을 하고 싶었던 건지는 확실하지 않았다. 애꾸눈 하미드가 발을 질질 끌며 돌아왔을 때도 여전히 화가 풀리지 않은 상태라 난 화살을 그에게로 돌렸다. 그 일로 하미드는 상당한 충격을 받았다. 내가 그렇게 화를 낸 건 아주 오랜만의 일이었기 때문이다. 하미드는 투덜거리면서 식기실로 물러나 고개를 저으며 마음을 가다듬으려고 애썼다.

난 옷을 차려입고, 퍼스워든에게 돈을 조금 빌렸다. 편지를 부치러 가는 길에 멜리사가 커피숍의 한쪽 구석에 앉아 있는 것을 보았다. 그녀는 손으로 턱을 받친 채 혼자 앉아 있었다. 모자와 가방은 옆자리에 놓여 있었다. 멜리사는 재미 삼아 커피에 비치는 흔들리는 풍경을 보고 있었다. 나는 충동적으로 커피숍 안으로 들어가 멜리사 옆에 앉았다. 그녀에게 제대로 대접하지 못한 데 대해 사과하러 왔다고 말했다……. 그리고 내가 처한 상황에 대해 남김없이 전부 털어놓았다. 고장 난 전기 열선, 하미드의 부재, 세탁 보낸 여름 양복에 대해. 내가 겪고 있는 재난들을 하나씩 늘어놓기 시작하자, 어쩐 일인지 그 상황들이 우스꽝스럽게 느껴지기 시작했다. 나는 대화의 접근 방식을 바꿔 그 상황들을 한층 더 우울하게 다시 설명하기 시작했다. 그 결과 내가 이제껏 들었던 것 중 가장 즐거운 웃음소리를 그녀에게서 이끌어낼 수 있었다. 솔직히 빚에 대한 이야기는 좀 과장했다. 그날 밤의 난리 이후, 퍼스워든이 얼마 안 되는 액수는 주저 없이 빌려주고 있다는 건 사실이었지만 말이다. 그리고 난 그중에서도 가장 지독한 건 성병이 옮았는데도 치료를 받지 못하고 있는 거라고 멜리사에게 말했다. 풍발이 배려해 준 결과였다. 그가 아파트를 떠나면서 날 위해 사려 깊게 보내준 시리아인 매춘부 중 한 명에게서 옮은 것이 분명했다. 물론 그건 거짓말이었지만, 난 그렇게 말해야 한다는 강박관념에 쫓기고 있었다. 깨끗하게 병이 낫기도 전에 사랑을 나누고 싶다는 생각이 들었다고 말하게 될까 봐 두려웠다. 멜리사는 콧잔등에 주름이 잡히도록 웃음을 터뜨리며 내 손을 잡아주었다. 그 자리에서 너무나도 가볍고 쉽게, 그토록 솔직하게 웃어주는 멜리사의 모습을 보면서 그녀를 사랑하기로 결심했다.

멜리사와 나는 오후 내내 팔짱을 끼고 바닷가를 한가로이 돌아다녔다. 우리는 생활의 단면이 가득한 대화를 나누었다. 별다른 생각이나 어떤 형식도 없는 대화였다. 두 사람에게는 공통된 취향이 없었다. 우리의 성격과 경향은 전반적으로 달랐다. 하지만 두 사람 사이에 약속된 뭔가가 있는 것 같다고 느끼게 된 이 우정은 마법처럼 편안하게 다가왔다. 난 바닷가에서 나누었던 그녀와의 첫 번째 키스를 기억한다. 바람이 불어 각자 관자놀이에 붙은 머리카락이 흩날렸었다. 내가 열정을 참아야 한다는 사실을 기억해 낸 멜리사가 웃음을 터뜨리는 바람에 키스는 그것으로 끝났다. 우리 사이의 정열을 상징적으로 보여 준 사례이기도 하다. 유머와 격렬함이 부족한 감정. 그건 동정심이다.

* * *

저스틴과 아무리 친해도 두 가지 문제에서만큼은 해답을 얻을 수 없었다. 그녀의 나이와 출신지. 그 누구도 저스틴에 관해 모든 것을 확실히 알고 있는 사람은 없다. 나는 아마 네심조차 모르고 있을 거라고 생각한다. 심지어 이 도시의 소식통인 므넴지안조차 이 문제에 대해서만큼은 방법이 없는 것 같았다. 그는 그녀의 최근 연애사까지 꿰뚫고 있기는 했지만 말이다. 그러나 므넴지안이 보랏빛 눈을 가늘게 뜬 채 우물거리며 저스틴에 대해 말해 준 정보에 따르면 그녀는 집들이 다닥다닥 붙어 있는 아타린 거리 출신으로, 살로니카에서 이주해 온 가난한 유대인 가정에서 태어났다고 했다. 그녀의 일기는 거의 도움이 되지 않았다. 왜냐하면 이름이나 날짜, 지명에 대한 정보들이 턱없이 부족했을 뿐 아니라 내용이 대부분 엄청나게 비약된 상상으로 일관되고 있기 때문이다. 그나마의 일기 내용도 중간중간 신랄한 작은 일화들과 밑에 알파벳 이니셜만 적어놓고 초상화를 그려 넣는 바람에 중단되어 있었다. 저스틴이 쓰는 프랑스어는 아주 정확하지는 않았지만 힘차면서도 독특한 개성이 있었다. 일기를 읽다 보면 그녀의 허스키한 목소리가 겹쳐지는 것 같았다. 이를테면 다음과 같다. 〈클레어가 어린 시절에 대해 말하자, 내 어린 시절이 떠올랐다. 화가 날 정도로 생각이 떠오른다. 우리 일가의 어린 시절, 나의 어린 시절…… 처음으로 맞은 건 스타디움 뒤에 있는 오두막에서다. 시계 수선공의 가게. 난 지금 연인의 잠자는 얼굴을 뚫어지게 쳐다보고 싶은 열망에 사로잡혀 있다. 그 옛날 침침한 불빛 아래 몸을 구부린 채 고장 난 시계를 들여다보고 있는 그 사람을 보곤 했던 것처럼. 구타와 욕설, 붉은 진흙 벽 위라면 어디든 찍혀 있던 푸른 손자국.(그건 양심적인 손찌검이라고 할 수 있겠지.) 악마의 눈에서 우리를 지켜주는 그 손자국은 손가락이 쫙 펴져 있었다. 우리는 그렇게 구타당하면서 성장했다. 아픈 머리를 감싸 쥐고, 두 눈을 질끈 감은 채. 쥐들이 우글거리는 흙바닥으로 된 집의 흐릿한 등잔불 아래에서 살았다. 늙은 고리대금업자는 술에 취해 코를 골았다. 숨을 쉴 때마다 비료, 거름, 배설물, 박쥐 똥 냄새를 맡아야 했다. 홈통은 나뭇잎과 소변에 눅눅해진 빵 조각들로 막혀 있었다. 누런 재스민 화환은 저속하고 지저분했다. 꼬불꼬불한 거리에 닫혀 있는 다른 집 문 뒤에서도 밤마다 비명 소리가 울려 퍼지곤 했다. 가장이 아내를 두드려 패는 소리였다. 그자는 발기불능이었다. 마리화나에 중독된 늙은 여자는 매일 밤 다 무너질 것 같은 집들 사이의 공터에서 알아들을 수 없는 소리로 음침하게 투덜거리며 자기 몸을 팔았다. 늦은 밤이면 바짝 마른 진흙 바닥에 맨발이 스치는 부드러운 소리가 들렸다. 우리 방에는 어둠과 역병이 가득했다. 우리 유럽인은 그렇게 건강을 위협하는 끔찍하게 열악한 환경 속에서도 동물적으로 건강한 흑인과 부조화를 이루며 살아가고 있었다. 관리인 부부가 잠자리라도 가질 때면 집이 야자수처럼 흔들렸다. 반짝거리는 이를 가진 검은 호랑이들. 사방에 장막이 쳐져 있고, 후추나무 아래에서 정신병자와 나병 환자 들의 비명 소리와 미쳐서 낄낄거리는 소리가 들렸다. 그런 걸 보며 자란 아이들은 그 광경을 평생 마음속에 품은 채 살아가거나 자기 삶의 중심을 잡지 못하게 된다. 집 앞 거리에 낙타 한 마리가 지쳐 쓰러져 있었다. 도살장으로 옮기기에는 너무 무거운지라 남자 두 사람이 도끼를 가지고 와 대로변에서 낙타를 토막 냈다. 남자들은 낙타의 하얀 속살을 도끼로 잘게 잘라냈다. 그 불쌍한 동물은 다리를 절단할 때 한층 더 고통스러워 보였다. 당당해 보이기도 했고, 곤혹스러워하는 것처럼 보이기도 했다. 마지막으로 남자들은 눈을 크게 뜨고 주위를 둘러보고 있는, 아직 살아 있는 낙타의 머리를 잘라냈다. 낙타는 저항하는 비명 소리 한번 지르지 못하고, 싸워

보지도 못한 채 야자수처럼 운명을 달게 받아들였다. 하지만 그 뒤 며칠 동안 진흙 바닥은 피로 물들어 있었고, 우리는 축축한 맨발로 자국을 남겼다.

거지들의 동냥 그릇에 돈이 들어온다. 아르메니아어, 그리스어, 암하라어, 모로코의 아라비아어, 소아시아, 폰투스, 그루지야에서 온 유대인들의 언어 같은 다양한 언어가 조각조각 들린다. 그 언어들은 전부 흑해의 그리스 식민지에서 파생된 것이다. 나뭇가지처럼 떨어진 채, 몸체도 없이 낙원을 꿈꾸는 공동 사회들. 이 백인들의 도시 안에 있는 빈곤 지역이다. 이곳은 브로커들이 앉아 아침 신문을 보며 커피를 홀짝거리고 외국인들의 모습이 보이는 근사하게 만들어진 거리와는 전혀 다른 곳이다. 심지어 항구조차 여기 있는 우리와는 상관없는 곳이다. 겨울이 되면 가끔씩 드물게 뱃고동 소리가 천둥소리처럼 들리곤 한다. 하지만 그건 또 다른 나라다. 아! 항구는 슬픔이자 어느 곳으로도 떠나지 못하는 자들이 그리는 이름이다. 그건 죽음과도 같아. 알렉산드리아, 알렉산드리아. 이 이름만 끊임없이 되뇌며 맞이하는 자아의 죽음.)

* * *

바브 엘 만데브가(街), 아부 엘 다르다르가(街), 미넷 엘 바살(목화 시장에서 떨어진 솜털 때문에 이런 거리 바닥들은 미끄럽다.), 노우즈하(키스를 기억하게 해주는 장미 정원)나 사바 파차, 마즐룸, 지지니아 바코스, 슈츠, 지아나클리스와 같은 이름의 버스 정류장들. 이곳에 사는 누군가가 사랑에 **빠졌을** 때 이 도시는 하나의 세계가 된다.

* * *

이 대저택을 빈번하게 출입하게 된 결과 중 하나로 내가 네심을 거물이라고 생각하는 사람들의 관심을 받기 시작했다는 사실을 알게 되었다. 어째서 그런지 알 수 없는 일이긴 하지만 그 사람들은 네심과 같이 시간을 보내는 사람도 당연히 거물이라고 여기기에, 나 역시 부자거나 유명 인사일 거라 생각하고 있었다. 어느 날 오후, 침대에 앉아 졸고 있을 때 퐁발이 내 방을 찾아왔다. "이것 봐. 자네도 주목받기 시작했어. 알렉산드리아 사회에서는 유부녀의 공공연한 애인이라는 게 그리 특별할 것도 없는데 말이야. 앞으로 계속 그 두 사람과 어울리면 사교 생활이 아주 곤란해질지도 몰라. 이것 봐!" 그러면서 그는 내게 프랑스 영사관 주최 칵테일파티에 초대한다는 내용이 담긴 커다랗고 화려한 초대장을 건넸다. 난 영문도 모른 채 초대장을 읽었다. 퐁발이 말했다. "이건 정말 어리석은 짓이야. 우리 상관인 총영사가 저스틴에게 푹 빠졌거든. 그 여자를 만나려고 온갖 방법을 다 시도했지만 지금까지는 실패했지. 총영사의 첩자들이 자네가 그 집에 자유롭게 드나든다고 보고한 모양이야. 그뿐 아니라 자네가…… 나야 알지. 잘 알고 있어. 하지만 총영사는 자네에게서 저스틴의 애정을 빼앗고 싶은 모양이야." 그는 한참을 웃었다. 내게는 퐁발의 그 말이 너무나 터무니없게 느껴졌다. "총영사에게 사실대로 말하면 되잖아." 내가 그를 설득해 보라는 듯 말하자, 퐁발은 그런 나를 나무라기라도 하듯 혀를 끌끌 차며 고개를 저었다. "나도 그렇게 하고 싶지. 하지만 친구, 닭이나 오리 사이에도 모이를 쪼아 먹는 순서가 있는 것처럼 외교관 사이에도 서열이라는 게 있는 법이야. 내가 고생을 덜하려면 총영사에게 잘 보여야지."

그러더니 퐁발은 불룩한 주머니 속에서 노란색 표지의 작은 중편소설 한 권을 꺼내 내 무릎 위에 던졌다. "자네한테는 관심이 가는 책일 거야. 저스틴은 어린 나이에 프랑스 국적의 알바니아인 작가와 결혼한 적이 있어. 그자가 그 여자를 소재로 쓴 소설이라더군. 저스틴과 끝장난 뒤에 말이야. 최근에 나왔어." 난 책을 들고 살펴보았다. 제목은 『풍속』으로, 저자는 야곱 아르나우티였다. 책 속지를 살펴보니, 1930년대 초반에 출간된 것으로 인기가 좋았는지 여러 쇄나 재판했음을 알 수 있었다. "어떻게 이런 책이 있는 줄 알았어?" 하고 묻자, 퐁발은 파충류처럼 눈꺼풀이 두꺼운 눈을 찡긋해 보이며 대답했다. "전부 알아봤으니까. 총영사의 머릿속에는 저스틴에 대한 생각밖에 없어. 그래서 지난 몇 주일 동안 전 직원이 달려들어 저스틴에 대한 정보를 수집했지. 프랑스 만세!"

퐁발이 가고 난 뒤, 난 여전히 반쯤 졸고 있는 상태에서 『풍속』을 한 장씩 넘기기 시작했다. 아주 잘 쓴 작품이었다. 일인칭 소설로, 외국인이 본 1930년대 초반 알렉산드리아의 생활 모습을 일기 형식으로 쓰고 있었다. 일기의 주인공은 소설을 쓰기 위해 조사에 착수한다. 그러면서 알렉산드리아에서 보낸 일상생활을 정확하고 예리하게 묘사하고 있다. 하지만 나를 사로잡은 건 그가 만나서 결혼했다는 젊은 유대인 여자에 관한 부분이었다. 그는 여자와 결혼한 뒤 유럽으로 데리고 갔다가 이혼한다. 결혼 생활을 끝낸 뒤, 이집트로 돌아온 그는 아내였던 클라우디아란 인물에 대해 가차 없이 묘사하기 시작했다. 그러다가 난 깜짝 놀랐다. 책에 그려져 있는 여자의 초상화가 저스틴이라는 것을 한눈에 알아볼 수 있었다. 좀 더 젊고 불안해 보이긴 했지만 틀림없이 저스틴이었다. 혼동할 리가 없었다. 난 책을 읽으면서 그녀의 이름을 책 속에 대입하기 시작했다. 정말 모든 것이 딱 들어맞았다.

그들이 만난 건 내가 저스틴을 처음 만났던 것처럼 적막한 세실 호텔의 입구에서였다. 〈사람이 거의 다니지 않는 호텔 입구에 들어서면 금테를 두른 거울에 야자수 가지와 꼼짝도 하지 않는 잎사귀가 비치고 있다. 이곳에서 장기 투숙할 수 있는 사람은 오직 부자들뿐일 것이다. 연금을 받을 나이에 안전을 생각하는, 뭔가 뒤가 구린 늙은이 같은 부자들. 난 좀 더 싼 숙소를 찾아보고 있는 중이다. 오늘 밤 로비에는 시리아인 몇 명이 진지한 모습으로 앉아 있는 것이 보인다. 그들은 큼직한 덩치에 검은 정장을 입고 있었고, 주황색 터키모자 아래로 보이는 얼굴은 누르스름하다. 살짝 콧수염이 보이는 하마 같은 여자들이 그 앞에 보석을 펼쳐 놓는다. 호기심 어린 둥근 얼굴과 연약한 목소리를 가진 사람들이 보석 상자를 놓고 부산스레 떠들고 있다. 중개인들은 각자 고른 보석 장신구를 자기가 들고 온 상자에 넣는다. 저녁 식사 후에는 남자 장신구를 화제로 삼을 것이다. 지중해 세상에서 남은 화제는 이것밖에 없다. 성적 관심사가 완전히 고갈된 상태에서 사람들은 모두 자신이 소유하고 있는 것으로 자만심을 과시한다. 그래서 이곳에서 누군가를 만나면 단번에 그 사람이 얼마나 부자인지 알게 되고, 그 부인을 만나면 숨 쉴 틈도 없이 그녀가 지참금을 얼마나 가지고 왔는지 알게 될 것이다. 그들은 불빛 아래에서 장신구를 앞에 놓고 몸을 돌려 환관들처럼 중얼거리면서 보석에 대해 평가한다. 그들은 여성적인 미소를 지으며 하얀 이를 드러내 보인다. 그들은 한숨을 쉰다. 반들거리는 흑단 같은 얼굴에 하얀 옷을 입은 웨이터들이 커피를 가져다준다. 탁 소리를 내며 은빛 경첩을 열어젖히면 이집트 여자의 허벅지 같은, 해시시가 섞인 하얀 담배들이 가득 담겨 있다. 잘 시간도 되기 전에 이미 취한 사람도 몇몇 있다. 난 어젯밤 본 거울 속에 비친 여자를 생각했다. 상앗빛 대리석과 대조되는 검은 피부, 윤기 흐르는 검은 머리카락, 언뜻 마주친 눈길에도 한숨이 나올 정도로 깊은 눈동자. 그 눈빛은 어딘가 불안해 보이는 듯 호기심을 끌다가 이내 성적 호기심을 불러일으킨다. 그 여자는 그리스인인 척했지만, 틀림없이 유대인일 것이다. 유대인에게는 유대인의 냄새가 난다. 그렇지만 우리 둘 다 그 사실을 고백할 용기는 가지고 있지 않았다. 그녀에게 난 프랑스인이라고 말했다. 머지않아 우리는 또 다른 사실을 알게 될 것이다.

여기 외국인들 모임에서 만난 여자들은 다른 곳에서 만난 여자들보다 훨씬 아름답다. 두려움, 불안감이 그들을 지배한다. 그 여자들은 도처에 널린 암흑의 바닷속으로 떨어지는 환상을 가지고 있다. 이 도시는 아프리카의 검은 물결을 막는 둑처럼 건설되었다. 하지만 이미 조용히 걷는 흑인들은 유럽인들의 영역으로 스며들어 가기 시작했다. 일종의 인종 침투가 진행되고 있다. 행복해지기 위해서는 이슬람교도인 이집트 여자인 양 꾸며야 한다. 빨려 들어갈 것처럼, 부드럽고 분방하며 살집이 좋은 여자들처럼. 그들의 매끈한 피부는 활활 타오르는 석유 등잔 아래에서 시트론 같은 노란색이나 멜론 같은 초록색으로 변한다. 단단한 몸은 상자와 같다. 파란 사과처럼 단단한 가슴에 뼈가 튀어나온 발가락과 손가락을 감싸고 있는 피부는 파충류처럼 차갑다. 그들의 감정은 잠재의식 속에 묻혀 있다. 그들은 사랑에 빠져도 자신에 관한 어떤 것도 나누어 주지 않는다. 자신은 아무것도 주지 않으면서 상대방에게 자신의 고뇌를 투영한다. 표현하지 못하는 욕망의 고통은 다정함이나 기쁨과는 정반대에 위치해 있다. 수

세기 동안 그들은 외양간 안에서 문을 잠그고 얼굴을 가린 채 할례를 받았다. 어둠 속에서 잼과 기름진 고기를 먹으며 그들은 정맥이 드러난 백지장 같은 다리를 서로 얽은 채 쾌락에 빠진다.

이집트인의 거주지를 걸어서 지나가다 보면 고기 냄새가 암모니아, 백단, 초석, 향신료, 생선 냄새로 바뀐다. 여자는 나를 자기 집에 데려가지 않는다. 빈민가에 있는 집을 부끄러워하기 때문이다. 그러면서도 그녀는 자신의 놀라운 어린 시절에 대해 이야기한다. 난 그 이야기를 몇 가지 기록해 놓았다. 그 시절로 돌아가 그녀의 집을 바라본다. 등잔불 아래에서 작은 망치로 호두를 깨고 있는 여자의 아버지를 찾을 수 있었다. 난 그를 볼 수 있다. 그는 그리스인이 아니라 오데사에서 온 유대인으로 기름진 머리에 털모자를 쓰고 있었다. 베르베린을 발라 빙하시대의 흑요석처럼 거대하고 단단해진 음경이 그녀의 예쁜 치아 사이로 들어간다. 우리는 이곳을 뒤로하고 유럽으로 떠났다. 새로운 정신적 자유를 찾아서. 난 그때까지 그 여자같이 불행한 사람을 본 건 처음이었고, 그래서 놀랐다. 그녀는 그런 수치심을 안은 채 내게 자신을 주었다. 마치 그 여자는 절망적으로 불행을 부풀리는 것 같았다. 그렇지만 그렇게 고향을 잃어버린 공동체에 속해 있는 여자들은 우리와 다른 필사적인 용기를 가지고 있다. 그들은 우리와 같은 외국인들에게는 낯설게 보일 정도로 정욕을 불태웠다. 어떻게 내가 그 모든 일을 쓸 수 있겠는가? 그녀가 올까? 아니면 영원히 사라져버릴까? 시리아인은 철새처럼 작은 소리를 내며 잠자리에 든다.〉

그녀가 왔다. 두 사람은 이야기를 나눈다.(〈시골 사람들의 표면적인 야박함과 정신적인 무자비함 이면에는 순진한 구석이 남아 있다. 하지만 그들은 세상을 모르는 것이 아니라 사교계를 모르는 것이다. 난 흥미를 느꼈다. 몸가짐이 단정한 외국인으로서 알아차릴 수 있었다. 그녀는 올빼미처럼 수줍어하면서도 현명해 보이는 커다란 갈색 눈으로 나를 돌아보았다. 눈동자에 비치는 희미한 푸른빛과 긴 속눈썹이 반짝거리며 빛나는 생기 넘치는 눈동자를 돋보이게 만들고 있었다.))

처음으로 저스틴의 정사에 대한 글을 읽으면서, 난 숨도 쉴 수 없을 정도로 고통스러웠을 그 열망을 상상할 수 있었다. 내용을 거의 외울 정도로 셀 수 없이 많이 읽은 그 책은 내게 개인적인 고통과 놀라움을 가득 안겨 준 증거로 남아 있다. 그는 다른 부분에서 이렇게 쓰고 있다. 〈우리 사랑은 전제가 없는 삼단논법과 같았다. 내게는 그렇게 여겨졌다. 그건 우리 두 사람을 사로잡아, 나른한 열에 들뜬 채 본능적으로 먹이를 잡는 산란한 개구리처럼 마레오티스 호수의 얕고 미지근한 물을 떠다니게 만든 일종의 정신적인 집착이었다……. 아니, 정확한 표현이 아니다. 이건 공정하지 않다. 난 이처럼 약하고 불안정한 언어라는 도구로 클라우디아에 대한 묘사를 다시 한 번 시도해 보고자 한다. 어디서부터 시작해야 하는 걸까?

그녀의 임기응변 능력이 지난 이십 년간 불규칙적이고 방황하는 삶을 이끌어왔다. 난 아주 가난했다는 사실을 제외하고는 그 여자의 출신에 대해 거의 알지 못했다. 그녀가 자신을 무지막지하게 풍자적인 모습으로 보여 준다는 인상을 받았지만, 그건 자신의 진정한 자아가 다른 사람에게 이해받지 못한다고 느끼는 외로운 사람들에게서 공통적으로 보이는 모습이기도 했다. 그것이 사람이든 장소든 그녀가 하나의 환경에서 또 다른 환경으로 이동하는 속도는 어지러울 정도였다. 하지만 이목을 끄는 데 그 여자의 그 같은 불안정함은 더할 나위 없이 효과적이었다. 그녀는 알면 알수록 더욱더 예측할 수 없을 것처럼 보였다. 유일하게 지속되는 것은 그 여자는 자신이 가진 자폐증의 장벽을 깨려는 사람과는 미친 듯이 싸운다는 것이다. 그리고 그런 모든 행동은 실수나 죄의식, 후회로 끝난다. 나는 "이번에는 다를 거야. 약속할게."라는 그녀의 말이 종종 떠오른다.

그 후 우리가 외국으로 나갔을 때, 애들론의 자욱한 담배 연기 사이에서 스포트라이트를 받으며 춤을 추는 스페인 무용수들을 보았다. 그녀의 눈물이 부다의 검은 물 위를 조용히 떠다니는 마른 나뭇잎 사이로 뜨겁게 떨어졌다. 황량한 스페인 평원에 우리의 말발굽 소리가 침묵 속에 흔적을 남긴다. 그 옆으로 잊혀 버린 지중해의 모래톱이 펼쳐져 있다. 난 그녀의 배신에 당황하지 않는다. 왜냐하면 저스틴과 함께라면 남자의 자존심이라는 집착이 어느 정도 부차적인 문제가 되기 때문이다. 난 내가 정말로 그녀를 알게 되었다는 환상에 빠져 있었다. 하지만 이제 나는 그녀가 그냥 여자가 아니라 우리가 살고 있는 사회에 얽매이지 않는 여성의 화신이라는 것을 알고 있다. "난 가치 있는 삶을 살 수 있는 곳을 찾아다닐 거야. 아마 내가 느끼는 이 감정들이 적당한 배출구를 찾지 못한다면 난 죽거나 미칠지도 몰라. 내가 사랑하는 의사는 나를 색정증 환자라고 하더군. 하지만 내가 폭식이나 방종에서 쾌락을 느끼는 건 아니야, 야곱. 그건 제대로 보지 못한 거야. 엉터리야, 엉터리라고! 당신은 쾌락에 대해 청교도처럼 슬프게 말하곤 하지. 그건 나한테는 공정하지 않아. 난 그걸 정말 슬프게 받아들일 거야. 그리고 만일 의학에 종사하는 친구들이 복잡한 말로 내게 마음이 없는 사람이라고 진단을 내리면, 난 그런 애정 결핍을 영혼으로 메우고 있다고 주장할 거야. 그게 문제의 원인이지." 보통 여자들은 이런 차이를 이용하지 않는다. 그건 어느 정도 도덕성이 부족한 그녀의 세계관 내부에서 사랑이 일종의 우상숭배로 변해 가는 것이다. 처음에 나는 그것을 자기 파괴적이고 자멸하는 이기주의라고 오해했다. 왜냐하면 그 여자는 너무나도 이기적으로 보였고, 남자와 여자 사이의 이끌림의 기본이라고 할 수 있는 성실함을 거의 찾아볼 수 없었기 때문이다. 과시하는 것처럼 들리겠지만 전혀 그렇지 않다. 하지만 지금 그녀가 참아야 했던 공포와 열정을 떠올리며 내가 과연 옳았던 건지 생각해 본다. 가구 딸린 침실에서 저스틴이 자기 울음소리가 들리지 않게 수도꼭지를 트는 모습 같은 건 정말 지겨운 장면이다. 그녀는 양팔로 겨드랑이 사이를 꼭 끌어안고 혼잣말을 중얼거리며 이리저리 걸어 다닌다. 타르 통이 폭발하기라도 한 듯 담배를 피우고 있는 것 같다. 나의 냉담한 이성과 둔감한 신경은 그럴 때마다 인내심을 넘어 그녀를 못살게 괴롭힌다. 그녀가 침대맡 양탄자 위를 어슬렁거리는 표범 같은 모습으로 저녁 만찬에 나온다는 생각만으로도 고통스럽다. 만일 내가 잠이라도 들면, 그 여자는 화가 나는 듯 내 어깨를 흔들며 소리친다. "일어나, 야곱. 나 고통스럽단 말이야. 당신은 모르지?" 내가 그 뻔한 행동에 참여하기를 거부하면, 그녀는 자기 생각대로 할 이유를 만들기 위해 화장대에서 뭔가를 깨뜨린다. 얼마나 많은 야간 담당 하녀가 겁에 질린 얼굴로 그녀의 무서울 정도로 공손한 말을 들어야 했는지 모른다. 내가 보지 못한 무시무시한 모습으로 그녀는 말한다. "화장대를 청소해 줘야겠어요. 덤벙대다 뭘 좀 깼으니까." 그런 다음 그녀는 자리에 앉아 줄담배를 피워 대기 시작한다. "뭐 하는 짓인지 알아. 매번 당신은 날 믿지 못하고, 날 자극해서 당신을 때리게 만들어 죄의식을 없애 버리려는 거야. 그렇게 해서 당신 죄를 용서받으려고 하지. 이제 당신 만족을 위해 날 이용하지 마. 당신이 짊어지고 있는 짐은 당신 자신이 해결해야 해. 힘들겠지만, 자신에게 채찍질을 해봐. 난 그저 당신이 가여울 뿐이야." 그녀에게 이렇게 말한 적이 있다. 여기서 반드시 말하고자 하는 건, 내가 그렇게 말하자 저스틴은 잠시 진지하게 생각에 잠기더니 자기도 모르는 사이에 오후에 꼼꼼하게 면도한 부드러운 다리를 손으로 어루만지기 시작했다는 것이다…….

최근 들어 난 그녀가 지겨워지기 시작했다. 그리고 그런 감정을 주체하지 못하고, 내가 그 여자를 모욕하고 비웃었다는 사실을 알게 되었다. 어느 날 밤에는 그녀를 짜증 나는 신경질적인 유대인이라고 부르기까지 했다. 그러자 저스틴은 전에도 자주 들어본 심하게 쉰 목소리로 흐느끼기 시작했다. 심지어 지금은 그 울음을 떠올리기만 해도 고통스럽다.(많이도 울었고, 그 울음은 음악적인 가락까지 띠었다.) 그녀는 침대에 몸을 던지고는 팔다리를 축 늘어뜨린 채 누워 호스에서 뿜어 나오기라도 하듯 미친 듯이 신경질을 부렸다.

그런 일이 얼마나 자주 있었을까? 아니면 내 기억 속에서 저절로 늘어나고 있는 걸까? 아마 그 일은 한 번뿐이었는데 그 여운이 나를 속이고 있는 건지도 모른다. 어쨌든 난 종종 그녀가 약병에서 수면제를 꺼내 끝없이 잔 속에 떨어뜨리는 작은 소리를 듣곤 했다. 심지어 졸고 있을 때조차 그녀가 약을 너무 많이 먹는 건 아닌지 걱정하며 그 소리를 세곤 했다. 물론 이 모든 일은 훨씬 뒤의 일이다. 처음에 난 그녀에게 내 침대로 오라고 말한다. 그러면 그 여자는 부루퉁한 채 내키지 않는다는 듯 냉정하게 내 말에 따른다. 난 어리석게도 내가 그녀의 마음을 누그러뜨리고, 육체적으로 평안하게 해주면 정신적인 평화도 반드시 언을 수 있을 거라고 생각했다. 내 생각에는 그랬다. 하지만 내가 틀렸다. 그녀에게는 풀고 싶어 하지만 풀리지 않는 내면의 응어리가 있다. 그리고 그건 친구나 연인으로서 내 능력을 뛰어넘는 일이었다. 물론이다. 당연히 그랬다. 난 그 당시 히스테리의 정신병리학에 대해 알 만큼 알고 있었다. 하지만 그건 내가 그 모든 것의 이면에서 알아낼 수 있을 거라고 생각한 것과는 다른 성질의 것이었다. 그녀는 어떤 면에서는 삶을 기대하는 것이 아니라 삶의 본질이 무엇인지 밝혀내고 싶어 했다.

난 이미 우리가 어떻게 만났는지 이야기했다. 축제의 밤, 활짝 열려 있는 무도장 문 앞에 걸린 세실 호텔의 긴 거울 속에서의 만남. 우리는 거울 안에서 처음으로 말을 나누었다. 그건 충분히 상징적이라 할 수 있다. 그녀는 오징어를 닮은 남자와 함께, 거울에 비친 자신의 가무잡잡한 얼굴을 조심스럽게 살피며 기다리고 있었다. 난 익숙하지 않은 보타이를 고쳐 매려고 거울 앞에 서 있었다. 타고난 솔직함으로 자신이 주제넘지 않다는 것을 보이며, 저스틴이 미소 띤 얼굴로 말했다. "거긴 좀 어두울 텐데요." 난 별다른 생각 없이 대답했다. "여성분에게는 그렇겠죠. 남자들한테는 괜찮답니다." 우린 미소를 지었고, 난 그녀를 지나쳐 무도장으로 들어갔다. 저스틴도 별다른 생각 없이 거울 밖으로 영원히 걸어 나올 준비가 되어 있었다. 나중에 우연히도 끔찍한 영국 춤 폴 존스를 그녀와 같이 추게 되었다. 우린 잡담을 몇 마디 나누었다. 난 춤을 잘 추지 못했다. 그리고 지금에야 말하지만, 그때 난 솔직히 그녀의 아름다움에 아무 감흥도 느끼지 못하는 상황이었다. 나중에 그 여자가 내 특징을 잡아 단시간에 그림을 그려내는 재주를 보여 주었을 때, 그녀의 날카로운 통찰력에 내 판단 능력은 혼란에 빠져버렸다. 그 순간 내게 관심을 받고 싶은 마음에, 그녀는 가차 없이 내 특징을 잡아냈다. 여자들은 반드시 작가들을 공격한다. 그리고 내가 작가라는 사실을 안 순간, 그녀는 나를 직접 해부하고 싶은 기분을 느꼈다. 저스틴이 나를 목표물로 노리고 관찰했다는 것을 알게 되자, 그 모든 일에 내 자만심이 우쭐해졌다. 하지만 그녀는 날카로웠고, 나는 그런 종류의 게임을 상대하기에 너무 허약했다. 그건 연애의 계기를 마련해 주는 정신적 기습이었다.

그때부터 그날 밤까지의 일은 더 이상 아무것도 기억이 나지 않는다. 환상적인 여름 밤, 바닷가가 내려다보이는 달빛에 젖은 발코니 위에서 그녀는 따뜻한 손으로 내 입을 눌러 말을 막았다. 그런 다음 이렇게 말했던 것 같다. "서둘러요, 앙고르주 무아.[40] 이런 욕구가 혐오스러워. 이젠 끝내고 싶어요." 그녀는 자신의 상상 속에서 이미 내게 지쳐버린 듯했다. 하지만 그 말에는 권태로움과 자기 비하가 섞여 있었다. 어느 누가 이런 여자를 사랑하지 않을 수 있겠는가?

이 모든 것을 언어라는 불안정한 수단에 의지하는 건 헛된 짓이다. 난 그 수많은 만남에서 느꼈던 위기와 곤경을 기억한다. 그리고 나는 저스틴의 복잡한 일면을 알게 되었다. 그녀는 감수성을 평계로 지식에 대한 갈망과 미처 자각하지 못한 힘을 숨기고 있었다. 안타깝게도 나는 내가 정말로 그녀를 감동시킨 것인지 의아해지기 시작했다. 어쩌면 난 그녀에게 단순한 실험 대상으로만 여겨진 건지도 모른다. 그녀는 내게서 많은 것을 배웠다. 책을 읽고 생각하기 시작했다. 저스틴은 이전과 달라졌다. 심지어 난 상식적인 사고와 거리가 먼 그녀에게 모든 것을 명확하게 하기 위해 일기를 써보라고 설득하기까지 했다. 어쩌면 그때 내가 받았다고 생각한 사랑은 단순한 감사 인사일지도 모른다. 나는 내 자신이 그녀에게 버림받은 수많은 사람들, 그녀가 미친 영향력과 그녀의 연구 대상 사이 어딘가를 허우적거리며 떠돌고 있다는 것을 깨달았다. 이상한 일이지만 나는 저스틴을 연인이 아닌 작가로 만났다. 우리는 손에 깍지를 끼고 마음속으로만 삼단논법의 질서를 생각한다. 이곳은 호기심과 경이로움이 질서를 앞서고 판결이 보류된 무법 세상이다. 침묵 속에서 누군가를 기다리며 창문에 입김이 서리지 않게 숨을 참는다. 난 그녀를 그렇게 보고 있었다. 그 여자에게 미쳐 있었다.

저스틴은 진정한 무세이온의 아이로서 당연히 많은 비밀을 안고 있다. 난 필사적으로 그녀 인생의 숨겨진 부분에 끼어들고 싶은 욕구나 질투를 참아내야 했다. 거의 성공할 뻔하긴 했다. 하지만 내가 그녀를 염탐할 수밖에 없었던 건 그 여자가 나와 같이 있지 않을 때는 무슨 일을 하는지, 무슨 생각을 하는지 알고 싶었기 때문이다. 이를테면 그녀가 시내에서 자주 만나는 여자가 있다. 그녀의 영향력을 생각한다면 부정적인 관계라고 의심할 수밖에 없다. 그리고 저스틴이 긴 편지를 보내는 남자가 있다. 내가 알기로 그 남자도 이 도시에 살고 있다. 혹시 그 남자가 몸져 누워 있는 걸까? 난 조사를 시켰다. 언제나처럼 내 정보원은 재미없는 정보만 알아냈을 뿐이다. 저스틴이 만나는 여자는 나이 많은 과부 점성술사였다. 그녀가 (싸구려 편지지에 끝이 날카로운 펜으로 쓴) 편지를 보낸 남자는 한때 영사직에 있었던 의사로 밝혀졌다. 그 남자는 전혀 몸져 누워 있지 않았다. 요즘 유행하는 연금술에 살짝 빠져 있는 동성애자였다. 한번은 저스틴이 내 압지 철을 사용하는 바람에 그녀가 쓴 글의 흔적이 뚜렷하게 남아 있었다. 난 그 내용을 읽을 수 있었다. '내가 사람들은 물론 사건이나 질병까지, 손에 닿는 것은 무엇이든 지키려고 하는 것을 보고 당신은 내 삶을 치료할 수 없는 공간이라고 불렀어. 당신 말대로 그건 좀 더 나은 삶을 살기 위한 체면치레가 맞아. 하지만 난 당신의 규율과 지식을 존경해. 나도 내 성격에서 쓸모없는 것들은 버리고, 다 없애 버릴 수 있도록 나 자신과 타협해야 한다고 느끼고 있어. 다른 사람이라면 내 문제를 신부님께 맡겨 버리는 것으로 기술적으로 해결해 버렸을 테지. 우리 알렉산드리아인은 자존심이 강하고, 종교에 대해서는 그보다 더 존중하고 있어. 그런 식으로 해결하는 건 하느님께 공정하지 않아. 그래서 난 다른 사람 때문에 실패하는 일은 있어도(당신이 웃는 모습이 보이는 것 같아.), 하느님이 실패하게 만들지는 않겠다고 결심했어.'

그 글은 내가 보기에는 일종의 연애편지로 보였다. 성자 같은 사람에게 보내는 연애편지. 그리고 난 그 편지의 문장이 서투르고 정확하지 않음에도, 전혀 다른 생각들을 각각 분리하여 생각하는 그녀의 뛰어난 능력에 다시 한 번 감탄했다. 난 저스틴을 완전히 다른 시각으로 보기 시작했다. 그녀는 그릇된 지나친 용기로 그녀 자신을 파괴하고, 우리와 마찬가지로 원하고 이루고 싶어 한 행복을 빼앗긴 사람이었다. 이런 생각들이 그녀에 대한 내 사랑을 약화하기 시작했고, 가끔씩 그녀에 대한 혐오감이 나 자신을 채우기도 했다. 하지만 얼마 지나지 않아 날 두렵게 만든 건 그 여자 없이는 살 수 없을지도 모른다는 사실을 깨닫게 된 것이었다. 난 저스틴에게서 떨어져 짧은 여행을 떠났다. 하지만 그녀 없는 생활은 지루함만 가득했고, 도저히 견딜 수 없었다. 난 사랑에 빠져 있었던 것이다. 그 생각이 내게 설명할 수 없는 절망과 혐오감을 안겨 주었다. 그녀를 만나 무의식적으로 나 자신의 진정한 사악함을 알아차린 것 같았다. 별생각 없이 알렉산드리아에 왔다가 아모르 파티[41]를 발견하다니, 그런 감정을 느끼고 키워 나가기에는 운 나쁘게도 내 건강이나 불안정한 신경 상태가 좋지 않았다. 거울을 들여다보며 난 내가 마흔 살이 되었고, 이미 관자놀이에 흰머리가 생기기 시작했다는 사실을 알았다! 이 사랑을 그만둬야겠다고 생각한 적도 있다. 하지만 저스틴의 미소를 보고 그녀의 키스를 받을 때마다 내 결심이 무너지는 걸 느낄 수 있었다. 그러나 그녀를 그림자처럼 따라다니는 다른 친구들이 우리 생활에 끼어들기 시작하자, 새로운 파장이 일어났다. 하지만 이렇게 모호한 감정으로는 그 어떤 직접적인 조치를 취해야겠다는 결심도 할 수 없었다. 가끔씩 난 그녀가 키스할 때마다 저승에서 불어오는 바람 같다는 인상을 받았다. 내가 그 사실을 알게 된 건, 이를테면(내가 알기로는) 저스틴이 끊임없이 내게 믿음을 주지 못할 때라든가, 가끔씩 내가 그녀에게 가까이 갔다는 생각이 들 때조차 그 여자에게서는 심드렁한 반응 이외에 다른 것을 느낄 수 없을 때다. 친구의 병문안을 마치고 병원을 나올 때와 같은 무덤덤한 마음으로 엘리베이터를 타고 제복 차림의 로봇이 옆에 서 있는 것처럼 숨소리조차 들리지 않는 침묵 속에서 6층을 내려가는 것과 같은 그런 느낌. 내 방은 온통 침묵뿐이다. 그런 다음 그녀가 나와 어떤 관계도 지속하지 않을 거라는 사실을 알게 되자, 마음은 온통 그 생각뿐이었다. 그건 저스틴이 나를 위해 떠나려는 시도였다. 내게 속해 있는 것을 돌려주려는 시도였다. 하지만 내게 그런 이야기는 궤변으로밖에 들리지 않았다. 내 마음은 그런 진실을 알고 있기에, 새로운 온정, 새로운 정열, 사랑의 고마움에 대한 그녀의 반응에 침묵을 지키라고 명하고 있었다. 그런 사실에 나는 또다시 넌더리가 났다.

아! 하지만 만일 그때 그녀를 본 적이 있다면, 나처럼 어렸을 때 그녀의 부드럽고 겸손했던 모습을 기억하고 있다면, 누구도 나를 겁쟁이라고 비난할 수 없을 것이다. 이른 아침 내 품에서 잠든 저스틴의 모습은, 미소 짓는 입에서 새어 나오는 입김에 머리카락이 흔들리는 모습은 내가 기억하는 어느 여자와도 똑같이 보이지 않았다. 아니, 아예 여자 같지 않았다. 빙하기에 붙잡힌 경이로운 생명체가 진화한 것 같았다. 나중에 다시 저스틴을 생각하다가, 내가 그녀를 진심으로 사랑했으며 지난 몇 년간 그녀 이외에 다른 사람을 사랑한 적이 없다는 사실을 깨닫고 깜짝 놀랐다. 그리고 그녀가 돌아올지도 모른다는 생각에 난 흔들렸다. 어느 하나로 대신할 수 없는 두 가지 생각이 마음속에 공존했다. 난 내 자신을 안심시키기 위해 생각했다. '잘했어. 드디어 진실한 사랑을 하고 있는 거야. 그것만으로도 뭔가 이룬 거지.' 그러면 또 다른 자아는 이렇게 말한다. '저스틴에게 내 마음에 남아 있는 이 사랑의 고통을 되갚아야 해.' 알 수 없는 이 상반된 감정은 내가 전혀 예상하지 못했던 것이다. 만일 이런 것도 사랑이라면, 그건 내가 이전에는 본 적 없는 식물의 변종이다.("사랑이란 말이 대체 뭔데. 난 엘리자베스 여왕 시대 사람들이 신(god)을 거꾸로 불렀던 그런 표현이 좋아. 사랑(love)이란 말을 거꾸로 쓰면 'evol'이 되고 그건 '진화(evolution)'나 '반란(revolt)'의 줄임말이 돼. 그러니까 나한테는 그런 말 절대로 하지 마." 예전에 저스틴은 이렇게 말했다.)〉

* * *

난 그녀의 일기에서 '죽음 이후의 생활'이라는 제목으로 당시 일화 중에서 작품이 될 만한 내용들을 발췌했다. 퐁발은 그 내용들이 대부분 평범하고, 심지어 지루하기까지 하다고 평했다. 하지만 저스틴을 안다면 어떻게 그런 이야기들에 감동받지 않을 수 있단 말인가? 작품의 취지를 재미로만 따지는 사람은 없을 것이다. 이를테면 작가는 자신의 상상력 속에서 현실의 사람들을 모두 그려낼 수 있다. 〈작중인물은 예술가가 작품 속에 배치해야 활기차게 살 수 있다. 난 가련한 저스틴에 대한 사랑으로 이 일을 할 수 있었던 것이다.(당연히 '클라우디아'를 뜻하는 것이다.) 난 그녀의 내면을 모두 담을 수 있을 정도로 강렬한 책을 꿈꾼다. 하지만 이건 우리에게 익숙한 그런 종류의 책이 아니다. 이를테면 첫 장의 몇 줄 안에 줄거리가 들어 있다. 우리는 명확하게 설명하지 않을 것이다. 드라마는 형식이라는 짐에서 벗어나게 될 것이다. 난 내 책이 꿈을 꿀 수 있도록 자유롭게 해줄 것이다.〉

그렇지만 그가 생각했던 것처럼 형식에서 쉽게 벗어날 수 있는 사람은 당연히 없다. 하지만 사실 작품은 유기적으로 성장하고, 그에 어울리게 된다. 그의 작품에서 빠진 것은 유희 감각이다. 하지만 그건 범작에 대한 비평의 경우다. 그는 내용을 더욱 어렵게 끌고 갔다. 그리고 결국에는 그의 문체와 클라우디아의 만행이라는 내용이 조화되지 않는 사태를 빚고 만다. 감정이 담긴 모든 것은 그에게는 똑같이 중요하다. 노우즈하의 서양 협죽도 사이에서 클라우디아가 보낸 신호, 그가 그녀에 관해 쓴 소설 원고를 불태워버린 벽난로("마치 내 안에 들어와 내 작품을 읽기라도 하려는 듯, 지난 며칠 동안 그녀는 나를 노려보았다."), 렙시우스가(街)의 작은 방……. 그는 작중인물들에 대해 말한다. 〈작중인물들은 그들이 원하는 대로 다 이루어지는 비현실적 차원의 시간에 묶여 있다. 하지만 그건 작품의 필요에 따라 만들어진 것이다. 왜냐하면 모든 드라마는 속박을 만들고, 작중인물은 오직

그가 속박되어 있는 정도에만 의미를 두기 때문이다.〉

하지만 그런 조건들은 옆으로 제쳐놓고, 그가 알리고자 하는 알렉산드리아, 알렉산드리아와 그곳에 사는 여자들의 묘사는 우아하면서도 정확했다. 여기 레오니, 개비, 델핀의 소묘가 있다. 연한 장밋빛과 금빛, 암갈색으로 그린 소묘. 그중 한 명은 아주 쉽게 알아볼 수 있었다. 클레어, 거미줄과 낡은 천으로 만든 제비 집처럼 보이는 천장이 높은 스튜디오에 살고 있는 그녀를 못 알아볼 리가 없다. 하지만 알렉산드리아에 살고 있는 여자들은 대부분 지나치게 정직하고 염세적이라는 점에서 다른 지역의 여자들과 구분된다. 그는 작가로서 소마의 진정한 본질을 꿰뚫어 볼 수 있었다. 우연히 알렉산드리아라는 단단하고 실리적인 껍질을 거의 다 깨고 자아를 발견한, 재능이 넘치는 작가에게 그 외에 무엇을 기대할 수 있겠는가.

저스틴의 일기에는 아르나우티에 대한 언급이 많지 않았다. 여기저기서 이니셜 A가 보이기는 했지만, 대개 자기반성이 담긴 내용이 많았다. 여기서 그 A가 아르나우티와 동일 인물이라고 생각하는 것은 상당히 신빙성이 있어 보인다.

〈처음으로 내가 A에게 끌린 건 그의 방에서다. 언제나 그 방의 굳게 닫힌 문 뒤에서 어떤 흥분 같은 것이 느껴지는 것 같았다. 여기저기 책장이 펼쳐진 책들이 놓여 있거나, 마치 제목을 숨기려는 듯 하얀 도화지로 싼 책들이 놓여 있다. 그 사이 빈 공간에는 마치 쥐 떼가 축제에 참석하러 이동하는 것처럼 신문들이 어지럽게 펼쳐져 있다. 그의 말대로 그것은 A의 '현실 생활'의 단면이자, 그 자신의 삶과는 동떨어진 듯 느껴지는 추상적인 관념이다. 그는 신문 위에 앉아 무딘 손톱 손질용 가위로 손톱을 깎고 있다. 마치 누더기 실내복을 걸친 채 벨벳 슬리퍼를 신고 음식을 먹는 것처럼. '현실'이라는 바깥세상의 일에 대해 그는 어린아이처럼 어쩔 줄을 몰라 했다. 그에게 '현실'이란 사람들이 즐겁게 웃으며 어린아이를 기르는 곳일 것이다.)

『풍속』을 쓴 작가에 대한 전체적인 묘사를 비롯해 그런 내용이 몇 군데 있었다. 하지만 너무 부족한 듯했고, 그토록 많이 사랑하고 힘들게 관찰한 결과로 보기에는 실망스러웠다. 난 두 사람의 그 짧고 헛된 결혼의 종말에 대해서는 한 마디도 찾을 수 없었다. 하지만 그 책 『풍속』에서 흥미로운 부분은 그녀의 성격에 대한 그의 생각이 나중에 네심과 내가 저스틴에 대해 내린 결론과 똑같았다는 것이다. 그녀가 우리에게 강제로 받아낸 복종은 저스틴의 가장 놀라운 부분이었다. 그것은 이제껏 그들이 여자들을 상대했던 기준으로는 판단할 수 없는 그런 존재가 있다는 것을 단번에 알게 해주었다. 예전에 클레어도 그녀에 대해 말한 적이 있다.(그녀는 가차 없이 비판했다.) "남자들은 진짜 창녀에게 끌리는 법이야. 저스틴처럼 말이지. 저스틴은 혼자서도 남자들을 상처받게 하는 능력을 가지고 있어. 하지만 우리 친구인 저스틴은 고대 그리스 창부들의 천박한 20세기식 복제품일 뿐이야. 라이스나 카리스[42], 그리고 다른 여자들처럼 저스틴도 자기가 그런 부류라는 사실을 모르고 있지만……. 저스틴의 역할은 다른 사람들에게 자신을 모두 빼앗기는 것이고, 사회는 저스틴이 떠안고 있는 그런 문제들에 죄의식이라는 짐까지 더해 그녀의 어깨 위에 올려놓았어. 가엾은 일이지. 저스틴은 진정한 알렉산드리아인이니까."

저스틴에 대한 아르나우티의 작은 책을 본 클레어 역시 모든 일을 설명하고 싶다는 욕구에 살짝 전염된 것처럼 보였다. "우리가 가진 병은 심리학이나 철학이라는 틀 안에 모든 것을 담고 싶어 한다는 거야. 무엇보다도 저스틴을 그런 걸로 판단하거나 비난할 수는 없어. 그 여자는 단순하고 당당할 뿐이야. 우린 원죄처럼 저스틴을 참고 견뎌내야 해. 하지만 그 여자를 색정증 환자라고 부르거나 프로이트식으로 평가한다면, 저스틴이 정말로 가지고 있는 유일한 신화적인 본질을 모두 없애 버리는 거나 마찬가지야. 모든 비도덕한 사람들과 마찬가지로 저스틴 역시 여신의 경계에 있어. 만일 우리가 살고 있는 이 세상이 그 여자가 머무를 수 있는 신전이라면, 저스틴도 그토록 찾아다니던 평화를 발견할 수 있을 거야. 그 신전은 그녀가 물려받은 일종의 유산에서 벗어날 수 있는 곳이지. 여드름이 잔뜩 난 가톨릭계 젊은 이들이 자전거 안장에 올라타는 것처럼 자신의 생식기를 여자들에게 들이대는 그런 세상이 아니라."

클레어는 아르나우티가 '억압'이라고 제목을 붙인 부분에 대해 생각했다. 그리고 그가 그 안에서 저스틴의 불안정한 마음의 실마리를 찾았다 생각하고 있다고 여겼다. 그녀는 그 부분의 내용이 천박하다고 생각하긴 했지만, 모든 것은 하나 이상의 의미를 가질 수 있다는 점에서 생각해 볼 만한 가치가 있다고 여겼다. 나는 그 내용이 저스틴을 설명하고 있는 거라고 느끼지는 않았지만, 그래도 유럽이라는 먼 길을 함께했던 여행에서 나타난 그녀의 행동을 설명하고 있다는 점은 인정하고 있었다. 그는 삽입구를 넣어가며 이렇게 쓰고 있다. 〈정열(그녀가 정말 손쉽게 얻은 것처럼 보이는 정열)의 핵심을 가로막는 뭔가가 있다. 여러 달이 지난 후에야 난 거기에 감정을 억제하는 요소가 있다는 것을 깨닫게 되었다. 우리 사이에는 검은 그림자 같은 것이 가로막고 있었다. 그리고 내가 깨달은 것은, 아니 생각한 것은, 우리가 그토록 간절히 바랐지만 어쩐 일인지 우리 자신은 배제되었다고 느낀 행복의 진정한 장애가 그 그림자 때문이라는 것이었다. 그건 대체 무엇일까?

어느 날 밤 저스틴은 내게 말했다. 우린 빌린 방의 크기만 하고 볼품없는 침대에 누워 있었다. 그 방은 황량한 장방형의 방으로 어렴풋이 프랑스풍 레반트식 양식과 취향으로 꾸며져 있었다. 치장 벽토로 된 천장은 갈라진 지품천사와 포도 덩굴 장식이 되어 있었다. 그녀의 말은 내가 이제껏 애써 숨겨 온 질투를 폭발시켰다. 하지만 그건 완전히 새로운 종류의 질투였다. 질투의 대상은 아직 살아 있긴 하지만 더 이상 존재하지 않는 남자였다. 그건 아마 프로이트식으로 말하면 그녀의 유년 시절에 있었던 사건들의 은폐 기억이라고 부를 수 있을 것이다. 그녀(홍수처럼 눈물을 흘리며 하는 그녀의 고백이 주는 설득력에는 오해의 여지가 없다. 이제껏 그녀가 그렇게 우는 것을 본 적이 없다.), 저스틴은 친족에게 강간당한 적이 있다. 그런 생각이 얼마나 진부한지 누구라도 웃지 않을 수 없을 것이다. 그때 그녀의 나이가 몇 살이었는지 알아보는 것도 불가능하다. 말할 것도 없이 나는 거기서 억압의 원인을 찾았다고 생각했다. 이전부터 그녀는 사랑을 나눌 때 심정적으로 그런 사건들을 재연하지 않으면 만족하지 못했다. 그녀에게 우리, 그러니까 그녀의 연인들은 그저 유년 시절에 있었던 첫 경험의 심정적 대체물이었을 뿐이다. 그래서 그녀의 사랑이 일종의 자위이자 신경쇠약증적인 기미를 보였던 것이다. 저스틴은 빈혈로 죽어가고 있다는 상상으로 고통스러워했다. 왜냐하면 그녀는 살아서는 누구도 완전히 소유할 수 없었기 때문이다. 그녀는 자기가 느끼고 필요로 하는 사랑에 자신이 어울리지 않는다고 여겼다. 저스틴은 자신이 더 이상 살고 있지 않은 삶의 어두운 구석에서 만족을 이끌어내었기 때문이다. 그건 아주 흥미로운 일이다. 하지만 난 그녀가 의도적으로 부정을 저질렀음을 고백했을 때 놀란 것은 말할 것도 없거니와 정확히 말하면 남자로서 자존심에 타격을 받았다고 느꼈다. 뭐라고! 그녀는 매번 내 품에 안길 때마다 그런 추억을 떠올리지 않고는 만족을 느낄 수 없었단 말인가? 그렇게 난 그때 저스틴을 가질 수 없었다. 절대 가질 수 없었다. 난 그저 멍청이에 불과했다. 심지어 이 글을 쓰고 있는 지금도 그 남자가 누구인지 어디에 있는지 쥐어짜는 듯한 목소리로 묻는 내 모습을 떠올리면 웃음을 참을 수가 없다.(난 그것을 알아서 무엇을 하려고 했던 것일까? 그 남자에게 찾아가서 결투라도 신청하려고 했던 걸까?) 말할 것도 없이 그 남자는 거기에 있었다. 저스틴과 나 사이에, 저스틴과 햇살 사이에 정정당당히 서 있었다.

하지만 나는 사랑이 질투를 어떻게 살찌우는지 지켜보기 위해 충분한 거리를 두고 떨어져 있었다. 왜냐하면 몸은 내 품에 있지만 마음은 손에 닿지 않는 여자는, 열 배는 더 갈구하게 되고 더 필요로 하게 되기 때문이다. 그건 자신의 의도와 상관없이 사랑에 빠진 남자와 오직 강박관념과 사랑에서 벗어나기만을 원하는 여자를 애간장이 타는 곤경에 처하게 만든다. 여기서부터 다른 것이 이어진다. 만일 내가 그 '억압'을 깬다면, 어떤 남자도 소유하지 못했던 그녀를 진정으로 가질 수 있게 될 것이다. 내가 죽음의 그림자 안으로 들어간다면 저스틴의 진정한 키스를 받을 수 있을 것이다. 지금 그녀는 시체와 키스하고 있다. 이제야 나는 이 모든 것을 이해할 수 있게 된 것 같다.

우리의 유럽 여행은, 말하자면 손을 맞잡고 함께 과학의 도움을 받아 그 악령을 극복하기 위한 것이었다고 설명할 수 있다. 우리는 체첸에 있는 작은 집을 찾아갔다. 책이 가득한 그곳에는 심리학의 대가가 자리에 앉아, 움직이지 않는 자신의 표본들을 자못 흡족하다는 듯 바라보고 있었다. 바젤, 취리히, 바덴, 파리――유럽의 중앙 철도망의 철도가 흔들거린다. 철도의 중추가 마주치고 헤어지며, 산과 계곡을 넘어간다. 오리엔트 특급열차의 얼룩진 거울에 비치는 누군가의 얼굴. 우리는 요람 속 아기가 이리저리 흔들리듯 유럽을 오갔다. 내가 절망하여 어쩌면 저스틴은 치유받고 싶지 않은 건지도 모른다는 상상을 할 때까지. 거기에 그녀가 심리학적인 확인을 내키지 않아 한다는 이유도 더해졌다. 그건 내가 이해할 수 없는 이유일 수밖에 없었다. 하지만 그녀는 그의 이름, 그 그림자의 이름을 아무에게도 말하지 않았다. 지금 그녀에게 그 이름은 모든 것을 의미하거나 아무것도 아니었다. 어쨌거나 이 세상 어딘가에 지금 그는 반드시 살아 있다. 사업 걱정이나 여러 가지 이유 때문에 머리가 잿빛으로 새기 시작하고, 숱도 줄어들었을 것이다. 안염 때문에 언제나 한쪽 눈에는 검은 안대를 하고 있을 것이다.(내가 이렇게 그 남자를 묘사할 수 있는 이유는 예전에 실제로 한 번 봤기 때문이다.) "어째서 내가 그 사람의 이름을 다른 사람에게 말해야 한다는 거야?" 저스틴은 고함치곤 했다. "그 사람은 이제 내게 아무것도 아니야. 예전에도 그랬고. 그 사람은 그 일을 완전히 잊어버렸어. 그 사람은 죽었다는 거 몰라? 내가 그 사람을 만났을 때는……." 마치 뱀에게 물리기라도 한 듯한 모습이었다. "그래서 당신은 그 사람을 봤어?" 저스틴은 즉시 안전한 자리로 물러났다. "몇 년 전에 길에서 스친 적이 있어. 그냥 인사만 했을 뿐이야."

그 사람은 그런 평범한 모습으로 여전히 숨을 쉬며, 아직까지 살아 있다! 얼마나 터무니없고, 야비한 질투심인지. 하지만 그건 우습게도 연인의 상상력의 경계에서 만들어낸 가공의 대상에 대한 질투였다.

예전에 한 번, 카이로의 시내 한복판에서 교통 정체에 휩싸인 적이 있다. 숨도 쉴 수 없을 만큼 더운 한여름 밤이었다. 우리 옆에 택시가 한 대 멈춰 섰을 때, 저스틴의 표정에서 뭔가를 발견한 나는 즉시 그녀가 보고 있는 쪽으로 시선을 돌렸다. 강에서 올라오는 습기에 가슴이 두근거릴 정도였고, 썩은 과일 냄새와 재스민 향, 흑인들의 땀 냄새에 머리가 아플 지경이었다. 나는 우리 옆에 서 있던 택시에 타고 있는 아주 평범한 남자를 볼 수 있었다. 그 남자가 이 끔찍한 도시에서 일하고 있는 수없이 많은 초라한 사람들과 다른 점은 한쪽 눈에 검은 안대를 하고 있다는 것뿐이었다. 남자는 머리숱이 적었고, 얼굴형이 갸름했으며, 눈동자는 빛나고 있었다. 그 남자는 회색 여름 양복을 입고 있었다. 저스틴의 얼굴에 드러난 불안과 고뇌가 너무나도 분명해 보이자, 나도 모르게 소리치고 말았다. "대체 뭐야?" 그때 교통 체증이 풀리면서 택시가 움직이기 시작했다. 그녀는 술에 취한 사람처럼 이상한 눈빛으로 대답했다. "저 사람이 당신이 그렇게 찾아다닌 남자야." 하지만 저스틴의 입에서 그 말이 나오기 전부터 난 이미 알고 있었다. 악몽을 꾸는 것 같았다. 우리가 타고 있던 택시가 멈춰 서자, 난 차에서 내렸다. 도로에서 술리에만 파차로 들어가는 그 남자가 탄 택시의 빨간 미등을 쳐다보았다. 너무 멀리 떨어져 있어서 차 번호는 물론 색상조차 알아볼 수 없었다. 우리가 타고 있는 차가 다시 한 번 교통 체증에 걸렸기 때문에 그 남자가 탄 차를 쫓아갈 수 없었다. 다시 택시에 탄 나는 온몸을 떨기만 할 뿐 아무 말도 할 수 없었다. 그는 프로이트가 학구적인 이성으로 온 힘을 기울여 연구한 그런 이름을 가진 남자였다. 그 순진한 중년 남자 때문에 저스틴은 거짓말을 하고 있었고, 모든 신경이 공중 부양이라도 한 것처럼 움직이지 않았다. 그동안 마그나니의 가늘지만 단호한 목소리가 끊임없이 반복되고 있었다. "그 남자의 이름을 말해. 당신은 그 남자의 이름을 반드시 말해야 해." 그녀의 기억이 갇혀 잊혀졌던 부분에서 기계 시대의 신탁처럼 그녀의목소리가 반복되어 흘러나왔다. "기억이 안 나. 기억이 나지 않아."

그녀가 어떤 왜곡된 방법으로든 그 억압을 풀고 싶어 하지 않는다는 것이 분명해 보였다. 그리고 의사들의 힘으로는 저스틴을 설득할 수 없다는 것도 확실해졌다. 그 존경받을 만한 신사들은 여러 가지 고려하지 않고 피상적으로 그녀가 색정중에 걸렸다는 진단을 내렸다. 때때로 그들의 진단이 옳다고 느낄 때도 있긴 하지만, 대개는 그들의 진단을 의심할 수밖에 없었다. 저스틴이 그런 행동을 하는 이유는 말할 것도 없이 모든 남자가 그녀의 열정적인 자아와, 섹스를 통한 환상의 거센 불꽃이 있어야만 만족할 수 있는 숨 막힐 것 같은 폐쇄적인 자아를 해방해 주겠다고 약속하기 때문이다.

어쩌면 우리가 그것을 이렇게 공개적으로 이야기하며 문제인 양 여기는 건 잘못된 일인지도 모른다. 그 때문에 그것이 사실이 아니라는 것을 알게 될 때까지 그녀가 거만하고, 신경질적이며 우유부단하다는 느낌을 받게 되기 때문이다. 자신의 열정적인 삶에서 저스틴은 도끼로 내리치는 것처럼 단도직입적이었다. 그녀는 페인트를 겹겹이 칠하는 것처럼 키스했다. 내가 좋아할 정도는 아니더라도 최소한 이해할 수 있는 정도의 도덕성을 그녀가 가져주어야 하는 이유를 얼마나 오래, 그리고 헛되이 찾고 있었는지 기억해 내고, 난 혼란에 빠졌다. 이제야 내가 얼마나 오랜 시간을 헛되이 보냈는지 깨달았다. 그러는 대신 난 저스틴과 즐거운 시간을 보냈어야 했고, 그런 선입견을 버렸어야 했다. '그녀는 아름다운 만큼 믿을 수도 없어. 그 여자는 식물에 물을 주듯 가볍게, 별생각 없이 사랑을 하곤 해.' 그때 난 그녀의 팔짱을 끼고 냄새 나는 운하를 함께 걸을 수도 있었을 것이다. 아니면 햇살 가득한 마레오티스 호수에서 배를 탈 수도 있었을 것이다. 저스틴 자체로 그녀와 즐거운 시간을 보내고, 그 여자의 모습을 있는 그대로 받아들이면서. 우리 작가들은 얼마나 많은 불행을 안고 있는지! 저스틴에 대한 이 길고 고통스러운 고찰로 내가 알게 된 건 그녀에 대한 불신이 늘어났다는 것과 그 여자가 의식적으로 부정을 저지른다는 것뿐이다. 그중에서도 가장 나쁜 것은 그녀가 나를 적으로 여기기 시작했다는 것이다. 내가 가장 저스틴을 있는 그대로 보고, 그녀의 말과 행동을 거의 그대로 옮겼기 때문이다. 저스틴은 방어막을 두 배로 세우고, 내가 참을 수 없을 만큼 질투심이 심하다고 비난했다. 아마 그녀의 말이 맞을 것이다. 난 그 여자가 한 말을 기억한다. "당신은 내가 간통을 저질렀다고 상상하며 살고 있어. 모든 것을 다 당신한테 솔직히 이야기한 내가 바보지. 지금 당신이 내게 물어본 게 뭔지 알아? 며칠 동안 똑같은 질문만 하고 있잖아. 그러면서 내 이야기에서 사소한 차이점만 물고 늘어지지. 내가 똑같은 이야기를 두 번 하지 못한다는 건 알고 있잖아? 지금 내가 거짓말하고 있다는 거야?" 그 경고를 받아들이지 않고, 난 여전히 한쪽 눈에 검은 안대를 한 연적이 커튼 뒤에 서 있다는 생각에 잠겨 그의 정체를 알아내기 위해 두 배로 노력하기 시작했다. 난 여전히 마그나니와 편지를 주고받으며, 연적에 관한 미스터리를 밝혀내는 데 도움이 될 수 있을 만한 가능한 많은 증거를 모으려고 애썼다. 하지만 그건 헛된 일이었다. 인간의 정신을 구성하고 있는 충동적 죄

책갑이라는 가시 많은 정글 속에서 어느 누가 길을 찾을 수 있겠는가? 심지어 그 대상이 서로 협력하기를 원하기까지 한다면 말이다. 나는 그녀가 좋아하는 것과 싫어하는 것에 대한 헛된 조사로 시간을 낭비했다! 만일 저스틴에게 유머 감각이 있었다면, 우리가 함께 있는 동안은 어떻게든 재미있게 보낼 수 있었을 것이다. 나는 그녀가 '워싱턴 D. C.'라는 글씨만 봐도 심한 혐오감을 느낀다고 고백한 편지를 받은 적도 있다! 이제 와서 깊이 후회하는 것은 내가 저스틴을 사랑했어야 했던 그 시간을 낭비했다는 것이다. 틀림없이 마그나니 노인도 나와 똑같이 그런 의심을 하며 괴로워했을 것이다. "우리가 연구하고 있는 이 신생 학문은 경이로움과 장래성이 풍부하게 내재된 것처럼 보이지만, 그 과학은 마치 점성술처럼 토대가 허약하다는 것을 결코 잊어서는 안 되네. 결국 우리는 사물에 이름만 요란하게 붙이고 있는 셈이지! 자네가 원한다면 색정증은 처녀성의 또 다른 형태로 생각할 수도 있을 거야. 그리고 저스틴의 경우, 이제껏 한 번도 사랑을 해본 적이 없을지도 모르네. 언젠가 그녀가 한 남자를 만나게 된다면 그 성가신 허상들은 사라질 것이고, 순진무구한 마음을 되찾을 수 있을 거야. 틀림없이 자네는 그렇게 생각하지 않겠지만." 물론 그가 내게 상처를 주려고 한 건 아니었다. 왜냐하면 난 그 생각을 인정할 수 없었기 때문이다. 하지만 그 현명한 노인의 편지를 읽자 마음속 아픈 곳이 찔린 듯했다.)

* * *

이후 우리 관계가 새로운 요소의 등장으로 손상되고 만 부르엘 아랍에서 보낸 그날 오후까지 난 아르나우티의 책에서 그 부분을 읽지 않았다. 나는 감히 사랑이라는 말을 쓸 수 없었다. 내 상상 속에서 무정하고 달콤한 웃음소리를 듣게 될까 봐 두려웠기 때문이다. 그녀의 웃음소리는 어디서든 울려 퍼졌다. 실제로 난 아르나우티가 상대에 대해 분석한 내용이 아주 재미있다는 점을 발견했다. 그와 저스틴이 즐거웠을 때의 관계가 우리 관계에서도 아주 밀접하게 되풀이되고 있었다. 때때로 나는 저스틴을 보며 『풍속』의 등장인물이 책 밖으로 빠져나온 것 같다고 느낄 정도였다. 게다가 지금 난 그녀를 글 속에 담는다는, 아르나우티와 똑같은 시도를 하고 있다. 비록 아르나우티와 달리 예술가로서 표현력도 부족하고, 능력도 모자란다고 생각하긴 하지만. 그럼에도 난 회반죽처럼 덕지덕지 바르거나 숨기지 않고 좀 더 간결하게, 품위를 따지지 않고 적나라하게 묘사하고 싶었다. 저스틴에 대한 묘사는 대강의 밑그림을 정한 뒤, 힘들어도 석상을 조각하는 것처럼 본래 모습을 보여 주어야 하기 때문이다.

바닷가에서 그런 일이 있은 뒤, 우리는 잠깐 동안 만나지 않았다. 두 사람 다 불안정하고 예측할 수 없는 기분에 영향을 받고 있었다. 아니, 적어도 난 그랬다. 네심은 사업차 카이로로 떠났지만, 내가 아는 한 저스틴은 혼자 집에 남아 있었다. 난 스튜디오에 혼자 찾아갈 수 없었다. 한번은 그 옆을 지나가다 블뤼트너를 듣고, 초인종을 누르고 싶었다. 검은 피아노에 앉은 그녀의 모습이 너무나도 뚜렷하게 떠올랐기 때문이다. 그 무렵 밤중에 정원을 지나가는 누군가를 본 적이 있다. 틀림없이 그녀였을 것이다. 그 사람은 한 손으로 촛불을 가린 채 백합이 핀 연못가를 걷고 있었다. 난 순간 자신 없이 그 대문 앞에 서서 초인종을 울릴지 말지 고민했다. 그때 멜리사는 상(上) 이집트에 있는 친구 집에 가 있었다. 여름이 깊어가고 있었다. 도심은 찌는 듯 더웠다. 난 시간이 날 때마다 자주 목욕했고, 작은 시가전차를 타고 사람들이 북적거리는 해변을 찾았다.

 그러던 어느 날, 심하게 뜨거운 날씨에 지쳐 침대에 누워 있을 때, 저스틴이 눅눅하기 그지없는 이 작은 아파트로 찾아왔다. 하얀 원피스에 흰 구두를 신고, 핸드백을 든 한쪽 팔에는 수건을 둘둘 말고 있었다. 하얀색의 조화 속에 순간적으로 시선을 사로잡는 그녀의 가무잡잡한 피부와 윤기 흐르는 검은 머리카락의 대조적인 모습이 근사했다. 저스틴이 말하기 시작했다. 목소리가 잔뜩 쉰 데다 떨리기까지 해서 마치 술에 취한 것처럼 들렸다. 아마 술을 마셨을 것이다. 손으로 벽난로 선반을 짚어 몸을 지탱하며 그녀가 말했다. "난 최대한 빨리 이 모든 걸 끝내고 싶어. 예전으로 돌아가기에 우린 너무 멀리 가버린 것 같아." 나로서는 어떤 말도 할 수 없고, 아무 생각도 할 수 없을 정도로 몸과 마음이 너무나 고통스러웠다. 욕망을 느끼지 않기 위해 끔찍할 정도로 온 정신을 쏟았다. 난 그녀와 사랑 행위를 하는 것을 상상할 수 없었다. 우리 사이는 감정적인 거미줄이 가로막고 있었다. 난 성실함, 이념, 망설임이라는 눈에 보이지 않는 거미집을 과감하게 털어버릴 수가 없었다. 그녀가 내 앞으로 한 발자국 다가오자, 난 무기력하게 말했다. "이 침대는 너무 지저분하고 냄새 나. 내가 술을 마시고 있었거든. 자위를 하려고 했는데, 별로 좋지 않아. 계속 당신 생각만 하고 있었으니까." 난 아무 말 없이 베개 위에 누웠다. 얼굴에서 핏기가 가시는 것 같은 느낌이 들었다. 이 작은 공간의 적막을 깨는 것은 구석에 있는 수도꼭지에서 떨어지는 물소리뿐이었다. 멀리서 택시의 경적 소리가 들렸고, 어둠 속에서 울리는 항구의 고동 소리는 괴물의 억눌린 포효처럼 들렸다. 이제야 우리는 온전히 하나인 듯했다.

 이 아파트는 멜리사의 공간이었다. 보잘것없는 경대에는 다

쓴 분첩과 사진들만 가득했다. 우아한 커튼은 배의 돛처럼 숨이 막힐 것 같은 오후의 미풍에 부드럽게 흔들리고 있었다. 서로의 품에서 떨어져 밝은색의 투명한 커튼 천이 천천히 휘말렸다가 풀리는 광경을 몇 번이나 보았던가? 이 모든 일을 거치면서, 거대한 한 방울 눈물 속에 담겨 있던 사랑하는 사람의 영상은 그 눈물이 흘러내림과 동시에 저스틴의 매혹적인 갈색 나신을 흔들었다. 그때 난 그녀의 결의에 얼마나 깊은 슬픔이 배어 있었는지 알아차리지 못할 정도로 눈이 멀어 있었다. 우리는 한참 동안 서로 눈을 바라보며, 서로 몸을 어루만지며 누워 있었다. 저물어가는 오후의 동물 같은 나른함 때문에 말도 하기 힘들었다. 그때 난 몸이 짓눌릴 정도로 저스틴을 품에 꼭 끌어안고 있느라 아무것도 생각할 수 없었다. 난 아르나우티의 글 중에서 그가 했던 말을 떠올렸다. 〈동이 트기 시작할 무렵, 약간은 두려운 방식으로 그 여자는 내게서 모든 기운을 앗아 갔다. 난 내 머리카락이 모두 다 깎인 것처럼 느껴졌다.〉 나는 그들 사이에 존재하는 끝없는 행복과 불행의 밀고 당김 속에서 그 프랑스인은 분명 그들의 선입견이 허용하지 않는 무언가에 부딪히는 순간 피할 수 없는 고통을 겪어야 했을 것이라 생각한다. 지구력은 부족하지만 계략과 지략을 타고난 그들에게 앵글로색슨인의 정신적 특질인 우둔함은 찾아보기 힘들었다. 그래서 난 생각했다. '좋아, 그녀가 이끄는 대로 따라가자. 저스틴은 자신을 위한 상대로 나를 찾게 될 거야. 그리고 마지막에 가서는 이 같은 괴로움에 대해 이야기하지 않게 되겠지.' 그리고 난 거대한 망원경을 거꾸로 잡은 채 우리를 들여다보고 있을 네심을 생각했다.(정말 그런지는 알 수 없지만.) 네심은 자신의 희망과 계획이라는 지평선 위에서 점점 멀어져 가는 우리의 작은 모습을 지켜보고 있을 것이다. 난 간절히 그가 상처받지 않기를 바랐다.

그러나 그녀는 눈을 감고 있었다. 지금 이 아늑하고 빛나는 순간이 우리 주위를 자욱하게 둘러싸고 있는 침묵 때문에 끝나 버린 것처럼 느껴졌다. 내 어깨 위로 그녀의 떨리는 손가락이 점차 안정적으로 자리 잡기 시작했다. 우린 서로 얼굴을 쳐다보았다. 과거로 통하는 문이 닫혀 버렸다. 모든 것이 차단되었다. 그리고 그녀가 먼저 키스하기 시작하자, 우리를 둘러싼 어둠이 다양한 색상으로 연이어 물들어 가는 것처럼 행복하게 느껴졌다. 우리가 또 한 번 사랑을 나누고, 다시 잠에서 깨어났을 때 저스틴이 말했다.

"난 항상 처음이 안 좋아. 왜 그럴까?"

"긴장해서 그렇겠지. 나도 그래."

"당신은 날 두려워하는 것 같아."

갑자기 잠에서 깬 것처럼 팔꿈치를 세우며 내가 말했다. "그런데 저스틴, 우린 앞으로 어떻게 해야 하는 거지? 이렇게 되면……." 그러자 그녀는 이내 싸늘해지면서 손으로 내 입을 틀어막았다. "제발 변명은 하지 마! 그럼 우리가 잘못했다는 걸 내가 알게 되잖아! 어떤 이유도 대지 마, 아무것도. 그렇지만 이번 일은 이렇게 될 수밖에 없었어." 저스틴은 침대 밖으로 나가 사진들과 분첩이 놓인 경대 쪽으로 걸어갔다. 그리고 표범이 앞발을 휘두르듯이 단번에 경대 위에 놓여 있던 물건들을 쓸어버렸다. "이건 내가 네심과 하고 있고, 당신이 멜리사와 하고 있는 일이야! 아무 일도 없었던 것처럼 구는 건 너무 비겁해." 그 상황은 아르나우티의 책을 읽으면서 내가 예상했던 것보다 더 심각했다. 난 아무 말도 할 수 없었다. 그녀는 몸을 돌리더니 고통스러울 정도의 갈망으로 내게 키스하기 시작했다. 타오를 듯 뜨거워진 어깨가 떨리면서 내 눈에 눈물이 고이기 시작했다. "아! 당신 지금 울고 있구나. 나도 울고 싶어져. 하지만 난 우는 방법을 몰라." 저스틴이 슬픈 듯 부드럽게 말했다.

내가 기억하고 있기로는 그때 난 저스틴을 끌어안았고, 그녀의 달콤하면서도 따뜻한 몸에서는 바다 소금 같은 맛이 느껴졌다. 그녀의 귓불에서도 짠맛이 났다. 이런 생각을 했던 게 기억난다. '키스를 할 때마다 그녀는 네심 옆으로 다가가고 있지만, 난 멜리사에게서 점점 멀어지고 있다.' 하지만 이상할 정도로 난 낙심하지도 고통스럽지도 않았다. 그리고 저스틴 그녀 역시 같은 생각을 하고 있었던 게 틀림없다. 그녀가 갑자기 이렇게 말했기 때문이다. "발타자르가 말하길, 타고난 배신자는 카발리라고 하더군. 당신과 나처럼 말이야. 그리고 우리는 이미 죽었고 천국과 지옥의 중간에 살고 있다고 했지. 그래서 살아 있는 사람들은 우리가 없으면 아무것도 할 수 없어. 우리가 그 사람들에게 좀 더 많이 경험하고, 좀 더 발전하고 싶다는 열망을 주고 있는 거야."

난 이 모든 일에서 내 자신이 얼마나 멍청했는지 말하려고 했다. 불륜이란 진부한 이야기는 이 도시에서 가장 흔해 빠진 일 중 하나였다. 그리고 그건 낭만이나 문학의 대상이 될 만한 가치가 없었다. 그럼에도 한편으로 난, 좀 더 깊은 어딘가에서 이 경험이 끝났을 때 불멸의 교훈을 얻게 될 것을 알았다. "당신은 너무 심각해." 내가 화를 내며 말했다. 난 허무했고 마음속 깊은 곳에서 솟아오른 이 감정이 불쾌했다. 저스틴은 커다란 눈으로 나를 쳐다보며 말했다. "아, 그러지 마!" 그녀는 자신에게 이야기하듯 부드럽게 말했다. "많은 사람에게 피해를 주고 있으면서 그 사실을 깨닫지 못하다니 얼마나 어리석은지. 내가 지금 무슨 짓을 하고 있는지 알게 되면 내 자신에게서 영원히 벗어날 수 있게 될 거야. 나는 내 자신을 정말로 책임지고 싶어. 내 자신이 된다는 건 쉬운 일이 아니잖아. 그것만은 의심하지 말아 줘."

우린 잠들었다. 그리고 하미드가 열쇠로 문을 열고 들어와 저녁 의식을 행하는 소리에 깨어났다. 그는 신앙심이 아주 깊었기 때문에, 주방 발코니에 기도용 작은 매트를 깔고 기도를 시작했다. 그는 유별날 정도로 미신을 믿었다. 퐁발의 말대로 하미드는 '신령에 매여' 있어서 아파트 구석구석에 신령이 있다고 여겼다. 그가 주방 개수대에 물을 부으며 "용서해 주소서, 용서해 주소서." 하고 중얼거리는 소리를 듣는 것도 이젠 지겨웠다. 이곳에 살고 있는 강력한 신령에게 용서를 구하기 위해 그러는 것이다. 그는 욕실에 신령이 너무 많다고 했다. 그래서 난 하미드에게 차라리 바깥 화장실을 이용하라고 말했다.(그렇게 할 수밖에 없었다.) 그가 변기에 앉을 때마다 쏴 하는 소리만 들려도 "축복을 내려주십시오." 하고 이미 입 밖으로 기도문이 튀어나왔기 때문이다. 하수 시스템 안에 하미드를 끌고 들어간다면 신령을 중화시킬 수 있을 터였다. 방금 하미드가 보아 구렁이처럼 작은 소리로 웅얼거리며, 낡은 펠트 슬리퍼를 신고 주방을 돌아다니는 소리가 들렸다.

난 불편하게 졸고 있는 저스틴을 깨웠다. 그리고 언제나 내게서 관능을 불러일으키는 그녀의 입과 눈, 결이 좋은 머리카락을 고통스러울 정도의 호기심으로 샅샅이 살펴보았다. "그만 가야 해. 이제 곧 퐁발이 영사관에서 돌아올 거야." 내가 말했다.

우리가 남모를 나른함 속에서 옷을 입고, 조용히 컴컴한 계단을 내려가 거리로 나갔던 그때를 떠올려본다. 우린 팔짱을 끼진 않았지만 걸어가는 동안 무의식중에 계속 손을 부딪치고 있었다. 마치 그날 오후의 마법이 깨지지 않게 하는 것에 더해 서로 손이 떨어지는 것을 참을 수 없다는 듯이. 죽어가는 나무들이 햇빛 아래에서 커피색으로 불타고 있는 작은 광장에서 우린 아무 말 없이 헤어졌다. 단지 한 번 마주 보았을 뿐이다. 마치 서로 상대의 마음속에 영원한 자리를 차지하고 싶다는 듯이.

도시 전체가 내 귀에 대고 무너지는 것 같은 소리를 내는 것 같았다. 나는 지진이 일어난 후 살아남은 사람들이 도시의 거리를 걷고 있는 것처럼 정처 없이 걷기 시작했고, 항상 익숙하게 여기던 것들이 얼마나 많이 변했는지 깨닫고 깜짝 놀랐다. 이상하게도 주위 소리가 아무것도 들리지 않았다. 한참 뒤, 퍼스워든과 풍발을 바에서 우연히 만날 때까지 아무것도 기억할 수 없었다. 그리고 퍼스워든이 노시인의 유명한 시「도시」에서 몇 구절을 인용하는 것을 듣자, 새로운 힘이 솟구치는 것을 느낄 수 있었다. 그 시를 잘 알고 있었음에도 마치 처음 듣는 것 같았다. 그때 풍발이 말했다. "자네, 오늘 왠지 넋이 나간 것 같군. 무슨 일이라도 있는 건가?" 난 죽어가는 암르*의 말처럼 대답하고 있는 것을 느꼈다. "하늘이 땅과 붙어 있고, 그 사이에 내가 끼어 바늘구멍으로 숨을 쉬고 있는 것 같은 느낌이야."

---

* 알렉산드리아의 정복자이며, 시인이자 장군. 아랍의 알렉산드리아 침입에 대해 E. M. 포스터는 이렇게 쓰고 있다. "비록 그들이 그곳을 파괴하고자 하는 의도는 없었지만, 그들은 마치 아이가 처다보는 것처럼 그곳을 파괴했다. 천년이 지나도 이곳은 완전하게 재건될 수 없었다."

2부

　많은 이야기를 썼지만, 발타자르에 대해서는 아무 말도 하지 않았을 뿐 아니라 빼먹기까지 했다. 어떤 면에서 그는 이 도시의 관문 중 하나다. 관문. 그렇다. 그 당시 난 그와 많은 시간을 어울렸다. 그리고 난 지금 내 기억 속에서 발타자르에 대해 새로운 평가를 해야 할 필요를 느낀다. 그 당시에는 많은 것을 이해하지 못했지만, 그 이후로 난 많은 것을 배웠다. 지루하기 그지없는 저녁 시간마다 알 아크타르 카페에서 백개먼을 하던 것이 떠오른다. 그동안 발타자르는 대가 긴 파이프에 그가 가장 좋아하는 라카디프를 넣어 피우곤 했다. 므넴지안이 그 도시의 기록 보관소라면, 발타자르는 플라톤 철학의 귀재로 신들과 인간 사이의 중재자다. 너무 억지처럼 들린다는 건 나도 알고 있다.

　난 가는 테의 검은 모자를 쓴 키가 큰 남자를 본다. 퐁발은 그에게 '식물성 염소'라는 이름을 붙였다. 발타자르의 여윈 몸은 살짝 구부정하다. 아주 듣기 좋은 저음의 쉰 목소리는 특히 뭔가를 인용하거나 낭송할 때 아름답게 들린다. 이야기를 할 때면 절대로 상대방을 똑바로 쳐다보지 않는다. 그런 특징은 동성애자들에게서 많이 볼 수 있다. 하지만 발타자르가 그러는 것은 동성애자여서가 아니다. 그는 동성애자라는 것을 수치스럽게 여기지도 않았을 뿐 아니라 실제로 전혀 개의치 않았다. 그의 노란 염소 같은 눈동자는 최면술사들의 눈과 같다. 상대를 똑바로 보지 않는 것은 가차 없는 시선으로 그날 저녁 상대방의 기분을 상하게 만들지 않으려는 배려다. 그의 손은 정맥이 울퉁불퉁 튀어나와 있어 아주 보기 싫은데, 어떻게 그런 손을 가지게 되었는지는 알 수 없다. 나라면 오래전에 그 손을 잘라내 바다에 던져버렸을 것이다. 발타자르의 턱 밑에는 검은 돌기가 하나 튀어나와 있는데, 거기서 털이 자란다. 가끔은 판 조각상의 발굽처럼 보이기도 한다.

  우린 몇 차례 녹용 수프 같은 물이 흐르는 볼품없는 운하 옆을 오래도록 산책했다. 그때 난 나를 이렇게 사로잡은 그의 능력이 무엇인지 궁금해하고 있었다. 그건 내가 카발에 대해 알기 전의 일이었다. 발타자르의 독서량이 엄청나다는 것은 알고 있었지만 대화를 할 때 그는 퍼스워든처럼 현학적이지 않았다. 그는 시와 우화, 과학과 궤변을 좋아했다. 하지만 그런 생각 이면에 판단력은 있으나 가벼움이 느껴졌다. 그러나 그 가벼움 속에는 뭔가 다른 것이 있고, 발타자르의 사고가 얼마나 깊은지 여운을 남긴다. 그는 격언체로 말하는 특징이 있는데, 가끔씩 소소한 신탁 같은 느낌을 주기도 한다. 이제 난 그가 자신을 위한 철학을 찾아냈으며, 자신의 삶을 살아가는 데 전념하는 보기 드문 사람이라는 것을 안다. 나는 발타자르가 예리하게 이야기하는 능력 또한 뭐라 설명할 수 없는 그만의 특징이라고 생각한다.

  그는 의사로서 국립 병원에서 성병을 진료하는 일을 했다. (한번은 냉정하게 이렇게 말했다. "난 이 도시 생활 중심에 살고 있어.

비뇨생식기 기관이라고 할까. 정신이 번쩍 드는 그런 곳이지.") 발타자르는 어쩐 일인지 남색의 성향을 가지고 있으면서도 타고난 남자다운 마음을 잃지 않는 유일한 사람이기도 했다. 그는 종교에 엄격한 사람도 아니었고, 그렇다고 그 반대도 아니었다. 나는 종종 렙시우스가에 있는 발타자르의 방을 찾아간다. 그 방에는 부서진 등나무 의자가 하나 놓여 있다. 그리고 발타자르가 침대에서 어떤 선원과 잠들어 있는 걸 발견한다. 그는 그런 시간을 보낸 것을 변명하지 않았고, 심지어 동침한 사람에 대해 언급조차 하지 않는다. 자리에서 일어나 옷을 입다가도 가끔씩 몸을 돌려 잠든 상대의 몸 위에 부드럽게 시트를 덮어주곤 했다. 난 지금 그 같은 발타자르의 자연스러운 태도를 칭찬하고 있는 것이다.

발타자르는 낯선 혼합체다. 때때로 카발에서 그가 뭔가 상대방을 이해시키기 위한 이야기를 할 때 목소리가 감정적으로 떨리는 것을 들은 적이 있다. 그러나 언젠가 내가 열광적으로 어떤 의견을 말하자 그는 한숨을 내쉬며 완전한 알렉산드리아인으로서의 회의론을 펼쳤다. 거기엔 그노시스주의에 대한 헌신과 확실한 믿음이 깔려 있었다. "우리는 모두 비합리적인 것을 믿기 위해 합리적인 이유를 찾고 있지." 한번은 전통과 환경에 대해 저스틴과 오랫동안 지루한 논쟁을 한 후에 이렇게 말했다. "이봐! 철학자들이 인간의 영혼에 대해, 의사가 육체에 대해 연구한다고 해서 우리가 인간에 대해 제대로 알고 있다고 말할 수 있을까? 그런 상태에서 그 사람의 말이나 행동 같은 건 전부 육체의 배관으로서 액체와 고체의 통로에 불과한 거야."

그는 노시인의 절친한 친구이자 제자였다. 그래서 그는 시인에 대해 따뜻하고 통찰력 있는 이야기를 해주어 언제나 나를 감동시키곤 했다. "난 가끔 철학 공부보다 그분에게 더 많은 것을 배웠다는 생각이 들어. 그분이 보여 주는 풍자와 애정의 절묘한 조화는 종교인으로서 그분을 성인의 대열에 올려놓고 있지. 그분은 오직 시인이라는 거룩한 선택을 했고, 종종 매 순간을 붙잡으려는 느낌에 불행할 때도 있지만 그 반대로 행복을 보여 주기도 하지. 그분은 정말 살아가면서 내면의 자신을 모두 다 소진했어. 사람들 대부분은 가만히 누운 채, 휴대용 관수기로 미지근한 물을 뿜어내듯 자신들의 삶을 버려 두고 있는데 말이야. '나는 생각한다. 고로 존재한다.'는 데카르트의 명제에, 그분은 반대로 이렇게 말씀하셨지. '나는 상상한다. 고로 난 속해 있으며, 자유롭다.'"

발타자르는 자신에 대해서 빈정거리며 이렇게 말한 적이 있다. "난 유대인이야. 모든 유대인은 추론을 좋아하는 지적 능력에 살기를 띨 정도로 관심이 있지. 그게 내 사고에 있는 수많은 약점의 실마리기에, 난 나의 다른 부분들과 조화를 이루는 법을 배우는 중이야. 주로 카발을 통해서긴 하지만."

* * *

나 역시 그와 만난 날을 기억한다. 어느 황량한 겨울 저녁, 비에 젖은 해안 절벽가 도로를 걷다가 수로에서 갑자기 쏟아져 나온 바닷물을 재빨리 피해야 했다. 그는 검은 모자 아래로 어린 시절을 보냈던 스포라데스 제도와 스미르나를 머릿속에 떠올리고 있었다. 또한 그 검은 모자 아래에서는 하나의 진리가 빛나고 있었다. 발타자르가 그동안 배웠지만 아직은 서툰 영어로 내게 전하려고 했던 진리가. 사실 우린 그전에도 만난 적이 있지만, 그저 스쳐 지나가는 정도였다. 서로 목례만 하고 지나칠 뿐, 이

번처럼 발타자르가 흥분해서 나를 보고 걸음을 멈춰 선다거나 붙잡는 일은 없었다. "아! 그쪽이 날 도와줄 수 있겠군요!" 발타자르가 소리치며 내 팔을 잡았다. "제발 날 좀 도와줘요." 날이 어둑어둑 저물어가고 있었다. 그는 창백한 얼굴에 선한 눈빛을 반짝이면서 내 앞에 고개를 숙이고 있었다.

 먼저 불이 들어오기 시작한 가로등에 눅눅한 종이 배경처럼 흐느적거리던 알렉산드리아가 고정된 것처럼 보였다. 인광(燐光)에 흐릿하게 빛나던 물안개가 카페들이 줄지어 서 있는 제방을 삼켜버렸다. 남풍이 불어왔다. 웅크린 스핑크스처럼 갈대숲 사이에 웅크리고 있는 마레오티스 호수는 꼼짝도 하지 않는다. 그는 시계 열쇠를 찾고 있다고 말했다. 뮌헨에서 만든 아름다운 금회중시계라고 했다. 나중에 생각해 보니 발타자르의 다급한 표정 뒤에는 그 시계가 주는 상징적인 의미가 숨어 있었다. 그 시계는 그의 몸이나 내 몸을 관통하는, 어디에도 얽매이지 않는 시간을 상징하며, 오랜 세월의 흔적을 담고 지금 여기에 있는 것이다. 뮌헨, 자그레브, 카르파티아……. 그 시계는 발타자르가 아버지에게 물려받은 것이었다. 키가 큰 유대인이었던 그의 아버지는 털옷을 입고 썰매를 탔다. 그는 어머니의 품 안에서 폴란드로 갔다. 눈 덮인 풍경 속에서 어머니가 걸치고 있던 보석이 얼음처럼 차갑게 느껴졌다는 것만 기억하고 있을 뿐이다. 그 시계는 그의 아버지에게서와 마찬가지로 발타자르 자신에게 기대어 부드럽게 똑딱거리며 움직이고 있었다. 마치 시간이 그들 안에서 발효되고 있는 것처럼. 시계의 태엽을 감는 앙크[1] 십자 모양의 작은 열쇠는 검은 리본으로 발타자르의 열쇠고리에 달려 있었다. "알렉산드리아에서 오늘은 토요일이죠." 그가 마치 이곳 시간은 다르다는 것처럼 쉰 목소리로 말했다. 그의 말대로 오늘은 토요일이었다. "그 열쇠를 찾지 못한다면 이 시계는 멎을 겁니다." 어스름하게 남아 있는, 비에 젖은 저녁 빛을 받으며 그는 비단을 댄 양복 조끼 주머니에서 시계를 조심스럽게 꺼냈다. "월요일 저녁까지는 시간이 있습니다. 그때가 되면 시계가 멈출 거예요." 열쇠 없이는 그 섬세한 금시계의 뚜껑을 열 수 없으며, 시계를 움직이게 만드는 팔딱거리는 시계의 내부도 볼 수 없었다. "여기만 세 번 찾아봤어요. 분명히 병원과 카페 사이 길 어딘가에 떨어뜨렸을 겁니다." 난 기꺼이 그를 도와 열쇠를 찾기 시작했다. 하지만 주위가 급속도로 어두워지기 시작했다. 우리는 조금씩 앞으로 걸어가며 돌 사이 빈틈까지 찾아보았지만, 결국 수색을 포기할 수밖에 없었다. "예비 열쇠는 있을 테죠?" 내 질문에 그가 초조하게 대답했다. "물론이죠. 하지만 댁은 이해할 수 없을 겁니다. 그 열쇠는 이 시계에 속한 거예요. 이 시계의 일부란 말입니다."

　우리는 카페로 갔다. 내 기억으로는 바닷가 정면에 위치한 곳이었다. 블랙커피를 앞에 두고 낙담한 채 앉아, 그는 쉰 목소리로 그 역사적인 시계에 대해 이야기했다. 그렇게 대화를 나누던 중 발타자르가 말했다. "저스틴을 알고 있죠? 당신 이야기를 참 많이 하더군요. 아마 저스틴이 당신을 카발에 데리고 갈 겁니다."

　"어떤 모임입니까?" 내가 물었다.

　"우린 카발라[2]에 대해 공부하고 있어요. 일종의 지부 같은 거죠. 저스틴이 당신도 카발라에 대해 알고 있고, 흥미 있어 한다고 하더군요." 발타자르가 수줍은 듯 대답했다. 난 그때만큼 놀란 적이 없다. 무기력감과 자기혐오에 빠져 있던 오랜 시간 동안, 저스틴에게 내가 연구하는 학문에 대해 그 어떤 것도 언급한 적이 없기 때문이다. 그리고 분명히 『헤르메티카(Hermetica)』[3] 와 그에 관련한 다른 책들은 작은 옷 가방에 넣어 침대 밑에 숨겨 놓았다. 하지만 난 아무 말도 하지 않았다. 이제 발타자르는 네심에 대해 이야기하고 있었다. "우리 중 가장 행복하게 살고 있는 친구죠. 그 친구는 사랑을 되찾기 위해 무엇을 할지 미리 생각하는 법이 없답니다. 그런 식으로 사랑을 즉흥적으로 하는 사람들은 대부분 오십 세 이후에 다시 배워야 하죠. 아이들이 그렇듯이 말입니다. 네심도 그렇죠. 농담하는 거 아닙니다."

"아르나우티라는 작가에 대해서도 아십니까?"

"물론이죠. 『풍속』의 작가 아닙니까."

"그 사람에 대해 이야기해 주시겠어요?"

"그자는 억지로 우리 사이에 끼어들었죠. 하지만 그 사람은 이 세상 아래에 존재하는 영적인 도시를 알지 못합니다. 재능도 있고 감수성도 있는 친구지만, 전형적인 프랑스인이에요. 아르나우티는 저스틴을 너무 어릴 때 찾아낸 탓에 그녀에게서 많은 상처를 받았죠. 한마디로 운이 없었던 겁니다. 저스틴이 그보다 좀 더 나이가 들었을 때 찾아야 했어요. 아시다시피, 방식이 다르긴 해도 저스틴은 우리 모두의 여자 아닙니까. 그 책을 좀 더 잘 썼어야 했다는 말은 하지 않을 겁니다. 사실 아주 잘 쓴 작품이니까요. 하지만 아르나우티는 자신이 받은 상처에 대한 해결책으로는 그보다 좀 더 진실한 작품을 썼어야 할지도 모릅니다."

발타자르는 잠시 말을 멈추고, 파이프 담배를 길게 들이마신 뒤 천천히 말을 이었다. "아시겠지만, 그 책에서 아르나우티는 자신이 알고 있는 저스틴의 진실한 모습 중 몇 가지를 다루는 것을 피하고 있어요. 저스틴에게 아이가 있었다는 일 같은 건, 순전히 예술성을 위해 무시했던 거죠. 제가 보기에 아르나우티는 그런 걸 멜로드라마 같다고 여기는 것 같더군요."

"아이가 있었나요?"

"아이가 있었죠. 나도 본 적은 없지만. 그런데 어느 날 그 아이가 유괴되어 실종됐어요. 여섯 살이었을 때죠. 여자아이였어요. 아시겠지만, 이집트에서 그런 일은 비일비재합니다. 나중에 그 일을 알게 된 저스틴은 마을마다 아랍인 거주지를 돌며 미친 듯이 딸을 찾아다녔어요. 그런 쪽으로 악명 높은 집들은 전부 다 뒤졌죠. 이집트에서 부모 없는 아이들이 어떻게 되는지는 알고 있을 겁니다. 아르나우티는 책에서 그 일을 언급하지 않았어요. 가끔씩 저스틴을 따라 아이를 찾는 일을 도왔을 텐데 말이에요. 그 사람은 그 일로 저스틴이 얼마나 불행해졌는지 분명히 알고 있을 겁니다."

"아르나우티 이전에 저스틴이 사랑한 남자는 누굽니까?"

"기억이 나지 않아요. 저스틴의 연인들은 친구로 남아 있는 경우가 많죠. 하지만 난 종종 생각한답니다. 당신이라면 저스틴의 진정한 친구들은 한 번도 그녀의 연인이었던 적이 없다고 말할 수 있을 거라고 말이죠. 여긴 뭐든 남의 뒷말이 되는 동네니까."

하지만 난 『풍속』에서 저스틴이 연인과 함께 아르나우티를 만나러 왔을 때의 장면을 떠올리고 있었다. 아르나우티는 이렇게 쓰고 있다. 〈그녀는 연인이라는 그 남자를 끌어안았다. 내 앞에서 너무나 뜨겁게 그 남자의 눈과 뺨, 입술, 심지어 손에까지 키스를 퍼부어 댔다. 난 곤혹스러웠다. 그때 내 안에서 갑자기 그녀가 상상 속에서 키스하는 사람이 나라는 사실이 떠올라 전율을 느꼈다.〉

발타자르가 조용히 말했다. "난 사랑에 대해 부적당한 관심을 가지지 않게 해주신 신께 감사드리고 있답니다. 적어도 나 자신을 다른 이에게 주기 위한 그 끔찍한 싸움에서는 벗어날 수 있게 해주셨죠. 그 덕분에 나는 나와 같은 부류의 사람 곁에 누워 즐거운 경험을 나누고 있답니다. 플라톤이나 정원 가꾸기, 미분법 같은 것에 계속 빠져 지낼 수 있도록 마음의 일부분이 자유로운 거죠. 성은 육체를 떠나 그렇게 상상 속으로 들어가는 겁니다. 아르나우티가 저스틴과 함께 지내면서 그처럼 많은 고통을 받은 이유는 그 남자가 계속 분리해 두었던 것까지 저스틴이 전부 다 짓밟아 버렸기 때문이죠. 이를테면 예술가 정신이라고 할까요. 아르나우티는 자신을 일종의 소(小) 안토니우스, 그녀를 클레오파트라인 것처럼 말하고 행동했어요. 당신도 셰익스피어에서 그 부분을 읽었을 겁니다. 거기서 알렉산드리아에 관계된 것을 보면 이곳이 어째서 근친상간의 도시인지 알 수 있을 거예요. 내 말은 세라피스[4] 신앙이 여기서 생겨났다는 뜻입니다. 왜냐하면 이 심장의 황화(黃化) 현상과 정사(情事)의 통제가 은밀히 자신의 누이를 향한 욕정을 만들어냈기 때문이죠. 거울 속에 비친 자신의 모습을 사랑하는 나르키소스처럼 친족을 사랑하는 겁니다. 이 궁지에서는 빠져나갈 길이 없죠."

그 이야기를 전부 이해할 수 있었던 건 아니지만, 어렴풋이 발타자르가 하고 있는 일들의 일관성을 느낄 수 있었다. 그리고 확실히 그가 말하고 있는 대상은 ─ 그는 설명하는 것이 아니라 저스틴에 대해 대체적으로 묘사를 했다. ─ 내가 처음 읽은 라포르그[5]의 인용문을 쓴 단호하고 힘이 넘치는 필체를 가진, 가무잡잡하고 열정적인 누군가를 의미하는 것 같았다. 〈난 쾌락을 아는 젊은 여자가 아니다. 아! 그렇다. 간호인이다. 예술을 사랑하고, 죽어가는 이와 임종 직전의 사람들에게만 키스해 주는 그런 간호인……〉 인용문 아래 그녀는 이렇게 쓰고 있다. 〈A가 종종 인용한 글이 라포르그의 작품이라는 것을 우연히 알아냈다.〉

"멜리사와의 사랑은 끝난 건가요?" 발타자르가 갑자기 말했다. "난 그 여자를 모릅니다. 그저 얼굴을 본 적이 있을 뿐이죠. 마음을 상하게 했군요. 미안합니다."

그때 난 멜리사가 얼마나 많은 고통을 받고 있을지 깨닫게 되었다. 하지만 그녀의 입에서는 단 한 번도 나를 비난하는 말이나 저스틴에 대한 이야기가 나오는 법이 없었다. 하지만 멜리사의 피부는 생기가 없었고, 사랑받지 못하는 사람의 색을 띠고 있었다. 이상한 일이지만, 그녀와 사랑을 나누기 위해서는 노력을 해야 했다. 그러나 지금 이 순간만큼은 그녀에 대한 사랑이 전보다 더 깊어진 것을 느꼈다. 나는 이전에는 경험하지 못한 혼란스러운 감정과 좌절로 고통스러웠다. 그 때문에 가끔씩 멜리사에게 화가 났다.

저스틴의 생각과 의도 사이에서 똑같은 혼란스러움을 겪어도 그녀에 대해서만큼은 달랐다. "대체 누가 사람의 마음이란 걸 만든 걸까? 말해 봐. 그리고 그자의 목을 매달 장소가 어딘지 알려 줘."

* * *

카발 자체에 대해 뭐라고 말해야 좋을까? 알렉산드리아는 분파와 교의의 도시다. 그리고 그 모든 수도자들을 위해 이 도시는 언제나 카르포크라테스나 안토니우스 같은 종교적 자유사상가를 배출해 냈다. 그런 이들은 마음속에서 사막의 교부라 여겨지는 존재들로, 진정으로 정당한 창립자로서의 준비가 되어 있었다. 예전에 발타자르가 이런 말을 한 적이 있다. "당신은 종교 혼합주의를 경멸하는 것처럼 말하는군요. 하지만 언젠가는 여기서 일어나는 모든 일들을 반드시 이해하게 될 겁니다. 지금 나는 철학자가 아니라 종교광으로서 말하고 있는 거예요. 누군가는 반드시 주민들의 지적인 경향 때문이 아니라 그 지역의 토양, 공기, 풍경에 따른 행동과 습관의 양극단을 조화시키려는 노력을 해야 합니다. 관능과 지적 금욕주의라는 두 극단 말입니다. 역사학자들은 언제나 현재의 종교 혼합주의를, 문제점을 밝히기 어려운 적대적인 지적 원칙들의 혼합에서 나온 어떤 것으로 여기고 있습니다. 사실 종족과 언어가 뒤섞이는 건 문제도 아니죠. 자신들이 의식하고 있는 가장 깊은 이 두 가지 정신적 특성 사이에 조화를 추구하는 건 알렉산드리아인의 국민성입니다. 그것이 우리가 히스테리 환자이거나 극단주의자인 이유이자, 우리가 어느 누구와도 비교할 수 없는 연인이 될 수 있는 이유인 셈이죠."

그곳은 내가 카발라에 대해 알고 있는 것을 시험해 보거나 글을 쓸 수 있는 곳이 아니었다. 비록 나는 그런 시도나 '그노시스주의에 대해 단언할 수 없는 장소'라는 정의를 내리고 싶었지만 말이다. 어떤 야심 찬 연금술사라 해도 할 수 없었을 것이다. 왜냐하면 그런 단편적인 계시들이 그 비밀 의식의 근본을 이루고 있기 때문이다. 그런 것들은 전부 드러날 터였다. 이것은 오직 처음 발을 들여놓은 사람들이나 나눌 수 있는 익숙하지 않은 경험이다.

난 파리에 있을 때 그 문제들에 관심을 가지기 시작했다. 내 자신에 대해 좀 더 깊이 있게 이해할 수 있도록 이끌어주는 방법을 찾을 수 있을 거라는 생각에서다. 내 자아는 오직 거대하고 무질서한, 형태가 없는 갈망과 충동의 덩어리인 것 같았다. 난 그 연구 분야 전체를 내 영혼의 풍요로움을 만들기 위한 것으로 여기고 있었다. 비록 선천적으로 타고난 회의주의 탓에 어떤 교파의 종교 그물에도 끌리지 않게 되었지만 말이다. 수피교의 무스타파 밑에서 공부한 그 일 년 동안, 난 매일 저녁 무너져 내릴 것 같은 나무로 만들어진 그 집 테라스에 앉아 거미줄처럼 부드러운 목소리로 말하는 무스타파의 이야기를 들었다. 그리고 그 영리한 터키인 이슬람교도와 함께 셔벗을 먹었다. 그런 친숙한 느낌으로 저스틴과 함께 콤 엘 딕 요새로 향하는 구불구불한 미로 같은 길들을 뚫고 지나갔다. 그리고 마음 한편으로는 이곳을 판에게 바칠 당시 공원이었을 때의 모습을 상상했다. 솔방울 모양으로 조성된 작은 갈색 언덕이었을 것이다. 이곳의 비좁은 거리는 일종의 친밀감 같은 것을 준다. 비록 벌레가 들끓는 골목들에, 요란하게 깜박거리는 불이 켜져 있는 작고 보잘것없는 카페가 즐비했을 뿐이지만 말이다. 이상하리만큼 평온한 이 느낌은 이 도시의 작은 귀퉁이에 삼각주 마을 같은 분위기를 만들어준다. 그 아래로 철도역 옆에 갈색과 보라색으로 된 무정형의 광장, 저물어가는 황혼의 쓸쓸함, 목검 운동을 하기 위해 모인 아랍인 무리가 보인다. 그들의 날카로운 고함 소리가 어둑해지는 황혼을 뒤덮고 있다. 남쪽으로는 평평한 마레오티스 호수가 흐릿하게 빛나고 있다. 저스틴은 평소처럼 빠른 속도로 걸었다. 뭔가 중요한 극적 상징으로 가득 차 있는 것처럼 보이는 가정생활의 일면을 문간에서 들여다보느라 자꾸만 뒤처지는 나를 그녀는 아무 말 없이 끈기 있게 기다려주었다.

   이번 카발은 관리인조차 없는 것처럼 보이는 목조 오두막집에서 열렸다. 폼페이 기둥 근처에 있는 제방의 붉은 흙벽에 대고 지은 집이었다. 이런 정치적인 모임에 병적일 정도로 민감한 이집트 경찰들의 눈을 피하기 위해 이런 장소를 선택한 것 같았다. 고고학자들의 발굴로 찾아낸 흙벽과 황폐해진 황야를 지나 돌문으로 이어지는 진흙 길을 따라갔다. 그리고 거기서 바로 오른쪽으로 돌아, 운치 없이 커다랗기만 한 판잣집으로 들어갔다. 한쪽 벽은 제방의 흙벽이었고, 바닥은 흙을 다져놓았다. 실내는 석유 램프 두 개로 환했고, 버들가지로 만든 의자들이 놓여 있었다.

  도시의 다양한 계층에서 온 이십여 명의 사람이 모여 있었다. 난 한쪽 구석에 카포디스트리아가 지루한 듯 기대서 있는 것을 보고 좀 놀랐다. 네심이 그 자리에 있긴 했지만, 알렉산드리아에서 교육을 많이 받은 부류나 부유층이라고 할 만한 사람은 거의 없었다. 그 자리에는 예를 들면, 내가 얼굴만 알고 있는 나이 많은 시계 제조공 같은 사람들이 와 있었다. 품위 있는 은발에, 단정한 외모를 가진 시계 제조공은 항상 모임이 시작되기 전에 사람들로부터 바이올린을 연주해 달라는 요청을 받을 것같이 생겼다. 정체를 알 수 없는 노부인도 몇 명 있었다. 약사도 있었다. 그들 앞에 발타자르가 못생긴 손을 가지런히 무릎에 올려놓은 채 낮은 의자에 앉아 있었다. 예전에 알 아크타르 카페의 단골로 백 개면을 할 때와는 전혀 다르게 보였다. 늦게 오는 회원들을 기다리는 동안, 그 자리에 있는 사람들은 잡담을 나누었고 그렇게 몇 분이 흘렀다. 그때 늙은 시계 제조공이 자리에서 일어나 발타자르에게 모임을 시작하자고 제안했다. 발타자르는 의자에 등을 기대고 눈을 감았다. 그리고 말하기 시작했다. 귀에 거슬리던 쉰 목소리가 점차 놀랄 만큼 달콤한 목소리로 변했다. 내가 기억하기로 그는 영혼의 폰스 시그나투스[6]와 임의적이고 무정형인 현상에 숨어 있는 우주의 타고난 질서를 이해할 수 있는 능력에 대해 말했다. 마음의 수양은 사람으로 하여금 현실의 베일 뒤를 꿰

뚫어 볼 수 있게 하고, 자기 영혼의 내면적인 구조와 조화를 이루는 시간과 공간의 조화를 발견할 수 있게 해준다고 했다. 그러나 카발라에 대한 연구는 종교와 과학 양편에서 이루어지고 있다. 이건 모두 잘 알려져 있는 일이다. 하지만 발타자르의 뛰어난 사고의 편린들에 대한 설명은 의미심장한 경구의 형태로 남았다. 그 경구들은 그가 떠난 후에도 오랫동안 마음에서 지워지지 않았다. 그가 한 말 중에서 예를 들어보자면 이렇다. "위대한 종교는 오랜 금제(禁制)의 범주를 벗어던지고 도망가는 일을 하지 않습니다. 하지만 금제는 치유를 담은 소망을 만듭니다. 이번 카발에서 우리는 말합니다. '탐닉하라. 하지만 정제하라.' 우리는 인간 전체와 우주 전체를 조화시키기 위한 일에 모든 것을, 심지어 쾌락까지도 적극적으로 이용해야 합니다. 비록 그 쾌락에 인간의 정신이 파괴되고 분쇄될지라도 말입니다."

카발은 입회자들(발타자르는 이런 호칭에 질겁했지만 난 다른 표현을 모른다.)은 안쪽 원에, 네심과 저스틴을 포함한 기존 회원들은 바깥쪽 원에 자리 잡게 되어 있다. 안쪽 원은 열두 명으로 구성되어 있었는데, 그들의 출신 지역은 베이루트, 야파, 튀니스 등 지중해를 넓게 포괄하고 있었다. 지역마다 작은 학회가 있고, 회원들은 카발라가 신의 뜻에서 뽑아낸 색다른 정신 감정 계산법을 이용하는 법을 배운다. 안쪽 원에 앉은 사람들은 빈번하게 다른 사람과 대응하면서, 좌우 교대 서법으로 알려진 기이한 고대 서법을 사용한다. 이 서법에 따라 쓴 문서는 먼저 오른쪽에서 왼쪽으로 읽고, 그다음은 왼쪽에서 오른쪽으로 번갈아 가며 읽는다. 알파벳으로 쓰는 이 글자들은 정신이나 영혼의 상태를 나타내는 표의문자다. 이 정도면 충분히 설명한 것 같다.

첫째 날 저녁에는 저스틴이 우리 사이에 앉아 있었다. 그녀와 우리는 가볍게 팔짱을 낀 채 그 접촉에 집중하며 겸허하게 이야기를 듣고 있었다. 때때로 설교를 하고 있는 발타자르의 애정 어린 친밀한 눈빛이 그녀에게 머무르곤 했다. 그때인지 아니면 그 뒤에 알게 된 일인지 잘 모르겠지만, 난 이 도시에서 저스틴에게 유일한 친구이자 믿을 수 있는 사람이 발타자르라는 것을 깨달았다.("발타자르는 내가 모든 것을 이야기할 수 있는 유일한 사람이야. 그이는 그저 웃기만 하지. 하지만 그이는 어떻게든 내가 느끼는 공허함이 사라질 수 있게 도와주곤 해.") 그리고 아르나우티가 궁금해했던, 저스틴이 항상 쓰는 긴 고행 편지의 대상도 발타자르였다. 그녀의 일기에는 어느 달 밝은 밤, 두 사람이 박물관에서 만나 '꿈에 보일까 무서운' 조각상 사이에 앉아 발타자르의 이야기를 한 시간 동안 들었다는 내용이 나온다. 발타자르는 많은 이야기를 했고, 저스틴은 그 이야기에 감동받았지만, 나중에 그녀가 그 이야기들을 일기에 옮기려 했을 때는 이미 다 잊어버리고 말았다. 하지만 그녀는 발타자르가 조용하고 사려 깊은 목소리로 '도깨비에게 육신을 바칠 운명에 처한 사람들'에 대한 말을 했던 것을 기억하고 있었다. 그리고 그녀에게 뼛속 깊이 스며든 그 생각은 앞으로 저스틴이 이끌어가게 될 삶의 지침으로 여겨졌다. 예전에 네심이 한 말이 기억난다. 그가 저스틴 때문에 마음의 고통이 무척 심할 때, 발타자르가 냉담하게 이렇게 말했다고 했다. "옴니스 아르덴티오르 아마토르 프로프리아에 우소리스 아둘테르 에스트."[7] 그리고 이 말을 덧붙였다. "난 지금 개인이 아닌 카발의 일원으로서 말하는 거야. 열정적인 사랑은 상대가 자기 아내라 할지라도 간음이라네."

* * *

　알렉산드리아 중앙역. 한밤중. 짙은 밤이슬. 진흙 때문에 미끄러운 도로를 달리는 자동차 바퀴에서 울리는 날카로운 소음. 인광에 빛나는 누르스름한 웅덩이. 무대장치 같은 둔탁한 벽돌 벽의 갈라진 틈처럼 보이는 역 정면의 컴컴한 회랑들. 그 그늘 속에 서 있는 경관. 지저분한 벽돌 벽에 기대서 그녀에게 작별 키스를 한다. 그녀는 일주일 동안 가 있을 예정이었지만, 반쯤 졸린 상태에서도 나는 그녀가 다시 돌아오지 않을 거라는 걸 알기에 두려워하고 있다. 부드럽지만 결의에 찬 키스와 그 빛나는 눈동자에 내 마음은 공허해진다. 컴컴한 승강장에서 시끄러운 뱅골어에, 소총의 개머리판이 부딪치는 소리가 들린다. 인도인 특파 부대가 이 역을 거쳐 카이로로 이동하는 모양이다. 기차가 움직이기 시작한다. 어둠과 어둠이 맞닿아 있는 창문으로 보이는 인영(人影). 잡고 있던 내 손을 놓자, 그녀가 정말로 떠난다는 것이 느껴진다. 모든 것이 가차 없이 부정되었음을 느낀다. 은빛으로 길게 이어져 있는 기차를 보니 갑자기 침대에서 몸을 돌린 그녀의 하얀 등의 긴 척추골이 연상된다. "멜리사." 난 소리 내어 부른다. 하지만 기관차의 요란한 출발 소리에 다른 소리는 모두 묻혀 버린다. 기차에 타고 있는 그녀의 몸이 기울어지며, 이리저리 흔들리다 미끄러지듯 앞으로 나아가기 시작한다. 어둠 속에서 무대전환 장치처럼 빠르게 역의 광고판들이 차례대로 겹쳐 보이기 시작한다. 난 빙산 위에 고립된 사람처럼 서 있다. 내 옆에 총구를 장미로 막고 소총을 어깨에 멘 키가 큰 시크족 남자가 서 있다. 어둠 속에서 어슴푸레한 기차의 형체가 철로를 따라 움직이기 시작한다. 마지막으로 크게 휘청거린 기차는 액체로 변한 것처럼 터널에서 흘러 나가기 시작한다.

그날 밤, 난 모하렘 베이를 걷고 있다. 구름 사이로 보이는 달을 쳐다보며 이루 말할 수 없는 불안감에 휩싸인다.

강렬한 달빛이 구름 뒤에 숨어 있다. 4시. 그 구름에서 바늘처럼 가느다란 가랑비가 내리기 시작한다. 영사관 정원에 핀 포인세티아 수술에 떨어지는 은빛 물방울. 날이 밝았지만 새는 노래를 부르지 않는다. 가벼운 바람에 야자수가 어렴풋이 부딪히는 소리를 내며 가지를 흔든다. 마레오티스 호수 위로 비가 소리 없이 내린다.

5시. 그녀의 방을 돌아다니며 엄청난 집중력으로 생기 없는 물건들을 살피고 있다. 빈 분첩들. 사르디스제 탈모제. 얼룩지고 냄새 나는 가죽. 금방이라도 대단한 스캔들이 일어날 것 같은 무시무시한 느낌…….

그날 밤 이후로 여러 달이 흘렀고, 전혀 다른 환경에서 난 이 글을 쓰고 있다. 지금 올리브 나무 아래, 흐릿한 석유램프를 밝혀 놓은 채 그 도시에 축적되어 있는 수많은 추억 가운데서도 그날 밤에 있었던 일을 다시금 떠올리며 이 글을 쓰고 있다. 저스틴은 어딘가 다른 곳에서, 노란색 커튼이 쳐진 커다란 서재에 앉아 이 일기장에 헤라클레이토스의 끔찍한 경구를 옮겨 적었을 것이다. 그 일기장은 지금 내 옆에 놓여 있다. 저스틴은 이렇게 쓰고 있다. 〈사람의 마음속 욕망과 싸우는 건 힘든 일이다. 원하는 무언가를 얻기 위해서는 영혼이라는 대가를 지불해야 한다.〉 그 아래 여백에는 이렇게 쓰여 있었다. 〈몽유병자들, 마법사들, 바쿠스의 여사제들, 신도들, 입회자들…….〉

* * *

므넴지안이 귓가에 그 말을 속삭였을 때 난 깜짝 놀랐다. "코헨이 죽어가고 있다더군요. 그 얘기 들으셨나요?" 그 늙은 모피상은 지난 몇 달간 보이지 않았다. 멜리사는 그가 요독증 때문에 병원에서 괴로워하고 있다는 이야기를 들었다고 했다. 하지만 그녀의 생활양식은 예전에 말했던 것과는 달라졌다. 또다시 지난 일들이 주마등처럼 스쳐 지나갔다. 만화경의 각도를 바꾸면 없어지는 색유리의 조각처럼 그의 모습이 보이지 않았다. 그런데 지금 그가 죽어가고 있다고? 나는 아무 말도 하지 않고 그와 거리나 술집에서 마주쳤던 오래전 추억들을 더듬어보기 시작했다. 그리고 므넴지안은 한참 동안 아무 말 없이 면도칼로 내 머리 선을 다듬었다. 그는 내 머리에 베이럼[8]을 뿌리기 시작했다. 므넴지안이 살짝 한숨을 내쉬며 말했다. "그 사람이 멜리사를 찾고 있답니다. 밤이나 낮이나."

"멜리사에게 말해 보지." 내가 대답하자 기억 보관소인 그 작은 남자는 뭔가 음모가 서린 듯한 눈빛으로 나를 보며 고개를 끄덕였다. "정말 끔찍한 병이에요. 냄새가 지독하답니다. 의사들이 주걱으로 코헨의 혓바닥을 문지른다는군요. 푸이[9]!" 므넴지안이 속닥거렸다. 그리고 그는 그 말을 한 것만으로 냄새가 스며들기라도 한 것처럼, 이발소를 소독하려는 듯 천장부터 스프레이를 뿌리기 시작했다.

멜리사는 화장복을 입은 채 얼굴을 벽 쪽으로 돌리고 소파에 누워 있었다. 처음에는 그녀가 자고 있다고 생각했다. 하지만 내가 들어가자, 그녀는 고개를 돌리더니 자리에 일어나 앉았다. 난 므넴지안이 알려 준 소식을 말했다. "알고 있어. 그 사람들이 병원에서 연락했으니까. 하지만 나보고 어떻게 하라고? 그 사람을 보러 갈 수는 없어. 그 사람은 나한테 아무것도 아니니까. 예전에도 그랬고, 앞으로도 그럴 거야." 멜리사가 말했다. 그리고 벌떡 일어나 방의 이쪽 끝에서 저쪽 끝까지 돌아다니기 시작했다. 그러다가 눈물을 머금은 채 화를 터뜨렸다. "그 사람은 아내도 있고, 자식도 있어. 그 사람들은 대체 뭘 하고 있는 거야?" 난 자리에 앉아 다시 한 번 인간의 포도주 잔을 슬프게 들여다보던 순종적인 바다표범 같은 남자와의 추억을 떠올렸다. 멜리사는 내 침묵을 비판으로 받아들인 듯, 내게 다가와 어깨를 부드럽게 흔들었다. 난 그제야 생각에서 빠져나왔다. "그래도 만약 그 남자가 죽으면 어떡하지?" 그 질문은 그녀에게 한 것이지만 내 자신에게 한 것이기도 했다. 멜리사는 갑자기 울음을 터뜨리며, 무릎을 꿇고 앉아 내 무릎에 얼굴을 묻었다. "세상에, 그건 너무 끔찍한 일이야! 제발 날 보내지 말아 줘."

"그런 거 아니야."

"하지만 당신이 가라고 하면 난 가야 할 거야."

난 아무 말도 하지 않았다. 어쩌면 코헨은 벌써 죽어서 묻혔을지도 모른다. 그는 우리의 역사 속에 자기 자리를 잃었고, 그 남자에 대한 감정적인 소비는 내게 아무런 의미가 없는 것처럼 느껴졌다. 사실 하얗게 회칠한 병실에서 늙은 몸이 산산이 부서진 채 누워 있는 그 남자는 우리와 아무 관계도 없었다. 그는 단지 과거의 인물일 뿐이었다. 그렇지만 지금 여기서 그 남자는 자신의 존재를 완강하게 주장하고 있다. 이 공간의 또 다른 지점에서 우리의 삶 속으로 다시 걸어 들어오려고 애쓰고 있다. 지금 멜리사가 그에게 무엇을 줄 수 있을까? 그녀는 무엇 때문에 그를 거부하는 걸까?

'내가 가보면 어떨까?' 갑자기 내 마음속에서 이런 말도 안 되는 생각이 떠올랐다. 코헨의 죽음을 지켜보며 내 사랑과 그 종말에 대해 생각할 수 있을 것이다. 죽음을 목전에 둔 사람이 예전 연인에게 도움을 청한다는 건 혐오스러운 고함 소리를 이끌어낼 뿐이다. 그 사실이 날 두렵게 했다. 그 노인이라는 배경이 오래전에 희미하게 부식되어 버리고 이미 새로운 불행에 빠져 있는 내 연인에게 그에 대한 동정심이나 관심을 일깨우기엔 너무 늦었다. 머지않아 멜리사가 나를 찾는다거나 내가 그녀를 찾게 되는 일이 있을까? 그때는 우리도 서로에게 혐오가 담긴 공허한 고함을 지르게 될까? 난 사랑에 대한 모든 진실을 알게 되었다. 사랑이란 모든 것을 완전하게 소유하거나 전부를 잃는 것이다. 연민이나 다정함 같은 다른 감정들은 오직 표면에만 존재하는 것이며, 사회적인 구조와 관습 속에 포함되는 것이다. 하지만 그녀 자신은 이단아다. 무자비하고 금욕적인 아프로디테다. 멜리사가 고른 것은 우리의 두뇌나 재능이 아니라 육체였다. 그 노인이 인생의 현시점에서 아무리 예전에 그가 했던 말이나 행동들을 떠올려보아도 한순간의 다정함도 이끌어낼 수 없을 것을 생각하자, 난 두려웠다. 누구보다 상냥하고 부드러운 마음을 가진 그 여자의 다정함조차.

그런 식으로 잊히는 건 개가 죽는 거나 마찬가지다. "내가 가서 그 사람을 만나볼게." 그런 생각만으로도 기분이 상해 풀이 죽긴 했지만, 나는 그렇게 말했다. 하지만 멜리사는 이미 내 무릎 위에 고개를 묻은 채 잠들어 있었다. 그녀는 심란할 때마다 잠이라는 정직한 세상으로 도망쳤다. 사슴이나 아이처럼 쉽고 편하게 잠들어 버리곤 했다. 난 그녀의 색이 바랜 기모노 안에 손을 집어넣고 가느다란 늑골과 옆구리를 부드럽게 문질렀다. 멜리사는 몸을 뒤척이며 반쯤 잠에서 깨어나 알아들을 수 없는 소리를 웅얼거렸다. 난 그녀를 안아 올려 소파에 살짝 눕혔다. 그리고 한참 동안 멜리사의 잠든 모습을 지켜보았다.

이미 날은 어두워졌고, 불이 환하게 밝혀진 번화가의 카페들을 향해 도시는 해초처럼 부유하고 있었다. 난 파스트루디로 가 위스키 더블을 주문했다. 생각에 잠긴 채 천천히 위스키를 마셨다. 그런 다음 택시를 타고 병원으로 향했다.

나는 담당 간호사를 따라 어딘지 알 수 없는, 초록색으로 칠해진 긴 복도를 걸어갔다. 유성페인트로 칠한 벽에서는 습기가 배어 나오고 있었다. 어둠 속에서 불을 밝히는 반딧불이처럼 복도의 백열등이 깜박거리고 있었다.

그 남자는 커튼이 드리워진 침대가 놓인 작은 병실에 있었다. 나중에 므넴지안에게 들으니 그곳은 살날이 얼마 안 남은 중환자들이 있는 방이라고 했다. 그는 처음에는 날 보지 못했다. 지친 듯 멍하니 베개를 갈아주는 간호사만 쳐다보고 있었기 때문이다. 나는 침대에 누워 있는 그 남자가 알아보지 못할 정도로 많이 여위었음에도 얼굴에는 여전히 권위와 친절이 어려 있는 것을 보고 깜짝 놀랐다. 광대뼈 아래로 살이 움푹 패고, 살짝 굽은 긴 코는 끝부터 콧구멍까지 도드라져 보였다. 그 덕분에 입과 턱은 젊었을 때의 얼굴처럼 활기차 보였다. 눈은 열 때문에 충혈된 것처럼 보였고, 목까지 거뭇하게 수염이 나 있었다. 하지만 드러난 얼굴선은 삼십 대 남자처럼 단정해 보였다. 내가 오래전부터 기억하고 있는, 땀에 젖은 호저나 순한 바다표범 같던 남자의 얼굴은 전부 사라지고, 지금 눈앞에 보이는 새로운 얼굴이 그 자리를 대신했다. 남자의 새 얼굴은 묵시록에 나오는 짐승 중 하나처럼 보였다. 난 한참 동안 놀라움을 금치 못한 채, 멍하니 지친 듯 보였지만 당당하게 간호사의 보살핌을 받고 있는 이 낯선 남자의 얼굴을 쳐다보고 있었다. 담당 간호사가 내 귀에 대고 속삭였다. "이렇게 병문안을 와주셔서 다행이에요. 이분은 찾아오는 사람이 아무도 없거든요. 종종 헛소리를 하세요. 그러고는 정신을 차리고 누구 온 사람이 없는지 찾으시죠. 어떤 사이세요?"

"일 관계로 아는 사입입니다." 내가 대답했다.

"아는 얼굴을 보면 좋아하실 거예요."

하지만 이 사람이 나를 알아볼 수 있을까? 만일 내가 이 남자만큼은 아니어도 그 절반 정도만 변했다 할지라도 우리는 서로 알아보지 못할 것이다. 지금 그는 누워 있다. 마치 난파선의 이물을 당당하게 장식하고 있는 조각상처럼 얼굴을 똑바로 한 채, 여우처럼 긴 코로 거칠게 숨을 몰아쉬고 있었다. 간호사와 속닥거리는 소리가 남자를 방해했는지, 그가 내가 있는 쪽을 돌아보았다. 멍하긴 했지만 맹금류처럼 순수하고 사려 깊은 눈이었다. 침대 옆으로 좀 더 가까이 다가갈 때까지도 그는 내가 누군지 알아보지 못한 것 같았다. 그때 갑자기 그의 눈이 또렷하게 빛나기 시작했다. 자기 비하, 상처 입은 자존심, 알 수 없는 공포심이 이상하게 뒤섞인 눈빛이었다. 남자는 고개를 벽 쪽으로 돌렸다. 난 한마디로 내가 찾아온 이유를 밝혔다. 멜리사는 먼 곳에 가 있는데, 가능한 빨리 돌아오라고 전보를 보냈다고 했다. 그녀가 올 때까지 내가 어떻게든 도울 수 있는 방법은 없는지 알고 싶다고 했다. 남자의 어깨가 떨리기 시작했다. 나는 그의 입에서 부지불식간에 신음 소리가 새어 나올 거라고 생각했다. 하지만 이내 무심하면서도 가락이 맞지 않는, 귀에 거슬리는 비웃음이 터져 나왔다. 형편없고 시시한 묵은 농담을 하려는 듯했지만, 그는 죽은 시체처럼 경직된 뺨을 억지로 벌리며 이렇게 말했다.

"멜리사가 이곳에 있다는 걸 알고 있어." 그 남자가 섬뜩한 쥐처럼 보이는 한 손을 시트 밖으로 내밀고는 내 손을 더듬어 잡았다. "자네 친절은 고맙게 생각하네." 고개는 여전히 돌린 상태였지만 그는 갑자기 마음이 진정된 것 같았다. "내가 바라는 건……." 그는 정확하게 뜻을 전하기 위해 힘을 모으는 듯 천천히 말했다. "내가 바라는 건 멜리사에게 제대로 설명하는 거야. 그 여자에게 심하게 대했지. 정말 심하게 대했어. 물론 멜리사는 알지 못했지만. 그 여자는 무척 어리석었으니까 말이야. 하지만 착해. 정말 착한 여자지." 그 알렉산드리아인의 입에서 좋은 여자[10]라는 말이 나오니 이상하게 들렸다. 이곳에서 교육받은 사람들이 보통 말하는 단조로운 억양을 뚝뚝 끊어서 길게 끄는 발음 때문이었다. 그런 다음 남자는 정신적인 저항에 맞서 싸우며 힘겹게 이 말을 덧붙였다. "난 멜리사의 코트를 빼앗았지. 좀이 슬기는 했지만 진짜 바다표범 모피였어. 그래서 안감을 새로 댔지. 어째서 그런 짓을 했냐고? 그때 그녀가 아팠는데, 난 의사에게 돈을 지불하고 싶지 않았거든. 사소한 일이지만 그 일이 마음에 걸려." 그의 눈에 눈물이 고였다. 자신이 저지른 악랄한 짓에 숨이 막힌 듯 목소리가 절박했다. 남자는 거칠어진 목소리를 가다듬으며 다시 말을 이었다. "그런 일들은 사실 내 성격과 맞지 않는 일이었어. 누구라도 좋으니 나를 아는 사업가들에게 물어보게나."

하지만 나는 벌써 뭔가가 혼란스러워지기 시작했다. 남자는 부드럽게 내 손을 잡고 자신의 환상 속 깊은 정글로 이끌었다. 나는 너무나도 뚜렷하고, 진짜 같은 그 환상 사이를 걷고 있었다. 그 안이 너무나 고요해서 그 환상 속에 익숙해지려 하는 내 모습을 볼 수 있었다. 남자의 머리 위로 이름을 알 수 없는 나뭇잎들이 아치를 이루며 그의 얼굴 위로 드리워져 있었다. 그동안 검은 시신과 금속으로 가득한 새카만 구급차의 바퀴가 자갈에 걸려 터졌다. 림보에 대해 이야기를 나누던 흑인들은 아라비아어로 비난을 퍼부으며 기분 나쁜 고함을 질러댔다. 고통 때문에 되돌아온 이성이 그의 환상을 억눌렀다. 하얀 침대 가장자리는 다시 채색 벽돌 상자들로 변했다. 하얀 온도계는 뱃사람의 하얀 얼굴로 변했다.

그들은 물 위를 떠다니고 있었다. 멜리사와 남자는 서로 끌어안은 채 얕지만 피처럼 붉은 마레오티스 호수를 건너, 예전 라코티스였던 곳에 진흙으로 지은 집들이 있는 곳으로 향했다. 그는 당시 두 사람이 나눈 대화를 완벽하게 재현해 내고 있었다. 그 재현된 대화에서 멜리사의 매력적인 목소리가 들리긴 했지만 무슨 말을 하는지는 알아들을 수 없었다. 다만 그 남자가 그녀에게 한 대답에서 멜리사가 질문한 내용을 유추할 수 있을 뿐이었다. 그녀는 남자에게 필사적으로 결혼해 달라고 설득하고 있었다. 남자는 우물쭈물하고 있었다. 아름다운 그녀를 놓치고 싶지는 않았지만, 그렇다고 멜리사의 뜻대로 결혼할 생각도 없었다. 나는 남자가 그 대화를 전부 고스란히 재현해 내고 있다는 점이 흥미로웠다. 틀림없이 그때의 추억이 그의 인생에서 가장 잊을 수 없는 순간 중 하나였으리라. 당시 그는 자신이 멜리사를 얼마나 사랑하는지 알지 못했다. 그에게 그 사실을 깨닫게 해준 건 나였으니까. 그리고 거꾸로 말하면 멜리사가 내게 결혼하자고 말하지 않은 것은 그 남자에게 그랬던 것처럼 자신의 약점과 궁핍을 내게 속속들이 보여 주지 않았다는 의미이기도 했다. 난 그 사실에 깊은 상처를 받았다. 내 허영심은 멜리사가 내게 숨기고 있던 본성을 그 남자에게만 보여 주었다는 생각에 갉아 먹히기 시작했다.

다시 장면이 바뀌면서 남자의 정신은 좀 더 맑아진 듯했다. 남자의 시적 환상이 사라지고, 우리는 거대한 혼돈의 정글 속에서 나와 광활하게 펼쳐진 대지로 나섰다. 거기서 남자는 자신이 남편이나 왕이라도 되는 듯 멜리사에게 냉담하게 말하고 있었다. 지금 남자의 육신은 죽어가고 있다. 오랜 세월 그 내면에 둑처럼 쌓아뒀던 그릇된 삶의 잘못들이 남자의 의식 전면으로 넘쳐 흐르기 시작하면서 그 둑을 무너뜨렸다. 그것은 멜리사뿐 아니라 남자의 아내에게 하는 말이기도 했다. 가끔씩 두 사람의 이름을 헷갈리기도 했다. 그 외에 레베카라는 여자 이름을 부르기도 했는데, 다른 사람들을 찾을 때보다 더 깊은 슬픔이 담긴 목소리였다. 난 레베카가 그 남자의 딸이라는 것을 알았다. 진심을 담아 마지막으로 애정을 전달하고 싶은 상대는 역시 자식인 모양이다.

 난 그 옆에 앉아 우리 두 사람의 맥박이 동시에 뛰는 것을 느끼며, 다시 안정을 찾은 남자가 내 연인에 대해 이야기하는 것을 듣고 있었다. 멜리사가 알아차리기만 했다면 이 남자의 내면에는 사랑할 만한 부분이 많이 남아 있다는 것을 인정하지 않을 수 없었을 것이다. 어째서 그녀는 이 남자의 진실한 모습을 보지 못한 것일까? 그는 이제 멸시의 대상에서(이제까지 난 그 남자를 그렇게 여겼다.) 내가 미처 모르는 힘을 가지고 있는 위험한 경쟁자처럼 여겨졌다. 사실 내가 그 남자를 찾아간 건 여기 쓰는 것도 부끄러울 정도로 비열한 생각에서다. 난 멜리사가 그를 보러 오지 않은 것을 다행이라고 생각했다. 내가 지금 보고 있는 것처럼 그녀도 이 남자에 대해 재평가하고 싶어질지도 모르기 때문이다. 사랑의 기쁨이 주는 모순 중 하나로 나는 그 남자가 살아 있을 때의 모습보다 죽어가고 있는 모습에 더 많이 질투하고 있었다. 사랑을 하는 내내 오랫동안 인내하고 세심하게 신경을 써야 했던 누군가에게는 아주 끔찍한 생각일 수도 있지만, 나는 거기서 다시 한 번 금욕적이고 무심한 아프로디테의 원초적인 얼굴을 알게 되었다.

멜리사의 이름을 말할 때마다 목소리에서 울리는 긴 여운으로 남자에게는 내게 모자란 원숙함이 있다는 것을 어느 정도 알 수 있었다. 그는 어떤 상처나 손해도 입지 않고 그녀에 대한 자신의 사랑을 극복해 냈기 때문이다. 그리고 그러한 극복은 사랑이 완전히 사라진 후, 그 사랑이 객관적인 우정이 될 수 있을 정도로 성숙하게 해주었다. 남자가 그녀를 끈질기게 찾은 것은 죽음에 대한 두려움을 위로받기 위해서가 아니다. 남자는 자신의 죽음이라는 무한한 보고에서 마지막 선물을 멜리사에게 주고 싶었을 뿐이다.

침대 끝에 놓여 있는 의자에는 포장지에 쌓인 근사한 담비 코트가 놓여 있었다. 난 그것이 멜리사를 위한 선물이 아니라는 것을 금세 알 수 있었다. 그 옷은 그녀에게는 과분한 것이었고 어지럽고 지저분한 그녀의 옷장 속 다른 옷들을 모두 바래 보이게 만들 것 같았기 때문이다. "난 살아 있는 동안 항상 돈에 대해 걱정했다네. 하지만 자네도 죽음을 맞이할 때가 되면 갑자기 돈이 있다는 것을 알게 될 거야." 남자가 행복하게 말했다. 그의 인생에서 처음으로 근심 걱정이 사라진 듯했다. 오직 질병만이 떨어지지 않는 잔혹한 감시인이었다.

남자는 사이사이 잠깐씩 잠들곤 했다. 어둠 속에서 내 지친 귀에는 꿀벌이 윙윙거리는 것 같은 소리가 들렸다. 날이 점점 어두워지고 있었지만, 남자를 남겨 놓은 채 그 자리를 떠날 수 없었다. 담당 간호사가 커피를 가져다주었고, 우리는 속삭이며 대화를 나누었다. 간호사의 이야기를 듣자 마음이 편안해졌다. 그녀에게 병이란 그저 익숙한 일이자 전문가의 태도를 보여야 하는 직업에 지나지 않았기 때문이다. 간호사가 무심한 목소리로 말했다. "이 환자분은 하찮은 여자 한 명 때문에 부인과 아이에게 버림받았어요. 부인도, 정부라는 그 여자도 이분을 보고 싶어 하지 않는답니다. 세상에!' 간호사가 어깨를 으쓱했다. 그녀는 이런 복잡한 관계 때문에 남자에게 전혀 동정심을 느끼지 않는 것 같았다. 그저 그들을 비루한 결점이 있는 존재로만 보고 있었다. "그렇다고 해도 아이는 어째서 오지 않는 걸까요? 이 사람이 오지 말라고 했나요?' 간호사는 새끼손가락의 손톱을 앞니로 물어뜯으며 대답했다. "예. 이렇게 아픈 모습을 아이가 보고 놀라게 하고 싶지 않았나 봐요. 사실 보시다시피 아이에게 좋을 건 없죠." 간호사는 분무기를 집어 들더니 공기를 소독하려는 듯 건성건성 뿌리기 시작했다. 갑자기 므넴지안이 떠올랐다. "많이 늦었는데, 밤까지 계실 건가요?' 간호사가 물었다.

내가 살짝 몸을 일으키려 하자, 남자가 잠에서 깨어나 다시 한 번 내 손을 붙잡았다. "가지 말게." 그가 부분적으로 끊어지기는 하지만 또렷한 목소리로 말했다. 마치 간호사와 나눈 대화의 끝 부분을 들은 듯했다. "잠시만 더 있다 가게. 생각해 보니 자네한테 꼭 해야 할 말이 있어." 그리고 간호사를 돌아보며, 조용하지만 분명하게 말했다. "그만 나가 봐!' 간호사가 침대를 정리한 뒤 밖으로 나가자, 다시 병실에는 우리 두 사람만 남았다. 남자는 깊이 한숨을 내쉬었다. 그 얼굴을 보지 않았다면, 행복에 겨운 한숨이라고 생각할 수도 있었을 것이다. "벽장 안에 내 옷이 들어 있을 걸세." 벽장 안에는 검은 양복 두 벌이 걸려 있었다. 그리고 난 그의 지시에 따라 주머니 속에서 반지 두 개가 손에 잡힐 때까지 양복 주머니를 뒤졌다. "난 지금이라도 멜리사가 원한다면 결혼하기로 결심했네. 그게 멜리사를 찾은 이유야. 이런 내가 무슨 소용이 있겠는가? 내 이름 정도?' 남자는 천장을 올려다보며 희미하게 미소를 지었다. "이 반지들은······." 남자는 반지를 마치 성체라도 되는 것처럼 공손하게 들었다. "이 반지는 오래전에 멜리사가 직접 골랐던 거라네. 이제 그녀는 이 반지를 받게 될 거야. 아마······." 남자는 뭔가를 찾는 듯한 눈으로 고통스럽게 나를 한참 쳐다보았다. "하지만 안 돼. 자넨 멜리사와 결혼하지 않을 거야. 그럴 이유가 없지 않아? 신경 쓰지 말게. 이 반지들을 멜리사에게 가져다주게나. 코트도 같이."

난 반지들을 받아 코트의 얕은 가슴 주머니에 집어넣었다. 아무 말도 하지 않았다. 남자는 다시 한 번 한숨을 내쉬었다. 그리고 정말 놀랍게도, 예전에 알렉산드리아에서 유행했던 「두 번 다시는(Jamais de la vie)」을 거의 들리지 않는 낮은 소리로 몇 소절 부르기 시작했다. 멜리사가 카바레에서 춤추던 당시 유행하던 노래였다. "이 노래를 잘 들어보게!" 그가 말했다. 갑자기 카바피스의 시에서 죽어가는 안토니우스가 떠올랐다. 남자는 결코 그 시를 읽은 적이 없었고, 앞으로 읽을 일도 없을 것이다. 고통받는 행성처럼 갑자기 항구에서 엄청난 고동 소리가 울렸다. 그러자 또다시 낮은 소리로 '고통과 행복'을 부르는 노랫소리가 들렸다. 그는 이번에는 멜리사가 아니라 레베카를 생각하며 노래를 부르고 있었다. 안토니우스가 들었던 심장이 끊어질 듯한 노래 —— 깜깜한 거리를 온통 수놓은 날카로운 현악기와 노랫소리 —— 와는 얼마나 다른지. 그 노래는 알렉산드리아에 전형(全形)으로 남은 유산이다. 난 사람들에게는 각자 자신만의 노래가 있다고 생각한다. 그리고 멜리사가 춤을 추면서 수치스러움과 고통 속에 어색하게 몸을 놀리던 그 순간을 떠올린다.

남자는 다시 잠들려 하고 있었다. 이제 그곳을 떠날 시간이 됐다고 생각했다. 벽장 아래 서랍에 들어 있던 코트를 꺼내 들고 조심스럽게 병실을 나서려는 찰나, 담당 간호사가 나를 불렀다.

"많이 늦었어요."

"아침에 다시 오겠습니다." 내가 말했다. 그렇게 할 생각이었다.

어두운 가로수 길을 천천히 걸어 집으로 돌아왔다. 소금기 어린 항구 바람을 맞으며, 난 저스틴이 침대에서 거칠게 이야기하던 모습을 떠올렸다. "우린 정말로 사랑하는 사람들을 내려치는 도끼로 서로를 이용하고 있어."

* * *

우린 종종 역사는 공평하다는 말을 해왔다. 하지만 항상 어느 정도 의도해서 축소하거나 과장해서 이야기한다. 그리고 우린 결코 진짜 이야기를 들을 수 없다…….

나는 지금 바위 사이 갈대처럼 겨울비가 우지직 소리를 내는, 평평하게 손가락을 펼친 나뭇잎 모양의 이 우울한 반도에서 바람 속에 몸을 잔뜩 움츠린 채 걷고 있다. 해안선은 그 모양을 따라 묵직한 해면에 뒤덮여 있다.

역사의식을 가진 시인으로서 나는 이 풍광을 인류의 소망이 지배하고 있는 현장으로 보아야 한다. 인류는 농장과 작은 마을을 파헤치고 도시를 개발하고 싶어 한다. 이 풍광에는 인류와 시대가 갈겨쓴 흔적이 남아 있다. 그렇지만 지금 나는 그 소망은 이 지역에서 물려받는 것이고 인간의 마음은 그 장소에서 자신의 위치가 풍요로운 대지인지 나무가 모두 잘려 나가 황폐해진 숲인지에 따라 달라진다고 믿는다. 내가 알기로(내가 생각하고 있기에는) 자연과 인간의 자유의지는 충돌하는 것이 아니라 인간을 통해 자연의 맹목적이고 불분명한 변화와 고통의 원리가 불가피하게 성장하는 것이다. 자연은 그 본보기로 직립 인간을 선택했다. 예전에 발타자르가 하는 말을 들었을 때처럼, 누구라도 이런 말을 할 때는 한심해 보인다. "만일 카발에 사명이 있다면 인간의 기능을 고상하게 만드는 거라네. 심지어 먹고 배설하는 것조차 예술의 단계로 승화하는 거지." 이건 삶의 의지를 훼손시키는 완벽한 회의론의 정점으로 보인다. 오직 사랑만이 삶의 의지를 좀 더 오래 유지시킬 수 있다.

아르나우티가 그 글을 썼을 때, 그의 마음속에도 그런 종류의 무언가가 있어야 했다는 생각이 든다. 〈작가에게 인간은 더 이상 심리 분석의 대상이 아니다. 동시대의 심리학은 비의 해설자의 연구 아래 비눗방울처럼 터져버렸다. 이제 작가에게 남아 있는 것은 무엇이란 말인가?〉

아마 그런 깨달음이 내가 앞으로 몇 년 동안 살 곳으로 이처럼 황량한 장소를 선택하게 만들었을 것이다. 여기는 키클라데스 제도의 햇볕이 잘 비치는 곶(串)이다. 역사가 사방에 깃들어 있는 이 외지고 황량한 섬에 대한 기록은 어느 문헌에도 남아 있지 않다. 이 섬을 소유한 자들조차 연대기에 이 섬을 언급하지 않았다. 이 섬의 지나간 역사는 시간이 아니라 장소에 깃들어 있다. 이곳에는 사람들에게 역사적 해석의 오류를 범하게 만드는 신전이나 숲, 원형경기장이 없다. 형형색색의 줄지어 늘어선 배들, 언덕 너머 항구, 방치되어 텅 빈 작은 마을. 그게 전부다. 한 달에 한 번, 이 섬에 스미르나로 가는 증기선이 온다.

이런 겨울날 저녁이면 바다 폭풍이 절벽 위까지 올라와 내가 산책하는 황량하게 버려진 숲까지 스며든다. 바람이 갑자기 욕설이라도 내뱉듯 거친 소리를 낸다. 비스듬히 기울어진 플라타너스는 바닷물에 젖어든다.

여기서 나는 어느 누구와도 나눌 수 없는 과거를 떠올리며 걷고 있다. 아무리 시간이 지나도 그 과거는 지워지지 않는다. 한 손으로는 휘날리는 뒷머리를 누르고, 다른 한 손으로는 바람에 파이프 담배가 꺼지지 않도록 잘 감싸고 있다. 하늘에는 눈부신 별들의 향연이 펼쳐진다. 안타레스[11]의 빛이 파도 속으로 사라진다……. 기꺼이 놔두고 떠나온 책과 친구, 불을 환하게 밝힌 방, 담소를 위한 모닥불 ── 예의 바른 사람들로 이루어진 전체 교구 ── 은 아쉽다기보다 그럴 수 있었다는 것이 그저 놀라울 뿐이다.

내게는 뜻밖의 일이라고 여겨지는 이번 선택 역시 내 자신의 본성의 범주를 벗어난 것이라 여기고 있던 충동에서 나온 것이다. 그렇지만 정말 이상하게도 이곳에 오고 나서야 나는 친구들과 이제 막 발굴된 그 도시로 들어가 다시 사는 것이, 그 도시가 버텨온 시간의 절반 정도는 버틸 수 있을 듯한 은유의 강철망 안에 친구들을 몰아넣는 것이 가능해졌다. 아니, 그렇게 되기를 바라고 있다. 하지만 적어도 이곳에서 나는 그들의 역사와 도시의 역사가 모두 하나의 현상이었다는 것을 알 수 있다.

하지만 이 모든 일에서 가장 주목할 만한 일은 이곳까지 오는 데 퍼스워든에게 빚을 졌다는 것이다. 결코 후원자가 될 거라고 생각하지 못했던 친구다. 그를 마지막으로 만난 건 볼품없지만 값은 비싼 호텔 객실에서다. 그는 항상 풍발이 돌아올 때가 되면 그곳으로 옮겼다……. 난 그가 절박한 자살 충동에 시달리고 있다는 것도, 그 방에서 심한 곰팡내가 나고 있다는 것도 알아차리지 못했다. 어떻게 알 수 있겠는가? 퍼스워든이 불행하다는 건 알고 있었다. 그러지 않았다면 그 친구가 억지로라도 불행을 가장하고 있는 거라 생각했을 것이다. 현대의 모든 예술가들 사이에는 소소한 불행을 키우는 것이 유행처럼 번져 있다. 그리고 앵글로색슨인은 자기 연민에 잘 우는 경향이 있고, 술을 약간만 마셔도 취한다는 약점이 있다. 그날 저녁 퍼스워든은 거칠기도 하고, 주책 맞기도 하고, 익살스럽기도 한 모습을 번갈아 가며 보여 주었다. 갑자기 그에게서 들은 이야기가 떠오른다. "여기 감수성을 무시한 채 자기 재능을 키우는 인간이 있어. 우연히 그러는 게 아니라 의도적으로 말이야. 왜냐하면 그 친구의 자기표현은 이 세계에 갈등을 몰고 오거든. 어쩌면 그 친구의 외로움이 이성을 위협하고 있는지도 몰라. 살아가면서 세간의 인정과 명성으로 통하는 문에 들어가지 못하게 거절당하는 것을 견디지 못하기 때문이지. 그 모든 것의 이면에서 견디기 힘든 자신의 정신적 비겁함을 인식하며 간신히 지탱해 나가고 있는 거야. 그 남자의 일에서의 성공은 흥미로운 단계에까지 도달했지. 아름다운 여자들이 언제나 수줍은 시골뜨기처럼 느껴지는 그와 기꺼이 시간을 함께 보내려 한다는 의미에서 보면 말이야. 그의 앞에서 여자들은 살짝 변비로 고생하는 정신 산만한 뮤즈 같은 분위기를 풍겼지만, 대중 앞에서는 그가 예법이 허용하는 것보다 조금이라도 더 길게 장갑 낀 손을 잡아주면 매우 기뻐했어. 처음에는 외로웠을 게 분명한 남자의 공허함이 채워졌을 거야. 하지만 결국에는 남자의 정신이 한층 더 불안해졌다네. 그는 경제적인 성공을 통해 얻은 자유가 지루해지기 시작했어. 자신의 이름이 어떤 보기 싫은 포스터처럼 크게 과장되어 알려지는 동안 그는 자신에게 진정한 위대함이 결여되어 있다는 것을 느끼기 시작한 거야. 사람들이 같이 걷고 싶어 하는 건 인간으로서의 그 남자가 아니라 그 명성 때문이라는 것을 깨달았지. 그 사람들은 이미 그를 보고 있지 않았던 거야. 그리고 그의 작품은 모두 외롭고 고통받는 존재였던 그가 세인의 관심을 끌기 위한 것이었지. 그의 이름이 묘비명처럼 자신을 뒤덮고 있었어. 이제 어쩌면 자신을 알아봐 줄 사람이 한 명도 없을지도 모른다는 끔찍한 생각이 들겠지? 그보다 그 남자는 누구일까?'

난 그런 생각들을 자랑으로 여기지 않는다. 그런 생각들은 모든 실패한 사람이 모든 성공한 사람을 질투한다는 걸 드러내는 셈이기 때문이다. 하지만 종종 증오 역시 사랑처럼 뚜렷하게 보일지도 모른다. 그리고 실제로 내 마음속에서 평행선을 달리고 있던 그 감정들은 클레어가 예전에 그에 대해 한 말을 떠오르게 만들었다. 어떤 이유에서인지 난 그녀의 말을 기억하고 있었다. "그 남자는 어딘가 불쾌해. 일단 신체적으로 흉측한 것도 그 이유 중 하나겠지. 그 남자의 재능이 시들어버린 건 수줍음이 원인일 수도 있어. 수줍음에는 법칙이 있지. 안타깝게도 자신을 이해해 주는 극소수의 사람에게만 자신을 보일 수 있다는 거야. 그렇게 이해해 줄 수 있는 사람만이 그 사람의 약점을 불쌍하게 여겨줄 테니까. 그렇기 때문에 그가 사랑하는 여자에게 쓴 편지들은 그 남자가 정말로 원하거나 지켜주고 싶다고 생각하는 여자들에게는 아무 의미가 없었던 거야, 친애하는 친구." 클레어는 언제나 말을 중간에 멈췄다가 애정이 가득 담긴 마법 같은 미소를 지으며 끝마쳤다. "제가 아우를 지키는 자인가요?"[12] (예전에 있었던 일들을 기록하기 위해 가장 필요한 일은 과거에 있었던 일을 순서대로 기억하는 것이 아니라 그 일들이 내게 처음으로 의미를 준 순서에 따르는 것이다.)

그때 그가 내게 500파운드를 주면서 그 돈을 반드시 멜리사와 함께 써야 한다는 조건을 건 까닭은 무엇일까? 그건 어쩌면 퍼스워든이 그녀를 짝사랑하고 있었기 때문일지도 모른다고 생각했다. 하지만 다시 생각해 보니, 그가 사랑한 건 멜리사가 아니라 그녀에 대한 내 사랑이라는 결론을 내릴 수 있었다. 퍼스워든은 내가 가진 자질 중에서 다른 사람의 사랑을 따뜻하게 받아들일 수 있는 능력만 부러워했다. 타인의 사랑을 받아들이는 것은 그가 유일하게 인정하는 가치로, 그건 어쩌면 그가 영원히 갇혀 있던 자기혐오라는 창 속에서 벗어나고 싶어 했기 때문일지도 모른다. 그 상황은 내 자만심에 타격을 주었다. 난 그에게서 칭찬을 듣고 싶었기 때문이다. 비록 지금까지는 인정받지 못하고 있지만 작가로서 가능성이 있다는 말을 듣고 싶었다. 이런 허영심에 빠져 있다니, 얼마나 어리석고 부족한지!

정기적으로 만나는 사이가 아닌지라, 우린 지난 몇 주일간 만나지 못했다. 그러다가 시가 전철역 옆에 있는 광장의 작은 공중변소에서 마주쳤다. 몹시 어두웠기 때문에 가끔씩 지나가는 자동차 전조등이 이 악취 나는 작은 공간을 하얗게 비추지 않았더라면 우리는 서로 알아보지 못했을 것이다. "아!" 그가 나를 알아보고 말했다. 어딘가 불안정하고 생각에 깊이 잠겨 있었던 듯했다. 퍼스워든은 취해 있었다.(그때는 그가 내게 500파운드를 주기 몇 주일 전이었다. 그는 어느 정도 나에 대해 파악하고 있었고, 나름대로 판단을 내리고 있었다. 비록 그 판단은 무덤 저편에서나 내게 도달하겠지만 말이다.)

우리 머리 위에 있는 양철 지붕 위로 비가 떨어지고 있었다. 난 집에 가고 싶었다. 몹시 피곤한 하루를 보냈기 때문이다. 하지만 진심으로 좋아하지 않는 사람들과 같이 있을 때마다 느끼는 불편한 예의범절이 나를 가로막고 있었기 때문에 무기력하게 그 자리에 남아 있을 수밖에 없었다. 어둠 속에서 가볍게 휘청거리고 있던 그의 형체가 드러났다. "자네한테 소설가로서의 작업

비법을 알려 주지. 난 성공했고, 자네는 실패했으니까. 친구, 그 비법은 말이야. 섹스가 많이 나오면 돼." 퍼스워든이 감상적인 목소리로 말했다. 그는 고개를 쳐들고 목소리를 높여 '섹스'라는 단어를 말했다. 마치 웅변이라도 하는 것 같았다. 그는 술 취한 닭처럼 앙상한 목을 숙인 채 군사 훈련 담당 하사관처럼 반쯤 쉰된 목소리로 물어뜯듯 그 말을 내뱉었다. "섹스가 많이 들어가는 거야." 그는 보통 목소리로 다시 같은 말을 반복했다. "하지만 잊지 말게." 그리고 목소리를 깔고 친밀한 목소리로 중얼거렸다. "바지 단추는 꼭 채워둬야 한다는 걸. 영원하신 할머니는 구원의 힘이 강하니까.[13] 그렇게 단추를 꼭 채운 채 버티려면 고통스러울 거야. 하지만 비평계에서 인정받으면 독서 클럽의 추천을 받게 된다네. 거기서는 노골적인 건전함이나 천박한 말, 자연스러움이나 재미를 용납하지 않거든. 초서나 엘리자베스 시대 작가들에게는 당연한 일이었지만 오늘날에는 그렇지 않지. 완고한 장로교회 사람들처럼 단추를 꼭 채우고 있어야 하는 거라네." 그가 혼자 고개를 내젓다가 내 쪽으로 얼굴을 돌렸다. 퍼스워든의 얼굴은 바지 단추를 닮았다. 너무 빈틈이 없고 좁아서 기괴할 정도였다. 내가 고맙다고 인사하자, 그는 우아하게 그 감사 인사를 받지 않았다. "전부 공짜라네." 퍼스워든이 말했다. 그리고 내 손을 잡고 어두운 거리로 이끌었다. 우리는 환하게 밝은 도심의 시내 쪽으로 걸어갔다. 전혀 다른 실패의 무게를 짊어지고 있는 노예이자 동료 작가로서. 그는 자기가 관심 있는 문제들에 대해 조용히 혼잣말을 웅얼거리고 있었다. 무슨 말인지 알아들을 수 없었다. 쇠르가를 돌자 퍼스워든이 걸음을 멈췄다. 불을 환하게 밝힌 매춘부 집 앞이었다. 그가 단호하게 말했다. "보들레르가 말하길, 성교는 민중의 노래라고 했어. 이젠 그렇지 않

아. 아, 슬프다! 섹스는 죽어가고 있어. 다음 세기가 되면 우리는 서로 입 안에 혀를 집어넣은 채 누워 있어도 해삼처럼 조용히, 아무 열정도 못 느낄 테지. 그래! 틀림없이 그렇게 되고 말 거야." 그리고 퍼스워든은 자신의 3부작 권두에 사용했던 아랍의 속담을 인용했다. "이 세상은 오이와 같다. 오늘은 오이가 네 손 안에 있지만, 내일은 네 엉덩이에 있을 테니." 그런 다음 우리는 다시 손을 잡고, 그가 묵고 있는 호텔이 있는 쪽으로 게처럼 조금씩 전진하기 시작했다. 퍼스워든은 "틀림없어."라는 말을 끝도 없이 되뇌었다. 마치 그 단어의 부드러운 파열음을 즐기는 듯했다.

수염을 깎지 않은 그의 얼굴은 초췌했다. 하지만 산책 덕분에 술이 어지간히 깨자, 우리는 그의 침대 옆 서랍장 속에 들어 있던 진을 마시기 시작했다. 그때 내가 화장대 옆에 놓여 있는 불룩한 짐 가방 두 개에 대해 언급했다. 신문, 잠옷, 치약 같은 것으로 어질러진 의자 위에는 레인코트가 놓여 있었다. 퍼스워든은 가자로 가는 밤 기차를 타야 한다고 말했다. 그는 쉬고 싶어 했다. 그래서 페트라로 가기로 했다. 최근 완성한 소설의 교정쇄는 이미 수정이 끝나고 포장되어 주소까지 적혀 있었다. 작품이 들어 있는 봉투는 화장대 대리석 위에 가만히 놓여 있었다. 난 그가 기분이 좋지 않으며 낙심한 상태라는 걸 알 수 있었다. 예술가들이 작품을 완성한 뒤 겪는 극심한 피로 때문이었다. 자살 충동은 그런 순간에 새삼스레 닥쳐오게 마련이었다.

공교롭게도 그때 난 내 생각만 하고 있었다. 그래서 당시에 있었던 일을 떠올려보려 애를 써도, 우리가 나눈 대화가 거의 기억나지 않았다. 그때가 우리의 마지막 만남이었다는 것을 생각해보면, 그때의 기억이 뚜렷하게 남아 있지 않다는 건 의미심장한 일이다. 지금 이 글을 쓰는 이유는 퍼스워든이 더 이상 이 세상에 존재하지 않기 때문이다. 그 역시 우리와 마찬가지로 거울의 수은 속으로 발걸음을 내디뎠을 뿐이다. 현실 세계의 선악에 여전히 영향을 미치고 있는 질병이나 사악한 행동, 벌집을 쑤셔놓은 듯한 우리의 욕망만을 남겨 놓은 채. 이건 우리 친구들에 대한 추억이다. 그러나 죽음이란 언제나 이런 경험을 새롭게 해준다. 아직 지나가지 않은 시간 속에서 심사숙고할 수 있도록 도와주는 기능을 한다. 그러나 바로 그 순간 우리는 죽음과 가까운 곳에 서 있다. 적어도 난 그렇게 생각한다. 어쩌면 그때 이미 퍼스워든의 내면에서는 그 계획이 조용히 진행되고 있었을지도 모른다. 나와는 상관없는 일이지만, 예술가 중 누구라도 많이 지쳐 있다면 생을 끝내고 싶어 하는 건 이상한 일이 아니다.(작품의 마지막 장에 등장하는 인물이 주장한다. "지난 몇 년간 그 사람은 다른 사람의 보살핌을 받지 못하고 있다는, 그 자신이 진정한 보살핌을 받지 못하고 있다는 느낌을 참고 견뎌왔다. 그런 불안감이 너무 커져 버린 어느 날, 그 사람은 하느님조차 더 이상 그를 보살펴 주지 않는다는 것을 느낀다. 단순히 **보살핌**을 받지 못한다는 차원이 아니라 **누구에게서도,** **어떤** **방법으로도** 보살핌을 받고 있지 못하다는 것이다.")

그날 술에 취한 채 나눈 대화의 단편들이 드문드문 떠오른다. 퍼스워든은 발타자르와 그가 몰두하고 있는 종교, 그리고 그저 이야기만 들었을 뿐인 카발에 대해 비웃으며 이야기했다. 난 그의 말을 가로막지 않고 가만히 이야기를 들었다. 퍼스워든의 목소리는 점차 시계 초침 소리에 가려 들리지 않게 되었다. 그는 자리에서 일어나 술을 들이켰다. 그리고 말했다. "신에게 다가가기 위해서는 많이 알고 있을 필요가 없어. 난 너무 많이 알아서 탈이지만." 차가운 어둠 속을 걷는 동안, 그날 저녁 있었던 일들의 편린이 나를 괴롭혔다. 마침내 난 저스틴이 누워 있는 향긋한 소나무 침대로 돌아왔다. 옆에 있는 구식 난로에서는 올리브 나무가 파닥거리며 타고 있었다.

내가 퍼스워든에 대해 얼마나 알고 있었다고 말할 수 있을까? 나는 사람들이 알고 있는 건 상대의 성격 중 한쪽 면뿐이라는 사실을 깨달았다. 우리는 사람들에게 다양한 얼굴을 보여 준다. 그리고 나는 반복해서 이런 사실을 깨달을 때면 깜짝 놀라곤 한다. 예를 들면, 저스틴은 퐁발을 '성을 차별하는 잘난 영장류의 한 사람'이라고 말한다. 내가 보기에 그 친구는 그저 가소로울 정도로 방종할 뿐이지 결코 강압적이라고 보기는 어려웠다. 나는 퐁발을 측은하면서도 웃긴 친구로 보고 있었다. 그리고 마음속으로는 그의 타고난 우스꽝스러움을 소중히 여겼다. 하지만 저스틴은 퐁발을 조용히 걷는 커다란 고양이로 본 것이 분명했다.

내가 기억하기로 퍼스워든은 자기가 잘 모르는 종교 이야기가 나오자 자세를 똑바로 하고 거울 속에 비친 창백한 자신의 모습을 보았다. 그는 술을 한 모금 머금고, 고개를 돌려 입에 물고 있던 술을 자신의 모습이 비치는 반들거리는 거울에 내뿜었다. 그때의 모습이 내 맘속에 뚜렷이 남아 있다. 지저분해진 거울 속에서 흐려진 그의 얼굴이. 그 값비싼 객실은 그날 밤 이후에 일어난 장면에 아주 적합한 무대라는 느낌이 들었다.

* * *

자글룰 광장. 은식기와 새장 안의 비둘기. 아치형 지하 저장고에 줄지어 있는 검은 술통들. 숨이 막힐 것 같은 뱅어 튀기는 연기와 레지나토[14] 냄새. 신문 여백에 휘갈겨 쓴 전언. 여기서 나는 그녀의 외투에 포도주를 쏟았다. 옷을 닦는 걸 도와주려다가 우연히 그녀의 가슴에 손이 스쳤다. 우리 둘 다 아무 말도 할 수 없었다. 그동안 퍼스워든은 알렉산드리아와 불타 버린 도서관에 대해 재치 있게 이야기하고 있었다. 바로 위에 있는 방에서는 수막염에 걸린 어떤 불쌍한 놈이 고통스럽게 신음하고 있다……

* * *

오늘 갑자기 비스듬한 봄 소나기가 내리고 있다. 그 비는 도시의 꽃가루와 먼지를 뭉치고, 네심이 크로키로 아내의 초상화를 그리고 있던 아틀리에의 유리 지붕 위로 세차게 쏟아졌다. 그는 손에 기타를 들고 난로 앞에 앉아 있는 저스틴의 모습을 그리고 있었다. 그녀는 목에 반점이 박힌 스카프를 두르고 고개를 숙인 채 노래를 부르고 있었다. 아내의 노랫소리는 녹음한 지진 음을 거꾸로 틀어놓은 것처럼 그의 머릿속을 엉망으로 만들었다. 소나기에 젖어 축 늘어진 야자수들은 팽팽하게 활시위를 당기고 있는 거대한 궁수 부대처럼 공원을 장악하고 있다. 황색 흙먼지를 일으키는 대지의 파동에 공격당한 파로스 등대[15]의 전설. 도시의 밤은 새로운 소리로 가득하다. 바람의 압력과 인력에 그 도시 전체가 한 척의 배가 된 것 같은 느낌을 받는다. 날씨의 공격에 매번 삐걱거리며 신음하는 낡은 목재로 만든 배.

스코비는 이런 날씨를 좋아한다. 그는 침대에 누운 채 아끼는 망원경을 통해 동경의 빛이 가득한 눈으로 텅 비고 지저분한 벽을 쳐다보는 것을 즐긴다. 흙벽돌로 된 그 벽이 시야에서 바다를 가리고 있다.

이제 일흔 살이 되었는데도 그는 여전히 죽음을 두려워하고 있다. 그건 어느 날 아침 잠에서 깨어났을 때, 죽어 있는 자신, 스코비 해군 소령을 발견하게 될지도 모른다는 공포다. 매일 해가 뜨기 전, 창문 아래 송수관에서 들리는 날카로운 소리에 잠에서 깨어나는 아침마다 그는 끊임없이 심각하게 그런 걱정을 하곤 한다. 스코비는 그럴 때마다 잠시 동안 눈을 뜨지 않는다고 말한다.(눈을 뜨면 찬송가를 부르는 천사나 지품천사를 보게 될까 봐 두려웠기 때문이다.) 그는 눈을 꼭 감은 채 침대 옆에 있는 딱딱한 케이크용 선반 위를 손으로 더듬어 담배 파이프를 집어 든다. 항상 전날 밤에 담배를 가득 채워두는 파이프를 들고, 그 옆에 놓아둔 성냥갑을 연다. 뱃사람이 피우는 담배를 한 모금 피우고 나면 침착을 되찾아 눈을 뜰 수 있다. 스코비는 담배를 깊이 들이마신 다음 안도감을 즐긴다. 그는 미소 짓는다. 만족스럽다. 두꺼운 양가죽으로 된 침대 커버를 귀까지 끌어올리고, 의기양양하게 아침의 찬가를 부른다. 그의 목소리는 알루미늄 포일이 바스락거리는 소리와 같다. "조용히 해라, 장난꾸러기 꼬마야. 엄마한테 다 일러바칠 테니까."

스코비가 얼굴이 빨개질 정도로 뺨을 부풀려 본다. 숙취로 인한 두통이 있는지 알아보기 위한 자가 진단법이다. 아직도 전날 밤에 마신 브랜디 맛이 혀에서 느껴진다. 하지만 이제 다시 시작될 인생의 또 다른 하루를 생각하면 이런 사소한 불쾌함은 비할 바가 아니다. "조용히 해라, 장난꾸러기 꼬마야." 계속해서 틀니 사이로 노래가 새어 나간다. 스코비는 주름진 손가락을 가슴 위에 올린 다음 제대로 뛰고 있는 심장 소리에 마음이 편안해진다. (진짜 그런 건지 아니면 상상인지는 모르겠지만) 부실한 정맥 순환 때문에 불안하게 움직이고 있는 심장을 유지해 주는 것은 매일 마시는 브랜디와 치사량에 가까운 약물 덕분이다. 스코비는 자기 심장을 자랑스럽게 여기고 있다. 만일 당신이 그가 침대에 누워 있을 때 찾아간다면, 틀림없이 손을 끌어당겨 자신의 아래턱을 만지게 한 뒤 어떤 기분이 드는지 물을 것이다. "수소처럼 튼튼한 것 같지 않나? 어때? 아주 잘 움직이고 있다네." 브랜디를 마셨는데도 그는 그런 식으로 말했다. 그런 다음 이번에는 당신 손을 자신의 싸구려 잠옷 윗도리 안에 끌어당긴다. 슬플 정도로 딱딱한 피부 밑으로 일곱 달 된 태아 같은 희미한 박동을 느낄 수 있다. 스코비는 자랑스럽게 잠옷 단추를 채우며 원기 왕성한 동물처럼 괴성을 지른다. "사자처럼 침대에서 뛰어내릴 거야." 그건 그의 또 다른 어법이다. 실제로 스코비를 보기 전에는 그 남자의 완전한 매력을 알 수 없다. 류머티즘 때문에 몸이 두 배로 굽은 그는 노숙자처럼 누워 있던 얼룩진 면 시트 사이에서 기어 나온다. 스코비의 몸이 자리에서 일어날 수 있을 정도로 제대로 펴지는 건 일 년 중 날이 포근한 몇 달밖에 되지 않는다. 여름날 오후 공원을 산책할 때면 그의 대머리가 작은 태양처럼 빛난다. 스코비는 브라이어 파이프를 하늘 위로 치켜세운다. 좋지 못한 건강 탓에 그의 턱은 심하게 비틀려 있다.

스코비를 빼면 그 도시의 신화는 완벽하다고 할 수 없을 것이다. 끝내 그의 바짝 마른 육신이 유니언잭[16]에 감싸인 채, 전차 선로 옆에 있는 가톨릭 공동묘지에 미리 준비되어 있던 얕은 무덤 속에 묻히게 된다면, 알렉산드리아는 지금보다 훨씬 빈곤해질 것이다.

스코비가 받고 있는 쥐꼬리만 한 해군 연금은 지금 살고 있는 타트위그가 뒤에 있는 빈민가의 바퀴벌레가 우글거리는 방의 집세를 내기도 힘들 정도다. 그는 이집트 정부에서 경찰 대장이라는 명예 직함을 받았고 거기서 나오는 역시 얼마 안 되는 월급을 모자라는 생활비에 보태고 있다. 클레어가 경찰 제복을 입은 그의 초상화를 멋지게 그려주었다. 그림 속의 스코비는 진홍색 터키모자를 쓰고, 말 꼬리만큼이나 두꺼운 파리채를 야윈 무릎 위에 우아하게 올려놓고 있었다.

클레어는 담배를, 나는 브랜디를 들고 날씨가 좋을 때면 그를 찾아가곤 했다. 우리는 번갈아 그의 건강이 좋아 보인다고 인사한다. 스코비는 우리에게 산책에 데려가 달라고 하기 위해 심장이 잘 뛰도록 직접 가슴을 세게 내리친다. 스코비의 출신을 아는 사람은 아무도 없다. 그의 과거는 신화에 나오는 인물처럼 열두 개 대륙에 증식되어 있다. 스코비는 스스로 건강하다고 생각하기에 더 이상 바라는 것이 없다. 단식 기간이라 범죄가 없어 일을 쉴 때 가끔씩 라마단[17]을 카이로에서 지내기 위해 여행 가는 것만 제외하면.

유년기에는 수염이 나지 않는다. 노망이 나도 수염이 나지 않는다. 스코비에게는 예전에 길렀던 멋있고 무성한 시끈가오리 같은 수염이 약간 남아 있다. 게다가 정성껏 소중하게 관리하고 있다. 그 수염을 완전히 깎아버리면 마치 벌거벗은 것 같은 기분이 들 것 같아 두려웠기 때문이다. 스코비는 삿갓 조개처럼 인생에 꽉 매달려 있다. 그는 해가 지날수록 눈에 보이지 않게 조금씩 바다에 의한 변화[18]를 보이고 있었다. 겨울이 지날 때마다 그의 몸은 조금씩 줄어들고 수축되는 것처럼 보인다. 머지않아 스코비의 머리는 아기 머리 정도로 작아질 것이다. 한두 해가 지나면 그의 머리를 병에 집어넣고 절여 영구 보존할 수 있게 될지도 모른다. 주름살이 전보다 깊어진다. 틀니를 뺀 얼굴은 늙은 영장류의 얼굴 같다. 날씨에 관계없이 달아오른다는 것 때문에 애정을 담아 '좌현'과 '우현'이라고 부르는 선홍색 양쪽 뺨 위로 빈약한 수염이 나 있다.

그의 몸은 여러 부위가 대체물로 교체되어 있다. 1910년에는 뒤 돛대에 치는 세로돛에서 떨어져 턱의 남남서쪽 부위와 이마 골이 깨졌다. 그 때문에 끼게 된 틀니는 그가 말할 때마다 에스컬레이터처럼 움직이고 위쪽으로 이동하며 그의 머리 안에서 나선형으로 움직인다. 스코비의 미소는 변덕스럽다. 체셔 고양이[19]처럼 아무 데서나 나타나곤 한다. 그의 말로는 1908년에는 다른 남자의 아내에게 추파를 던지다가 눈 하나를 잃었다. 클레어를 제외하고는 그 일에 대해 아는 사람이 없다. 하지만 그 때문에 하게 된 의안은 조잡하기 그지없다. 가만히 있을 때는 그리 눈에 띄지 않지만 스코비가 움직이기 시작하면 두 눈동자의 차이는 분명해진다. 그리고 사소한 기술적인 결함도 있다. 스코비의 진짜 눈동자는 거의 항상 충혈되어 있었지만 의안은 그렇지 않다. 처음 만났을 때 그는 나를 보며 새된 목소리로 노래를 불렀다. "파수꾼이여, 밤이 어떻게 되었느냐."[20] 스코비는 방의 한쪽 구석에서 손에 골동품 요강을 들고 서 있었는데, 그때 나는 그의 오른쪽 눈이 왼쪽 눈에 비해 약간 천천히 움직이는 것을 알 수 있었다. 그의 오른쪽 눈은 도서관 벽감 아래쪽에 음침하게 놓여 있는 독수리 박제의 눈을 크게 만든 것처럼 보였다. 그렇지만 겨울이 되어 의안이 욱신거리기 시작하면 스코비는 브랜디를 마시며 욕설을 내뱉곤 했다.

스코비는 안개비 속에서 원생동물처럼 군다. 그는 그런 날씨를 영국식 날씨로 여기고, 겨울철에 작은 모닥불 옆에 앉아 대화를 나누는 것을 즐겁게 여기기 때문이다. 스코비의 기억은 그의 마음속에서 부적절한 방법으로 하나씩 새어 나가기 시작한다. 결국 그가 그런 기억들에 대해 아무것도 모르게 될 때까지. 나는 스코비의 뒤에서 대서양의 거대한 잿빛 파도가 그의 기억을 뒤덮어 버리는 것을 볼 수 있다. 휘몰아치는 물보라가 그의 눈을 가리고 나는 숨이 막힌다. 스코비가 말하는 과거는 악천후에 통신이 끊기듯 뚝뚝 떨어진 이야기들이었다. 도슨 시에서 강으로 간 열 명이 얼어 죽었다. 겨울이 해머처럼 그들을 인사불성이 될 때까지 내리쳤다. 위스키, 금, 살인 사건⋯⋯. 그들은 삼림지를 찾아 북방으로 가는 새로 결성된 십자군과 같았다. 그때 스코비의 동생은 우간다 폭포에 떨어졌다. 그는 꿈속에서 파리처럼 작아지는 동생의 모습을 보았다. 폭포가 누런 발톱으로 동생을 낚아챘다. 아니, 그건 그 뒤의 일이다. 그때 그는 카빈총의 가늠쇠로 보어인[21]의 머리를 겨누고 있었다. 그 일이 언제 일어났는지 기억하려고 애쓰면서 스코비는 머리카락 한 올 없이 반들거리는 머리를 양손에 파묻는다. 그러나 잿빛 파도가 끼어들어 그와 그의 기억 사이를 가로막고 있는 방벽을 힘들이지 않고 넘나든다. 그 때문에 나는 바다에 의한 변화라는 단어를 떠올린다. 그 말은 늙은 해적을 위한 말이다. 스코비의 두개골은 점점 쭈그러드는 것처럼 보인다. 오직 엷은 표피만이 감추어진 해골의 미소에서 그의 미소를 분리해 주는 듯하다. 심하게 움푹 팬 두개골과 밀랍 같은 가느다란 손가락 뼈, 그의 떨리는 정강이를 지탱해 주는 왁스 바른 지팡이를 보라⋯⋯. 클레어가 말했듯, 늙은 스코비는 사실 지난 세기에 만들어진 스티븐슨의 로켓호[22]처럼 친근하지만 별다른 쓸모가 없는 작고 낡은 실험용 증기기관차와 같다.

그는 은둔자처럼 비스듬히 기울어진 작은 지붕 밑 방에 살고 있다. '은둔자!' 그 또한 좋아하는 단어다. 스코비가 손가락으로 소리가 날 정도로 요란하게 자기 뺨을 두드리고 눈동자를 굴리는 것은 여성에게 응석을 부리고 싶다는 걸 넌지시 알리는 것이다. 그리고 클레어는 그 응석을 다 받아준다. '완벽한 숙녀' 앞에서 그는 그녀가 떠날 때까지 보호색을 보여야 한다고 느끼는 것 같다. 진실은 좀 더 애처로웠다. 스코비는 낮은 소리로 말한다. "난 해크니 단[23]의 대장이었다네. 상이군인으로 제대한 뒤의 일이었지. 그런데 영국을 떠나야 했다네, 친구. 그때 난 신경이 무척 날카로워져 있었지. 매주 《뉴스 오브 더 월드》에서 '해크니 단의 부정으로 피해를 본 어린 소년들'이라는 표제를 보게 될까 봐 두려웠어. 그곳에서는 막상 그런 일을 중요하게 여기지 않았지만 말이야. 내가 데리고 있던 아이들은 목공예의 전문가나 마찬가지였다네. 난 그 아이들을 예의 바른 이튼 학생들이라고 부르곤 했지. 내 전임이었던 대장은 20년형 선고를 받았어. 나 역시 충분히 의심받을 만한 상황이었지. 자네도 한번 생각해 보게. 난 해크니 단에 계속 남아 있을 수 없었어. 이제 다 지나간 일이지만, 그래도 난 마음의 평화를 얻고 싶었지. 만일의 사태를 대비해서 말이야. 어찌 된 일인지 영국에 사는 사람들은 어느 누구도 자유를 느끼지 못하게 되었지 뭔가. 그들이 신부들을 추앙하고, 목사를 비롯한 성직자들을 존경하는 것을 보게. 난 근심 때문에 종종 뜬눈으로 밤을 지새웠어. 결국 나는 개인 교사로 해외에 나가기로 했지. 마침 하원 의원의 아들인 토비 매너링이 여행 갈 구실을 찾고 있었어. 사람들은 그가 개인 교사를 필요로 한다고 말했지. 해군에 들어가고 싶어 한다면서 말이야. 그렇게 해서 여기에 오게 된 거라네. 이곳에 도착하자마자 아주 자유롭고 편한 곳이라는 것을 알 수 있었어. 님로드 파샤[24] 휘하 풍기 사범 단속반에서 바로 일자리를 얻을 수 있었지. 그래서 지금의 내가 있는 거라네. 자네가 보기에도 불평할 일은 없지 않은가? 이 비옥한 삼각주의 동쪽, 서쪽을 살피면서 내가 무엇을 봤겠나? 천사

같고 사랑스러운 흑인들의 엉덩이가 몇 마일이고 계속 이어져 있어."

이집트 정부는 그가 알렉산드리아에 살 수 있도록 일자리를 제공해 주었다. 당국은 친절과 따뜻함을 보이는 외국인에게는 무조건적으로 레반트의 전형적인 관대함을 보여 주었다. 스코비가 풍기 사범 단속반에서 일하기 시작한 후 무서운 속도로 부정부패가 늘어나기 시작하자, 당국은 부득이하게 그를 승진시켜부서 이동을 시켜야 했다. 스코비는 경찰 범죄 수사국으로 자리를 옮겼고, 그것이 정당한 승진이라고 믿었다. 그 문제에 대해서만큼은 그를 놀릴 용기가 없었다. 스코비는 아무 부담 없이 일하고 있다. 그는 매일 아침 시내 위쪽에 있는 다 쓰러져 가는 사무실에서, 벼룩이 튀어나오는 오래되고 썩은 나무 책상 앞에 앉아 두 시간씩 일한다. 스코비는 루테티아에서 간단하게 점심을 먹고, 여윳돈이 있으면 저녁 식사용으로 사과와 브랜디 한 병을 산다. 길고 힘든 여름 오후에는 낮잠을 자고, 친절한 그리스인 신문팔이 소년에게서 빌린 신문을 들춰 보곤 한다.(그는 신문을 읽으면 머리가 제대로 돌아가는 듯한 느낌을 받는다). 성숙해지는 것이 가장 중요하다.[25]

스코비의 작은 방에 있는 가구들은 고도의 절충적인 분위기를 보여 준다. 은둔자의 생활을 장식하고 있는 몇 가지 물건에서는 심하게 개인적인 취향을 느낄 수 있다. 마치 그 물건들이 모여 그곳에 살고 있는 주인의 개성을 만들어내고 있는 것 같다. 클레어가 그린 초상화가 방의 분위기를 완성하고 있는 것 같은 느낌을 주는 건, 그녀가 이 노인이 가지고 있는 물건을 전부 다 그림의 배경 속에 집어넣었기 때문이다. 이를테면 침대 뒤 벽에는 작고 허름한 십자가상이 걸려 있다. 그것은 스코비가 이제는 제2의 천성이 되어버린 성격적 결함을 극복하고 위안을 찾으려 지난 몇 년간 '거룩한 로마교회'에 다녔음을 보여 주는 것이다. 그 옆에는 작은 모나리자 복제화가 걸려 있다. 모나리자의 수수께끼 같은 미소를 볼 때마다 스코비는 어머니를 떠올리곤 했다.(난 그 그림의 유명한 미소를 볼 때마다 막 남편과 식사를 끝낸 여자의 미소라고 생각했다.) 이 역시 스코비의 실체를 어느 정도 구체화하고 있으며, 특별하고 개인적인 관계를 보여 주는 것이다. 마치 그가 가지고 있는 모나리자는 다른 사람들이 가지고 있는 것과 다른 것 같았다. 레오나르도가 버린 그림 같았다고나 할까.

그리고 그곳에는 옷장, 책장, 접이식 책상 대용으로 사용하고 있는 낡은 케이크용 선반이 있다. 클레어는 그 선반도 그대로 세심하게 하나도 빠짐없이 그려 넣었다. 선반은 4단으로 되어 있고, 가장자리에는 가늘지만 우아한 장식이 새겨져 있었다. 1911년에 유스턴가에서 9파싱[26]을 지불하고 구입한 것이다. 그 선반은 스코비와 함께 지구를 두 바퀴 돌아 여기까지 왔다. 그는 우스갯소리나 자랑하는 티를 내지 않고 그 선반에 대해 감탄하게끔 유도할 것이다. "정말 근사하지 않은가?" 스코비는 선반의 먼지를 걸레로 닦아내며 이처럼 명랑하게 말할 것이다. 그리고 제일 위의 단은 버터 바른 토스트용으로 설계되었다고 조심스럽게 설명할 것이다. 가운데 단은 쿠키를 놓는 곳이다. 제일 아래 단은 두 종류의 케이크를 놓게 되어 있다. 하지만 이 선반은 이곳에서 완전히 다른 용도로 사용되고 있다. 제일 위에는 망원경과 나침반, 성경이 놓여 있다. 가운데 단에는 편지들이 놓여 있는데 전부 연금 봉투다. 마지막 단에는 그가 조상 대대로 내려온 거라고 늘상 말하는 요강이 커다랗게 자리 잡고 있다. 스코비는 언젠가 그 요강과 함께 전해 내려오는 신비한 이야기를 해줄 것이다.

그 방은 흐릿한 전구 하나와 벽감에 놔둔 골풀 양초 한 다발에 빛을 의지하고 있다. 양초는 차가운 물이 가득 담긴 질그릇에 세워져 있다. 커튼이 달려 있지 않은 하나뿐인 창문으로 볼품없이 벗겨진 진흙 벽이 보인다. 스코비는 나침반 유리에 반사되는 흐릿한 가로등 불빛 속에서 침대에 누워 있다. 자정이 지난 후 자신의 머리를 제대로 돌아가게 해주는 브랜디를 들고 침대에 누워 있는 스코비를 보니 누군가 몸을 앞으로 내밀고 촛불을 불어 꺼주기만을 기다리고 있는 오래된 웨딩 케이크가 떠오른다!

편안하게 자리에 누운 그를 마지막으로 지켜보는 사람이 있다면, 그날 밤 스코비는 세상에 널리 알려진 "키스해 주게, 하디.[27]"가 아니라 좀 더 심각하게 뺨을 부풀리고 곁눈질을 하며 마지막으로 물어볼 것이다. "솔직히 말해 주게. 내가 몇 살로 보이나?"

사실 스코비는 어떤 나이로도 보인다. 비극의 탄생보다 나이 들어 보이고, 아테네의 멸망보다 젊어 보인다. 방주에서 우연히 만난 곰과 타조는 관계를 맺어, 배가 아라라트[28]로 가는 동안 고통스러운 신음 소리를 내며 조산(早産)한다. 스코비는 사냥 모자를 쓰고, 붉은 플란넬 산후 복대를 두른 채 고무바퀴가 달린 휠체어에 앉아 있던 어머니의 자궁에서 태어났다. 그의 힘찬 발가락은 양쪽에 고무를 댄 반들거리는 부츠 속에 들어 있다. 손에는 낡아빠진 가정용 성경책을 들고 있었는데, 표지 날개에는 '조슈아 새뮤얼 스코비, 1870년. 너의 부모를 공경하라.'라고 쓰여 있었다. 그런 소지품들에 흐릿한 달빛 같은 눈길과 독특하게 휘어진 그 해적의 척수, 큉커림[29]이라는 취향이 더해졌다. 스코비의 정맥에 흐르는 건 피가 아니라 심해에서 나오는 초록빛 염수다.

그의 걸음걸이는 고통 속에서도 갈릴리 호수를 천천히 걷고 있는 성인의 걸음과 같다. 스코비의 말은 오대양을 휘젓는 초록색 파도의 종잡을 수 없는 말이다. 육분의[30]와 천문 관측의, 수로지, 등압선이 나오는 기품 있는 우화에 등장하는 골동품 상점과 같다. 종종 그가 노래를 부를 때면 아라비안나이트에서 신드바드를 따라다니던 노인과 똑같은 억양이 나왔다. 잔지바르[31], 콜롬보[32], 토골란드[33], 우 푸 등 세계 전역에 자기 육신의 작은 일부를 남겨 놓은 수호성인과 같다. 늙은 사슴의 가지 진 뿔, 커프스 버튼, 치아, 머리카락…… 이런 식으로 여기저기에 조금씩. 이제 시간의 썰물은 그를 높고 메마른 암초 위에 남겨 놓은 채, 파산한 기상학자이자 섬 주민, 은둔자인 조슈아를 고속으로 흐르는 현재라는 시간 속에 남겨 놓고 저편으로 사라진다.

* * *

클레어, 부드럽고 사랑스러우며 알 수 없는 클레어는 스코비의 가장 좋은 친구다. 그리고 그녀는 자신의 거미집 같은 아틀리에를 버려둔 채 늙은 해적과 많은 시간을 보낸다. 클레어는 스코비를 위해 차를 끓이고, 그의 인생에 관한 끝없는 독백을 즐겁게 들어주곤 한다. 스코비의 기억은 이미 오래전부터 희미해졌으며, 이야기는 생명력을 상실한 채 오직 기억의 미로 속을 헤매고 있을 뿐이다.

클레어를 어떤 사람이라고 해야 할까. 그녀를 묘사하기 어렵다고 느끼는 건 나만의 생각인 걸까? 난 그녀에 대해 많이 생각한다. 그렇지만 지금까지 이 글을 쓰면서 클레어에 대한 직접적인 언급을 피해 왔다. 내가 그녀를 묘사하기 어렵다고 생각하는 건 아마도 그녀의 기질과 진짜 성격이 쉽게 일치하지 않는다고 여기기 때문일 것이다. 만일 나에게 그녀의 외적인 생활, 의심스러울 정도로 단순하고 우아하며 모든 것이 충족된 것 같은 그녀의 생활에 대해 설명하라고 한다면, 인간의 열정을 포기한 채 무의식적인 자아나 규격화된 모습을 찾는 일에 열중하는 수녀나, 이겨내기 힘든 어릴 적 마음의 상처 때문에 심리적으로 불안정한 까닭에 세상과 자신을 격리하고 있는 숫처녀처럼 비쳐질 위험이 있다.

그녀에 대해 이야기하자면 가지런히 정리된 따뜻해 보이는 벌꿀색 곱슬머리가 가장 먼저 눈에 띈다. 등을 덮을 정도로 긴 금발은 부드러운 목덜미 뒤에 단정하게 묶여 있다. 그 머리 모양이 미소 짓는 녹색 눈동자를 가진 이 작은 천사의 얼굴을 돋보이게 한다. 차분하게 내려놓은 모양 좋은 손은 붓을 들고 있을 때나 참새의 부러진 다리에 성냥 조각으로 부목을 대고 있을 때나 능숙하게 움직인다.

난 이렇게 이야기하고 싶다. 욕망이나 본능을 가지지 않고 태어난 클레어의 몸은 따뜻하면서도 젊은 여신 같은 우아함이 흘러넘친다고.

클레어는 무척 아름다웠고, 독립적인 삶을 영위할 수 있을 정도의 충분한 재산과 재능이 있다. 그런 점이 시기심과 좌절감이 넘치는 인간들로 하여금 클레어가 운을 타고났다고 여기게 만든다. 그렇다고 하더라도 그녀를 지켜보는 비평가들과 관찰자들은 무엇 때문에 클레어가 결혼을 거부하고 있다고 여기는 것일까?

그녀는 적당한 크기의 깨끗한 지붕 밑 아틀리에에서 살고 있다. 방에는 작은 철제 침대와 낡은 해변용 의자들이 놓여 있는데, 그 의자들은 여름이면 시디 비슈르에 있는 작은 해수욕용 오두막집으로 옮겨진다. 클레어에게 유일한 사치는 반들거리는 타

일이 깔린 욕실이다. 한쪽 구석에는 자기 몸을 챙겨야겠다는 생각이 들면 무엇이든 요리할 수 있는 간이 화로가 설치되어 있다. 그리고 그녀를 만족시켜 주는 책이 책장 가득 꽂혀 있다.

클레어는 연인이나 가족 간의 유대 없이 살고 있다. 화를 낼 일도 없고 기분 나쁠 일도 없다. 오직 그림에 매진하는 데만 집중한다. 그렇지만 지나칠 정도는 아니다. 클레어는 일적인 면에서조차 운이 좋다. 과감하지만 따스함과 유머가 담긴 우아한 작품들을 그려낸다. 그 그림들에서는 마치 사랑을 많이 받는 아이들 같은 유희적인 감각이 돋보인다.

그러나 나는 '결혼을 거부'한다는 등의 클레어에 대한 이야기가 모두 엉터리라는 것을 알고 있다. 그런 이야기가 얼마나 그녀를 화나게 하는지도 알고 있다. 예전에 클레어가 한 말을 기억하고 있기 때문이다. "우리가 친구라면 당신은 내가 인생에서 뭔가를 거부하는 사람이라고 생각하거나 말해선 안 돼. 내가 느끼는 고독은 나한테서 아무것도 빼앗아 가지 않았을 뿐 아니라 생각하는 것보다 훨씬 더 나한테 어울리니까 말이야. 난 당신이 내가 얼마나 잘해 내고 있는지 알아주길 바라고 있어. 그리고 내 마음속에 패배감이 팽배할 거라고 상상하지 마. 지금까지 말해 왔지만, 나는 사랑에 대해, 그러니까 매력적인 애인에 대한 이야기라면 아주 잠깐 관심을 가진 적이 있어. 하지만 그런 남자들에 대한 관심은 그리 오래가지 않았지. 그나마 많지 않은 경험 중에 한 번은 여자였고 말이야. 난 여전히 완벽하게 정해진 관계 속에서 행복하게 살고 있어. 오늘날의 모든 육체적인 대체물은 끔찍하게 속물적이고 공허한 것 같아. 하지만 내가 상처 입은 마음 때문에 고통받고 있는 거라고 상상하지는 마. 그렇지 않으니까. 사랑하는 사람이 떠나고 나서야 진실한 사랑을 느낀다는 건 웃긴 일이야. 그 말은 진실한 사랑과 자기실현을 방해하는 건 육체라는 뜻이잖아? 이렇게 말하니까 비참하게 들리지?" 그녀가 웃었다.

우리는 걷고 있었다. 내가 기억하기로 그때 우리는 구름이 잔뜩 낀 하늘의 흐릿한 초승달 아래, 가을비에 젖은 해안 절벽가 도로를 따라 걸었다. 클레어는 지나가는 사람들이 우리를 연인이라고 착각할 정도로 나를 다정하게 끌어안은 채 부드러운 미소를 지어 보이며 말했다.

"당신도 자신에 대해 또 다른 점을 발견하게 될 거야." 클레어가 말을 이었다. "사랑에는…… 결점이 있다고 말하지 않을게. 불완전한 건 우리니까. 그게 바로 우리가 사랑의 본성에 대해 오해하고 있는 부분이지. 이를테면 당신이 지금 저스틴에게 느끼는 사랑은 다른 대상에게 느끼는 다른 사랑이 아니라 멜리사를 통해 이루고자 했던 것과 똑같은 사랑이야. 다만 당신이 저스틴이라는 매개를 통해 그 사랑을 완성하려고 한 것뿐이지. 사랑은 무서울 정도로 단단하고, 우리 각자에게는 오직 그 사랑의 일정 부분만 배정되어 있을 뿐이야. 그 사랑은 무한한 형태로 나타날 수 있고, 무수한 사람들과 맺어질 수 있어. 하지만 그 양에는 한계가 있지. 소진되어 버릴 수도 있고, 진부해지거나 진정한 대상에 도달하기 전에 그대로 사라져버릴 수도 있어. 사랑의 목적지는 영혼의 가장 깊은 곳이니까. 그 안에서 우리는 그 사랑을 자기애로 인지하고, 영혼을 활기차게 만들지. 그렇다고 그게 이기주의나 자아도취를 뜻하는 건 아니야."

이런 식의 대화였다. 때때로 밤늦게까지 이어지는 이런 대화를 통해 나는 처음으로 클레어와 가까워질 수 있었고, 그녀가 뱉어내는 강인한 자의식과 생각에 의지할 수 있다는 것을 알게 되었다. 우리의 우정은 개인적인 생각과 아이디어를 서로에게 터놓을 수 있게 해주었고, 상대를 서로 시험해 볼 수 있게 해주었다. 그녀와 나 사이가 너무 밀착되어 있었다면 이런 일은 불가능했을 것이다. 역설적으로 말하면 그 같은 친밀함은 우리 두 사람 사이에 거리를 만들었다. 비록 보편적인 사람들의 오해는 이 사실을 믿지 못하지만 말이다. 이런 사실을 내가 언급하자, 클레어가 이렇게 말한 것이 기억난다. "어떤 면에서 보면 내가 멜리사나 저스틴보다 당신과 가까운 건 사실이야. 당신도 알다시피 멜리사의 사랑은 맹목적인 믿음에 의지하고 있지. 그 때문에 그녀는 제대로 보지 못하고 있어. 반면 저스틴은 소심한 편집증 때문에 무엇이든 다른 것으로 왜곡해 버리곤 해. 그래서 당신도 그녀와 똑같이 미친 것처럼 보이는 거야. 상처받은 것 같은 표정 짓지 마. 악의가 있어서 이렇게 말하는 건 아니니까."

그리고 클레어가 그림을 그리는 일과 별도로 발타자르를 위해 일하고 있다는 것을 언급하지 않을 수 없다. 그녀는 임상 화가였다. 어떤 이유에서인지는 몰라도 내 친구인 발타자르는 의학적 이상 사례를 기록하는 데 일반적인 방법인 사진을 찍는 것만으로는 만족하지 못했다. 그는 자신이 관심을 가지고 있는 질병은 단계별로 피부 색소가 중요한 차이를 나타낸다는 개인적인 이론을 가지고 있다. 그래서 매독의 이상 증상이 단계적으로 나타날 때마다 클레어는 발타자르를 위해 그 증상들을 깜짝 놀랄 정도로 밝고 부드러운 커다란 채색화로 그려낸다. 그런 그림도 어느 정도는 예술 작품으로 보인다. 순전히 실용적인 목적으로 그리는 그림이지만 자기표현을 해야 한다는 강박관념에서 화가를 자유롭게 해주기 때문이다. 클레어는 발타자르가 매일 외래 병동에 길게 줄을 서서 기다리는 환자 중에서 (마치 통에서 썩은 사과를 골라내듯) 선발한 사람들을 열심히 그렸다. 질병에 시달리는 무지한 사람들의 신체 기관을 그릴 때도 보통 사람의 얼굴을 그릴 때와 똑같은 색조를 사용했다. 복부가 퓨즈처럼 끊어진 사람, 피부 표면이 회반죽처럼 주름지고 벗겨지는 사람, 막을 뚫고 터져 나온 암종……. 난 클레어가 그 일을 하고 있는 것을 처음 봤을 때를 기억한다. 그건 일종의 형식적인 절차로, 일하던 학교에서 필요하다는 병원의 증명서를 받기 위해 발타자르를 찾아갔을 때였다. 병원 진료실 유리문 너머로 얼핏 그녀가 볼품없는 정원의 시든 서양배 나무 아래 앉아 있는 모습을 본 것에 불과하긴 했지만. 그때만 해도 나는 클레어를 모르고 있었다. 그녀는 하얀 병원 가운을 입고 있었고, 그 옆에는 대리석 조각판에 순서대로 풀어놓은 물감이 놓여 있었다. 그녀 앞에는 커다란 가슴을 가진 스핑크스 같은 얼굴을 한 노동자 소녀가 몸을 반쯤 웅크린 채 고리버들 의자에 앉아 있었다. 소녀는 치마를 허리 위까지 끌어올린 채 발타자르의 연구에 선택된 가슴을 드러내고 있었다. 화창한 봄날이었다. 멀리 떨어진 바다 소리도 들을 수 있었다. 클레어의 무심하고 숙련된 손가락이 미리 구상한 대로 하얀 종이 위에서 능수능란하게 움직이고 있었다. 희귀한 튤립색으로 물든 그녀의 얼굴에서는 자신의 일에 몰두하고 있는 전문가의 즐거움이 엿보였다.

멜리사는 죽음을 앞두고 클레어를 찾았다. 그녀는 밤새 멜리사의 침대 옆을 지켰고, 이야기를 해주며 간호했다. 클레어와 스코비의 관계는 대륙 사이를 연결하는 해저케이블처럼 숨겨져 있었다. 나는 그들 사이에 보이지 않는 유대감을 형성하고 있는 성적 도착 관계에 대해서는 뭐라 말할 수 없다. 그런 이야기가 두 사람에게 부당할 수도 있기 때문이다. 실제로 그 노인은 그런 문제에 대해서는 인식하지 못하고 있었고, 클레어 역시 뛰어난 재치로 스코비의 허풍 섞인 구애가 얼마나 공허한지 보여 줌으로써 그와 거리를 두고 있었다. 그들은 아버지와 딸 같은 그런 관계에 완벽하게 어울렸고, 그것을 더할 나위 없이 행복하게 여겼다. 예전에 단 한 번 결혼하지 않았다는 이유로 스코비가 클레어를 놀리자, 그녀의 사랑스러운 얼굴이 여학생처럼 둥글고 매끈해지면서 장난꾸러기처럼 잿빛 눈동자를 빛내며 진중함을 가장한 채 괜찮은 사람이 나타날 때까지 기다릴 거라고 대답했다. 그러자 스코비가 바람직한 태도라며 그녀의 의견에 동조하듯 고개를 끄덕였다.

어느 날 나는 클레어의 아틀리에 한쪽 구석에 아무렇게나 놓여 있는 먼지 쌓인 캔버스 중에서 저스틴의 얼굴을 그린 그림을 발견했다. 두드러진 인상주의적 화법으로 그린 측면상으로, 미완성이었다. 클레어는 한숨을 쉬며 그 그림을 연민 어린 시선으로 쳐다보았다. 마치 자식이 못생겼다는 사실을 알면서도 자기 눈에는 예쁘게 보인다고 생각하는 어머니 같은 눈빛이었다. "아주 오래전에 그린 거야." 클레어가 말했다. 그리고 한참을 곰곰이 생각한 뒤 그 그림을 내게 생일 선물로 주었다. 나는 오래된 아치형 벽난로 선반 위에 올려놓은 그 그림을 볼 때마다 지금도 숨을 쉴 수 없을 정도로 치명적인 아름다움을 지닌 저스틴의 가무잡잡하고 사랑스러운 얼굴을 떠올리곤 한다. 그림 속의 저스틴은 입술 사이에 담배를 문 채 뭔가를 말하려는 것처럼 보인다. 무슨 말을 할지 이미 결정을 내렸다는 눈빛에, 금세라도 그 말을 뱉으려는 듯 입술은 살짝 벌어져 있다.

***

　자기변명에 집착하는 현상은 보통 양심 때문에 걱정이 많은 사람들과 자신의 행동에 철학적이고 이론적인 설명을 추구하는 사람들에게서 공통적으로 나타난다. 하지만 어느 경우든 자기변명이란, 사람의 생각을 이상한 형태로 이끌게 마련이다. 그 생각은 충동적인 것이 아니라 의도적인 것이다. 저스틴의 경우 그녀의 자기 정당화 성향은 끊임없는 생각의 흐름과 과거와 현재의 행동에 관한 고찰로 이어졌다. 그런 생각들은 댐 벽에 밀려드는 거대한 조류처럼 그녀의 마음을 무겁게 억누르고 있었다. 하지만 불쌍할 정도로 모든 힘을 그쪽 방면에 소비하고, 자기반성을 위해 열정적으로 모든 방안을 고민했지만 저스틴의 결단은 누구든 의심하지 않을 수 없었다. 그녀의 결정은 항상 바뀌었고, 결코 그대로 유지되지 않았다. 그녀는 자신에 관한 이론들을 수많은 꽃잎처럼 떨쳐 냈다. "사랑이란 모두 다 역설로 이루어졌다는 걸 당신은 믿지 않는 거야?" 예전에 저스틴은 아르나우티에게 이렇게 물었다. 그녀가 애정이 담기긴 했지만 약간은 협박이 섞인 듯한 쉰 목소리로 내게도 똑같은 질문을 한 일이 떠오른다. "내가 당신한테 접근한 이유가 당신과 깊은 사랑에 빠질지도 모른다는 위험이나 수치심에서 나 자신을 지키기 위한 것이었다고 생각해 본 적 있어? 난 당신한테 키스할 때마다 내가 네심을 지키고 있다는 느낌을 받았어." 그렇다면 바닷가에서 보여 준 그 색다른 모습의 동기가 진정 그런 것이었단 말인가? 의심의 여지가 없다. 의심의 여지가 없는 것이다. 다른 경우였다면 저스틴은 그 문제를 또 다른 시각으로 대했을 것이다. 그때도 역시 진심으로 그렇게 믿었을 것이다. "도덕성이란…… 도덕성이란 건 대체 뭐지? 우리는 단순히 탐닉하는 게 아니야, 그렇잖아? 그리고 그 사랑은 우리 앞에서…… 적어도 나한테 한 온갖 약속은 다 이루어질 정도로 완벽하잖아? 그렇게 우리는 만났고, 결국 최악의 상황에 처하게 됐어. 하지만 우리에게 가장 좋은 것은 우리가 연인이라는 거야. 아! 제발 비웃지는 말아 줘."

나는 언제나 그런 식으로 이어지는 사고의 길 위에서 늘 멍한 상태로 아무 말도 할 수 없었다. 실제로 부고를 받았다고 말하는 것처럼 두렵고 낯설었다. 가끔은 나도 아르나우티에게 자극받아 그와 유사한 상황에서는 이렇게 외치고 싶었다. "제발 우리에게 불행이나 재앙을 안겨 줄 뿐인 이런 열정은 그만두자. 이런 식으로 계속 가다 보면 우리가 함께하는 생활에 당신은 지쳐버리고 말 거야." 그런 훈계는 당연히 아무 소용 없다는 것을 나도 잘 알고 있다. 이 세상에는 자멸로 이어지는 이 같은 성격을 가진 사람들이 있고, 그들에게는 어떤 이성적인 논쟁도 효력을 발휘하지 못한다. 내게 저스틴은 항상 높은 탑을 위태롭게 걸어 올라가고 있는 몽유병 환자처럼 보였다. 그녀를 깨우려고 소리를 지르면 자칫 위험할 수도 있다. 누군가 조용히 뒤를 따라 올라가 사방에서 불쑥 나타나는 컴컴하고 커다란 구덩이에서 조금씩 저스틴이 멀어지게끔 이끌어주기만 바랄 뿐이다.

이상한 역설이긴 하지만, 특이할 정도로 활동적인 이 여인의 성격적 단점, 곧 이 같은 정서 불안이 내게는 대단한 매력으로 다가왔다. 난 그녀의 이런 점이 어느 정도 내 성격적 단점과 상통하는 것 같다고 느낀다. 다만 나는 운이 좋게도 그녀보다 좀 더 내 자신을 철저히 억제할 수 있는 것뿐이다. 나는 우리에게 이 사랑이 우리 주변에서 매일 더 커지고 세분화되는 심정적인 친밀감이 투영된 커다란 그림의 일부분에 지나지 않는다는 것을 알고 있다. 밤마다 초라한 해안 거리 카페들에서 얼마나 많은 이야기를 나누었던지!(네심과 다른 친구들에게 이 사랑 때문에 우리가 느끼는 죄책감을 감추려는 헛된 노력을 하면서 말이다.) 우리는 이야기를 나누면서 의식하지 못하는 사이 점점 가까이 다가가 서로 손을 잡거나 끌어안곤 했다. 고통스러워하는 연인들의 습관적인 욕망이 아니라 마치 육체적 접촉을 통해 자아 탐구의 고통을 덜기 위해서인 것 같았다.

물론 이건 인간이기에 가능한 불행한 연인 관계다. 정사 후에 느끼는 슬픔처럼 애무에는 가슴을 찢어질 듯 짓누르는 무언가가 있고, 맑은 물 같은 키스에는 앙금이 남아 있다. 〈키스에 대해 쓰는 건 쉬운 일이다. 하지만 열정은 오직 우리의 생각을 차갑게 해줄 수 있는 실마리와 해답으로 가득 차 있어야 한다. 그건 보통 때와 달리 정보를 전달하는 것이 아니다. 그 외에 너무나 많은 다른 일이 일어나고 있었다.〉 아르나우티는 이렇게 쓰고 있다. 그리고 실제로 나 역시 그녀와 사랑을 나누면서 아르나우티가 '억압'에 대해 묘사한 부분을 완전히 이해하기 시작했다. 〈보통 사람을 안을 때와 달리 키스를 되돌려 주지 못하는 사랑스러운 조각상과 함께 누워 있는 듯한 애타는 감정. 사랑하는데도 이렇듯 조금밖에 사랑할 수 없는 소모적이고 도착적인 면이 있다.〉

청동색 인광이 비치는 침실, 대청(大靑)이 타고 있는 초록색 티베트산 항아리 덕분에 방 안 가득 퍼지고 있는 장미 향. 침대 옆에 놓인 그녀의 자극적인 파우더 향이 두껍게 드리운 침대 커튼 안으로 스며든다. 뚜껑을 닫은 크림과 연고가 놓여 있는 화장대. 침대 위는 프톨레마이오스의 우주다! 그녀는 양피지로 우주를 훌륭하게 재현해 낼 것이다. 그 우주를 그린 양피지는 침대 위에 영구히 자리하게 될 것이다. 가죽 상자 안에는 성상들이 놓여 있었고, 철학자들의 조각상도 차례대로 진열되어 있었다. 나이트캡을 쓴 칸트상은 조심스럽게 2층으로 가져다 놓았다. 뇌신 주피터. 그녀가 이 같은 위인들 사이에 퍼스워든의 작품을 가져다 놓기로 한 것은 사실 부질없는 짓이었다. 그 사이로 보이는 그가 쓴 네 권의 소설책은 우리가 함께 모여 저녁 식사를 할 때 저스틴이 그날만 특별히 그 자리에 가져다 놓은 것인지도 모른다. 환자가 약, 빈 캡슐, 병, 주사기 같은 것들에 둘러싸여 있는 것처럼 저스틴은 철학자들에게 둘러싸여 있다. 아르나우티는 이렇게 쓰고 있다. 〈키스할 때면, 그녀가 눈을 감기는커녕 더 크게 뜬다는 것을 알게 된다. 그 눈빛에 의심과 광기가 더해진다. 그 때문에 정신이 들어 그 같은 육체의 선물도 부분적으로밖에 느껴지지 않는다. 공포는 적어도 큐렛[34] 이상의 응답을 할 것이다. 밤이면 그녀의 머리가 싸구려 알람시계처럼 똑딱거리는 소리를 들을 수 있다.〉

벽 맞은편에 놓여 있는 우상의 눈이 전기로 빛나고, 저스틴의 내면에서는 그 우상이 감동적인 스승의 역할을 한다. 해골의 텅 빈 눈구멍을 생각해 보자. 둥그스름한 두개골에 드리워진 그림자가 너울거린다. 전기 상태가 좋지 않아 촛대에 꽂아놓은 양초에 불을 붙일 때면, 저스틴은 벌거벗은 채 발끝으로 서서 불을 붙인 성냥을 신의 눈구멍 안으로 던져 넣었다. 그 즉시 턱에 새겨진 주름이 사라지고, 이마 골이 깨끗해졌으며, 콧대가 쭉 뻗었다. 그녀는 아득한 신화에서 찾아온 방문객이 그녀의 악몽들을 돌보지 않는 한 마음을 가라앉히지 못했다. 그 우상은 작은 싸구려 장난감 몇 개와 셀룰로이드로 된 선원 인형 밑에 묻혀 있고, 나는 결코 그녀에게 그것에 대해 물어볼 용기가 없었다. 그녀는 그 우상과 초자연적인 대화를 나눈다. 저스틴의 말로는 잠든 채 말하는 것도 가능하며, 그럴 때면 그녀가 '고귀한 자아'라고 부르는 영리하고 동정적인 가면이 그것을 엿듣고 있다. 그것은 가장한 채 존재한다는 것을 우연히 알게 되었다. 저스틴은 근심 어린 미소를 지으며 애처롭게 덧붙인다. "당신도 알다시피 그건 존재해."

나는 저스틴을 쳐다보고 말을 하면서도 마음속으로는 아르나우티가 쓴 책의 내용을 떠올린다. 〈그녀의 내면에서 나오는 두려움에 시달리고 있는 얼굴. 내가 잠든 뒤 한참 시간이 흐른 뒤에도 그녀는 어둠 속에서 잠들지 못한 채 우리 관계에 대해 내가 말했던 내용을 생각하고 있다. 나는 잠에서 깰 때마다 뭔가에 정신이 팔린 채 부산한 그녀를 본다. 벗은 채로 거울 앞에 앉아 담배를 피우며 맨발로 값비싼 양탄자 위를 톡톡 두드리고 있는 그녀를.〉 이상하게도 나는 언제나 네심이 주기 전에는 결코 알지 못했을 그 침실에 있는 저스틴을 떠올린다. 아르나우티가 쓰고 있는 것처럼 나는 언제나 여기서 불쾌한 정사를 견디고 있는 그녀를 본다. 〈사랑하는 여자가 자기 몸을 내주면서도 자신의 진정한 자아를 주지 않는 것보다 더 고통스러운 일은 없다. 그건 그녀 스스로 진정한 자아를 어디서 찾아야 하는지 모르기 때문이다.〉 나는 종종 저스틴 옆에 누운 채 일반 독자로서 그 부분에 대해 논쟁했다. 어쩌면 내가 『풍속』에서 보여 주는 사상의 전체적인 밀물과 썰물을 알아차리지 못한 채 지나갔을지도 모른다.

저스틴은 멜리사가 그랬던 것처럼 키스하다가 잠드는 법 — 은밀한 정원으로 통하는 문 — 이 없다. 따뜻한 청동색으로 빛나는 그녀의 창백한 피부가 더욱 창백해 보인다. 빛이 고이는 뺨에 자라난 붉은 식용 꽃은 그 자리에 고정된다. 그녀는 드레스를 걷어 올리고 스타킹을 내린 다음, 무릎 위에 난 짙은 상처를 보여 준다. 그 상처는 가터벨트 사이에 움푹 파여 있다. 나는 그 상처를 본 순간 말로 표현할 수 없는 느낌을 받는다. 『풍속』에 묘사되어 있는 것과 같은 모양이다. 그러면서 그 상처가 생긴 특별한 사연을 떠올린다. 거울 속에 비치는 검은 머리는 아주 젊고 우아해 보인다. 백악기의 고사리를 백색 도료로 찍어놓은 것처럼 생생하게 각인되어 있는 젊은 저스틴의 모습으로 되돌아간 것 같다. 그녀가 잃어버렸다고 믿고 있던 젊음을 되찾은 것 같다.

나는 그녀가 다른 방에서라면 이렇게 완전하게 존재할 수 없을 거라고 생각한다. 다른 우상들이 걸려 있고, 다른 배경 속에 있는 모습은 생각할 수 없다. 어쩐지 나는 항상 저스틴이 긴 계단을 올라가 푸토[35]상들과 양치식물들로 꾸며진 복도를 통해 낮은 문을 지나 가장 내밀한 방으로 들어가는 모습을 떠올린다. 에티오피아인 흑인 하녀 파트마가 그녀의 뒤를 따른다. 저스틴은 변함없이 침대 위에 앉고는 환각에 잠긴 듯한 얼굴로 반지 낀 손가락을 앞으로 내민다. 흑인 하녀는 그녀의 반지들을 빼서 화장대 위에 있는 작은 상자에 집어넣는다. 퍼스워든과 내가 그녀 혼자 있는 대저택에 초대받아 갔을 때, 저스틴은 썰렁한 대연회실들을 살펴본 뒤, 갑자기 2층으로 우리를 이끌었다. 그녀가 동경하면서도 두려워하는 내 친구가 편안하게 있을 만한 장소를 찾기 위해서였다.

퍼스워든은 확실히 그날 저녁 내내, 다른 건 몰라도 여느 때와 마찬가지로 술을 마시느라 바빴다. 저스틴은 파트마와 같이 그 같은 작은 의식을 치르고 나면 속박에서 자유로워지는 듯했다. 그녀는 자연스러운 모습으로, '벽장문에 드레스 자락이 끼일 때면, 무례하고 어울리지 않는 욕설을 내뱉'거나 커다란 스페이드 모양의 거울에 자기 모습을 비춰보곤 했다. 저스틴은 우리에게 가면에 대해 슬픈 듯 말한다. "시시하고 과장하는 것처럼 들린다는 건 알아. 난 벽 쪽으로 얼굴을 돌리고 말을 하지. 나를 배신하는 이들을 용서하는 것처럼, 내가 저지른 부정들도 용서하는 거야. 때때로 내가 저지른 어리석은 짓들이 떠올라 벽을 두드리며 작은 소리로 고함을 지르긴 하지만 말이야. 물론 다른 사람들이나 하느님께는 — 하느님이 계신다면 — 아무것도 아닐 수 있는 그런 일들이지만. 나는 항상 시편 23편에 나오는 것 같은, 조용하고 푸른 초원에서 살고 있는 누군가를 상상하며 말해." 그런 다음 저스틴은 내 어깨에 머리를 기대고, 팔로 나를 감싸 안는다. "그래서 종종 당신한테 나를 지켜봐 달라고 부탁하는 거야. 내 자신이 이 자리에서 그대로 무너져 내리는 것 같은 느낌이 드니까. 나도 당신이 멜리사에게 베푼 것과 같은 보살핌이나 애정이 필요해. 당신이 그녀를 사랑한다는 건 나도 알아. 누가 나 같은 걸 사랑하겠어?"

내 생각이지만, 퍼스워든 역시 그녀의 그토록 자연스러운 모습이나 그런 말을 하는 나지막하면서도 매력적인 목소리에 영향을 받지 않았다고는 말할 수 없다. 왜냐하면 그가 방의 한쪽 구석으로 가서 책장을 쳐다보고 있었기 때문이다. 그곳에 자기가 쓴 책들이 보이자 퍼스워든은 처음에는 얼굴이 창백해졌다가 이내 달아올랐다. 그것이 수치심 때문인지, 분노 때문인지는 알 수 없었다. 그는 이쪽을 돌아보며 무슨 말을 하려다가 다시 마음을 바꿨다. 퍼스워든은 가책을 받아야 한다는 사실이 억울하다는 듯 다시 몸을 돌려 그 거대한 책장을 마주하고 섰다. 그때 저스틴이 말했다. "실례가 안 된다면 책에 사인해 주겠어?" 하지만 퍼스워든은 대답하지 않았다. 그 자리에 그대로 서서 한 손에 술잔을 든 채 책장만 쳐다보고 있었다. 그러다가 퍼스워든은 갑자기 몸을 빙그르 돌렸다. 그는 완전히 취해 있었다. 그리고 날 선 목소리로 이렇게 말했다. "현대 소설이라니! 이따위 것들은 범죄자들이 범행 현장에 남긴 똥 덩어리와 같은 거야." 그러더니 조용히 옆으로 쓰러졌다. 들고 있던 술잔을 마룻바닥 위에 내려놓자마자, 퍼스워든은 깊은 잠에 빠졌다.

그가 그렇게 기진해서 쓰러진 뒤에도 우리의 이야기는 계속되었다. 그때 퍼스워든은 잠든 것처럼 보였지만 실제로는 깨어 있었음이 분명하다. 그때 저스틴과 나누었던 대화의 대부분이 그의 무자비한 단편 풍자소설에 그대로 재현되었으니 말이다. 그 일은 내게는 큰 고통이었지만 어쩐 일인지 저스틴은 기뻐했다. 퍼스워든은 그녀가 말한 대로 눈물을 흘리지 않는, 빛나는 검은 눈동자에 대해 묘사했다.(거울 앞에 앉아 머리를 빗을 때면 그녀의 목소리처럼 파삭거리는 소리가 났다.) "네심을 처음 만났을 때 난 사랑에 빠졌다는 것을 알게 되었어. 그래서 우리 두 사람을 구하려고 노력했지. 일부러 연인이라며 난폭하고 멍청한 스웨덴 남자를 데리고 가기도 했어. 네심에게 상처를 주어 나에 대한 감정이 저절로 정리되기를 바라고 있었으니까. 그때 그 스웨덴 남자는 부인에게 버림받았고, 난 이렇게 말했지.(그 남자가 훌쩍거리며 우는 것을 멈추게 하려고 말이야). '그녀가 어떻게 행동했는지 말해 봐요. 내가 그 여자인 척해 줄게. 어두운 곳에서는 구불거리는 머리나 피부 냄새로 여자들을 구분하기 힘드니까. 말해 봐요, 내가 결혼식 때와 같은 미소를 지어주고, 당신 품에 비단 산처럼 안길 테니.' 그러는 동안에도 나는 계속해서 그 사람을 생각했어. '네심, 네심.'"

나는 또 퍼스워든이 한 말을 기억한다. 그 한마디로 그가 우리 친구들을 어떻게 생각하는지 단번에 알 수 있었다. "알렉산드리아!" 그는 말했다.(달빛을 받으며 오랫동안 산책했을 때의 일이다.) "카페테리아에서 신비주의나 논하는 유대인들! 그런 건 뭐라고 묘사할 수 있을까? 장소와 사람?" 아마 그때 퍼스워든은 이미 그 무자비한 단편소설을 구상하고 있었고, 그 소설 안에 우리를 어떤 식으로 배치할지 생각하고 있었을 것이다. "저스틴과 그녀의 도시는 강렬한 향기를 뿜고 있지만 양쪽 다 진정한 개성이 없어."

나는 지금 지난봄(영원히) 보름달이 뜬 밤, 우리가 함께했던 산책을 떠올린다. 도시의 부드럽고 먹먹한 분위기 속에서 달빛과 물이 세정해 준 덕분에 이 도시는 거대한 보석 상자처럼 윤기가 흐른다. 어두운 광장의 인적 없는 가로수 사이로 사람을 미치게 만드는 분위기. 한밤중에서 한밤중에 이르는 기나긴 먼지 낀 도로는 산소보다 푸르다. 지나가는 사람들의 얼굴은 보석처럼 황홀하다. 빵 굽는 사람은 내일 팔 빵의 재료를 만들고, 열정의 은빛 투구에 사로잡힌 연인들은 서둘러 집으로 돌아간다. 대략 2미터 정도 되는 영화 포스터들은 팽팽히 활시위를 당기고 있는 활처럼 누워 있는 달의 기괴한 장엄함을 빌린다.

우리는 모퉁이를 돈다. 그러자 세상은 동맥 모양으로 퍼져 있다. 그 중앙은 은빛으로 반짝이고, 가장자리에는 그림자를 드리운다. 콤 엘 딕의 맨 끝에는 가끔 모습을 보이는 강박관념에 사로잡힌 경관 외에는 아무도 보이지 않는다. 그 경관은 오직 이 도시의 정신 속에 죄스러운 욕망을 가지고 잠복해 있다. 우리의 발걸음은 인적 없는 보도를 따라 메트로놈처럼 규칙적으로 움직인다. 그들만의 시대와 도시에서 두 남자는 세상과 멀어진 채, 마치 달의 슬픈 운하 중 한 곳을 걷듯 걷고 있다. 퍼스워든은 항상 자신이 쓰고 싶어 하는 책에 대해, 일이나 예술을 마주했을 때 도시 남자를 에워싸고 있는 어려움에 대해 이야기했다.

〈예를 들어 자네 자신이 잠자는 도시라고 생각해 보면…… 어떨 것 같은가? 자네는 그저 가만히 앉아 일이 진행되어 가는 과정에 대해 듣고 의욕이나 소망, 의지, 인지, 열정, 능동성과 같은 일들에 대해 온전히 집중할 수 있을 거야. 그런 건 어찌할 수 없는 자네의 무기력한 몸을 움직이는 백만 개의 다리 같은 것을 말하는 거지. 그렇게 경험이라는 거대한 평원을 달려가려고 하다 보면 지칠 수도 있을 거야. 우리는, 우리 작가들은 결코 자유롭지 않아. 새벽이 되면 좀 더 제대로 설명할 수 있을 거야. 나는 몸과 마음에 음악이 흐르기를 간절히 바라고 있어. 형식과 조화를 원하고 있지. 마음속에 흩뿌려지는 색종이처럼 내 정신을 조금씩 분출시키고 싶지는 않아. 이건 시대의 질병일 거야, 안 그런가? 그래야 우리 주위로 밀려오는 거대한 신비주의의 물결을 설명할 수 있을 테지. 지금 카발과 발타자르처럼. 발타자르는 우리가 가장 관심을 기울여야 하는 대상이 신이라는 것을 결코 이해할 수 없을 걸세. 그 사람은 인간 본성 중에 최하의 것이 무엇인지 강력하게 호소할 수 있기 때문이지. 다시 말하면 우리가 부족하다는 느낌, 미지에 대한 공포, 개인적인 실패와 같은 것에 대해서 말이야. 더불어 무엇보다도 우리가 가지고 있는 괴물 같은 자만심도 있겠지. 순교자의 면류관을 마치 얻기 힘든 체육 경기의 상장처럼 보는 그런 자만심 말일세. 하느님의 실체와 뛰어난 신비한 본성은 확실히 구별해야 해. 그건 아무 맛도 없고, 향기도 없고, 그저 신선하기만 할 뿐인 샘물과 같은 거지. 그렇기에 카발이 진짜 명상을 하는 소수의, 아주 소수의 사람에게만 영향력을 행사할 수 있는 거겠지?

대다수 사람은 그들이 인정하거나 시험하고 싶어 하지 않는 본성 중 어떤 부분을 이미 가지고 있다네. 어떤 체계든 본질적인 생각들을 왜곡하게 마련이라고 생각해……. 그리고 그들은 언어나 관념으로 신의 한계를 규정하려고 시도하지. 한 가지로 만물을 설명할 수는 없다네. 설사 만물이 어떤 것으로 명확해질 수 있다고 할지라도 말이야. 맙소사, 내가 아직도 취해 있는 모양이군. 하느님이 존재한다면 그분은 틀림없이 예술 그 자체일 걸세. 조각가나 의사일 수도 있겠지. 하지만 우리가 이 시대의 거대한 지식의 확장과 새로운 과학의 발달을 제대로 소화하고 이용하는 것은 거의 불가능한 일이야.

자네가 손에 등불을 들고 있으면, 벽 위에 망막 혈관의 그림자를 비출 수 있다는 말이네. 침묵만으로는 충분하지 않지. 그 자리에 쥐 죽은 듯이 있는 것이 아니야. 헤르메스 트리스메기스투스[36]를 키울 수 있을 정도로 충분히 조용한 것도 아니. 자네는 밤새도록 대뇌동맥이 세차게 흐르는 소리를 들을 수 있을 거야. 자네가 하는 생각의 중추는 역사적 행동이나 원인, 영향력이라는 톱니의 이를 따라 거슬러 올라가는 데서 시작된다네. 결코 쉴 수 없고 중지하거나 수정 구슬 점 같은 것에 의지할 수도 없어. 자네는 몸속에 들어가 줄무늬가 있는 근육인지 줄무늬가 없는 근육인지, 그 구조에 따라 분해해야 한다네. 복부를 휘감고 있는 창자와 췌장을 살펴야 해. 하수구 여과기처럼 쓰레기로 꽉 차 있는 간과 오줌보, 좀쇠를 벗긴 붉은 벨트 같은 대장, 부드러운 뿔 모양의 통로인 식도, 캥거루 주머니보다 부드러운 점액질로 된 성문(聲門)도 살펴야지. 무슨 말인지 알아듣겠나? 자네는 그 안에서 모든 것을 안정시킬 수 있고 비극에서 벗어나게 해줄지도 모를 의지 체계와 동등한 구조를 찾는 거야. 그 내장을 보고 있는 자네 자신과 관계없이 분주하게 움직이는 창자의 부드러운 수축과 팽창이 느껴질 때면 얼굴에 땀이 나면서 서늘한 공포감이 밀려올 테지. 작업하는 도시 전체, 배설물의 생산 공장, 아니 일상의 희생이라고나 할까. 화장실을 제단 삼아 바치는 제물일 수도 있을 거야. 그것들은 어디에서 만날까? 어디에서 대응하는 걸까? 바깥의 어둠 속, 철로 다리 옆에서 그 남자의 연인은 몸과 피에 형언할 수 없을 정도의 구더기들이 들끓는 채로 그를 기다리고 있어. 포도주는 도랑을 넘고, 유문(幽門)은 흡입구처럼 게워내고, 정액, 침, 가래, 사향이 한 방울씩 떨어질 때마다 비교할 수 없을 정도로 많은 세균이 증가하지. 그 남자는 팔로 척추를 부여잡고 있어. 암모니아가 넘치는 도랑, 꽃가루가 스며 나오는 수막, 작은 도가니 안에서 타오르는 각막…….)

그는 이제 소름 끼칠 정도로 천진난만하게 웃기 시작한다. 단정하게 다듬은 콧수염 아래 가지런하고 하얀 치아가 달빛에 반사될 정도로 고개를 뒤로 젖힌 채.

그날 밤, 우리의 발걸음은 저도 모르게 발타자르의 집을 향하고 있었다. 그의 집에 불이 켜져 있는 것을 보고, 우리는 문을 두드렸다. 그날 밤, 나는 거의 전율이 일 정도로 깊은 감동에 빠진 채 오래된 호른 축음기로 늙은 시인의 서투른 시 낭송을 들었다. 그 시는 다음과 같은 시구로 시작했다.

많은 사랑을 받고 저세상으로 간 사람들과
이제는 정말 죽은 사람처럼 우리에게 잊힌 이들이
그리운 목소리로
가끔씩 꿈속에서 말을 걸어오거나
시간을 새기는 머릿속에 그들을 떠오르게 한다…….

그 덧없는 추억은 아무것도 설명할 수 없고, 아무것도 밝힐 수 없다. 그러나 내가 친구들을 생각할 때마다 그 추억은 끊임없이 되돌아온다. 우리의 습관에서 비롯된 상황 속에서 그 당시 무엇을 느꼈는지, 자신의 역할에 얼마나 충실했는지. 겨울의 푸른 하늘과 얼어붙은 사막의 파도를 넘다가 미끄러진 자동차 바퀴 흔적. 여름철 무시무시한 달빛의 폭격을 받은 바다는 주석처럼 반들거리는 표면에서 전기 거품에 터지는 인광체로 변한다. 혹은 몬타자 궁전 근처의 모래톱을 걷거나 '왕의 정원'의 짙은 초록빛 어둠 속에 숨는다. 졸고 있는 보초를 지나치면, 그곳에서 바다의 힘은 갑자기 무력해지고, 모래톱 위로 파도가 비틀거리며 나타난다. 또는 팔짱을 끼고 긴 화랑을 걸어간다. 어느 때와 같은 누르스름한 겨울 안개에 바깥은 벌써 어둡다. 그녀의 손이 너무 차다. 그녀는 손을 내 주머니 속에 집어넣었다. 오늘 그녀는 별다른 감흥 없이 나를 사랑한다고 말한다. 보통 때는 그런 말을 하지 않았다. 갑자기 비가 날카로운 소리를 내며 긴 창문에 부딪히며 내리기 시작한다. 검은 눈동자가 차갑고 즐거워 보인다. 동공의 검은 중심이 흔들리더니 모양이 변한다. "요즘 네 심이 무서워. 그이가 변했어." 우리는 루브르 박물관에서 건너온 중국 그림 앞에 서 있다. "여백의 미라는 건가." 저스틴이 진저리를 치며 말한다. 그 그림들은 형태도, 채색도, 초점도 없다. 그저 크게 갈라진 구멍 안으로 그 여백이 천천히 끝없이 흘러 들어가고 있을 뿐이다. 호랑이의 몸을 품고 있는 푸른 심연이 그 자리를 비우며 화랑 분위기 속으로 빨려 들어간다. 그 뒤 우리는 어두컴컴한 계단을 지나 위층으로 올라간다. 그곳에 있는 축음기를 틀어놓고 춤추고 있는 스베바를 만나기 위해. 그 작은 모델은 슬픔에 잠긴 듯 연기하고 있다. 퐁발이 거의 한 달 동안이나 지속되었던 '소용돌이 같은 연애' 뒤에 그녀를 차버렸기 때문이다.

내 친구는 자신이 한 여자를 그토록 오랫동안 생각하게 만든 애정의 힘에 살짝 놀라고 있다. 직접 면도를 하다가 콧수염 밑을 베인 자국에 붙인 반창고 때문에 그의 얼굴은 기괴해 보인다. "여긴 미치광이들의 도시야." 퐁발이 화가 난 듯 되풀이해 말한다. "하마터면 그 여자와 결혼할 뻔했다니까. 정말 미칠 노릇이지. 일을 저지르기 전에 눈에 씐 꺼풀을 벗겨 주신 하느님께 감사드리고 있다네. 거울 앞에서 벌거벗고 서 있는 그 여자의 모습을 보자, 순간 모든 것이 혐오스럽게 느껴지더군. 비록 머리로는 그렇게 축 늘어진 가슴과 창백한 피부, 쑥 들어간 복부, 시골뜨기 같은 작은 발이 르네상스 시대에는 인정받았다는 걸 알고 있지만 말이야. 갑자기 난 침대에 앉아 내 자신에게 말했지. '하느님 맙소사! 저 여자는 백분이 벗겨진 코끼리였군!'"

이제 스베바는 퐁발이 했던 결코 지키지 않을 거창한 약속을 늘어놓으며, 손수건을 들고 조용히 훌쩍인다. "게으른 남자에게 애정이란 건 정말 이상하면서도 위험한 거라니까.(상황을 설명하는 퐁발의 목소리가 들리는 듯하다.) 그 여자의 차갑고 지독한 동정심이 내 다리의 중심을 먹어버리고, 내 신경 체계를 마비시키는 것 같다고 느꼈어. 천만다행으로 자유를 되찾아 다시 일에 집중할 수 있게 됐지만 말이야."

퐁발은 직장에서 문제가 생겼다. 그의 취미와 생활 태도에 대한 소문이 영사관 내에 돌기 시작했다. 그는 침대에 누운 채 십자 훈장을 받은 뒤, 그것을 발판 삼아 승진할 계획을 세우고 있다. "난 십자 훈장을 받기로 결심했어. 그러기 위해서 교묘하게 등급을 나누어 파티를 열 생각이야. 그러자면 자네 도움이 필요해. 우선 내 상사가 보기에 사회적으로 후원을 해줘야겠다는 생각이 들 정도로 별 볼 일 없는 사람이 몇 명 있어야겠지. 내 상사는 부인 덕에 벼락부자가 된 터라, 권력자들에게 적당히 알랑거리는 편이야. 그중에서도 가장 안 좋은 건 그 사람이 내 출신과 가문의 배경에 눈에 띨 정도로 열등감을 가지고 있다는 거지. 상사는 아직까지 나를 쫓아낼지 말지 결정을 내리지 못하고 있어. 그렇지만 사태를 파악한 뒤에는 나에 대해 잔뜩 부풀려서 프랑스 외무부에 보고할 거야. 당연한 일이긴 하지만, 우리 삼촌이 돌아가시고 대부인 주교님이 랭스에서 매춘부와 관련한 커다란 추문에 연루된 뒤부터, 난 확실하게 자립해야 한다는 사실을 알았다네. 지금 난 자기 몸을 지켜야 하는 동물이 된 것 같은 기분이야. 젠장! 일단 처음에는 명사를 한 명만 초대해 초라한 파티를 열 셈이네. 아, 어째서 내가 이렇게까지 해야 하는 거지? 어째서 난 이렇게 재산이 없는 걸까?"

스베바의 인위적인 눈물 섞인 이야기를 다 들은 다음, 우리는 다시 팔짱을 끼고 외풍이 드는 계단을 내려간다. 그동안 나는 스베바나 퐁발에 대한 생각이 아니라 아르나우티가 저스틴에 대해 적어놓은 구절을 떠올린다. 〈그녀는 이성의 도움 없이 생물학적인 욕구만 생각하는 여자들과 같다. 그런 여자들에게 자신을 맡긴다는 것은 얼마나 치명적인 오류인지. 그건 고양이가 쥐의 등을 움켜잡고 잘근잘근 씹을 때와 같은 상황이라고 할 수 있다.〉

비 때문에 보도가 젖어 미끄럽다. 공원의 나무나 조상(彫像), 철새 들이 무척이나 바라던 대로 대기는 습기로 촉촉해졌다. 저스틴은 바닥의 쓰레기를 피해 멀리 돌아 걷고 있다. 그녀는 머리를 올린 채 화려한 실크 원피스를 입고, 안감을 댄 검은 망토를 두르고 있다. 저스틴은 불이 환하게 켜진 가게 쇼윈도 앞에서 걸음을 멈추고 내게 팔짱을 낀다. 내가 돌아보자, 그녀는 내 눈을 쳐다본다. "이곳을 떠날 생각이야." 저스틴이 곤혹스러운 목소리로 나지막이 말한다. "네심에게 무슨 일이 생긴 것 같아. 도대체 무슨 일인지 모르겠어." 갑자기 그녀의 눈에 눈물이 고이기 시작한다. 저스틴이 말을 잇는다. "난생처음으로 두려워. 그런데 무엇 때문인지 이유를 모르겠어."

3부

 두 번째 봄을 맞이했을 때 불어온 캄신[1]은 예전부터 지금까지 있었던 것 중에서 가장 지독했다. 사막의 하늘은 해가 뜨기 전, 버크럼[2] 같은 갈색으로 변했다가 천천히 부풀어 오른 멍처럼 색이 짙어졌다. 마침내 구름의 윤곽이 드러나기 시작했다. 그 구름은 화산 아래 흩날리는 재처럼 삼각주로 모여든 거대한 황토층처럼 보인다. 도시는 질풍에 대항하듯 문을 모두 꼭 걸어 잠그고 있었다. 대기를 휩싸는 돌풍과 가는 산성 빗줄기는 하늘의 빛을 가릴 어둠의 전조다. 덧문을 모두 닫아버린 어두컴컴한 방에 모래가 사방에서 스며든다. 모래는 마법처럼 긴 옷장 속에 걸려 있는 옷과 책, 그림뿐 아니라 찻숟가락에까지 쌓인다. 출입문의 자물쇠 안과 손톱 밑까지. 거칠게 흐느끼는 대기가 목구멍과 코의 점막을 메마르게 한다. 결막염의 형태로 눈을 아프게 만든다. 메마른 피 구름이 예언처럼 거리를 걸어 다닌다. 모래는 푸석거리는 가발에 뿌리는 가루처럼 바다에 내려앉는다. 바짝 마른 만년필, 건조한 입술——아직 이른 눈처럼 가늘고 하얀 재가 베니스풍 덧문의 널빤지에 쌓인다. 운하를 따라 지나가는 유령선 같은 펠러커 배에는 머리를 가리고 있는 굴[3]들이 선원으로 일하고 있다. 가끔씩 바로 위에서 매서운 바람이 몰아치면, 도시 전체가 빙글빙글 돈다. 거대한 소용돌이의 마지막 회오리 속에 나무, 첨탑, 기념비, 사람들까지 전부 다 휩싸여 있다. 그럴 때면 그 모든 것이 사막으로 옮겨 간 듯한 착각이 든다. 그러다 그 소용돌이가 사막으로 방향을 다시 돌리면, 사구 바닥은 여느 때와 같은 개성 없는 물결무늬로 되돌아간다……

난 그때 우리에게 정신적 피로가 쌓여 있었다는 것을 부정할 수 없다. 그 정신적인 피로는 우리를 절망적이고 무모하며, 성급한 행동을 하게 만들었다. 죄는 항상 죄 자체를 보완해 주는 벌 쪽으로 다급히 나아간다. 오직 거기에만 죄의 만족이 존재한다. 숨어 있던 속죄의 욕구에 저스틴은 나보다 훨씬 더 어리석은 짓을 저지른다. 어쩌면 우리 두 사람은 서로 손과 발을 묶고 있었기에 오직 커다란 변화만이 각자의 통속적인 본심을 되찾게 해 줄 거라고 어렴풋이 느낀 건지도 모른다. 최근 우리에게는 근심을 안겨 주는 전조와 경고가 가득하다.

어느 날 모르는 사람이 찾아와 높은 자리에 있는 어떤 저명인사가 나를 큰 위험에 빠뜨리려고 하니, 반드시 주의 깊게 지켜보라고 했다고 애꾸눈 하미드가 말했다. 하미드가 설명하는 그 사람의 인상착의로 보아 아무래도 네심의 비서인 셀림인 것 같았다. 아니면 그 지역에 사는 15만 명의 주민 중 한 사람일 수도 있다. 그러는 동안 나에 대한 네심의 태도가 변했다. 걱정되고 넌더리가 날 정도로 상냥해졌다는 편이 맞을 것이다. 그는 이제까지 자제해 온 감정을 모두 발산하고 있었다. 네심은 정말 생소하게도 나를 애칭으로 불렀고, 다정하게 옷소매를 잡아당기기도 했다. 때로는 이야기를 나누다가 갑자기 얼굴을 붉히기도 했다.

눈에 눈물이 고일 때도 있었는데, 그럴 때마다 그는 눈물을 감추려고 고개를 옆으로 돌렸다. 저스틴은 걱정스럽게 그 모습을 지켜보고 있었다. 네심의 그런 모습을 관찰하며 고통스러워했다. 하지만 네심에게 상처를 준 것은 그녀와 나였고, 그 때문에 느껴야 했던 수치심과 자책감은 우리 두 사람을 공범자라는 이유에서 더욱 가깝게 만들었다. 그녀는 종종 이별을 고했다. 가끔 나도 같은 말을 했다. 하지만 우리 중 누구도 그 말을 실행에 옮길 수 없었다. 우리는 기진맥진한 채 너무나 경험하기 두려운 숙명을 극복할 수 있게 되기를 기다리고 있었다.

그런 경고들이 있었음에도 우리의 어리석음은 줄어들지 않았다. 도리어 그 어리석음은 더 커졌다. 우리는 무서울 정도로 부주의하게 행동했다. 소름 끼칠 정도로 경솔하게 행동했다. 두 사람 중 어느 누구도(여기서 나는 내 자신을 완전히 잃어버렸다는 것을 깨달았다.) 무엇인지는 모르지만 운명이 우리를 위해 남겨 놓은 것에서 피할 수 있을 거라는 희망을 가지고 있지 않았다. 그저 우리는 함께 운명을 나눌 수 없을지도 모른다는 바보 같은 걱정만 하고 있었다. 제발 우리가 헤어지는 일이 없기를! 이처럼 확실한 순교적 연애에서 나는 우리가 세상 무엇보다도 공허하고 불완전한 사랑을 보여 주고 있다는 것을 깨달았다. "상반된 생각들이 뒤섞여 엉망진창인 나를 당신은 얼마나 혐오하고 있을까. 하느님에 대해 병적으로 집착하는 데다가 내면의 본성에서 우러난 가장 작은 도덕적 명령, 그러니까 숭배하는 한 남자에게 정절을 지키라는 것조차 따르지 못하고 있으니까. 난 내 자신이 걱정스러워. 내 사랑, 난 떨려. 만일 내가 이처럼 지루하고 전형적인, 신경질적인 유대인 여자가 아닐 수만 있다면……. 만일 내가 이 유대인 여자의 껍질을 벗어던질 수만 있다면." 예전에 저스틴은 이렇게 말했다.

멜리사가 치료를 받기 위해 팔레스타인에 가 있는 동안(그녀의 여행 경비를 마련하기 위해 나는 저스틴에게 돈을 빌렸다.), 우리는 몇 번인가 옹색하기 그지없는 일탈을 했다. 이를테면, 저스틴과 나는 어느 날 그 저택의 큰 침실에서 이야기를 나누었다. 그녀와 나는 수영을 마치고 소금기를 씻어내기 위해 찬물로 샤워했다. 저스틴은 나신에 목욕 수건만 걸친 채 침대에 앉아 있었다. 그녀는 수건을 키톤[4]처럼 두르고 있었다. 네심은 자선 관계인지 뭔지에 관한 라디오 방송 때문에 카이로에 가고 없었다. 창문 밖으로 보이는 나무들은 축축한 여름 대기 속에서 먼지 쌓인 잎사귀를 축 늘어뜨리고 있었다. 그 너머로 엉망진창으로 밀려 있는 포드가의 교통 체증 소음이 어렴풋이 들렸다.

침대 옆에 놓여 있는 검은색 소형 라디오에서 네심의 조용한 목소리가 들렸다. 그의 목소리는 송화기를 거치면서 일찍 늙어 버린 듯했다. 정적 속에 울리는 공허한 말들이 그 분위기를 일상적인 것으로 채울 듯 밀려왔다. 하지만 그 목소리, 애써 감정을 분리한 누군가의 목소리는 아름다웠다. 저스틴의 등 뒤에서 욕실로 통하는 문이 열렸다. 병실처럼 하얀 판벽 널 너머 화재 피난용 철제 계단으로 이어지는 문이 있다. 그 저택은 중앙의 텅 빈 공간을 둘러싸게 설계되어 있어서 욕실과 주방이 거미집 같은 그 철제 계단으로 통하게 되어 있다. 마치 배의 기관실 스팬[5] 같았다. 우리는 라디오에서 여전히 흘러나오고 있는 목소리를 듣고 있었다. 그때 갑자기 욕실 밖 철제 계단을 올라오는 기운차고 가볍게 후닥닥거리는 발소리가 들렸다. 분명히 네심의 발소리였다. 아니면, 이 지역에 사는 15만 명의 주민 중 어떤 사람일 수도 있었다. 나는 저스틴의 어깨 너머로 김이 서린 칸막이 창을 통해 키가 크고 마른 남자의 머리와 어깨를 볼 수 있었다. 남자는 부드러운 펠트 모자를 눈이 가려질 만큼 푹 눌러쓰고 있었다. 그는 현상액 속에 담겨 있던 사진처럼 서서히 모습을 나타내더니, 잠시 멈춰 서서 문손잡이 쪽으로 손을 내밀었다. 내 시선이 머무는 방향으로 저스틴이 고개를 돌렸다. 그녀가 드러난 한쪽 팔로 내 어깨를 끌어안았을 때, 두 사람 다 심장이 두근거리고 있었다. 마치 엑스레이 스크린을 보듯 문 밖과 안이라는 두 공간 사이에 서 있는 남자의 그림자를 보자 성적 흥분의 열기가 완전히 가라앉았다. 남자는 우리에게서 뜻하지 않은 모습을 발견하게 될 것이다. 사진을 보는 것처럼 저스틴과 내 얼굴에서 두려움이 아니라 죄책감이 어린 안도감을 보게 될 것이다.

남자는 한참 동안 그 자리에 서 있었다. 무언가 깊은 생각에 빠진 것처럼 보였지만, 아마도 안에서 들리는 소리에 귀를 기울이고 있었을 것이다. 그런 다음 천천히 고개를 흔들더니, 잠시 후 당황한 듯 몸을 돌려 천천히 유리창에서 멀어져 갔다. 남자의 오른쪽 코트 주머니로 뭔가가 미끄러져 들어간 것처럼 보였다. 우리는 발걸음이 천천히 멀어지면서 중앙의 철제 계단을 내려가는 둔탁한 소리를 들었다. 우리 둘 다 아무 말도 하지 않았다. 그리고 다시 네심의 목소리에 집중했다. 여전히 검은색 소형 라디오에서는 그의 세련되고 온화한 목소리가 끊이지 않고 흘러나오고 있었다. 네심이 동시에 두 곳에 나타난다는 건 있을 수 없는 일이다. 아나운서가 네심의 강연이 사전 녹음된 것이라고 알려주고 나서야, 우리는 모든 상황을 이해할 수 있었다. 그렇다면 네심은 어째서 그 문을 열지 않은 것일까?

난 사실 그때 네심이 반신반의의 불안정한 상태였을 거라고 생각한다. 아마 분란을 일으키는 것을 좋아하지 않는 그의 본성에 따라 그렇게 하기로 결정했을 것이다. 그동안 네심의 내면에서는 무언가가 차곡차곡 쌓여 가고 있었던 것이다. 그리고 그 감정은 이제 그 무게를 견딜 수 없을 정도가 되었다. 네심은 자기 본성의 깊은 내면에서 변화가 일어나고 있다는 것을 깨달았다. 지금까지 자신의 행동을 지배하던 무기력한 사랑의 오랜 무력함을 마침내 떨쳐 내게 된 것이다. 갑작스럽고 정확한 행동, 선이나 악을 결정짓는 어떤 요소에 대한 생각이 그가 몰두할 수 있는 새로움을 선사해 주었다. 네심은 도박판에서 거의 모든 재산을 날리고, 절망적으로 얼마 안 남은 판돈을 거는 도박사 같은 기분이었다.(내가 생각하기에 그랬다.) 하지만 아직은 그의 행동 방향이 결정된 건 아니다. 그건 어떤 형태로 나타날 것인가? 엄청나게 불안한 상상이 시작되었다.

네심이 그 같은 행동을 하고 싶게끔 영향을 미친 데는 두 가지 요소가 있다고 가정해 볼 수 있다. 그중 한 가지는 그의 수하들이 모아온 저스틴에 관한 보고서들이 무시할 수 없을 정도로 쌓였다는 것이다. 다른 한 가지는 네심이 이전까지는 신경 쓰지 않았던 문제, 다시 말해서 그녀가 마침내 진정한 사랑에 빠졌을지도 모른다는 새롭고 두려운 생각에 사로잡혔다는 점이다. 그녀 성격의 전반적인 기질이 변화했을지도 모른다. 저스틴이 처음으로 사려 깊고 신중해졌기 때문이다. 그뿐 아니라 여자는 언제나 자신이 사랑하지 않는 남자와도 시간을 보낼 수 있다는 듯한 다정한 분위기를 보여 주고 있었다. 네심 역시 아르나우티의 책에 등장하는 그녀의 흔적을 따르고 있었다.

〈원래 나는 그녀가 억압의 혼란과 싸워 이겨내고 내게로 돌아올 것이라고 믿었다. 그녀의 부정으로 상처받을 때마다, 나는 그녀가 쾌락을 추구하는 것이 아니라 자신을, 그리고 나를 찾기 위해 고통스러운 탐구를 하고 있다고 생각하려 했다. 만일 어떤 남자가 그녀를 그런 족쇄에서 해방해 줄 수 있다면, 그때 그녀는 모든 남자에게 다가갈 수 있게 될 것이라고 생각했다. 그리고 그렇게 되었을 때 그녀를 얻는 사람은 다른 누군가가 아닌 내가 될 거라고 생각했다. 하지만 막상 그녀가 여름철 얼음주머니처럼 녹아내리는 것을 보게 되었을 때 무서운 생각이 떠올랐다. 그것은, 그녀를 영원히 지키게 되는 건 그 억압을 무너뜨린 남자가 될 것이라는 사실이었다. 그녀가 육체와 운명 속에서 그토록 미친 듯이 찾아다녔던 것은 바로 그 남자가 그녀에게 준 평온함이다. 처음으로 두려움에서 유발된 질투심이 나를 사로잡았다.〉 아르나우티는 이렇게 설명했을 것이다.

하지만 나로서는 지금 그가 이처럼 저스틴이 현재 관심을 보이고 있는 진짜 대상인 나를 제외한 다른 모든 사람을 질투한다는 것이 터무니없게 여겨졌다. 압도적인 증거가 있었음에도 네심은 나를 의심하고 싶어 하지 않았다. 그것은 사랑에 눈이 멀어서가 아니라 질투 때문이었다. 그가 사람을 시켜 우리 두 사람에 대해서, 우리의 만남이나 행적에 관해 조사한 엄청난 양의 문서를 믿기까지는 오랜 시간이 걸렸다. 하지만 이미 사실들은 명확하게 드러나 있었고, 그것이 틀렸을 가능성은 없었다. 문제는 나를 어떻게 처리하느냐 하는 것이었다. 그가 직접 나를 어떻게 한다는 말은 아니다. 난 그저 네심의 시야에 이미지로 서 있었을 뿐이다. 그는 내가 죽어가는 모습을 보고 있을지도 모르고, 멀리 떠나는 것을 보고 있을지도 모른다. 네심은 아무것도 알지 못했다. 그런 불확실성 때문에 그는 술에 의지하게 되었다. 물론 이건 그저 나의 추측일 뿐이다.

그러나 그런 집념과 더불어 다른 문제도 있었다. 아르나우티가 해결하지 못하고, 네심이 동양적인 호기심으로 오랫동안 추구해 온 사후 문제들이다. 지금 그는 한쪽 눈에 검은 안대를 한 남자와 닮았다. 우리 중에서 그와 제일 많이 닮아 있다. 여기에는 네심이 아직 어떻게 사용하는 것이 최선일지 결정하지 못한 또 다른 정보도 있다. 만일 저스틴이 정말로 그에게서 떠나려고 한다면, 그때는 그 신비스러운 진짜 인물에게 어떻게 복수하는 것이 좋을까? 다른 한편으로 내가 만일 그 빈자리로 들어간다면 어떻게 될까?

나는 단도직입적으로 셀림에게 내 아파트에 찾아와서 애꾸눈 하미드에게 경고했는지 물었다. 그는 대답하지 않았다. 하지만 고개를 숙이고 목소리를 낮춰 말했다. "주인님이 요즘 이상하십니다."

그와 동시에 내 운은 예상하지 못한 방향으로 이상하게 흘러가고 있었다. 어느 날 밤, 누가 문을 쾅쾅 두드렸다. 내가 문을 열자, 이집트 경찰이 집 안으로 들어왔다. 그는 반짝거리는 부츠를 신고, 터키모자를 쓴 채 흑단 손잡이의 커다란 파리채를 팔 아래에 끼고 있었다. 이집트 경관인 유소프 베이는 영어를 거의 완벽하게 구사했다. 그의 입술이 자연스럽게 벌어지면서 잘 선택한 어휘들이 흘러나왔다. 석탄처럼 검은 얼굴에 진주처럼 반짝거리는 작고 완벽한 치아는 잘 어울렸다. 그의 정중한 말투는 케임브리지를 막 졸업한 학생처럼 사람의 마음을 끌었다. 하미드가 경관에게 예의 바르게 커피와 뜨뜻미지근한 리큐어[6]를 대접했다. 그러자 경관은 높은 자리에 있는 자신의 친한 친구가 나를 만나고 싶어 한다고 말했다. 난 즉시 네심을 떠올렸다. 하지만 유소프 베이는 음료를 마시면서, 그 친구는 영국인 관료라고 말했다. 그 이상은 말할 수 없고, 자신의 임무는 기밀이라고 했다. 저 경관과 같이 가서 그 친구라는 사람을 만나야 하는 걸까?

난 많이 불안했다. 알렉산드리아는 겉으로 보기에는 평화로워 보였지만, 실제로 기독교도들에게는 안전한 곳이 아니었다. 불과 지난주에 퐁발이 찾아와 스웨덴 부영사에게 일어난 사건을 이야기해 주기도 했다. 스웨덴 부영사 내외가 타고 가던 차가 마트로가(街)에서 고장 났다. 부영사는 차에 아내만 남겨 놓은 채, 근처 공중전화로 가서 영사관에 전화를 걸어 다른 차를 보내달라고 요청했다. 그가 차에 돌아와 보니, 뒷좌석에 앉아 있는 아내를 볼 수 있었다. 하지만 아내의 머리는 없었다. 경찰이 출동해서 그 지역을 샅샅이 수색했다. 근처에서 야영하고 있던 베두인족들이 심문을 받았다. 그들은 그 사건에 대해 아무것도 모른다고 부인했지만, 무리의 여자 중 한 명의 앞치마에서 사라졌던 부영사 부인의 머리가 굴러 떨어졌다. 그들은 부인의 일그러진 사교용 미소가 드러난 입에서 금니를 뽑으려 하고 있었다. 그런 종류의 사건을 알고 나면 날이 어두워진 뒤에 이 도시의 낯선 구역을 찾아가는 일에는 용기가 필요하다는 것이 이상한 일은 아니다. 그래서 나는 우울한 마음으로 경관을 따라 제복을 입은 운전사가 있는 관용차의 뒷좌석에 올랐다. 나를 태운 차는 도시에서도 평판이 좋지 않은 구역을 빙글빙글 돌기 시작했다. 유소프 베이는 단정하게 손질한 짧은 콧수염을 어루만졌다. 그 콧수염은 악기를 연주하는 음악가 같은 느낌을 주었다. 그에게 더 이상 질문해도 소용없었다. 나 또한 지금 느끼고 있는 이 불안감을 드러내고 싶지 않았다. 그래서 나는 그 상황에 그냥 몸을 맡기기로 결심하고 담배에 불을 붙였다. 그리고 스쳐 지나가는 긴 해안 절벽가 도로의 멀어져 가는 길을 바라보았다.

이윽고 우리는 차에서 내렸고, 나는 경관의 뒤를 따라 쇠르가 근처의 수많은 골목길과 구불구불한 샛길을 걸어서 지나쳤다. 만일 그렇게 하는 목적이 내가 길을 모르게 하기 위한 거였다면 거의 성공한 셈이었다. 유소프 베이는 콧노래를 흥얼거리며 가볍고 자신만만한 발걸음을 옮기고 있었다. 마침내 상가가 가득한 시외 대로가 나타나자 조각이 새겨진 커다란 문 앞에 멈춰 섰다. 그는 먼저 문을 밀어본 뒤, 초인종을 울렸다. 정원에는 왜소한 야자수들이 심겨 있었다. 교차되는 진입로의 끝에는 희미한 가로등 두 개가 자갈이 깔린 바닥 위에 세워져 있었다. 우리는 그 길을 가로질러 계단을 올라갔다. 흐릿한 전구가 높다란 하얀 문 위를 기분 나쁘게 비추고 있었다. 경관은 문을 두드리고 안으로 들어가더니 그 자리에서 경례했다. 나는 그를 따라 넓지만 우아하고 따뜻해 보이는 방으로 들어갔다. 티 하나 없이 반들거리는 바닥에는 고급 아랍 양탄자가 깔려 있었다. 한쪽 구석에 놓여 있는 상감 세공을 한 높다란 책상 뒤에 스코비가 앉아 있었다. 마치 앞바퀴가 커다란 자전거에 앉아 있는 듯한 분위기였다. 거만하게 찡그린 얼굴 위로 나를 반기는 미소가 겹쳐 있었다. "세상에." 내가 말했다. 그러자 그 늙은 해적이 드루어리 레인[7]처럼 껄껄 웃으며 말했다. "이제야 왔군, 내 친구. 드디어 왔어." 그는 등받이가 높은 의자에 앉아 있었다. 의자는 그리 편해 보이지 않았다. 머리에 터키모자를 쓰고, 무릎에 파리채를 올리고 있는 그 모습은 어딘지 모르게 엄숙한 분위기였다. 나는 스코비의 견장에 붙은 별이 늘어났다는 것을 알아차렸다. 얼마나 승진했고, 얼마나 권력이 커졌는지는 알 도리가 없었다. "어서 앉게, 친구." 그가 어색하게 손을 흔들면서 말했다. 제2제정[8]을 어렴풋이 흉내 낸 듯한 동작이었다. 유소프 베이는 싱긋 웃으면서 그 자리를 물러났다. 내가 보기에 스코비는 그런 화려한 환경을 불편해하는 것 같았고, 오히려 몸을 사리는 듯한 느낌이었다. "내가 자네를 데리고 오라고 시켰지. 특별한 볼일이 있어서 말이야." 그가 목소리를 깔고 지나칠 정도로 속삭이는 소리로 말했다. 스코비의 책상 위에는 수많은 초록색 서류 파일과 이상할 정도로 동떨어진 것처럼 보이는 다기 커버가 놓여 있었다. 나는 자리에 앉았다.

그러자 스코비가 재빨리 자리에서 일어나 문을 열었다. 밖에는 아무도 없었다. 이번에는 창문을 열었다. 창문 아래에도 아무도 보이지 않았다. 스코비는 다기 커버를 탁상전화 위에 올려놓고 다시 자리에 앉았다. 그런 다음 몸을 앞으로 내밀고 조심스럽게 말하기 시작했다. 스코비는 나를 보며 의안을 굴렸고, 점잔을 빼면서 음모를 꾸미듯 말했다. "아무에게도 말해선 안 돼, 친구. 아무에게도 말하지 않겠다고 맹세하게." 난 맹세했다. "이번에 내가 비밀 첩보부를 맡게 되었다네." 그 말을 할 때 그의 의치에서 꽤 날카로운 소리가 났다. 난 깜짝 놀라 고개를 끄덕였다. 스코비가 그 일의 무게를 전하려는 듯 숨을 깊이 들이마셨다. 그리고 말을 이었다. "친구, 아무래도 곧 전쟁이 일어날 것 같아. 내부 정보에 따르면 말일세." 스코비가 가운뎃손가락으로 자신의 관자놀이를 가리켰다. "전쟁이 일어나게 될 거야. 적들은 바로 우리 옆에서 밤이나 낮이나 움직이고 있다네." 난 그 말에 반박할 수 없었다. 그저 잡지 화보에 나오는 사람처럼 내 앞에 있는 새로운 스코비의 모습이 놀라울 뿐이었다. "그자들을 타진하는 걸 자네가 도와줬으면 좋겠어." 스코비가 권위적인 분위기로 사람을 압도하며 말을 이었다. "자네가 우리와 함께 일해 주었으면 하네." 그 말은 정말 기분 좋게 들렸다. 난 좀 더 자세한 이야기가 나오기를 기다렸다. "가장 위험한 패거리가 바로 여기, 알렉산드리아에 있어." 노인이 쉰 목소리로 크게 말했다. "그리고 자네가 그 중심에 있다네. 그자들은 전부 자네 친구들이지."

난 스코비의 울퉁불퉁한 눈썹과 흥분해서 굴러가는 눈을 보면서 갑자기 네심의 모습을 떠올렸다. 차가운 철제 동굴 같은 사무실 책상 앞에 앉아 이마에 땀방울이 고인 채 벨이 울리는 전화기를 쳐다보고 있는 그의 모습이 직감처럼 바로 떠올랐다. 네심은 저스틴에 관한 보고 전화가 오기를 기다리고 있었다. 확실한 증거를 잡기 위한 것이었다. 스코비가 고개를 저었다. "그자는 중요하지 않아. 물론 그자도 관련이 있긴 하지만. 두목의 이름은 발타자르야. 여기 검열에 걸린 것을 보게."

그가 서류 파일에서 엽서 한 장을 꺼내 내게 건네주었다. 눈에 익은 섬세한 필적으로 보아 분명히 발타자르가 쓴 것이었다. 하지만 난 그 엽서의 뒷면을 보고 웃음을 터뜨리지 않을 수 없었다. 작은 체스 판을 그려놓고 좌우 교대 서법으로 글을 쓴 것이었다. 작은 네모 칸마다 그리스어가 채워져 있었다. "그자가 건방지게도 일당에게 대놓고 우편으로 연락을 취하고 있어." 난 내 친구에게서 조금이나마 배운 계산법을 떠올리려고 애쓰며, 그 표를 한참 동안 들여다보았다. "이건 9점 형식이군요. 저도 읽지 못해요." 내가 말했다. 스코비가 숨 가쁘게 말을 이었다. "우리가 알아낸 빈약한 정보에 따르면 그자들이 정기 모임을 연다는군. 그건 확실하다네." 난 그 엽서를 손가락으로 가볍게 잡았다. 그러자 발타자르의 목소리가 들리는 것 같았다. "사상가의 일이란 암시적인 거야. 성인이 자신의 깨달음에 대해 침묵하는 것과 같지."

스코비는 이제 공공연히 자기 만족감을 드러내며 의자에 몸을 기댔다. 그는 입을 내민 비둘기처럼 볼을 부풀렸다. 스코비는 머리에서 터키모자를 벗은 다음, 단골손님에게 상품을 보여 주듯 모자를 조심스럽게 다기 커버 위에 올려놓았다. 그런 다음 앙상한 손가락으로 갈라진 머리를 긁었다. 스코비가 말을 이었다. "우린 이 암호를 해독할 수 없네. 이런 엽서를 수십 통 입수했는데도 말이야." 엽서를 똑같이 복사한 자료가 가득한 서류 파일을 가리키며 그가 말했다. "저것들을 암호 해독실에 보냈어. 심지어 대학의 수학 전공자들에게까지 보내봤지. 그런데도 해독할 수 없었다네, 친구." 난 그 사실에 그리 놀라지 않았다. 들고 있던 엽서를 복사본 옆에 내려놓고 스코비를 가만히 쳐다보았다. "이 일을 자네가 맡아주게." 스코비가 얼굴을 찡그리며 내게 말했다. "자네가 맡아줬으면 해. 시간이 아무리 걸려도 좋으니까 자네가 이 암호들을 해독해 주기를 바라네. 그렇게만 해주면 우린 자네에게 제법 많은 보수를 줄 생각이야. 어떻게 하겠나?"

내가 달리 무슨 말을 할 수 있겠는가? 나는 무척 기뻐하며 그 제안을 받아들였다. 더군다나 지난 몇 달 동안 학교 일에 많이 소홀했기 때문에 이번 학기가 끝나면 새로 계약하지 못할 것이 분명했다. 저스틴과 만나느라 계속 지각을 한 데다 이제 과제들을 채점하는 일도 지겨웠다. 난 신경질적이었고, 동료나 상관 들도 그런 점을 잘 알고 있었다. 이번 일은 내가 자립할 기회였다. 난 머릿속에 울리는 저스틴의 목소리를 들을 수 있었다. "우리 사랑은 끔찍하게 잘못 인용된 대중 속담 같아." 나는 다시 한 번 몸을 앞으로 내밀고 고개를 끄덕였다. 스코비는 기뻐하며 안도의 한숨을 내쉬었다. 다시 해적처럼 편안해 보였다. 그는 사무실에 놓여 있는 검은 전화기로 어딘지 모를 곳에 있는 익명의 무스타파에게 전화를 걸어 이번 일을 보고했다. 스코비는 전화로 말할 때 송화기를 사람의 눈인 것처럼 쳐다보곤 했다. 우리는 그

건물을 함께 나왔다. 그리고 군용차를 타고 바다를 향해 달렸다. 자세한 고용 조건에 대해서는 그의 침대 옆에 있는 케이크용 선반 마지막 단에 있는 작은 브랜디를 마시며 의논할 수 있을 터였다.

우리는 해안 절벽가 도로에서 내려 눈부신 달빛 아래 이 유서 깊은 도시가 그래프를 닮은 저녁 안개 속으로 녹아드는 것을 지켜보며 걸었다. 주변의 사막과 초록빛 충적 삼각주의 관성 때문에 발생하는 안개는 뼛속까지 스며들어 그 가치를 알게 한다. 스코비는 이런저런 이야기를 끊임없이 떠들었다. 난 그가 어린 나이에 고아가 되었다는 사실을 유감스럽게 여긴다는 사실을 기억하고 있다. 스코비의 부모는 그에게 수많은 사색의 양분이 되어준 극적인 상황에서 함께 목숨을 잃었다. "우리 아버지는 자동차경주의 선구자였다네. 초기 도로 경주에서 전속력으로 시간당 20마일씩 달리셨지. 그런 일을 하셨어. 아버지는 랜도형 자동차를 가지고 있었다네. 지금도 난 콧수염을 길게 기른 아버지가 그 차 바퀴 뒤에 앉아 있는 모습이 보이는 것 같아. 전공 십자 훈장을 받은 스코비 대령. 아버지는 창기병이었다네. 어머니는 아버지 옆에 앉아 있었지. 결코 그 옆을 떠나지 않았어. 자동차경주를 할 때조차. 어머니는 아버지의 정비공으로 일했지. 신문에는 항상 경주를 출발할 때 두 분이 양봉업자가 쓰는 가리개 같은 걸 쓰고 차에 나란히 앉아 있는 사진이 실리곤 했어. 어째서 선구자들은 그런 커다란 가리개를 썼는지 모르겠단 말이야. 아마 먼지 때문일 거라고 생각하지만."

스코비의 부모님이 목숨을 잃은 건 그 가리개 때문이었음이 밝혀졌다. 런던-브라이턴 간 도로 경주에서 그의 아버지가 쓰고 있던 가리개가 경주 중에 자동차의 앞 차축에 빨려 들어갔다.

그는 도로 위로 끌려가기 시작했고, 함께 타고 있던 어머니는 전속력으로 나무에 정면충돌하고 말았다. "유일한 위안은 그게 아버지가 바라던 죽음이라는 거야. 두 분은 400미터도 넘게 질질 끌려갔다네."

난 항상 우스꽝스러운 죽음을 좋아했기 때문에 스코비가 엄숙하게 의안을 굴리면서 그 불행한 사건에 대해 이야기했을 때 웃음을 참기가 어려웠다. 그러나 스코비의 이야기를 듣는 동안, 내 머릿속의 반쯤은 앞으로 해야 할 새로운 일에 대한 생각으로 가득 차 있었다. 그 일을 하는 동안에는 자유를 얻을 수 있을 터였다. 그날 밤 늦게, 몬타자 근처에서 저스틴을 만났다. 황혼이 질 무렵, 야자수 아래 서늘함 속을 날아다니는 나방처럼 대형차의 엔진이 나지막한 소리를 냈다. 그 일에 대해 그녀가 뭐라고 했겠는가? 저스틴 역시 내가 현재 구속받고 있는 일에서 벗어나게 된 것을 기뻐해 주었다. 하지만 그녀는 이런 안도감이 두 사람이 계속 사귈 수 있는 기회를 만들어주고, 우리의 불륜을 인식하게 만들 뿐 아니라 심판자들에게 생각 이상으로 우리의 모습을 노출시킬 수도 있다는 이유로 마음 한편으로는 괴로워하고 있을 것이다. 이것은 사랑의 또 다른 모순이다. 그런 미덕을 체득했더라면 우리를 더 가깝게 만들어준 이 일 —— 좌우 교대 서법 —— 이 우리를 영원히 헤어지게 만들었을지도 모른다. 서로 열중하고 있는 이미지를 자아가 차츰 좀먹어 갔을 테니까 말이다.

"그동안……." 네심이 공허하면서도 완전히 절제된, 부드러운 목소리로 말했다. 누군가를 진심으로 사랑하고, 그 사랑을 돌려받지 못하는 데서 나오는 그런 목소리였다. "그동안 나는 불안정한 흥분 상태로 살고 있었어. 내가 미처 깨닫지 못하고 있던 본성에 따라 행동한다는 것을 알아차린 것 외에는 위안이 되는 것이 없었어. 그렇게 완전히 무너져 내린 자신감은 두 번 다시 자신감을 되찾을 수 없을 것 같은 깊은 절망감으로 이어졌다네. 이 싸움을 위해 나는 운동선수들이 하는 것처럼 막연하게나마 펜싱 수업을 받기 시작했고, 자동 권총 사용법을 배우는 것으로 그 준비를 하고 있지. 포드 베이 박사에게서 빌린 독물학 입문서에서 독의 구조와 효과에 대해서도 연구했다네."(이 말은 내가 만들어낸 것이다.)

네심은 감정을 숨기기 시작했고, 그 감정에 대한 분석을 인정하려 하지 않았다. 그런 극도의 흥분 상태가 끝나자, 그는 생전 처음으로 엄청난 외로움의 무게와 밖으로는 표출할 수 없는 마음의 내적 고통이 뒤따랐다. 누군가에게 설명할 수도, 어떤 대처도 할 수 없는 고통이었다. 이제 네심은 끊임없이 어린 시절에 대해 생각하기 시작했다. 부유함에 둘러싸여 있던 시절이었다. 그의 어머니의 저택은 아부키르에 위치한 야자수와 포인세티아가 울창하게 드리워진 곳이었다. 오래된 요새의 포대 사이로 끌어올린 물이 흘러내렸다. 그의 어린 시절을 한 가지로 요약해서 편집한다면 그런 시각적인 추억에서 시작된다. 네심은 이전에는 경험하지 못했던 두려움과 명확함으로 그 추억들을 부여잡았다. 그러는 동안 내내 그의 내면에는 질외 사정처럼 불완전한 행동을 저지르게 만드는 신경질적인 우울증의 이면에 제멋대로이고 통제할 수 없는 흥분의 씨앗이 숨어 있었다. 그것은 마치 네심이 부추기기라도 한 것처럼 점점 더 가까이 다가오고 있었다……. 그걸 대체 뭐라고 해야 할까? 그는 말할 수 없었다. 하지만 광기에 대한 해묵은 공포가 스며들기 시작했고, 점차 네심은 그 생각에 사로잡혀 갔다. 그리고 결국 그것은 네심의 신체적인 균형까지 무너뜨렸고, 때때로 고통스러운 현기증을 불러일으켰다. 현기증이 날 때면 네심은 장님처럼 손으로 주위를 더듬으며 의자든 소파든 그 자리에 주저앉아야 할 정도였다. 그는 자리에 앉아 가볍게 숨을 헐떡이거나 이마에 땀이 고이는 것을 느끼곤 했다. 하지만 무심코 지나치는 사람들에게 자신의 내적 갈등을 보이지 않았다는 점에서 네심은 안도했다. 이제는 그 역시 부지불식간에 반복적으로 튀어나오는 큰 소리를 자신이 의식적으로 듣지 않으려 했다는 것을 깨달았다. "잘했어. 그래서 너는 신경쇠약증에 걸린 거야!" 저스틴은 네심의 자아 중 하나가 그 자신에게 말하는 소리를 들었다. 그런 뒤 네심은 멋진 야회복을 차려입고, 별빛이 찬란히 빛나는 밖으로 나가 차에 오르면서 셀림에게 말했다. "아무래도 저 유대인 여우가 내 인생을 잡아먹은 것 같다는 생각이 드는군."

때때로 그는 자신의 병세에 놀랐지만, 도움을 청하기는 싫었기에 다른 사람들과 접촉하는 일을 중단해야 했다. 의사는 인산이 든 강장제를 처방해 주고, 네심이 따를 수 없는 섭생을 권했다. 머리를 원형으로 삭발한 카르멜회[9]의 행렬이 네비 다니엘가를 횡단할 때 그는 폴 수사와 소원했던 우정을 다시 나누게 되었다. 폴 수사는 마음 깊은 곳에서 행복을 누리고 있는 것처럼 보였고, 칼집에 들어 있는 면도칼처럼 종교의 품에 딱 맞추어 안겨 있었다. 하지만 지금 당장은 행운과 행복이 가득 담긴, 무례함이라고는 상상할 수조차 없는 이런 식의 위로의 말은 그를 메스껍게 만들 뿐이었다.

어느 날 밤, 네심은 침대 옆에서 무릎을 꿇었다. 열두 살 이후로 처음이었다. 그리고 조심스럽게 자신을 위해 기도하기 시작했다. 그는 그 자리에서 오랜 시간 정신적인 주문에 얽매여 말문이 막힌 채 가만히 있었다. 마음속에서 어떤 말도, 어떤 생각도 떠오르지 않았다. 네심은 심한 정신적 타격을 입은 것처럼 지독한 억압으로 가득 차 있었다. 그는 더 이상 견딜 수 없을 때까지, 숨이 막히는 것 같은 기분이 들 때까지 그렇게 계속 무릎을 꿇고 있었다. 그런 다음 침대로 뛰어올라 이불을 머리끝까지 뒤집어쓰고, 두서없는 맹세와 무의식적인 탄원을 중얼거렸다. 네심은 그런 생각들이 자신의 일부분에서 나오고 있다는 것을 인식하지 못하고 있었다.

그런 투쟁의 흔적은 외관상으로는 어디에도 보이지 않았다. 네심의 이면이 그런 흥분 상태였음에도 그는 여전히 건조하고 조심스럽게 이야기했다. 그의 주치의는 네심의 탁월한 반사 작용과 알부민이 과다하게 검출되던 소변이 정상으로 돌아온 것에 대해 듣기 좋은 말을 늘어놓았다. 가끔씩 있는 두통은 간질로 인한 가벼운 발작 때문이거나 유한계급들이 흔히 걸리는 다른 질병 때문인 것으로 밝혀졌다.

네심은 스스로 자신의 의식이 통제할 수 있는 정도의 고통에 대해서는 준비하고 있었다. 그에게 가장 끔찍한 것은 완전한 외로움을 느끼는 것이었다. 네심은 현실적으로 그런 이야기를 친구들이나 의사에게 할 수 없다는 것을 분명히 깨닫고 있었다. 그들은 모두 이 같은 예외적인 행동을 오직 병의 증상으로만 여길 것이기 때문이다.

네심은 다시 그림에 열중하려고 노력했다. 하지만 아무 소용없었다. 넘치는 자의식이 독약처럼 그림을 먹어버리는 것 같았고, 그를 나태하게 만들었다. 그래서 결국 그만둘 수밖에 없었다. 심지어 보이지 않는 손이 계속 소매를 잡아끌기라도 하듯 붓을 마음대로 다루기 힘들었고 방해를 받았다. 뭔가가 계속 귓가에서 속닥거리며, 모든 자유와 행동의 유동성을 가로막았다.

네심은 그렇게 위험한 상황에 빠졌다고 느끼면서도 여름 궁전을 완성하기 위해 다시 한 번 균형과 안정을 되찾으려는 헛된 노력을 시도했다. 농담처럼 부르는 여름 궁전이란 사실 아부시르에 아랍식 오두막과 마구간을 몇 채 지어놓은 것이다. 오래전, 네심은 한적한 해안선을 따라 뱅가지로 가는 도중에 움푹 파인 사막 같은 곳에 다다랐다. 바다에서 1.6킬로미터도 채 떨어져 있지 않은 사막이었다. 그곳에는 갑자기 두꺼운 모래를 뚫고 솟아오른 신선한 샘물이 목적지인 황량한 해변으로 흘러가다 사구에 가로막힌 곳이 있었다. 그 자리에 베두인들이 야자수와 무화과나무를 심었다. 베두인들은 진심으로 사막을 사랑하지만 마음 한구석 부지불식간에는 녹지에 대한 갈망이 있었던 것이다. 그들은 야자수와 무화과나무가 뿌리를 깊숙이, 단단히 내릴 수 있도록 깨끗한 물이 지나가는 곳에 사암을 괴어놓았다. 어린 나무 그늘 아래에서 말들이 쉬는 동안, 네심의 시선은 저 멀리 경이로운 모습의 오래된 아랍 요새에 머물렀다. 그리고 밤낮으로 파도가 몰아치는 텅 빈 해변과 길게 이어진 새하얀 절벽을 보았다. 사구가 아름답고 기다란 계곡 여기저기에 포개져 있었다. 그는 이미 사람이 그 야자수와 초록빛 무화과나무 속에 어울리는 모습을 상상하고 있었다. 근처에는 항상 샘물이 흐르고 있고, 머리에 달라붙은 젖은 천처럼 깊은 나무 그늘이 드리워진 그런 광경을. 네심은 일 년 동안 그곳을 개발할 꿈을 꾸었다. 기후를 다각적으로 연구하기 위해 여러 번 그곳으로 달려갔고, 결국 그 지형을 완전히 익혔다. 네심은 그곳에 대해 아무에게도 말하지 않았다. 하지만 마음속으로는 저스틴을 위한 여름용 별장을 지을 계획을 세우고 있었다. 그녀는 이 축소판 오아시스에 순수 아랍 혈

통인 말 세 마리를 위한 마구간도 가질 수 있을 것이다. 그리고 일 년 중 가장 무더운 때면 기분 전환으로 이곳에 와서 수영을 하거나 말을 탈 수 있을 것이다.

그는 샘을 파고 수로를 만든 다음, 대리석 분수 안으로 물을 끌어들였다. 그 대리석 분수는 작은 안뜰의 중앙을 장식하고 있었다. 집과 마구간이 있는 주위 바닥은 결이 거친 사암으로 포장했다. 식물은 물을 주어 한층 푸르게 자랐다. 갈퀴처럼 추상적인 모양의 선인장과 숱이 많은, 풍성한 옥수수가 그림자를 드리우고 있었다. 때맞춰 페르시아에서 건너온 보기 드문 망명자 같은 멜론밭도 완성됐다. 아랍식으로 만든 수수한 마구간 한 채는 겨울철 바닷바람에 맞서 방향을 돌려 지었다. L자 모양의 본관에는 여러 개의 저장실과 작은 방을 만들었다. 창살이 박힌 창에는 검은 철제 덧문을 달았다.

작은 침실 두세 개는 중세 수사들의 독방보다 크지 않았다. 중앙 거실은 천장이 낮으면서도 쾌적한 크기의 직사각형 공간이었다. 그건 응접실과 식당 역시 마찬가지였다. 맨 끝에는 거대한 하얀 난로가 있었는데, 상인방을 아랍 자기로 디자인해 달라고 한 것이었다. 반대편 끝에는 수도원 휴게실을 연상시키는 돌로 만든 테이블과 긴 의자가 놓여 있었다. 사막의 수사들에게 어울릴 만한 곳이었다. 화려한 페르시아 양탄자와, 갈고리 모양의 손잡이 위에 금박을 입힌 장식물이 달려 있고 측면에 세련된 가죽을 덧댄 커다란 목조 장롱은 그 소박한 방에는 어울리지 않았다. 전체적으로 단순하지만 품위 있는 최고급 자재를 사용했다. 창살이 박힌 창문 틈새로 해변과 사막의 멋진 풍광이 보였다. 수수한 백색 도료를 바른 벽에는 사냥이나 명상에 관한 오래된 기념물, 예컨대 아랍의 창기나 불교의 만다라, 이국에서 구한 투창,

산토끼를 사냥할 때 쓰는 큰 활, 요트 삼각대와 같은 것들이 걸려 있었다. 그곳에는 아이보리 표지에 녹슨 금속 걸쇠가 달린 오래된 코란을 제외하면 책은 단 한 권도 없었다. 하지만 창문턱에 카드는 몇 벌 놓여 있었다. 재미 삼아 점을 볼 수 있는 타로 카드를 포함해 해피 패밀리 한 세트가 있었다. 역시 한쪽 구석에 놓여 있는 낡은 사모바르[10]는 차 마시기에 열심인 두 사람에게 안성맞춤인 물건이었다.

여름 별장을 짓는 일은 천천히, 꾸물거리며 진행되었다. 하지만 결국 그 비밀을 더 이상 지킬 수 없게 되자 네심은 저스틴을 이곳으로 데려왔다. 그녀는 우아하게 장식된 집 안의 구석구석을 돌아보면서 눈물을 참지 못했다. 모래사장 위로 밀려오는 에메랄드빛 바다가 보이다가 순간 사구의 소용돌이 모양이 동쪽 하늘로 이동하는 모습이 보이기도 했다. 그때 그녀는 승마복을 입은 채 갑자기 가시철망이 달린 난로 앞에 털썩 주저앉아 바다의 부드럽고 또렷한 고동 소리를 듣기 시작했다. 정원 너머 새로 지은 마구간으로 들어간 말들의 기침 소리와 발 구르는 소리가 긴 해변의 파도 소리와 뒤섞였다. 늦가을의 어둠이 내려앉자, 반딧불이가 띄엄띄엄 나타나기 시작했다. 두 사람은 기쁨으로 가득 찼고, 벌써부터 그들의 오아시스가 지금까지와 다른 생활을 만들어줄 거라고 생각했다.

시작은 네심이 했지만 완성은 저스틴이 했다. 야자수 아래 작은 테라스는 동쪽으로 넓게 확장시켰고, 계속 밀려오는 유사(流砂)를 막아줄 담을 세웠다. 겨울바람이 지나가고 난 뒤, 모래가 15센티미터나 쌓여 있는 정원에 돌을 깔았다. 노간주나무 방풍림 덕에 잎사귀들이 쌓여 칙칙한 구릿빛 부식토가 생겼다. 처음에는 관목에 영양을 주더니, 나중에는 다른 나무들도 잘 자라게 됐다.

저스틴 역시 남편의 사려 깊음에 보답하기 위해 특별히 주의를 기울였다. 당시 네심이 열정을 쏟고 있던 천문대를 만들어 보답하기로 한 것이다. 그녀는 L자 모양으로 된 건물의 한쪽 구석에 30배율의 망원경을 설치한 작은 관측실을 만들었다. 겨울이면 네심은 낡은 녹색 아바[11]를 입고, 매일 밤 그곳에 앉아 진지하게 베텔게우스[12]를 관측하거나, 중세 시대 예언자인 양 이 세상에 관해 예언한 책들을 들척이곤 했다. 그곳에서는 두 사람의 친구들도 달을 쳐다보거나, 망원경 몸체의 각도를 바꾸어 진줏빛 대기의 흐릿함 속에 도시를 내려다보곤 했다.

이 여름 별장에는 당연히 관리인을 둘 필요가 있었다. 그렇기에 파나요티스가 이곳에 도착한 뒤 마구간 옆에 있는 작은 방에 짐을 풀었을 때도 그들은 전혀 놀라지 않았다. 스페이드 모양의 수염에 날카로운 눈빛을 가진 그 노인은 이십 년 동안 다만후르에서 중학교 선생으로 있었다. 그는 성직에 들어가 시나이에 있는 세인트 캐서린 수녀원에서 아홉 해 동안 지냈다. 그를 이 오아시스로 오게 한 것이 무엇인지는 설명할 수 없다. 왜냐하면 노인은 파란만장과는 거리가 먼 것처럼 보이는 인생의 어느 순간에 혀가 잘려버렸기 때문이다. 그가 그 질문에 손짓으로 대답한 바에 따르면 서쪽에 위치한 메나스 성인의 작은 성소까지 도보로 성지순례를 가는 중에 이 오아시스를 발견했다는 듯했다. 어쨌든 그렇게 돼서 뜻밖에 그 노인을 고용하기로 결정했다. 그는 그 일에 완벽하게 어울렸다. 그리고 얼마 안 되는 보수를 받으면서 일 년 내내 이 집을 지키는 관리인이자 정원사로 일했다. 노인은 체격은 작았지만 건장했고, 거미처럼 민첩하게 움직였다. 또 부러울 정도로 식물을 보살피는 일에 열심이었다. 그는 멜론

밭을 잘 일구었고, 마침내 그 덩굴이 중앙 현관문의 상인방을 따라 기어오르기 시작했다. 노인의 웃음소리는 분명하지 않았고, 수줍은 듯 성직에 있을 때 입었던 낡은 수사용 평상복의 찢어진 소매로 얼굴을 가리곤 했다. 비록 장애가 있었지만 그의 안에 내재되어 있는 수다스러운 그리스어는 사소한 질문이나 의견에도 반짝거리는 눈빛이 출렁이며 흘러나오곤 했다. 누군가 묻는다면 그는 아마 인생에서 바다 옆의 이 오아시스 이상으로 바랄 것이 무엇이 있겠는가,라고 대답할 것이다.

이제 무엇이 더 필요할까? 네심은 자기 자신에게 그 질문을 반복하며 매처럼 미동 없이 운전하는 셀림과 함께 차를 사막으로 돌렸다. 아랍 요새에서 얼마 떨어지지 않은 해안과 오아시스로 이어지는 길에서 방향을 돌려, 타맥 포장도로를 벗어나면 딱딱하게 굳은 사구들이 보인다. 마치 깨진 달걀흰자처럼 반들거리는 운모가 드러나 있다. 흔들리는 자동차 바퀴는 여기저기에서 사구에 빠질 위험이 있다. 그곳을 지나면 언제나처럼 전체 벼랑의 등뼈 모양으로 부서지기 쉬운 사암 지역이 보인다. 그러면 순풍을 맞은 소형 범선으로 여행하듯 파도를 하얗게 가르며 나가는 것처럼 기분이 상쾌해진다.

얼마 전부터 네심의 마음속에는 늙은 파나요티스의 헌신에 답례하기 위해 그 노인이 이해할 수 있고 기꺼이 받아들일 수 있는 보답을 해야겠다는 생각이 있었다. 그 생각은 처음에 퍼스워든이 제안했다. 그래서 집 안에 성 아르세니우스의 작은 예배당을 만들고, 노인이 반들거리는 가방에 넣어 가지고 다니는, 알렉산드리아의 대주교에게서 받았다는 특면장을 그곳에 바쳐도 좋다고 허락해 주었다. 언제나 그렇듯 그 성인을 고르게 된 건 우연이었다. 클레어가 뛰어난 안목으로 카이로 무스키 노점의 여러 잡동사니 물건 사이에 있던 18세기에 만들어진 그 성인의 성상을 발견했다. 그녀는 그 성상을 저스틴에게 생일 선물로 주었다.

  보물의 포장을 풀자 노인의 눈은 쉴 새 없이 돌아가기 시작했다. 노인이 자신은 아라비아어를 모르고, 네심은 그리스어를 모른다는 것을 이해하기까지는 다소 시간이 걸렸다. 하지만 마침내 모든 것을 알아들은 노인은 양손으로 그 특면장을 움켜잡고, 미소를 지으며 턱까지 들어 올렸다. 파나요티스는 자신을 괴롭히는 감정을 전부 무너뜨린 것처럼 보였다. 모든 것을 이해할 수 있었다. 이제 그는 네심이 끝에 있는 텅 빈 마구간에서 생각에 잠긴다거나, 종이에 그림을 그리며 시간을 보내는 이유를 알았다. 노인은 다정하게 악수를 하며, 분명하지 않은 웃음소리를 내곤 했다. 네심은 마음속으로 파나요티스에게 심술궂은 질투를 느꼈다. 노인은 그 친절에 진심으로 즐거워하고 있었다. 네심은 생각이라는 깊은 암실의 내부에서 노인을 물끄러미 응시했다. 이 노인에게서는 행복과 마음의 평화를 안겨다 주는 깜짝 놀랄 만한 성실함을 발견할 수 있었다.

  적어도 여기서 네심은 자신의 손으로 무언가를 만들면 잡념을 털어내고 안정감을 가질 수 있을 거라고 생각했다. 그는 존경이 담긴 부러운 마음으로 그 그리스 노인의 딱딱하고 늙은 손을 바라보았다. 그 손이 네심을 위해 일했던 시간을 생각하며, 그 손이 그를 구했다고 생각하게 되었다. 네심은 노인의 손에서 오랜 세월 사고를 가두고, 생각을 무기력하게 만드는 건강한 노동을 읽을 수 있었다. 그렇지만…… 누가 말할 수 있겠는가? 교직에 머물렀던 오랜 시간, 수사로 지낸 세월들. 이제 고독한 긴 겨울이 오면 이 오아시스는 고립될 것이다. 오직 바다의 울림과 철썩 내리치는 야자수 잎만이 그 생각들과 함께할 것이다……. 그는 언제나 정신적인 위기가 있는 법이라고 생각했다. 마치 나무 절구에 시멘트와 마른 모래를 넣어 끈질기게 섞을 때처럼.

하지만 이곳에서조차 네심은 저스틴을 혼자 남겨 둘 수가 없었다. 그녀가 사랑하는 남자를 찾을지도 모른다는 미칠 듯한 가책 섞인 근심 때문이었다. 그러면서도 오아시스가 있는 이 여름 별장에 저스틴과 그녀가 데려온 아랍 말 세 마리를 받아들였다. 익숙한 불안감, 불쾌함, 경계심. 그때 나는 그녀의 부재로 인한 끔찍한 마음의 고통을 몰아내며 남몰래 그녀에게 전갈을 보냈다. 도시로 어서 돌아오거나 네심이 나를 여름 궁전에 초대하도록 설득해 달라는 내용이었다. 셀림이 제때 차를 몰고 나타났다. 모욕의 기미는 조금도 느껴지지 않는 따뜻한 침묵 속에서 그는 나를 태워주었다.

네심의 입장에서 나를 기꺼이 받아들이기로 한 건 우리의 애정을 감시하기 위해서였을 것이다. 사실 그는 우리가 가까운 곳에서 만나는 것을 반기고 있었다. 우리를 자신의 수하들의 보고서에 나오는 허구적인 사실에서 분리해 직접 우리의 관계를 판단하기 위해서였다……. 뭐라고 말해야 할까? '사랑에 빠진다?' 내 애인에게는 사랑이란 말의 의미는 없다. 그런 부분이 고대 여신과 비슷한 점이고, 그런 여신의 속성은 저스틴이 살아가면서 계속 늘어만 갔다. 그녀는 누군가를 사랑하거나 사랑하지 않을 마음 자체가 없다. 그 반면 '소유욕'은 지나치게 강하다. 우리는 브론테 자매의 풍자화에 나오는 인간이 아니다. 하지만 영어로 '정열적인 사랑'이라는 단어의 뜻을 구별해서 표현하기는 힘들다.(현대 그리스어도 마찬가지지만.)

그 모든 것과 별도로 네심이 무슨 생각을 하고 있고, 어떤 방향으로 생각하는지 알지 못했던 나는 그의 내면에 존재하고 있는 두려움을 해결할 방법을 알지 못했다. 그래서 나는 네심에게 저스틴은 그저 아르나우티의 책에 나오는 것과 똑같은 집착 때문에 나와 같이 있는 것이라고 말했다. 그녀는 지금 한창 의욕이 넘쳐 나고 있었다. 자체적으로 은근히 생겨난 그 의욕은 틀림없이 램프처럼 곧 소멸되거나 꺼져버릴 것이다. 내 마음 한 귀퉁이에서는 그 사실을 알고 있었다. 그뿐 아니라 우리 두 사람의 관계에서 진정한 결점을 간파하고 있었다. 근본적으로 의욕이 있고 없고의 문제가 아니다. 그녀의 삶은 너무나 마법 같았다. 사실 저스틴은 재치와 마법이 가득한 애인이라 내가 과연 그녀를 사랑하고 그 사랑에 만족하는 것인지도 의심스럽다.

그와 동시에 나는 멜리사가 내 옆을 떠나 자주적인 삶을 살고 있다는 사실을 알았다. 그리고 내가 평온하지만 확실히 멜리사에게 속해 있었음에도 그녀가 돌아오기를 바라지 않는다는 사실을 깨닫고 깜짝 놀랐다. 그녀가 내게 보낸 편지는 조금의 자기 연민이나 책망의 기미 없이 온통 즐거움으로 가득 차 있었다. 나는 멜리사가 자신감을 가지고 이 편지를 썼다는 것을 알 수 있었다. 그녀는 자기가 머물고 있는 작은 요양소에 대해 유머를 담아 재치 있게 묘사하고 있었다. 마치 자신이 그곳에서 휴가를 보내고 있기라도 한 것처럼 의사와 다른 환자 들에 대해 이야기했다. 편지에서 그녀는 많이 성숙한 것처럼 보였고, 다른 여자가 된 것 같았다. 난 가능한 답장을 잘 써서 보내려고 했지만, 내 생활을 좌지우지하고 있는 무기력한 혼란스러움을 위장하기는 어려웠다. 그와 마찬가지로 내가 저스틴에게 가지고 있는 집착을 언급하는 것도 불가능한 일이었다. 저스틴과 나는 꽃이나 책, 아이디어가 넘쳐 나는 또 다른 세상에 있었고, 멜리사에게 그 세상은 낯설기만 했다. 감정이 부족해서가 아니라 상황이 멜리사에게로 향한 문을 닫아버린 것이다. "가난뱅이는 사람들이 멀리하고, 부자는 사람들을 멀리하지." 저스틴은 이렇게 말했다. 하지만 그녀는 빈곤한 세상과 풍족한 세상이라는 양쪽 세상 모두로 들어갈 수 있었고, 결과적으로 자연스럽고 자유롭게 살 수 있었다.

하지만 적어도 이곳 오아시스는 도시 생활에서 벗어난 사람들에게 행복하다는 착각을 가져다주었다. 우리는 일찍 일어났고, 대낮의 열기가 시작될 때까지 예배당에서 일했다. 네심이 서류를 보기 위해 작은 관측실로 물러나면, 저스틴과 나는 깃털 같은 사구에서 바다로 내려가 수영을 하거나 이야기를 나누며 두 사람만의 시간을 보냈다. 오아시스에서 1.6킬로미터도 떨어지지 않은 바다에서 둥그스름하고 결이 굵은 모래들이 밀려왔다. 얕은 바닷속에는 산호초가 형성되어 있었고, 그 옆의 사구는 볼록한 부분의 가운데 곡선이 푹 꺼져 있었다. 수영복을 갈아입거나 수영하다가 햇빛을 피할 수 있게 잎사귀로 지붕을 올린 갈대 오두막도 있었다. 우리는 낮 시간 대부분을 여기서 함께 보냈다. 내가 기억하기로는 퍼스위든이 죽었다는 소식이 막 전해졌을 때, 우리는 그에 대한 친근함과 경외심이 섞인 토론을 나누고 있었다. 처음으로 우리가 한 개인의 성격 속에 숨어 있는 진짜 본성에 대해 진지한 평가를 내리려는 것처럼. 마치 퍼스위든이 죽어서 이승에서 지니고 있던 성격을 버리고, 그가 쓴 작품처럼 과장된 일면을 가지게 된 것 같았다. 사라져가는 그 남자의 추억을 되살리기 위해 우리는 그를 시야에 떠올렸다. 죽음은 진부함, 찬란함, 무력함과 함께 종종 우리와 맞서던 지겨운 한 남자에 대한 새로운 비평적 관계와 정신적 위치를 제공한다. 퍼스위든은 이제 일화라는 비뚤어진 거울이나 추억이라는 먼지투성이 스펙트럼을 통해서만 볼 수 있다. 나중에 나는 사람들이 퍼스위든의 키가 컸는지, 콧수염을 길렀는지 묻는 소리를 들었다. 그런 단순한 기억들은 다시 떠오르지도, 확실하지도 않다. 그를 잘 알던 누군가는 퍼스워든의 눈이 초록색이었다고 말하고, 다른 이들은 갈색이었다고 말한다……. 한 사람의 이미지가 이렇게 빨리 자신이 만든 신화적 이미지에 겹쳐진다는 것은 정말 놀라운 일이다. 퍼스워든은 『신은 유머 작가다』라는 3부작에서 직접 이런 신화적인 이미지를 만들었다.

눈부신 햇살 속에서 우리는 기억이 사라져 신화로 바뀌기 전에 그 추억을 사로잡아 고정하고 싶어 하는 사람처럼 그에 대해 이야기했다. 우리는 퍼스워든에 대해 이야기했다. 마치 비밀 요원들이 꾸며낸 이야기를 암송하는 것처럼 확인하고, 부인하고, 비교해 가면서. 인류는 믿을 수 없는 존재이고, 우리 역시 그 안에 속해 있으며, 그 신화 역시 세상에 속해 있기 때문이다. 이제야 나는 어느 날 밤, 같이 멜리사의 춤을 보며 퍼스워든이 저스틴에게 한 말을 알게 되었다. "만일 가능성이 조금이라도 있다면, 난 저 여자에게 내일 결혼하자고 청혼할 거요. 하지만 저 여자는 너무 무지한 데다 가난과 불운으로 마음마저 삐뚤어져 있으니, 아무것도 믿지 못해 거절할 것이 분명해요."

한편 그런 우리 뒤에서 네심은 한 걸음씩 자신의 두려움을 따라가고 있었다. 어느 날 나는 수영장 모래사장에 막대기로 '조심하라.($Προσοχή$)'라고 쓰여 있는 것을 발견했다. 그 그리스어는 파나요티스가 썼을 수도 있지만 셀림 역시 그리스어를 잘했다.

그로부터 얼마 지나지 않아 내가 이보다 더 큰 경고를 받게 된건 순전히 우연이었다. 멜리사에게 편지를 쓰기 위해 종이를 찾던 나는 우연히 네심의 관측실에 들어서게 되었다. 그리고 종이를 찾으려고 책상 서랍 속을 뒤지고 있었다. 그때 난 망원경의 몸체가 아래쪽으로 내려가 있는 것을 알아차렸다. 망원경은 하늘을 향하지 않고, 사구를 지나 자욱한 안개 속에 잠들어 있는 도시의 진줏빛 대기를 향하고 있었다. 사실 그건 그리 이상한 일이 아니었다. 도시의 높은 첨탑을 보기 위해 재미 삼아 렌즈의 방향을 이리저리 돌리기도 했으니까. 난 삼각 의자에 앉아 접안경을 들여다보았다. 렌즈가 희미하게 떨리면서 풍광의 영상이 하나로 모이기 시작했다. 단단한 돌로 만든 바닥 위에 삼각대로 고정되어 있었음에도, 렌즈의 고배율과 무더위로 인한 연무 때문에 깃털처럼 가볍게 떨리던 영상은 천천히 불규칙적으로 숨을 고르며 풍광을 드러내기 시작했다. 나는 그 영상을 보고 깜짝 놀랐다. 아직 초점이 정확하게 맞춰지지 않아 이리저리 흔들리며 날뛰는 영상이었지만, 눈앞에 보이는 건 불과 한 시간 전에, 저스틴과 내가 서로 끌어안고 누워 퍼스워든에 대한 이야기를 나누었던 작은 갈대 오두막이었다. 사구 위에 노랗게 반짝거리는 것은 내가 가지고 오는 것을 잊어버린 포켓판 『리어 왕』의 표지에서 비치는 것이었다. 이제 망원경을 통해 보이는 영상은 더 이상 떨리지 않았다. 난 책 표지 위에 박힌 제목까지 똑똑히 알아볼 수 있었다. 난 한참 동안 숨도 쉬지 못한 채 그 영상을 응시했다. 그리고 두려워졌다. 갑자기 아무도 없다고 믿은 이 방의 어두운 구석에서 누군가 손을 내밀어 어깨 위에 올려놓을 것 같은 느낌이 들었다. 난 그 관측실에서 편지지와 연필을 가지고 조심스럽게 발끝으로 걸어 나왔다. 그리고 바다가 보이는 안락의자에 앉아 멜리사에게 뭐라고 쓸지 궁리하기 시작했다.

* * *

가을이 되자, 우리는 겨울을 맞이하기 위해 별장을 떠나 도시로 돌아왔다. 그렇지만 아무것도 결정된 것은 없었다. 위기감조차 사라진 상태였다. 이처럼 우리는 앞으로 무슨 일이 벌어질 거라는 구체적인 생각 없이 그저 막연히 일상생활 속에 파묻혀 있었다. 나는 스코비가 마련해 준 새 직장에 나가기 시작했다. 체스를 두는 사이사이 발타자르가 가르쳐준 좌우 교대 서법을 이제 어쩔 수 없이 내가 직접 서투른 솜씨로 해석해야 했다. 난 이 문제에 대한 양심의 가책을 가라앉히기 위해 제일 먼저 스코비의 사무실에 진실을 전하려고 노력했다. 카발은 신비주의 철학에 헌신하는, 아무런 해도 끼치지 않는 모임이며, 스파이와는 전혀 관계가 없는 활동을 하고 있다고 말이다. 실제로 난 그들이 만들어낸 것이 분명한 그 이야기는 믿을 수 없지만, 암호는 풀어보겠다고 간단히 대답했다. 카발에 대한 자세한 보고서를 제출하라고 하면, 적당히 발타자르의 아몬[13]과 헤르메스 트리스메기스투스에 대한 강연을 타자로 쳤다. 확실히 짜증 나는 일이긴 했지만, 1600킬로미터 떨어진 축축한 지하실에서 쓰레기 같은 보고서들을 처리하고 있을, 지칠 대로 지친 공무원들을 떠올리며 일했다. 하지만 난 보수를 받았고, 사실 보수는 꽤 괜찮았다. 처음으로 멜리사에게 조금이나마 돈을 보낼 수 있었고, 저스틴에게 빌린 돈도 약간씩 갚을 수 있었다.

그리고 스파이들의 비밀 정보망에서 내가 아는 사람들의 이름을 발견하는 건 흥미로운 일이기도 했다. 이를테면 므넴지안도 그중 하나였다. 그의 가게가 도시에 관한 일반적인 정보가 교환되는 장소였기에 적임자로 선발된 것이었다. 므넴지안은 엄청난 주의를 기울이며 신중하게 자신이 맡은 일을 해냈으며, 내 면도를 공짜로 해주겠다고 고집을 부렸다. 한참 뒤에 므넴지안이 그동안 모은 정보의 요약본을 꾸준히 세 부씩 복사해서 여러 다른 정보기관에 팔았다는 사실을 알았을 때는 낙심하기도 했다.

이 일의 또 다른 재미는 친구 중 누군가의 집을 불시에 단속할 수 있는 힘을 가진다는 것이다. 퐁발의 아파트를 급습했을 때는 정말 즐거웠다. 그 불쌍한 친구는 저녁 때 공무 관련 서류를 집에 가지고 와서 일하는 안 좋은 습관이 있었다. 스코비는 우리가 압수한 서류 중에서 시리아에 주재하는 프랑스의 영향력 있는 인사들의 상세한 비망록과 시내에 있는 프랑스 비밀 요원의 명단을 발견하고 기뻐했다. 난 그 명단 중에 늙은 모피상인 코헨의 이름이 있다는 것도 발견했다.

퐁발은 그 급습으로 심한 충격을 받았으며, 그 뒤로 거의 한 달 가까이 외출할 때마다 어깨 너머로 뒤를 돌아보며 뒤따라오는 사람이 없는지 확인했다. 게다가 애꾸눈 하미드가 자기 음식에 독을 넣을지도 모른다는 망상으로까지 발전해 집에서 만든 음식을 먹을 때면 내가 먼저 맛을 봐야 했다. 퐁발은 여전히 훈장받을 생각을 하며 전근을 기다리고 있었고, 이번에 서류를 압수당한 일로 이중의 불이익을 당하게 될까 봐 두려워하고 있었다. 하지만 우리는 친절하게도 그에게 서류 표지를 모두 남겨 놓아, 그가 '지시에 따라' 그 서류들을 소각했다고 상부에 보고할 수 있게 해주었다.

퐁발이 주의 깊게 등급을 매겨 개최한 파티는 작은 성과도 거두지 못했다. 이따금씩 매음굴 같은 별 볼 일 없는 곳에서 온 손님들이나 예술 분야의 사람들을 소개받곤 했다. 하지만 파티를 위한 비용은 심하게 많이 들었고, 파티는 고통스러울 정도로 지루했다. 언젠가 퐁발이 내게 비참한 목소리로 그 파티의 기원에 대해 설명한 것을 기억한다. "칵테일파티란 그 이름 자체가 가리키듯, 원래 개들이 만든 거라네. 밑바닥에서 코를 킁킁거리는 짓을 의식으로 공식화한 것이지." 말할 것도 없이 그는 그 파티들을 견뎌냈고, 그 보답으로 총영사의 총애를 얻었다. 퐁발은 그를 혐오하고 있었음에도 여전히 유치한 두려움을 가지고 있었다. 심지어 퐁발은 수많은 우스꽝스러운 탄원으로 저스틴을 설득해서, 십자 훈장을 얻기 위한 그 파티 중 한 곳에 참석하게 만들었다. 그 일로 우리는 포드르와, 알렉산드리아 외교관이라는 작은 사회에 대해 알 수 있는 기회를 얻었다. 대부분의 사람들은 에어브러시를 뿌린 듯한 인상을 주었다. 내가 보기에 그들의 공식적인 모습은 너무 흐릿하고, 산만했다.

포드르는 남자치고는 변덕스러웠다. 그는 만화가의 소재가 되기 위해 태어난 듯했다. 길고 창백한 검버섯이 가득한 얼굴은 언제나 눈부신 은발로 가려져 있었다. 그는 아첨하는 사람의 전형적인 모습을 보였다. 단순히 안면만 있는 사람들에 대한 과도한 근심과 우정에서 비롯된 그의 그릇된 처신은 불쾌할 정도로 거슬렸다. 난 내 친구가 만든 프랑스 외무부에 대한 격언과 예전에 퐁발이 자기 상사의 무덤에 놓을 거라면서 말해 준 비문을 이해할 수 있게 되었다.("그의 범용함이 그를 구원해 주리라.") 포드르의 인격은 피부에 금박을 입힌 것처럼 얄팍하기 그지없었다. 다만 외교관이라는 직업 덕에 다른 사람들보다 좀 더 손쉽게 익힌 교양이라는 것으로 겉치레를 하고 있을 뿐이었다.

그 파티는 완벽하게 진행되었다. 그 자리에서 네심이 늙은 외교관을 만찬에 초대하자, 그는 기뻐 어쩔 줄 모르는 기색을 숨기지 못했다. 네심이 주최하는 만찬에 왕도 자주 참석한다는 것은 잘 알려진 사실이었다. 포드르는 벌써부터 마음속으로 다음과 같이 시작하는 답례 편지를 쓰고 있었다. "지난주 왕과 함께한 만찬에서 나는 질문을 서로 주고받으며 대화를 나누었습니다……. 왕이 말하고…… 내가 대답하고…….” 그는 그 유명한, 공공연한 무아지경 상태에 빠지기 시작하자, 입술이 벌어지면서 눈에서 초점이 사라졌다. 그러다가 이내 깜짝 놀라 정신을 차리면 같이 대화를 나누던 사람에게 접대성 사과의 미소를 지어 보였다.

나는 작은 탱크 같은 이 아파트를 다시 찾은 것이 낯설게 느껴졌다. 내가 이곳에서 생활했던 것이 거의 이 년 전의 일이었다. 이곳에서, 바로 이 방에서 멜리사와 처음 만났던 일이 떠올랐다. 아파트는 퐁발이 최근 사귀고 있는 애인의 손에 의해 많이 변해 있었다. 그녀는 패널을 끼우고, 회백색으로 칠했다. 걸레받이는 밤색이었다. 옆이 찢어져 속이 비어져 나온 낡은 안락의자에는 붓꽃이 그려진 짙은 다마스크감으로 다시 천을 댔다. 또 낡은 소파 세 개는 완전히 사라졌다. 팔아버렸거나 내다 버린 것이 분명했다. 난 노시인의 시에서 이 인용구를 떠올렸다. “어딘가에서, 어딘가에서 이 가련한 낡은 것들은 여전히 떠돌고 있을 것이다.” 기억이란 얼마나 모진 것인가. 어찌나 지독하게도 철저히 일상생활을 시의 소재로 삼았는지.

퐁발의 적막한 침실은 어딘지 모르게 퇴폐적으로 변해 있었고, 새 핀처럼 깨끗했다. 오스카 와일드가 연극 1막의 무대로 사용할 수도 있을 것 같았다. 내 방이었던 곳은 다시 골방으로 되돌아가 있었지만, 철제 개수대가 달린 벽 옆의 침대는 여전히 그대로였다. 당연히 노란색 커튼은 없어지고, 대신 단조로운 하얀 천으로 바뀌어 있었다. 나는 낡은 침대의 녹슨 테두리에 손을 올렸다. 그러자 멜리사에 대한 추억이 가슴을 찔렀다. 그 작은 방의 어슴푸레한 빛 속에서 본 그녀의 솔직한 눈이 떠올랐다. 난 수치스러웠고, 정말 놀랍게도 슬픔을 느끼고 있었다. 그때 저스틴이 그 방으로 들어왔다. 난 방문을 닫아버리고, 그녀에게 키스하기 시작했다. 입술과 이마, 머리카락에 키스했다. 그리고 숨도 쉴 수 없을 정도로 꼭 끌어안았다. 저스틴은 내 눈에 고인 눈물에 놀랐을지도 모른다. 하지만 그녀는 곧장 내게 뜨거운 키스를 되돌려 주었다. 그건 우리에게 우정이 있었기에 가능한 행동이었다. 저스틴은 내게 중얼거렸다. "나도 알아, 알고 있어."

그런 다음 그녀는 내 품에서 부드럽게 빠져나가더니 나를 방 밖으로 이끌었다. 그리고 방문을 닫아버렸다. "네심에 대해 할 말이 있어." 저스틴이 낮은 목소리로 말했다. "내가 하는 말 잘 들어. 지난 수요일에, 그러니까 우리가 여름 궁전으로 떠나기 전날, 난 혼자 말을 타고 해변에 갔어. 해안선 위로 재갈매기 떼가 날고 있었지. 그때 갑자기 멀리서 울퉁불퉁한 사구를 넘으며 바다를 향해 자동차 한 대가 달려오는 모습을 봤어. 셀림이 모는 차였지. 뭘 하려는 건지는 알 수 없었어. 네심은 뒷좌석에 앉아 있었는데, 무언가에 열중하고 있는 모양이라고 생각했지. 그런데 그게 아니었어. 두 사람은 바다 바로 앞 모래사장까지 계속 달리더니, 해안을 따라 내 쪽으로 돌진해 오는 거야. 그때 난 해변이 아니라 바다에서 50미터가량 떨어진 분지에 있었거든. 두 사람은 나와 같은 방향으로 달렸어. 그때 갈매기들이 날아올랐고, 난 네심이 낡은 연발총을 들고 있는 것을 봤어. 그이는 총을 들어 올리더니, 갈매기 떼를 향해 총을 쏘기 시작했지. 총알이 다 떨어질 때까지 말이야. 서너 마리가 퍼덕거리며 바닷속으로 떨어졌어. 그래도 차는 멈추지 않았지. 두 사람은 눈 깜짝할 사이에 내 앞을 지나갔어. 아마 긴 해변에서 사암이 있는 곳까지 돌아가서 거기서 주도로로 돌아갔을 거야. 난 그 차가 지나가고, 삼십 분 후에 돌아갔어. 네심은 관측실에 있더군. 문은 잠겨 있었고, 그이는 바쁘다고 했어. 셀림에게 좀 전의 일을 물어보자, 그 사람은 어깨만 으쓱하며 네심이 있는 방을 가리키더군. '주인님의 지시였습니다.' 셀림은 그렇게만 말했어. 하지만 총을 들어 올렸을 때 네심의 얼굴을 당신이 봤다면……." 그리고 저스틴은 생각에 잠긴 채 자기도 모르게 긴 손가락을 들어 자기 뺨을 어루만졌다. 마치 자기 얼굴 표정을 바로잡으려는 것처럼. "그이는 미친 사람처럼 보였어."

다른 방에서는 독일 내의 상황과 국제 정세에 대한 대화가 점잖게 오가고 있었다. 네심은 포드르의 의자에 우아하게 자리 잡고 있었다. 풍발이 삼킨 하품은 애처롭게도 트림으로 되돌아 나왔다. 내 마음은 여전히 멜리사로 가득 차 있었다. 그날 오후 그녀에게 돈을 보냈으니, 새 옷을 사고 있을 거라는 생각이 들었다. 아니, 어쩌면 더 어처구니없는 곳에 돈을 쓰고 있을지도 모른다. 하지만 생각만으로도 마음이 훈훈했다. 풍발이 회개하는 낙타처럼 생긴 노부인에게 농담처럼 말하고 있었다. "돈이란 많이 있어야 하는 법입니다. 돈이 있는 사람만 더 많은 돈을 벌 수 있죠. 부인도 아시겠지만 아라비아 속담에 이런 말이 있답니다. '부는 부를 살 수 있지만, 가난은 나병 환자의 키스조차 사기 힘들다.'"

"그만 가야겠어." 저스틴이 말했다. 난 작별 인사를 하며 그녀의 따뜻한 검은색 눈동자를 쳐다보았다. 그 순간 내 마음속이 멜리사에 대한 생각으로 가득하다는 것을 저스틴이 알아차렸다는 것을 알 수 있었다. 그리고 그녀와 따뜻하고 연민이 담긴 악수를 나누었다.

나는 그날 밤 저스틴이 파티를 위해 옷을 차려입는 동안, 네심이 방으로 들어와 스페이드 모양의 거울 속에 비친 그녀에게 말을 걸었을 거라고 생각한다. "저스틴, 내가 미쳤다거나 조금이라도 그와 비슷한 상태라고 생각하지 않았으면 좋겠어. 발타자르는 당신에게 친구 이상의 존재인가?" 네심이 단호하게 물었다. 저스틴은 왼쪽 귓불에 매미 모양의 금귀고리를 걸고 있었다. 그녀는 그를 한참 쳐다본 후, 침착한 목소리로 대답했다.

"아니."

"고마워."

네심은 오랫동안 대담하게, 전체적으로 거울에 비친 자기 모습을 쳐다보았다. 그런 다음 다시 한숨을 내쉬며 정장 조끼 주머니에서 작은 앙크 모양의 금색 열쇠를 꺼냈다. "이 열쇠가 어디서 난 건지 모르겠어." 네심이 정말 부끄럽다는 듯이 말하면서, 그 열쇠를 저스틴에게 건네주었다. 그건 발타자르가 잃어버렸다고 걱정하던 작은 시계 열쇠였다. 그녀는 그 열쇠를 보고, 깜짝 놀라 남편을 올려다보았다.

"이 열쇠 어디서 찾았어?"

"커프스 버튼 상자 안에 들어 있었어."

저스틴은 천천히 화장실로 걸어갔다. 남편은 여전히 신중하고 이성적으로 거울에 비친 자신의 모습을 들여다보고 있다. "그 사람에게 돌려줄 방법을 찾고 있었어. 아마 모임에서 떨어뜨린 모양이야. 하지만 이상한 일은……" 그가 다시 한숨을 내쉬었다. "기억이 나지 않는다는 거야." 네심이 그 열쇠를 훔쳤다는 것을 두 사람 모두 분명히 알 수 있었다. 그가 몸을 돌리며 말했다. "아래층에서 기다릴게." 부드럽게 방문이 닫히고, 저스틴은 호기심 어린 눈으로 그 작은 열쇠를 살펴보았다.

＊ ＊ ＊

그때 네심은 이미 마음속으로 어린 시절의 꿈을 대신해 크게 순회하는 역사를 꿈꾸기 시작했다. 그 꿈속에 도시 자체가 그대로 나타났다. 마침내 도시가 바로 그 문화 자체임을 말해 주는, 집단적인 욕망과 소망을 표현하면 그대로 반응하는 대상을 발견한 것이다. 그는 배기가스에 물든 탑과 첨탑, 먼지가 가득한 하늘을 보기 위해 일어났다. 개개인이라는 존재에 대한 회상 뒤로 펼쳐진 역사적 기억의 거대한 발자국들이 합성된 것처럼 보였다. 도시는 스승이자 안내자다. 인간이 공간의 정신을 확장한 이래로는 발명자이기도 하다.

그를 불안하게 하는 건 밤에 꾸는 꿈이 아니었다. 그 꿈들이 현실에 겹쳐지면서 마치 네심의 의식 막이 갑자기 그 꿈들을 받아들이느라 찢어지기라도 한 것처럼 그의 깨어 있는 정신을 방해하고 있었다.

네심의 학식과, 그 자신과 도시의 과거에 대한 명상이 이끌어 낸 팔라스 회랑과 같은 거대한 구조물들이 협력하여 저스틴을 향한 그의 불합리한 증오의 공격은 자꾸 날카로워지고 있었다. 그 시간 동안 네심은 저스틴이 자신에게 편안한 친구이자 헌신적인 연인이라는 것을 좀처럼 알아보지 못했다. 그 공격은 짧은 시간 지속되었지만 너무나 맹렬했다. 정확하게 네심이 저스틴에게 느꼈던 사랑만큼의 공격이었다. 이제 네심은 그녀뿐 아니라 자신의 안전에도 두려움을 느끼기 시작했다. 그는 매일 아침 아무도 없는 흰 욕실에서 면도를 하는 것이 두려워지기 시작했다. 작은 이발사는 이발을 하러 온 네심의 눈에 고인 눈물이 종종 그가 덮고 있는 하얀 덮개 위로 소리 없이 떨어진다는 것을 알아차렸다.

하지만 그런 과거의 꿈들이 펼쳐지는 회랑 속에서도 친구나 지인 들의 모습은 마음속에 생생하게 떠올랐다. 그리고 그 꿈에서 그들은 유명한 역사 속 인물들과 함께 엄청난 역사적 시공을 넘어 고대 알렉산드리아의 폐허 사이를 손에 잡힐 것 같은 현실적인 모습으로 걷고 있었다. 수고스럽게도 네심은 보험회사 직원처럼 자신이 보고 느낀 것을 일지에 기록했으며, 무표정한 셀림에게 그 내용을 타이프라이터로 치라고 지시했다.

이를테면 그는 무세이온을 보았다. 많은 보조금을 받는 뚱한 표정의 화가들이 건설자들이 마음속에 그린 설계도에 따라 일하고 있었다. 그리고 은자와 현자 사이에서 자기 자신 이외에는 어느 누구에게도 소용없는 특별히 내밀한 상태의 세상으로 들어가기를 끈질기게 바라고 있는 그 철학자를 보았다. 인간 개개인은 각 발달 단계에서 전체 우주를 재구성해 자신의 내적 본성에 어울리는 상태로 만들기 때문이다. 그래서 각각의 사상가나 사상은 전체 우주를 새롭게 만들어낸다.

박물관의 대리석 조각들이 네심이 지나갈 때마다 입술을 움직이며 속삭였다. 발타자르와 저스틴이 그곳에서 그를 기다리고 있었다. 네심은 그들을 만나러 왔다. 눈이 부신 달빛에 주랑의 그림자가 깊게 드리워져 있었다. 그는 어둠 속에서 두 사람의 목소리를 들을 수 있었고 낮게 휘파람을 불며 생각했다. 언제나 저스틴은 네심의 휘파람 소리를 알아들었다. '발타자르처럼 너무나도 확실한 근본 가설[14]로 시간을 보내는 건 지적으로 저속한 거야.' 네심은 나이 많은 사람의 말소리도 들었다. '또 윤리란 그저 선한 행동의 한 형태일 뿐 아무것도 아니지.'

네심은 두 사람을 향해 천천히 건축물 사이를 걸어갔다. 대리석 조각들에는 달빛과 그림자가 얼룩말처럼 교차되어 있었다.

바깥 정원의 가차 없는 어둠 속 어딘가 발타자르와 저스틴이 대리석 석관 뚜껑 위에 앉아 있었다. 네심은 그곳을 향해 도니체티의 아리아 한 소절을 느릿하게 휘파람으로 불면서 탄력 있는 잔디밭을 가로질러 걸어갔다. 네심의 꿈속에서는 저스틴의 귀에 걸려 있는 금매미가 즉시 그녀로 변신했다. 사실 그가 본 건 저스틴과 발타자르가 입고 있는 옷에 달빛이 짙게 드리워진 모습이었다. 모든 종교의 핵심에 있는 역설에 대해 이야기하는 발타자르의 목소리에는 번민이 담겨 있었다. "물론 복음을 설교하는 것이 악마적일 때도 있어. 인간 논리의 부조리 중 하나지. 적어도 그건 복음이 아니라 우리에게 내재되어 있는 어둠의 힘을 설교하는 거니까. 카발이 우리에게 도움이 되는 이유이기도 하지. 제대로 주의를 기울인 과학을 넘어서는 것은 없으니까 말이야."

그들은 앉아 있던 대리석 석관에 네심을 위해 자리를 만들어 주었다. 하지만 그가 그들에게 도달하기 전에 또다시 환상이 그를 가로막았고, 다른 장면들이 사이에 끼어들어 조화와 기간을 무시했고, 역사적인 시간과 일상적인 가능성을 무시했다.

네심은 황량한 충적토 해안에 '비둘기 속의 아프로디테'를 위해 신전을 짓는 보병 부대를 똑똑히 볼 수 있었다. 그들은 모두 굶주려 있었다. 그 행군은 그들을 극한의 상황으로 몰고 갔으며, 그들 앞에서 그 신전이 참을 수 없을 정도로 분명하고 장엄하게 빛나기 전까지 병사들의 영혼 속에 내재되어 있던 죽음의 환영을 날카롭게 자극했다. 짐을 운반하는 동물들은 사료가 부족해서 죽었고, 병사들은 물이 부족해서 죽어 나갔다. 그들은 샘물과 우물이 오염된 것을 알면서도 공사를 중단하지 않았다. 화살이 닿지 않는 거리에서 어슬렁거리는 야생 노새들은 고기를 원하는 병사들을 더욱 미치게 만들었다. 그나마 행군이 진행될

수록 초지가 줄어들었기 때문에 그런 노새들을 발견하는 일도 쉽지 않았다. 그들은 그런 불길한 징조를 무시한 채 자신들이 도시로 행군하고 있다고 상상했다. 군장을 푼 채 진군하던 보병 부대는 자신들이 미쳐가고 있음을 알고 있었다. 수레에 모은 무기는 그들의 뒤를 따라오고 있었다. 행렬의 뒤로 몸을 씻지 못한 병사들에게서 쉰내가 풍겼다. 땀과 소의 배설물 냄새였다. 마케도니아의 투석병들은 염소가 우는 것처럼 방귀를 뀌어댔다.

그들의 적은 숨이 막힐 정도로 우아했다. 그들이 가는 길 앞에서 하얀 갑옷을 입은 기병 부대가 구름처럼 뭉쳤다가 흩어졌다. 거리가 가까워지자, 병사들은 적들이 보라색 망토를 걸치고 수놓은 튜닉[15]에 좁은 비단 바지를 입고 있는 것을 볼 수 있었다. 검은 목에는 정교한 매듭의 금목걸이가 걸려 있었고, 창을 들고 있는 팔에도 팔찌가 있었다. 적들은 여성처럼 매력적이었다. 목소리는 높고 맑았다. 그와 대조적으로 투석병들은 무감각하고 노련한 병사들이었다. 겨울에는 샌들을 신은 발이 얼었고, 여름이면 맨발 아래 가죽에 땀이 배면서 대리석처럼 단단해졌다. 그 원정에 그렇게 열정이 없었음에도 많은 보상금이 걸려 있었기 때문에 그들도 다른 근로자처럼 견뎌내고 있었다. 삶은 점점 무성의 가죽끈처럼 살에 박이기 시작했고, 나중에는 안으로 깊이 파고들었다. 태양은 그들을 목마르게 했고, 살을 태웠다. 그리고 먼지가 그들의 말을 앗아 갔다. 한낮에는 깃털 달린 투구를 쓴 전사의 복장을 하고 있기에 너무 더웠다. 그들은 아프리카를 유럽의 확장이라고 생각하고 있었다. 하지만 명백한 과거의 참고 자료이자 연장선으로만 생각했던 아프리카는 완전히 이질적인 모습으로 자신의 존재를 주장하고 있었다. 불길한 어둠 속에서 들리는 갈까마귀의 목쉰 울음소리는 기운 없는 병사들의 건조한 고함 소리에 어울렸고, 억제된 웃음소리는 비비의 울음소리와 비슷했다.

가끔씩 그들은 혼자 산토끼를 사냥하러 나왔다가 그들을 보고 공포에 질린 사람을 생포하기도 했다. 병사들은 그 사람 역시 자신들과 같은 인간이라는 것을 알고 깜짝 놀라곤 했다. 그 남자의 옷을 벗긴 다음, 뭐라 설명할 수 없는 관심을 가지고 그 사람의 생식기를 들여다보곤 했다. 그들은 가끔씩 마을이나 산기슭에 있는 부자의 영지를 약탈해 저녁 식사로 병에 들어 있는 소금에 절인 만새기를 먹기도 했다.(술에 취한 병사들은 소가 있는 외양간에서 음식을 먹기도 했다. 그들은 야생 쐐기풀로 만든 화환을 비딱하게 쓰고 약탈한 금이나 뿔로 만든 잔에 술을 따라 마셨다.) 이 모든 일은 그들이 사막에 도착하기 전의 일이다…….

길이 교차되는 곳에 이르자, 그들은 헤라클레스에게 제물을 바쳤다.(그리고 신중을 기해 곧장 안내인 두 명을 죽였다.) 하지만 그 순간부터 모든 것은 잘못되어 갔다. 그들은 모두 속으로 자신들은 결코 도시에 도달하지 못할 것이며, 그 도시를 포위하지 못할 것이라는 사실을 알고 있었다. 신이시여! 또다시 겨울철에 언덕에서 야영하는 일은 없게 해 주소서. 손가락과 코가 동상으로 떨어져 나갔다! 그리고 기습 공격! 내심의 기억 속 기억에서 그는 여전히 겨울철 눈을 밟아 뽀드득 소리가 나는 보초병의 발소리를 들었다. 그 지역의 적들은 머리에 여우 가죽을 뒤집어쓰고, 다리를 가릴 정도로 긴 튜닉을 입고 있었다. 그들은 식물처럼 소리를 죽인 채 가파른 계곡과 거대한 유역의 험한 길로 숨어들었다.

진군하는 대열 속에서는 온갖 꿈들이 무수하게 만들어졌다. 궁핍에서 비롯된 공동의 고난이 그들에게 공통된 생각을 떠올리게 했다. 그는 그 조용한 남자가 '경기(競技)'의 날, 여자의 침대에서 발견한 장미를 떠올리고 있다는 것을 알고 있었다. 또 다른 남자는 귀가 찢어진 남자를 잊지 못하고 있었다. 군에 징집된 찌푸린 얼굴의 학자는 수없이 많은 전투를 겪으면서 향연장의 변기처럼 무감각해졌다. 희한하게도 뚱뚱한 남자는 아기 같은 체취를 유지하고 있었다. 선봉대를 즐겁게 만드는 재담꾼은 어떤 꿈을 꾸고 있었을까? 그는 새로 나온 탈모제와 부드럽다는 헤라클레스 상표의 침대, 연회 음식이 차려진 식탁 주위에서 털이 깎인 날개를 퍼덕거리는 하얀 비둘기들에 대해 생각하고 있었다. 요란한 웃음소리와 슬리퍼 소리가 들리는 매음굴에서 그는 언제나 환영받는 존재였다. 다른 이들은 머리에 백연을 뒤집어쓰거나 하프 마스터의 학교에 쏟아지는 눈을 뚫고 새벽에 둘이서 나란히 등교하는 것과 같은 좀 더 개인적인 쾌락을 꿈꾼다. 그들은 저속한 지방 주신제(酒神祭)에서 괴성을 지르며 거대한 가죽 남근상을 운반한다. 그리고 입회자들은 떨리는 침묵 속에서 제공된 소금과 남근상을 가지고 간다. 그들의 꿈은 네심의 안에서 증식되고 있었다. 그 소리를 들으며 네심은 멋있고 호탕하게 대동맥을 열 듯 의식 속 추억을 열어놓았다.

그 같은 추억의 불건전한 파도를 건너 얼룩무늬의 가을 달빛 속에 있는 저스틴의 옆으로 가는 일은 낯설었다. 네심은 자기 몸의 무게와 밀도가 그 기억들을 털어내는 것을 느꼈다. 발타자르가 그에게 자리를 내주면서 저스틴에게 낮은 목소리로 이야기를 계속하고 있었다.(병사들은 진지하게 포도주를 마셨고 옷에도 살짝 뿌렸다. 장군들은 그들이 결코 그곳을 지나가지 못할 것이며, 도시를 찾을 수 없을 거라고 말했다.) 그리고 네심은 저스틴이 사랑을 나눈 후에 다리를 꼬고 침대에 앉아 항상 책상 사이에 놓아두는 타로 카드를 펼치는 모습을 생생하게 떠올릴 수 있었다. 마치 누그러뜨릴 수도, 끝 수도 없는 열정으로 얼음처럼 차가운 강물 아래로 뛰어든 사람들에게 남겨진 행운이 어느 정도인지 계산하는 것 같았다.("그들의 성적인 부분에 의해 찢겨진 정신은 결코 나이가 들 때까지 평화를 찾지 못할 거야. 쇠퇴해 가는 힘은 그들에게 침묵과 정적이 적이 아니라는 것을 설득할 테고." 예전에 발타자르가 이렇게 말했다.)

그들의 생활에 불화를 일으키는 근심이 전부 그들이 살고 있는 이 도시와 시대에서 비롯된 불안 때문인 걸까? "하느님 맙소사. 저스틴, 어째서 우리는 이 도시를 떠나 고립감과 낙오한 듯한 느낌이 들지 않는 곳을 찾아가지 않는 걸까?" 하마터면 이렇게 말할 뻔했다. 노시인의 말이 피아노 페달처럼 그의 마음을 내리눌렀다. "컴컴한 잠 속에서 떠오른 그 생각은 유약하기 그지없는 희망 주위에서 끓어오르며 울려 퍼졌다."*

"내 문제는 사랑하는 여자가 내게는 완벽한 만족감을 주지만 그녀 자신은 결코 행복하지 않다는 거야." 네심이 조용히 말했다. 이마에서 열이 나는 것 같은 느낌이었다. 그리고 그는 이제 육체적인 증상까지 안겨다 주는 망상에 대해 생각했다. 네심은 저스틴을 때렸다. 팔이 아프고, 들고 있던 막대기가 부러질 때까지 그녀를 때렸다. 물론 이건 전부 꿈속의 일이다. 그런데도 잠에서 깨어나면 팔이 아프고 부어 있는 것을 발견한다. 상상 속 일이 현실에까지 영향을 미친다는 것을 누가 믿겠는가?

그와 동시에 네심은 당연히 그 고통을 온전히 느꼈다. 아픈 것은 말할 것도 없고 자존심에도 날카로운 통증을 느꼈다. 카발의 모든 가르침이 그가 느끼고 있는 자기 비하를 더욱 부풀리는 것

---

*「도시」의 번역은 「뒷이야기」에 있다.

같았다. 네심은 그 도시의 기억 속 아득한 반향처럼 플로티노스의 목소리를 들을 수 있었다. 그 목소리는 견딜 수 없는 상태에서 일시적으로 도망가는 것이 아니라 새로운 빛을 향해, 새로운 도시의 '빛'을 향해 나아가라고 했다. "그건 발로 하는 여행이 아니야. 자신을 들여다봐. 자기 안으로 물러나서 들여다보는 거야." 하지만 이제 그는 그것이 영원히 받아들일 수 없는 일이라는 것을 알고 있었다.

그런 내용의 기록을 읽으면서 내가 정말 놀랐던 건, 그 당시 네심의 이런 내적 변화가 그의 생활 표면에서는 거의 드러나지 않았다는 점이다. 아주 가까운 사람에게조차 말이다. 확실하게 지적할 만한 것이 거의 없었다. 그저 일상 속에 공허한 느낌이 있었다는 것 이외에는. 이를테면 익숙한 분위기 속에서 살짝 요점이 비껴갔다는 느낌이었다고 할까. 사실 그 시간 동안 네심은 이미 도시의 알려지지 않은 곳, 심지어 부유층 사이에서도 알려지지 않은 곳을 찾아다니며 방탕한 생활을 즐기기 시작했다. 지금도 그 거대한 저택은 한순간도 빌 때가 없다. 그때까지만 해도 먼지 쌓인 버려진 공간이었던 커다란 주방에는 이제 가루투성이의 뾰족한 모자를 쓴 요리사가 상주하고 있다. 요리사는 연극이나 콘서트가 끝난 후 우리가 먹을 달걀 요리나 우유를 외과 의사처럼 정확하게 준비해 주었다. 시계 소리가 애처롭게 울리는 위층의 방과 높은 계단, 복도와 응접실에서는 중요한 일을 처리하기 위해 당당하게 움직이는 흑인 하인들이 돌아다녔다. 그들이 입고 있는 갓 다림질한 냄새가 나는 하얀 리넨에는 주름 하나 없었다. 진홍색 장식 띠와 거북이 모양의 금색 걸쇠가 허리 아래를 구분해 주었다. 모두 네심이 직접 고른 것이었다. 하인들의 순한 돌고래 같은 눈은 전통적인 진홍색 화분 꼭대기를 올려다보고 있고, 고릴라 같은 손에는 하얀 장갑이 끼워져 있었다. 그들은 죽은 듯이 아무 소리도 내지 않았다.

만약 네심이 이 정도로는 이집트 사교계의 거물들을 능가하지 못했다고 여길지라도, 최소한 그들과 견줄 수는 있다고 생각했을 것이다. 그 저택에서는 서늘한 양치류의 잎사귀처럼 일 년 내내 사중주단의 연주가 흘렀고, 밤이면 오쟁이 진 남편처럼 울부짖는 색소폰 소리가 끊이지 않았다.

길고 아름다운 연회실들은 벽감을 비롯해 구석구석까지 넓혀 좌석 수용력을 늘렸다. 가끔 이삼백 명의 손님이 자리에 앉아 의미는 없지만 정성껏 준비한 저녁 만찬을 함께했다. 주인은 손님들 앞에 있는 접시에 놓인 장미꽃을 물끄러미 바라보았다. 아직까지 네심의 상태는 괜찮았다. 일상적이고 무의미한 대화에서 미소를 지을 수 있을 정도였으니까. 그는 유리잔을 뒤집어 학명도 모르는 희귀한 곤충을 잡아 손님들을 깜짝 놀라게 하기도 했다.

여기에 무엇을 덧붙여야 할까? 그가 옷에 부리는 작은 사치는 좀처럼 알아차리기 어렵다. 부자들은 멋과는 거리가 먼 낡은 플란넬 바지와 트위드 코트를 입어도 이상하게 어울리는 것 같다. 지금 입고 있는 얼음같이 매끈한 샤크스킨에 진홍색 장식 끈은 그를 항상 이 도시의 은행가 중에서 가장 잘생기고 부유한 사람처럼 느끼게 했다. 이런 것들이 사람의 진면목을 알 수 있게 한다. 사람들은 마침내 그를 신용할 수 있게 되었다고 느낄 것이다. 이런 것도 네심 같은 위치에 있거나 재산이 있어야 가능한 이야기다. 오직 외교관들만 이 새로운 사치의 숨은 동기를 알아차렸다. 왕을 유폐하고 싶다는 생각에 이미 응접실에서는 부자연스러운 정중함이 떠돌기 시작했다. 그들은 심드렁해 보이지만 고귀한 얼굴 이면에 숨길 수 없는 호기심을 드러내며, 네심의 동기와 계획을 알아내고 싶어 했다. 왕이 최근에 이 거대한 저택에 자주 모습을 보이고 있었기 때문이다.

그동안 이 모든 일은 주요 상황으로 전혀 진척을 보이지 못하고 있었다. 네심은 마치 종유석이 자라는 것처럼 한없이 느릿느릿 생각을 진전시키고 있는 것처럼 행동했다. 덕분에 그 시간 동안 일어나는 모든 일에는 시차적인 간격이 있었다. 벨벳 하늘 위로 불꽃을 일으키며 묵묵히 항로를 날아가는 로켓처럼 저스틴과 나는 그날 밤 내내 서로의 품과 마음속 좀 더 깊은 곳을 향하고 있었다. 목마른 백조들처럼 날카로운 소리를 내며 하늘을 향해 올라가는 금색과 진홍색 불꽃 덕분에 잔잔한 호수에 비친 사람들의 얼굴은 불타오르는 것처럼 보였다. 어둠 속에서 따뜻한 손이 내 팔을 잡았을 때, 난 인간 세상의 온갖 부당한 고통을 당하고 있는 누군가를 진정시킬 수 있는 아름다운 색의 향연이 벌어진 가을 하늘을 볼 수 있었다. 그 고통은 그 자체로 희미해지면서 분산되었다. 그 고통이 너무 오래 지속되면, 몸이나 마음 전체에 흘러들어 퍼지게 된다. 어두운 하늘을 향해 즐겁게 날아가는 로켓들은 이제 곧 우리 손을 떠나게 될 사랑의 세계의 본질과 숨이 막힐 것 같은 일치감으로 우리를 가득 채워주었다.

바로 그 밤에 마른번개가 내리쳤다. 그리고 사막의 끝에서 동쪽에 걸쳐 번개의 가느다란 줄기가 음악적인 침묵 위를 덮는 껍질이 되었다. 모두 흔치 않은 일이었다. 비가 가볍게 내리기 시작했다. 기운이 넘치면서 상쾌해지는 기분이었다. 그리고 이내 어둠이 내려앉자, 사람들은 서둘러 램프 불을 밝힌 안락한 집 안으로 돌아갔다. 드레스를 발목까지 걷어 올리고, 즐거운 듯 새된 목소리로 종알거리며. 램프 불이 순간적으로 투명한 빛 속에서 사람들의 몸을 비추었다. 우리는 아무 말 없이 달콤한 냄새가 나는 상자들에 가려져 있는 구석진 곳으로 들어갔다. 그리고 백조 모양이 새겨진 돌 벤치 위에 누웠다. 사람들은 웃고 떠들며 우리가 있는 곳을 지나 불빛을 따라 문 쪽으로 몰려들었다. 우리는 어둠 속에서 웅크리고 누운 채, 얼굴에 떨어지는 부드러운 빗방울을 느끼고 있었다. 디너용 재킷을 입은 남자가 도전적으로 마지막 불을 꺼버렸다. 나는 그녀의 머리카락 사이로 혜성이 어둠 속으로 흐릿하게 사라지는 것을 보았다. 난 저스틴을 품에 안은 채, 머릿속에서 찬란히 빛나는 색색깔의 기쁨 속에서 아무런 가책 없이 그녀의 혀를 맛보고 있었다. 그건 엄청난 행복이었다. 우리는 아무 말도 하지 않고, 눈물이 고인 채 서로의 눈만 바라보고 있었다.

집 안에서 샴페인 뚜껑을 따는 소리와 사람들의 웃음소리가 들렸다.

"이제 이런 저녁은 다시 오지 않을 거야."

"네심에게 무슨 일이라도 생겼어?"

"자세한 건 모르겠어. 배우라도 된 것처럼 뭔가를 숨기고 있으니까. 주위에 있는 사람들까지 연기하게 만든다고나 할까."

그들의 일상생활의 표면을 걷고 있는 것은 분명히 같은 남자였다. 그건 사실이다. 똑같이 사려 깊고 부드러운 남자. 하지만 모든 것이 변하고 있다는 무서운 느낌 속에서 그는 더 이상 그 자리에 없었다. "우린 이미 서로 포기했어." 저스틴이 살짝 한숨을 내쉬며 말했다. 그러면서 그 모든 것이 우리를 버리고 주위를 둘러싼 어둠 속으로 흘러가기 전에 우리가 나누었고 불확실하지만 우리 손 안에 잠시나마 들어왔던 모든 것들을 집약한 듯한 키스의 소리와 그 감각을 온전히 느끼고 싶다는 듯 자신의 몸을 가까이 밀어붙였다. 그렇지만 이렇게 포옹하면서 저스틴은 자기 자신에게 이렇게 말하고 있는 것 같았다. "어쩌면 이번 일로 많이 상처받을지도 모르고, 내가 원하지 않는 결말을 맞을지도 몰라. 이 일로 내가 네심에게 돌아가는 길을 찾을지도 모르지." 난 갑자기 견딜 수 없는 우울함을 느꼈다.

그리고 한참 뒤 눈을 찌르는 듯한 불빛과 살이 타는 것 같은 불쾌한 냄새가 나는 원주민 거주지를 걸으면서, 나는 이 시간이 우리를 어디로 이끌어가는 것인지 궁금해졌다. 그건 내가 항상 궁금해했던 일이기도 하다. 수많은 사랑과 근심의 근본이 되는 바로 그 감정의 타당성을 시험하기라도 하듯. 나는 불이 환하게 비치는 가게로 들어갔다. 벽에는 영화 포스터 조각이 붙어 있었다. 포스터에 그려진 영화 속 연인의 거대한 옆얼굴은 죽음을 앞두고 배를 드러낸 고래 같았다. 나는 이발소에 있는 것 같은 대기 의자에 앉아, 내 차례가 오기를 기다렸다. 안쪽으로 드리워져 있는 지저분한 커튼 뒤에서 희미한 소리가 들렸다. 마치 과학계에 알려지지 않은 동물들이 교접하고 있는 듯한 소리였다. 특별히 역겨울 것도 없었다. 더 재미있는 건 자연과학은 사람이 감수성을 기르는 일을 포기하게 만든다는 것이다. 그때 난 술에 취해 있었고 지쳐 있었다. 포장지로 싼 '폴 로제'를 마신 덕에 저스틴만큼 취해 있었다.

내 옆의 의자에는 터키모자가 놓여 있었다. 난 멍하니 그 모자를 머리에 썼다. 그 모자에는 온기가 살짝 남아 있었고, 이마에 댄 얇은 가죽 때문에 따가웠다. "그게 정말 뭘 뜻하는 건지 알고 싶어." 난 이 좁은 장소에 붙어 있는 금이 간 거울을 쳐다보며 혼잣말을 중얼거렸다. 물론 나는 섹스 자체의 이상한 행위를 말한 것이다. 뚫고 들어가는 행위는 남자를 두 개의 젖가슴과, 독특한 레반트 속어로 초승달을 가진 생명체를 위한 절망으로 이끈다.

안에서 들리는 삐걱거리는 소리와 은밀한 신음 소리가 점점 더 커졌다. 흥분하기 쉬운 인간의 목소리에 낡은 목제 침대가 부딪히는 소리가 더해진다. 이건 아마도 우리가 속해 있는 일상 세계에서 저스틴과 내가 나눈 행위와 근본적인 차이가 없는 동일한 행위일 것이다. 다를 게 뭐란 말인가? 단순히 짐승 같은 그 행위 없이 우리의 감정은 얼마나 오래 지속될 수 있을 것인가? 해제(解題)가 붙은 지루한 **분류 목록**과 함께 점점 커지는 불안한 마음은 어떻게 책임질 것인가? 난 대답할 수 없는 질문에 대답하고 싶었다. 하지만 나는 만약 내가 그 행동이 본질적으로 사랑 때문이 아니라 돈 때문에 이루어진다는 것에 놀랐다면, 비록 아직 그 생각에 상처받지는 않았지만 내 감정과 욕망의 진실을 알고 나면 더욱 놀랄지도 모른다는 사실에 너무 절망했다. 그런 의문에서 성급하게 빠져나온 나는 커튼을 들어 올리고, 작은 침실로 들어갔다. 지지직거리고 흔들거리는 파라핀 램프가 흐릿하게 불을 밝히고 있었다.

수많은 장소에서 셀 수 없이 많은 사람이 거쳐 갔을 그 침대는 지금 개밋둑처럼 희미하게 흔들리고 있었다. 얼마 후, 나는 나이 많은 남자의 창백하고 털이 많은 팔다리를 구분할 수 있었다. 그 남자를 상대하고 있는 여자는 보아 구렁이의 머리를 하고, 초록빛이 도는 하얀 피부에 통통한 몸집의 소유자였다. 지저분한 매트리스 가장자리에는 돌돌 말린 여자의 검은 머리카락이 흐트러져 있었다. 갑작스럽게 나타난 나를 보고 단속 나온 경찰일 거라 생각한 그들의 헐떡거림이 곧바로 잦아들었다. 개밋둑이 갑자기 무너진 것 같았다. 남자는 신음 소리를 내며 깜짝 놀란 눈으로 내가 있는 방향을 쳐다보더니, 도망치듯 이내 여자의 거대한 젖가슴 사이로 얼굴을 묻었다. 두 사람에게 내가 단속을 나온 것이 아니라 그저 특별히 그들의 관계를 보고 싶은 것뿐이었다는 것을 설명할 길이 없었다. 난 사과하는 뜻으로 곧장 침대 앞으로 다가가, 어딘가 초연하고 과학적인 분위기를 내며 녹슨 침대의 가로 널을 붙잡고, 아래를 내려다보았다. 난 두 사람의 존재를 무시한 것이 아니라 그들에게 나 자신과 멜리사, 나 자신과 저스틴의 모습을 대입하고 있었다. 여자는 커다란 비대칭의 숯 같은 두 눈동자를 돌리며, 아라비아어로 내게 뭔가 이야기를 건넸다.

그들은 끔찍한 사고라도 당한 것처럼 어색하게 끌어안은 채 누워 있었다. 마치 인류 역사상 친교의 독특한 방식을 생각해 내기 위한 최초의 상대가 조리에 맞지 않는 실험을 하고 있는 것 같았다. 그들의 자세는 실험 초기의 결과처럼 우스꽝스럽고 무모해 보였다. 그 실험을 시작하고 몇 세기 후, 신체의 배치는 진화되어 발레 자세처럼 숨차는 합동의 자세가 되었다. 그럼에도 나는 그 시간 내내 그 관계의 애처로우면서도 우스꽝스러운 자세가 고정되어 있다는 것을 깨달았다. 재기 넘치는 시인들과 자기만의 고상한 특성을 가진 철학을 만든 광인들이 내세우는 사랑의 모든 관점은 여기서 싹튼 것이다. 그 시점에서 병과 광기가 자라기 시작했다. 또한 오랜 결혼 생활 끝에 지겹거나 낙심한 얼굴들 역시 여기서 서로 등을 맞대며 엮이기 시작했다. 그것은 다시 말해 교미를 끝내기 전까지는 서로에게서 떨어지는 것이 불가능한 개와 같았다.

내 입에서 부드럽게 갈라진 웃음소리가 터져 나오는 바람에 나 자신도 깜짝 놀랐다. 하지만 그 덕에 눈앞에 있는 표본들은 안심한 모양이었다. 남자는 얼굴을 살짝 들고는 집중해서 그 웃음소리를 들었다. 경찰이 그런 웃음소리를 낼 리 없다는 것을 스스로 확신하는 것 같았다. 여자는 미소를 지으며 내게 다시 한 번 설명했다. "잠깐만 기다려요." 그녀가 지저분한 흰 손으로 커튼이 있는 쪽을 가리키며 외쳤다. "오래 걸리지 않을 거예요." 여자의 말을 질책하듯 남자가 몇 번인가 경련을 일으키듯 움직였다. 마치 걸으려고 애쓰는 중풍 환자 같았다. 쾌락을 위해서가 아니라 순전히 예의상 재촉하는 것 같았다. 남자는 공손하다고 할 수 있을 정도의 표정이었다. 사람들이 몰려드는 전차에서 상이군인에게 자리를 양보하는 것 같았다. 여자는 신음 소리를 내면서 손가락을 구부리며 침대 가장자리를 잡았다.

서투르게 몸을 붙이고 있는 두 사람을 그곳에 남겨 놓고, 나는 웃음을 터뜨리며 거리로 나왔다. 그리고 다시 한 번 그 구역을 돌았다. 그곳에서는 여전히 남자와 여자의 냉소적이면서도 현실적인 삶이 활발하게 이어지고 있었다. 비는 그쳤고, 젖은 땅에서는 신경에 거슬릴 정도로 흙냄새와 잔뜩 시든 재스민 향이 뿜어 나오고 있었다. 난 천천히 걷기 시작했다. 나 자신에 대해 묘사하기에는 너무 멍한 상태였다. 내가 알고 있는 알렉산드리아의 모든 지역은 이제 곧 잊힐 것이고, 소매에 남은 향수 냄새처럼 노인의 마음에 달라붙어 있는 열에 들뜬 도시에 대한 적당한 기억만 떠오를 것이다. 알렉산드리아, 추억의 도시.

바싹 마른 좁은 거리에서는 테라코타 냄새가 났다. 이 정도 비가 온 걸로는 젖지 않은 모양이었다. 거리 끝까지 온갖 색상으로 불을 밝힌 매춘부들의 집이 이어졌다. 매춘부들은 마치 신전 앞에 서 있는 것처럼 각각 떨리는 대리석 같은 몸을 선보이며 자기들의 조그마한 집 앞에 얌전히 서 있었다. 그들은 거리에 나와 가지각색의 슬리퍼를 신은 채, 신관(新官)처럼 삼각 의자에 앉아 있었다. 독창적인 조명이 거리 전체에 꺼지지 않는 로맨스의 색을 입히고 있었다. 거리에는 전깃불을 밝히는 대신, 찌를 것 같은 카바이드램프가 연이어 세워져 있었다. 그 조그마한 집들의 구석과 박공 위로 술꾼들을 흔들고 유혹하는 보라색 그림자가 어둠의 모피 속에서 그곳 사람들의 눈과 콧속에 거부할 수 없는 부드러움을 던져준다. 난 이 도시는 인간과도 같아서 온갖 취향과 욕망과 두려움이 한데 모여 있다는 생각을 하며 천천히 색다른 인간 꽃들 사이를 걸어갔다. 그 도시는 성숙하게 자라 예언자를 낳고, 우둔함과 노년으로, 혹은 그보다 더 나쁜 고독으로 침잠해 간다. 그들의 어머니인 도시가 죽어가고 있다는 것을 깨닫지 못한 채 살아가는 인간들은 여전히 거리에 나와 여신상처럼 그 자리에 앉아 어둠과 눈꺼풀에 내려앉은 미래에 대한 근심을 견딘다. 그리고 그렇게 영원을 좇아 잠도 이루지 못하고 예언의 시간을 지켜본다.

여기 정성껏 붓꽃 그림으로 꾸민 집이 있다. 감청색 바닥에 복숭아색으로 빠짐없이 칠했다. 문 앞에는 몸집이 큰 푸르스름한 피부의 흑인 소녀가 앉아 있다. 열여덟 살쯤 되었을 것이다. 붉은 플란넬 잠옷을 입고, 집 안으로 손님을 끌어들이고 있다. 소녀는 검은 머리에 눈부신 수선화 화환을 쓰고 있다. 소녀의 손은 무릎 위에 얌전히 놓여 있고, 갈라진 손가락은 모두 앞치마에 숨기고 있다. 소녀는 굴 입구에 앉아 있는 토끼와 닮았다. 옆집에 있는 여자는 이파리처럼 연약했고, 그 옆집에 있는 여자는 빈혈과 담배 연기에 씻긴 화학식 같았다. 그곳에 있는 모든 집들의 갈색 벽지 위에는 그 나라의 기본적인 부적이 붙어 있는 것 같았다. 그것은 손가락을 펼친 손바닥 모양으로, 불이 환한 도시 바깥의 어둠 속으로 모여든 사람들의 두려움을 없애 주는 것이다. 내가 그 여자들 앞을 지나갈 때, 그들은 돈의 액수를 부르는 인간의 소리가 아니라 비둘기의 부드러운 울음소리 같은 소리로 유혹한다. 여자들의 조용한 목소리가 고독하고 고요한 거리를 가득 메운다. 그곳의 여자들이 노란색 조명이 빛나는 단조로운 은둔처 속에서 제공하는 것은 섹스가 아니고, 알렉산드리아의 진정한 주민들처럼 아무런 거부감 없이 육체적인 쾌락과 합쳐진 분만에 대한 깊은 망각이었다.

바다에서 불어오는 바람에 그 조그만 집들이 흔들리고 떨리면서, 공간을 구분하고 있던 천이 자꾸만 풀어지려고 했다. 어떤 집에서는 그 가림 천이 모자라 문 사이로 정원에 심어놓은 왜소한 야자수가 얼핏 보이기도 했다. 빛이 비치는 사이로, 찢어진 기모노를 입은 세 명의 소녀가 자리에 앉아 면도에 열중하고 있다. 낮은 목소리로 이야기하면서, 요정처럼 가볍게 손가락을 놀리고 있다. 그들은 무척 열중하고 있는 것처럼 보였고, 멀리서 보면 마치 초원의 모닥불 옆에 앉아 야영하고 있는 것처럼 보일 것 같았다.

(마음속 깊은 곳으로 나는 네심의 샴페인 병들이 놓여 있는 곳에서 거대한 얼음으로 된 제방, 그러니까 눈 더미를 볼 수 있었고, 그건 익숙한 연못 속에 사는 나이 많은 물고기처럼 뭔가 푸르스름한 빛으로 빛나고 있었다. 그리고 마치 내 기억을 되찾으려는 듯 소매에서는 저스틴의 향수 냄새가 났다.)

마침내 난 빈 카페로 들어가, 사우디아라비아인이 가져다준 커피를 마셨다. 그는 사시였는데, 모든 사물을 두 겹으로 볼 것처럼 아주 심했다. 한쪽 구석에는 트렁크 위에 몸을 웅크린 채 앉아 수연통으로 담배를 피우고 있는 노파가 보였다. 가끔씩 수연통에서 나는 부드러운 기포 소리가 비둘기 울음소리처럼 들렸다. 여기서 나는 처음부터 끝까지 모든 이야기를 생각했다. 내가 멜리사를 알기 전부터, 이제 곧 어딘가 내가 속해 있지 않은 이 도시 안에서 나태하지만 실용적인 죽음을 맞이하게 될 결말까지. 그 이야기들을 전부 생각했다고 말했지만, 내가 생각한 것은 이상하게도 알렉산드리아에 있는 개인의 이야기가 아니라 이 장소의 역사를 엮어내는 이야기의 일부분이었다. 부분적으로 나는 그 속에서 내 자신과 도시의 작용을 한 묶음으로 묘사했다. 도시는 모든 것이 사라지기 전에 완벽하게 어울렸고, 모든 것은 그 뒤를 따랐다. 그것은 마치 내 상상인 것처럼 미묘하게 그 장소의 분위기에 취해 버렸기에, 개인적이고 개별적 판단에는 응할 수 없었다. 심지어 나는 위험을 감지할 수 있는 능력조차 잃었다. 개인적으로 가장 많이 후회하는 것은 엉망진창인 원고를 뒤에 남겨 놓고 떠나야 할지도 모른다는 것이다. 난 언제나 완성되지 않은 것, 일부분만 있는 것을 싫어했다. 내가 멀리 떠나기 전에 적어도 그 원고들을 없애고 가리라 결심했다. 난 자리에서 일어났다. 내가 그 작은 집에서 본 남자가 므넴지안이라는 사실을 갑자기 깨달았기 때문이다. 어떻게 그를 알아보지 못한 걸까? 나는 그 지역을 다시 가로질러 바다로 이어지는 방향에 있는 큰 통행로 쪽으로 이동하는 동안 그 생각에서 헤어나지 못했다. 신기루 속에 있는 것 같았다. 나는 좁은 교차로에서 친구를 전쟁터에서 모두 잃어버린 젊은이처럼 걷고 있었다. 그러나 모든 냄새와 소리에서 살아남은 자의 기쁨을 느낄 수 있었다. 여기 한쪽 구석에 불꽃을 삼켜버린 누군가가 하늘을 올려다보며 서 있었다. 그가 입에서 불꽃을 뱉어내자, 그 불꽃은 검은 연기로 변해 하늘의 작은 틈새로 빨려 들어갔다. 가끔씩 그는 머리를 뒤로 젖히기 전에 휘발유 한 병을 꿀꺽꿀꺽 들이켰다. 그러면 불꽃이 거의 2미터 높이까지 솟아오르곤 했다. 보라색 그림자가 드리워진 구석마다 실패하고, 무너지고, 죄 지은 인간들이 존재하고 있다. 사나우면서도 부드럽고 감상적인. 나는 절망적인 자기 연민에 빠지지 않은 것이 내가 성숙한 것이라고 생각했다. 만일 이 도시가 바란다면 사소하고 애처로운 추억의 하나로 존재하고 싶다는 욕망밖에 없었다.

그때 내가 작은 아파트에 도착해서 잿빛 연습장들을 꺼내며, 내가 쓴 글이 담겨 있는 공책들을 없애 버리지 않겠다고 생각한 것도 그와 같은 맥락에서다. 그리고 나는 그 자리에서 램프 불빛 아래 앉아 글을 썼다. 퐁발은 다른 안락의자에 앉아 인생을 논했다.

〈내 방으로 돌아와 조용히 앉아서 그녀의 향기가 진하다는 이야기를 들었다. 그 향기는 아마도 체취, 배설물, 풀이 뒤섞인 것으로, 그녀가 입고 있던 두꺼운 문직(紋織)16) 옷에 배었을 것이다. 이건 특별한 형태의 사랑이다. 왜냐하면 나는 그녀를 소유하고 있다고 느끼지 못하기 때문이다. 그뿐 아니라 그렇게 되기를 원하지도 않는다. 그건 아마 우리가 서로 냉정하게 성장이라는 공통된 무대의 동반자가 되었기 때문일 것이다. 사실 우리는 사랑을 모욕한다. 왜냐하면 우리는 우정의 유대가 더 강하다는 것을 입증할 수 있기 때문이다. 혹시 누군가 읽게 된다면, 그 기록들은 오직 내가 태어나서 가장 고독했던 순간, 즉 성교의 시간을 저스틴과 함께 나눈 것에 대해 근면하게 기록한 애정의 회고록으로 보아야 한다. 이보다 더한 진실은 없다.

최근 저스틴을 만나는 일이 이런저런 이유로 어려워졌을 때, 내가 그녀를 무척 많이 그리워하고 있다는 것을 알게 되었다. 난 피에트란토니로 가는 내내 그녀의 향수를 사려고 노력했다. 헛된 일이었다. 착해 보이는 여자 점원이 가게 안에 있는 온갖 종류의 향수를 내 손에 문질렀을 때, 한 번인가 두 번 정도 그 향수를 찾았다고 생각하기도 했다. 하지만 아니었다. 계속 뭔가를 놓치고 있었다. 난 향수란 그저 몸에 뿌리는 거라고 생각했다. 몸의 강한 역류, 그것이 내가 놓친 요소였다. 내가 절망적인 상황에서 저스틴의 이름을 언급하자 점원은 즉시 처음에 고른 향수를 다시 꺼냈다. '왜 처음부터 그렇게 말씀하지 않으셨어요?' 그녀가 직업적으로 상처받았다는 듯이 물었다. 점원의 목소리로 봐서는 나를 제외한 모든 사람이 저스틴이 사용하는 향수를 알고 있었던 듯했다. 그건 있을 수 없는 일이다. 말할 것도 없이 난 '자메 드 라 비'를 발견하고 깜짝 놀랐다. 그 향수는 거기 있는 향수 중에서 가장 비싼 것도, 이색적인 것도 아니었다.〉

(내가 집으로 가지고 온, 코헨이 조끼 주머니에 넣어 가지고 다녔던 작은 향수병들에는 멜리사의 유령이 계속 갇혀 있었다. 그녀의 존재가 여전히 느껴졌다.)

퐁발은 『풍속』 중에서 '바보 같은 이야기'라고 불리는 길고 끔찍한 단락을 읽고 있었다. 〈남자라는 동물의 우연한 충돌을 멈추게 하는 법을 나는 결코 알지 못한다. 무슨 일이 있어도 내 몸이 하는 일에 따르기 때문이다. 나는 언제나 분노에 차서 소리를 지르는 노인의 모습을 거울 속에서 보고 있다. "난 사랑에 실패했다. 나 자신에 대한 사랑. 내 자존심, 나의 사랑. 난 그 사랑에 실패했다. 난 한 번도 고통받지 않았고, 한 번도 단순하고 순수한 기쁨을 느껴보지 못했다."〉

퐁발은 잠시 글을 읽는 것을 멈추고 말했다. "만일 이 말이 진실이라면, 자네는 그녀를 사랑하는 데 이 병을 이용해야 해." 그리고 그 경고는 누군가 내게 의식하지 못한 엄청난 힘으로 도끼날을 휘두르는 것처럼 충격을 주었다.

* * *

　마레오티스 호수에서 연례 사냥 대회가 개최되었을 때, 네심은 마법 같은 안도감을 느끼기 시작했다. 그는 마침내 무언가 결정해야 하며, 바로 그때가 결정을 내려야 할 순간이라는 것을 깨달았다. 네심은 오랜 질병과 성공적으로 싸워온 사람 같은 분위기를 풍겼다. 하지만 그의 판단에는 허점이 많았고, 심지어 그 사실을 인지하지도 못하고 있지 않은가? 결혼한 뒤로 지금까지 네심은 매일 이 말을 되뇌었다. "난 정말 행복해." 언제 멈출지 모르는 낡은 기둥 시계의 시보처럼 운명적인 말이었다. 그는 이제 그렇게 말할 수 없었다. 그들의 일상생활은 모래 속에 파묻힌 전선과 같았다. 뭐라 설명할 수 없는 방식으로 그들의 생활은 낯설고 헤아릴 수 없는 어둠 속, 찾는 것조차 불가능한 곳으로 던져져 버렸다.

　당연한 일이지만 광기는 환경을 고려하지 않고 나타났다. 그것은 인내의 한계를 넘은 고통을 받고 있는 사람에게가 아니라 오롯이 주어진 상황에 덧붙여져 나타나는 듯했다. 어느 정도까지는 우리 모두가 그 광기를 공유했다. 네심만이 그것을 행동으로 보이며 몸소 증명해 주었다. 마레오티스 호수의 사냥 대회는 거의 한 달 정도 계속되었지만, 실제로는 그보다 조금 더 시간이 걸렸다. 이곳에 있는 네심을 모르는 사람들에게는 크게 눈에 거슬리는 것은 아무것도 없었다. 그러나 그의 기록을 보면, 현미경으로 관찰하는 박테리아처럼 망상은 기하급수적으로 커져 갔다. 암세포와 같이 건강한 세포에 생긴 농포는 머리를 잃고, 억제력이 사라졌다.

　네심이 우연히 마주치는 거리 이름에서 받은 연이은 암호 같은 신비한 메시지들은 눈에 보이지 않는 처벌의 위협을 가하고 있는 초자연적인 힘의 명확하고 반박할 수 없는 신호를 보여 주었다. 비록 그 위협이 그 자신에 대한 것인지, 다른 이들에 대한 것인지는 알 수 없었지만 말이다. 발타자르의 논문은 서점 진열대 안에서 움츠린 채 놓여 있기도 했고, 같은 날 유대인 공동묘지에 있는 아버지 묘지 위에 놓여 있기도 했다. 묘비에 새겨진 특징적인 이름은 망명한 유럽 유대인의 우울함을 반영하고 있었다.

그때 옆방에서 알 수 없는 소음이 들렸다. 거친 숨소리 같은 것이 들리다가, 갑자기 피아노 세 대가 동시에 연주를 시작했다. 네심이 알기로 그건 환상이 아니라 일련의 초자연적인 현상이었다. 그것만이 인과관계의 틀을 넘어선 그의 마음속에서 논리적으로 설득력 있게 받아들일 수 있었다. 그러면서 일상적인 행동의 기준에서 정상인인 것처럼 행동하는 것조차 점점 힘들어졌다. 네심은 스베덴보리[17]가 설명한 '파괴'를 받아들였다.

석탄불은 색다른 형태로 불타오르고 있었다. 그 석탄불이 다시 점화되면서 네심이 발견한 것들, 그러니까 끔찍한 풍경과 얼굴 들을 다시 한 번 확인시켜 주었다. 저스틴의 손목에 있는 사마귀 역시 문제가 되었다. 네심은 식사 시간에 그 사마귀를 만지고 싶다는 열망과 싸워야 했다. 그 열망이 너무 강한 나머지 그는 얼굴이 창백해지면서 하마터면 기절할 뻔했다.

어느 날 오후에는 잔뜩 구겨진 시트가 숨을 쉬기 시작했다. 그 시트를 덮고 있던 사람의 형태로 거의 삼십 분가량 계속해서 숨을 쉬었다. 어느 날 밤에는 거대한 날개가 펄럭거리는 소리에 잠에서 깨어났다. 그러자 침대의 가로 널 위에 바이올린 형태의 머리를 한 박쥐 같은 생명체가 앉아 있었다.

그때 선한 힘의 반작용으로 그가 쓰고 있는 노트 위에, 소식을 가지고 온 무당벌레가 자리 잡았다. 옆집에서 울리는 서너 대의 피아노 소리 사이로, 목신(牧神)이 베버의 음악을 매일 연주했다. 네심은 자신의 마음이 선한 힘과 악한 힘의 싸움터가 되어가는 것을, 그리고 그 속에서 자신이 해야 할 일은 긴장을 놓지 않고, 그 사실을 인식하고 있어야 한다는 것을 깨달았다. 하지만 그건 쉬운 일이 아니었다. 이제는 현상적인 세상이 자신을 속이기 시작했고, 그로 인해 자신의 감각이 현실과 일치하지 않는 것을 책망하기 시작했기 때문이다. 네심의 정신은 전복될 위험에 처해 있었다.

한번은 의자 등에 걸려 있던 조끼가 마치 수많은 심장들이 살고 있는 것처럼 고동치기 시작했다. 하지만 조끼를 살피기 시작하자 그 소리는 멎었다. 네심이 셀림을 불러 조끼를 살펴보라고 하자, 소리는 더 이상 들리지 않았다. 같은 날, 네심은 생 사바가(街)에 있는 상점 창문에 비친 구름 위로 자신의 머리글자가 금색으로 새겨져 있는 것을 보았다. 모든 것이 그 사실을 증명하는 것 같았다.

그 주에는 알 아크타르에서 항상 발타자르가 차지하고 있던 구석 자리에 낯선 사람이 앉아 아라크주를 마시고 있었다. 아라크주는 네심이 주문하려던 것이었다. 그 사람은 강해 보였지만, 거울 속에서 입술을 벌리고 하얀 이를 내보이며 미소를 짓고 있는 뒤틀린 그의 모습과 닮아 있었다. 네심은 기다리지 않고 서둘러 카페를 나왔다.

그는 포드가를 걷다가, 도로 전체가 발밑에서 스펀지로 변하는 것을 느꼈다. 네심은 그 환상이 사라질 때까지 몸을 깊숙이 담근 채 거기에서 헤어나지 못했다. 오후 2시 30분에 네심은 열띤 잠에서 깨어나 옷을 차려입은 다음, 자신을 압도하는 직감을 확인하기 위해 텅 빈 파스트루디와 카페 도르달리로 향했다. 그 장소들은 거기에 있었고, 그 사실에 네심은 안도감을 느꼈다. 하지만 그 안도감은 오래가지 않았다. 방으로 돌아오자, 갑자기 짧은 공기 펌프가 기계적으로 작동해 심장이 몸에서 튀어 나갈 듯한 기분을 느꼈다. 네심은 자신의 방이 증오스러웠고 두려웠다. 그는 그 소음이 다시 들릴 때까지 오랫동안 그 자리에 서서 귀를 기울였다. 전선이 풀리면서 바닥 위로 떨어지는 소리는 마치 가방 속에 넣어둔 작은 동물이 숨이 막혀 내지르는 것 같았다. 그때 멀리서 옷 가방을 채우는 금속성의 소리가 들렸다. 그리고 옆방 벽에 기대서 있는 누군가의 숨소리가 아주 작게 들렸다. 네심은 신발을 벗고, 발끝으로 퇴창까지 걸어가 옆방에 누가 있는지 보려 했다. 그가 생각하기에 자신을 공격한 자는 곰처럼 쑥 들어간 붉은빛 눈에 바싹 마르고 날카롭게 생긴 노인이었다. 네심은 그 사실을 확인할 수 없었다. 사냥 대회 준비 때문에 아침 일찍 일어난 그는 침실 창문으로 무서운 광경을 보았다. 아랍 옷을 입은 수상해 보이는 남자 두 명이 지붕 위 권양기 같은 것에 밧줄을 매달고 있었다. 그들은 그를 가리키며, 낮은 목소리로 뭔가를 말했다. 그런 다음 털 코트로 싼 뭔가 무거워 보이는 것을 길 아래쪽으로 내렸다. 셀림이 책상에 남겨 놓은 타자로 친 묵직한 리스트 중에서 자신의 이름을 골라 갈겨쓰는 글씨로 그 커다랗고 하얀 종이의 여백을 채워 나갈 때 네심의 손은 떨리고 있었다. 네심은 해마다 이 기념할 만한 행사, 마레오티스 사냥 대회에서 자신이 이 지역 언론에 얼마나 큰 비중을 차지하고 있는지를 떠올리며 미소 지었다. 수많은 임무들이 주어졌음에도 불구하고 그는 자신에게 더 이상 아무 기회도 남아 있지 않다고 느꼈고, 헌신적인 셀림이 항상 옆에 있는데도 그는 입술을 오므린 채 모든 초대에는 자신이 직접 참석해야 한다고 고집을 부렸다. 나는 질병의 모든 징후가 가득한 내 모습을 벽난로 선반에서 쳐다보고 있었다. 가만히 보고 있자니 니코틴과 포도주 탓에 곧 주의가 흩어졌다. 막연하긴 하지만, 나는 여기에 우리 모두가 함께해야 할 해결책이 있음을 깨달았다.("과학이 사라진 곳에서 활기가 생겨난다."—『풍속』)

"당연히 당신은 거절할 거야. 가지 않을 거지?" 저스틴이 날카롭게 말했다. 내가 보고 있는 것을 그녀도 보고 있다는 것을 알 수 있었다. 이른 아침 흐릿한 안개 속에서 저스틴은 내 앞에 서 있었다. 그녀가 말하는 사이, 문 뒤에서 귀를 쫑긋 세우고 있는 하미드의 거친 숨소리가 들렸다. "무모하게 행동하면 안 돼. 알았지? 어서 대답해." 그러고는 확실히 설득하겠다는 듯이 스커트와 신발을 벗고 침대로 들어와 내 옆에 누웠다. 그녀는 따뜻한 머리카락과 입, 그리고 믿을 수 없을 정도로 예민하게 움직이는 몸을 웅크렸다. 마치 다치기라도 한 것처럼, 치료받지 못한 상처를 부드럽게 어루만지는 것처럼. 그 순간 내게는 그런 것처럼 느껴졌다. 그리고 그 충동에는 조금의 허세도 담겨 있지 않았다. 더 이상 나를 찾아다니거나 그와 비슷한 상황에서 비롯된 내심의 만족감을 빼앗을 수 없을 것 같았다. 게다가 나는 나를 안고 있는 그녀의 수심에 가득 찬 슬픈 표정을 보기 전까지는 이런 헛된 안도감을 거의 즐기다시피 하고 있었다. 저스틴은 자리에 누운 채 경이로울 정도로 풍부한 표정이 담긴 검은 눈동자로, 마치 높은 창문을 올려다보는 것처럼 자신의 추억을 바라보고 있었다. 나는 그녀가 멜리사의 눈을 들여다보고 있다는 것을 알고 있었다. 매일같이 우리 옆으로 점점 더 가까이 다가오는 수많은 위험 속에서 근심이 가득한 그 솔직한 눈동자를. 무엇보다도 네심은 이 문제를 수면 위로 드러냈을 때 가장 많은 상처를 받을 사람은 멜리사일 거라고 생각했을 것이다. 달리 누가 있겠는가? 나는 저스틴이 만든 키스의 강철 사슬을 따라 지난날을 떠올리기 시작했다. 침체된 커다란 항구의 깊고 어두운 바닷속에 닻을 내리는 선원처럼 수많은 추억을 되새겼다.

    수없이 많은 실패 중에서도 하나를 꼽으라면 될 수 있는 한 자존심이 상하지 않는 것을 고르게 된다. 나는 예술도, 종교도, 인간관계도 실패했다. 예술은 내가 인간의 개성이 개별적이라는 것을 믿지 않았기 때문에 실패했다.(그 일은 갑자기 일어났다.) (퍼스워든은 이렇게 썼다. 〈어째서 인간은 계속해서 자기 자신에게 가장 빠르고 단순하게 몇 번이고 반복해서 그칠 줄 모르는 환상을 부여하는 걸까? 오래된 무성 영화의 일시적인 번뜩임처럼.〉) 난 인간을 성공적으로 그려내기 위해서 가장 필요한, 진정한 성실함에 대한 믿음이 부족했다. 종교가 어떤가? 나는 티끌 같은 속죄의 희망도 가질 만한 가치가 있는 종교가 없다는 것을 알게 되었다. 그리고 그 비난에서 누가 벗어날 수 있단 말인가? 발타자르에게는 안된 말이지만, 내게는 모든 교회나 분파가 전부 그런 식으로 여겨졌다. 그것은 그저 두려움에 맞서기 위한 자아 교육을 해주는 최고의 학원일 뿐이었다. 마지막으로 가장 큰 실패(나는 저스틴의 윤기 나는 검은 머리카락 속에 입술을 파묻었다.)는 인간관계의 실패다. 그 실패는 점차적으로 내게 정신적인 고립감을 가져다주었고, 나에 대한 연민에서 자유롭게 해주었으며, 소유욕을 갖지 않게 했다. 설명할 수 없는 일이지만, 나는 점점 더 사랑이 부족한 사람이 되어가는 한편으로 점점 더 사랑에서 가장 좋은 부분은 자기희생이라고 여기게 되었다. 너무나도 두려운 일이지만 이제는 저스틴을 놔주어야 한다는 사실을 깨달았다.

안타깝게도 그녀는 여성이 느끼는 당연한 소유욕으로 영원히 가질 수 없는 내 일부를, 웃음과 우정이라는 고통스러운 나의 마지막 피난처를 앗아 가려 했다. 저스틴의 그런 사랑은 그녀에게 조금도 의존할 수 없는 나를 절망스럽게 만들었다. 그리고 소유의 욕망이란, 원한다면 한 사람의 영혼 자체를 무조건적으로 소유하고 싶어 하는 것이다. 우리가 피부를 맞대고 하는 행위 아래에 숨어 있는 이런 관계를 분석하는 것은 정말 어려운 일이다. 사랑이란 일종의 피부 언어이며, 단지 섹스란 용어로만 나타낼 수 있기 때문이다.

그리고 그 서글픈 관계가 지속되면서 내게 너무나도 큰 고통을 안겨 주었다. 나는 고통이란 추억의 유일한 양식이라는 것을 알고 있다. 기쁨은 그 자체로 끝나는 것이기 때문이다. 그 모든 것이 내게는 영구적인 건강의 샘, 생기 넘치는 초연함으로 남았다. 나는 건전지와 같다. 어떤 의무도 가지고 있지 않았기에 사랑이 가진 진정한 권리의 수호자처럼 남자와 여자라는 세상의 순환에서 자유로웠다. 사랑은 열정이나 습관(그들은 그런 자격을 가진다.)이 아니라 무기를 든 아프로디테처럼 인간 세상에서 사라지지 않는 신성한 죄다. 고통스러웠지만 나는 그럼에도 불구하고 나를 가장 힘들게 한 바로 그 특성, 무욕(無慾)이란 그 특성으로 나 자신을 인정하고 규정지었다. 그것이 저스틴이 내게서 사랑한 부분이다. 그녀가 사랑한 건 나라는 인간 자체가 아니었다. 여자들은 성적인 약탈자다. 그리고 나의 그 초연함이 그녀가 내게서 훔쳐가고 싶어 하는 보물이었다. 그 보석은 두꺼비의 머리 안에서 계속 자라났다. 그녀가 그 모든 우연, 부조화, 혼란을 거친 내 인생에서 읽은 것은 바로 그 초연함이 남긴 사인이었다. 내 가치는 내가 이룬 것이나 가지고 있는 것과는 아무런 상관이 없다. 저스틴이 나를 사랑하는 건, 내가 그녀에게 불멸의 어떤 것, 이미 형태가 굳어져서 부서지지 않는 한 인간을 주었기 때문이다. 저스틴은 내가 그녀를 사랑하면서도 동시에 오직 죽고 싶어 한다는 감정에 불안해하고 있다! 그것이 그녀를 견딜 수 없게 만들었다.

멜리사는 어떤가? 그녀는 나에 대해 저스틴과 같은 통찰력이 부족했다. 멜리사가 알고 있는 것은 내가 자신이 가장 약할 때 뒷받침해 줄 수 있는 강한 사람이라는 것이다. 그것이 멜리사가 이 세상을 대하는 방법이었다. 그녀는 내 인간적인 약점까지 전부 소중하게 여겼다. 무질서한 습관, 돈에 관한 무능력, 기타 등등. 멜리사는 내 약점도 사랑했다. 그래야 자신도 내게 도움이 된다고 느꼈기 때문이다. 저스틴은 자기가 관심을 가질 가치가 없는 것은 전부 한쪽 옆으로 제쳐두었다. 그녀는 또 다른 종류의 강인함을 추구했다. 저스틴이 내게 흥미를 가진 건 오직 한 가지 특별한 점 때문이었다. 그것은, 나는 그녀에게 선물을 줄 수 없었고, 그녀 역시 내게서 그것을 앗아 갈 수 없다는 것이었다. 그건 소유의 의미가 무엇인지를 말한다. 그것은 각자가 가진 보물을 서로 빼앗기 위한 격정적인 전쟁이다. 그렇지만 이 같은 전쟁이 어떻게 파괴적이고 희망이 없다고만 할 수 있겠는가?

그렇지만 인간의 동기는 이렇게 뒤엉켜 있다. 환상의 세계라는 도피처에서 죽음이라는, 모두가 유감스러워할 것임을 알고 있는 행동으로 네심을 이끈 것은 멜리사, 그녀였다. 어느 날 밤, 멜리사는 자신의 불행에 짓눌린 상태로 네심이 앉아 있는 테이블로 다가갔다. 그는 빈 샴페인 잔을 앞에 놓고, 생각에 잠긴 채 쇼를 보고 있었다. 그때 멜리사는 얼굴을 붉힌 채 가짜 속눈썹을 떨며 여덟 마디 말을 내뱉었다. "당신 부인은 이제 당신에게 정절을 지키고 있지 않아요." 그때부터 그 말은 칼이 박힌 것처럼 네심의 마음속을 전율하게 하며 남아 있었다. 오래전부터 계속 늘어나고 있는 그 끔찍한 내용이 담긴 보고서는 사실이었다. 하지만 그 보고서들은 먼 곳에서, 한 번도 가본 적이 없는 곳에서 일어나는 신문에나 나올 법한 재앙과 같은 것이었다. 지금 그는 갑자기 그 일의 목격자이자 희생자이고 생존자이기도 한 얼굴을 마주하게 된 것이다……. 그 말이 일으킨 반향은 네심의 감정 속에서 다시 증식하고 있었다. 죽어 있던 보고서들이 갑자기 벌떡 일어나 그에게 소리 지르기 시작했다.

멜리사의 분장실은 악취가 심했고, 텅 빈 세면대에는 담배꽁초가 가득했다. 방에는 깨진 거울 한 개와 하얀 종이를 붙여 웨딩 케이크처럼 보이는 작은 선반이 놓여 있었다. 여기저기에 멜리사가 항상 바르는 분첩과 눈썹연필이 어질러져 있었다.

거울에 비친 셀림의 모습은 얼굴에 잡힌 물집과 껌벅거리는 가스등 때문에 지하 세계에서 온 귀신처럼 보였다. 그는 재빨리 주인의 말을 그대로 전했다. 그 목소리에서 멜리사는 진심으로 숭배하는 주인을 걱정하는 비서의 마음을 느낄 수 있었다. 그리고 셀림은 그런 걱정들을 플랑셰트[18]처럼 재연하고 있었다.

이제 멜리사는 두려워졌다. 자신의 공격이 얼마나 엄청난 결과를 가져올 것이며, 이 도시의 법칙에 따라 신속하고 끔찍하게 처벌받을지 알고 있었기 때문이다. 멜리사는 자신이 저지른 짓에 아연실색하며, 떨리는 손으로 속눈썹을 떼어내며 비명을 지르고 싶은 충동과 맞서 싸우고 있었다. 그 초대를 거절할 길은 없었다. 그녀는 초라한 사복으로 갈아입고, 무거운 짐처럼 피곤을 끌어안은 채 셀림의 뒤를 따라 깊은 어둠 속에 서 있는 커다란 차로 다가가 그 안에 올라탔다. 멜리사는 네심의 옆에 앉았다. 그들은 알렉산드리아의 짙은 어둠을 향해 천천히 나아가기 시작했다. 멜리사는 공포에 질려 더 이상 아무것도 알 수 없었다. 그들은 사파이어색 바다를 돌아 다시 내륙 쪽으로 들어온 뒤 빈민가를 지나 마레오티스 호수를 향해 달렸다. 자동차의 전조등에 멕스의 타르 광재(鑛滓) 더미가 비치더니, 어둠이 한 꺼풀씩 벗겨지기 시작했다. 술에 취해 노래를 부르거나, 헤롯 왕에게서 탈출한 두 명의 어린이를 태운 노새가 그려진 성서 장면, 마치 카드를 섞듯 재빨리 짐을 분류하는 짐꾼들의 모습 같은 이집트인에게 친숙한 광경들이 눈앞에 펼쳐졌다. 멜리사는 그런 친숙한 광경들을 감동한 채 바라보았다. 그 뒤로 조개처럼 공허하게 울리는 사막이 나타났다. 그동안 멜리사의 옆에 앉은 네심은 한 마디도 하지 않았고, 그녀는 감히 그가 있는 쪽을 쳐다볼 수 없었다.

사구의 견고해 보이는 윤곽이 그믐달 아래 드러나기 시작하자, 네심은 차를 세웠다. 주머니에서 수표책을 꺼내면서 그는 눈물이 가득 고인 눈으로, 떨리는 목소리로 말했다. "얼마면 그 비밀을 지켜주겠소?" 멜리사는 그를 돌아보았다. 처음으로 네심의 검은 얼굴에 어린 부드러움과 슬픔을 볼 수 있었다. 그녀의 두려움은 이제 극도의 수치심으로 바뀌었다. 멜리사는 네심의 얼굴에서 선한 사람 특유의 연약함을 알아보았다. 결코 그녀와 같은 적에게 자신을 내주지 않을 사람이었다. 멜리사는 머뭇거리며 그의 팔을 붙잡았다. "내 자신이 너무 부끄러워요. 제발 용서해 주세요. 내가 무슨 말을 하는지도 모르고 있었어요." 그리고 멜리사는 피곤함이 밀려오는 것을 느꼈다. 눈물이라도 흘릴 것 같던 심정에서 이제는 하품이 나올 지경이었다. 두 사람은 상대가 결백하다는 것을 깨닫고, 새롭게 이해하는 마음으로 서로를 쳐다보았다. 일 분가량 계속, 그들은 상대에게 느낀 순수한 안도감에서 사랑에 빠지기라도 한 것처럼 서로를 쳐다보고 있었다.

차가 다시 움직이기 시작했다. 이번에도 두 사람 사이에는 침묵이 흘렀다. 얼마 가지 않아, 그들은 별이 눈부시게 빛나는 사막을 가로지르고 있었다. 저 멀리 천둥 같은 파도 소리를 내며 수평선이 펼쳐져 있었다. 옆에서 졸고 있는 낯선 여자와 함께, 네심은 끊임없이 자기 자신에 대해 생각하고 있었다. '정말 다행히도 난 천재가 아니야. 천재들에게는 속내를 털어놓을 수 있는 상대가 없으니까.'

그는 멜리사의 속내를 그리고 그녀 안의 나를 파헤칠 듯한 시선으로 쳐다보았다. 내게 그랬던 것처럼 멜리사의 사랑스러움이 그를 무장해제하고, 무력하게 만들었음이 분명하다. 파괴력의 목표가 되는 아름다움은 무서운 징조를 나타내고 있었다. 아마 그는 퍼스워든이 멜리사에게 품고 있던 마음에 대한 일화를 기억하고 있었을 것이다. 왜냐하면 나중에 네심이 그랬던 것처럼 퍼스워든 역시 똑같이 한물간 카바레에서 그녀를 직접 찾아냈기 때문이다. 그 특별했던 저녁, 멜리사는 댄스 티켓을 팔고 있는 직업 댄서로 앉아 있었다. 잔뜩 취해 있던 퍼스워든은 그녀를 플로어로 이끌었다. 잠시 침묵이 흐른 후, 그는 슬퍼 보이지만 권위적으로 말을 걸었다. "고독을 어떻게 이겨내는 거요?" 퍼스워든이 멜리사에게 물었다. 그녀는 솔직해 보이는 눈으로 부드럽게 대답했다. "무슈, 내가 바로 고독이 되면 된답니다." 퍼스워든은 그때 멜리사의 대답에 많이 놀랐고, 나중에 친구들에게 이 말을 그대로 옮기면서 이렇게 덧붙였다. "그 자리에서 갑자기 그 여자와 사랑에 빠질 것 같다는 생각이 들었다네." 그러나 내가 알기로 퍼스워든은 멜리사와 사랑에 빠지지 않았다. 그녀를 다시 찾으려고 하지도 않았다. 그는 한창 작품을 쓰고 있는 중이었고, 그런 연민이 드는 것은 자기 본성 중 아주 작은 부분이 자신을 속이고 있기 때문이라는 것을 잘 알고 있었기 때문이다. 퍼스워든은 그 당시 사랑에 대한 글을 쓰고 있었고, 그 주제를 형상화하기 위한 생각들이 방해받는 것을 원하지 않았다.("나는 사랑에 빠질 수 없어. 왜냐하면 조커스라는 고대 비밀 협회에 속해 있기 때문이야!" 그는 이렇게 외치는 등장인물을 만들었다. 그리고 다른 곳에서 자신의 결혼에 대해 이렇게 썼다. 〈난 내가 나 자신을 불쾌하게 만드는 것처럼, 다른 사람들 역시 불쾌하게 만들고 있다는 것을 알게 되었다. 이제 혼자다. 그러니 이제 나는 오직 나 자신만 불쾌하게 만들고 있다. 즐거워라!〉)

저스틴은 여전히 내 앞에 서 있었다. 내가 마음속으로 그처럼 뜨거운 장면들을 떠올리고 있는 동안, 그녀는 내 얼굴을 쳐다보고 있었다. "변명거리를 만들어봐." 그녀가 쉰 목소리로 다시 말했다. "당신은 가면 안 돼." 내가 그 궁지를 빠져나갈 방법을 찾는 것은 불가능한 일처럼 여겨졌다. "어떻게 그러지 않을 수 있겠어? 당신은 그렇게 할 수 있어?" 내가 대답했다.

그들은 따뜻하고 굴곡 없는 밤의 사막을 달리고 있었다. 네심과 멜리사는 서로 상대에 대한 연민이 갑자기 사라지는 것을 느꼈다. 하지만 아무 말도 하지 않았다. 부르 엘 아랍에 도착하기 전에 있던 마지막 계곡에서, 네심은 자동차의 시동을 끄고 도로변에 세웠다. "갑시다. 당신한테 저스틴의 여름 궁전을 보여 주고 싶어요." 그가 말했다.

두 사람은 손을 잡고 작은 집으로 향했다. 관리인은 잠들어 있었지만 네심이 열쇠를 가지고 있었다. 별장의 방들은 눅눅하고, 사람이 살지 않는 냄새가 났다. 하지만 하얀 사구에서 반사되는 빛이 가득 비치고 있었다. 네심이 금세 커다란 벽난로에 불을 붙였다. 그리고 벽장에서 낡은 아바를 꺼내 걸친 뒤, 난로 앞에 앉으며 말했다. "이제 말해 봐요, 멜리사. 나를 괴롭히라고 누가 당신을 보낸 거요?" 네심은 농담으로 한 말이었지만 미소 짓는 걸 잊었다. 그래서 멜리사는 수치심으로 얼굴을 붉히며 입술을 깨물었다. 그들은 그 자리에 한참 동안 앉아 난롯불을 쬐며, 두 사람이 공통으로 가지고 있던 절망감을 나누고 있는 듯한 느낌에 잠겨 있었다.

(저스틴은 담배를 비벼 끈 뒤, 천천히 침대에서 나갔다. 그녀는 느린 속도로 양탄자 위를 오르내리기 시작했다. 저스틴은 공포에 사로잡혀 있었고, 나는 그녀가 공포심을 극복하려면 특유의 감정 폭발이 필요하다는 것을 알 수 있었다. "난 살아오면서 너무 많은 일을 저질렀어." 저스틴이 거울을 보며 말했다. "아마, 전부 좋지 못한 짓이었을 거야. 하지만 결코 건성으로 살지 않았고 낭비하지 않았어. 난 항상 의도에 맞게 행동했다고 생각해. 과거에도 그랬고 앞으로도 난 자기 발견을 하고 싶을 뿐이야. 내가 잘못한 거야? 그게 잘못한 일이냐고?" 지금 그녀가 그 질문을 하고 있는 상대는 내가 아니라 네심이었다. 남편에게 해야 할 질문을 연인에게 하는 건 그편이 훨씬 쉽기 때문이다. 저스틴은 잠시 후 다시 말을 이었다. "죽은 사람들 말이야. 난 언제나 저쪽에서는 우리도 죽은 사람으로 여길 거라고 생각해. 죽은 사람들은 유사 인생이라는 짧은 여행을 끝내면, 진정한 삶으로 돌아가게 되는 거야." 하미드가 밖에서 움직였다. 그러자 그 소리에 그녀는 당황한 듯 옷을 입었다. "당신은 반드시 가야 해." 저스틴이 슬픈 듯 말했다. "나도 가야 하고. 당신 말이 맞아. 우린 반드시 가야 해." 그런 다음 완벽한 몸단장을 위해 거울을 돌아보며 덧붙였다. "새치가 또 늘었네."

그런 그녀를 보고 있다 보면, 순간 지저분한 유리창 안으로 드문 햇살이 비치는 것 같았다. 난 다시 한 번 그 자리에서 저스틴의 그 직감을 억제하거나 조절할 수 있는 건 아무것도 없다는 것을 떠올리지 않을 수 없었다. 그 직감이란 건 그녀가 자기반성에 보이는 본능적인 거부감을 발전시킨 것이다. 폭력적인 마음의 명령에 대항해 싸우는 것은 교육에 따른 것도, 사고의 원천도 아니다. 저스틴의 재능은 무지한 점성술사에게서나 간간이 발견할 수 있는 종류의 재능이었다. 그녀는 무슨 생각이 떠오르면 아무 데서나 차용한다. 심지어 조금 전에 토로한 죽은 사람에 대한 의견은 『풍속』에서 따온 것이다. 저스틴은 책 속에서 의미가 있는 것은 무엇이든 뽑아 왔다. 그것도 그 책들을 읽는 것이 아니라 발타자르나 아르나우티, 퍼스워든과 같은 이들의 비길 데 없는 담론을 듣고 거기에서 따왔다. 그녀는 자기가 사랑하거나 존경하는 작가, 사상가 들의 걸어 다니는 발췌록과 같았다. 그렇지만 아무리 영리한 여자라도 그 이상 무엇을 할 수 있겠는가?)

네심은 이제 멜리사의 손을 잡았고(그들은 봉함용 풀처럼 쉽고 아무렇지 않게 손을 잡고 있었다.), 그녀에게 닥치는 대로 나에 대한 질문을 퍼붓기 시작했다. 그가 저스틴이 아닌 내게 열의를 보이는 것은 당연한 일인지도 모른다. 언제나 자기가 사랑하는 사람이 선택한 사랑과 사랑에 빠지는 법이기 때문이다. 그때 멜리사가 네심에게 무슨 이야기를 했는지는 알 수 없다. 하지만 그녀의 솔직함이나 의외의 침묵에 네심은 더욱 깊이 공감하지 않았을까? 내가 아는 건 멜리사가 어리석게도 다음과 같은 결론을 내렸다는 것이다. "지금 그 두 사람은 행복하지 않아요. 그들은 끔찍할 정도로 싸우거든요. 저번에 하미드를 만났을 때 그렇게 들었어요." 다른 사람을 통해 우리가 싸운다는 소식을 전해 듣고,

우리 사랑의 진짜 주제가 무엇인지 알 수 있을 만한 경험이 멜리사에게 있을까? 내 생각에 그녀가 본 건 저스틴의 이기심뿐이다. 나의 주군의 특징은 다른 사람의 일에는 전혀 관심을 기울이지 않는다는 것이다. 저스틴에게서는 충분한 근거가 있는 멜리사의 선한 의견을 받아들일 수 있는 관대한 마음 같은 건 찾아볼 수 없었다. 그녀는 정말 비인간적이었다. 그렇게 이기적인 사람은 아무도 없을 것이다. 난 그녀에게서 도대체 무엇을 본 것일까? 난 내 자신에게 수천 번도 넘게 되물었다. 그러나 그런 조사를 하며 저스틴에 대한 마음의 확장으로 멜리사를 사랑하기 시작한 네심은 완벽하게 인간적인 상황을 그리고 있었다. 멜리사는 여러 가지 면에서 네심에게 상처받았다. 그녀는 자신이 상상했고, 내가 그의 아내에게서 반드시 발견했을 그 자질을 네심에게서 찾아내었을 것이다. 우리 네 사람은 풀리지 않게 함께 묶인 채 서로를 보완하고 있다는 걸 인식하지 못하고 있었다.(《우리는 많은 여행을 했고, 많이 사랑했다. 오직 우리만이 이런 애정의 복합성을 이해할 수 있었고, 사랑과 우정이 얼마나 밀접하게 연결되어 있는지 이해할 수 있었다. 난 우리가 언제나 고통을 통해서만 우리 자신에 대한 만족을 느낀다는 사실에 고통받아 왔음을 말하지 않을 것이다.)—『풍속』)

그들은 이제 불운한 형제자매인 것처럼 이야기를 나누었다. 서로 마음에 짊어지고 있던, 아무에게도 고백하지 못했던 고민을 함께 나눌 수 있는 사람을 찾았다는 안도감이 새로웠다. 그런 공감에 싸여 있을 때 예기치 못한 욕망의 그림자가 드리워졌다. 그 그림자는 그저 망령이었으며, 고백을 통해 용서받은 의붓자식이었다. 그것이 어느 정도는 두 사람이 사랑을 나누는 데 전조가 되었다. 그들은 결국 사랑을 나누었다. 하지만 나와 저스틴이 한 짓에 비하면, 그건 그리 심한 일이라고 할 수 없었다. 그 사랑은 함께하고 싶은 욕망이 아니라 사실 연민에서 비롯된 것이었기 때문이다. 그 사랑에는 상처가 남지 않았다. 멜리사와 네심이 대화를 마치고 자리에서 일어났을 때는 벌써 새벽이었다. 난로 앞에 너무 오래 앉아 있었던 탓에 온몸이 뻣뻣하고, 경련이 일어날 정도였다. 두 사람은 축축하게 젖은 모래사장을 지나 새벽의 희미한 라벤더빛 속에서 자동차로 돌아갔다. 멜리사는 친구이자 후원자를 찾은 셈이었다. 네심의 위치는 그렇게 변해 있었다. 새로운 연민의 감정이 그가 그렇게 할 수 있게 했고, 신기하게도 다시 남자가 될 수 있게 했다. 다시 말해, 남자답게 행동할 수 있게 했다는 의미다.(만약 원하면 아내의 애인을 죽일 수도 있는.)

깨끗한 해안선을 따라 달리면서, 두 사람은 햇살이 덩굴손 모양으로 뻗어가면서 컴컴하고 자부심 강한 지중해 바다를 건너 수평선에서 수평선 위로 펼쳐지는 광경을 볼 수 있었다. 그와 동시에 그 끝은 이제는 잃어버린 신성한 카르타고와 키프로스의 살라미스에 도달했다.

네심은 사구들 사이에 파묻힌 도로에서 해안가로 다시 한 번 천천히 내려갔다. 그리고 자기도 모르게 수영을 하자고 제안했다. 네심은 갑자기 멜리사에게 자신의 벗은 모습을 보여 주고 싶은 충동을 느꼈다. 오랫동안 잊힌 채 다락 벽장 속에 들어 있던 고급 양복처럼 옷 속에 가려져 있던 아름다움을 보여 줄 수 있을 것 같았다.

두 사람은 웃으며 벌거벗은 채로 손을 잡고 얼음처럼 차가운 물을 향해 걸어갔다. 부드러운 햇볕이 등에 닿는 것을 느낄 수 있었다. 마치 이 세상이 창조되고 첫 번째로 맞이하는 아침 같았다. 멜리사 역시 마지막까지 남아 있던 거추장스러운 옷을 벗어

버리자, 진정한 댄서가 될 수 있었다. 나신은 언제나 그녀에게 충만함과 균형을 주어 카바레에서는 부족했던 기교를 부릴 수 있게 해주었다.

두 사람은 어둠 속에서 두 사람의 감정이 앞으로 나가게 될 길을 찾으며 완벽한 정적 속에 오랫동안 같이 누워 있었다. 네심은 바로 멜리사의 순종을 얻게 되었다는 것을 느낄 수 있었다. 이제 그녀는 모든 면에서 그의 애인이었다.

그들은 함께 도시를 향해 출발했다. 행복함과 동시에 불안함을 느꼈다. 두 사람 모두 행복한 마음 한가운데가 뻥 뚫린 것 같은 기분을 느끼고 있었기 때문이다. 그러나 두 사람 다 자신들을 기다리고 있는 삶에 마지못해 몸을 맡겼다. 그들은 천천히 걸었다. 자동차의 속도도 느렸다. 침묵 속에서 천천히 서로를 애무했다.

마침내 네심은 멕스에 삶은 달걀과 커피를 마실 수 있는 허름한 카페가 있다는 것을 기억해 냈다. 이른 시간이라 잠결에 일어난 그리스인 주인이 두 사람을 위해 자리를 만들어주었다. 닭들과 바짝 마른 닭똥으로 가득한 뒤뜰에 있는 볼품없는 무화과나무 아래였다. 주위는 높이 솟은 물결 모양의 철제 부두와 공장들에 둘러싸여 있었다. 바다가 있다는 건 습기와 주위를 떠도는 달아오른 강철과 타르 냄새만으로 알 수 있었다.

네심은 멜리사가 말한 거리 모퉁이에 그녀를 내려주었다. 그리고 '어색하고 마지못한 것' 처럼 작별 인사를 했다. 사무실 직원이라도 마주치게 될까 봐 두려워하는 것 같았다.('어색하고 마지못한' 이라는 단어는 내 추측에서 나온 말로, 좀 어울리지 않는 것처럼 보일지도 모르지만 문학적인 향기를 불어넣은 것이다.) 이 도시의 비인간적인 부산함이 두 사람을 과거의 감정과 근심 속으로 되돌려 놓았다. 당연히 그녀는 졸렸고, 하품을 하면서 그 자리를 떠났다. 그러고는 곧장 작은 그리스 교회로 들어가 성인 앞에 촛불을 붙였다. 멜리사는 그리스정교회의 방식에 따라 왼쪽에서 오른쪽으로 십자를 그었다. 그리고 한 손으로 머리를 뒤로 쓸어 넘기며, 놋쇠로 된 성상 앞에 몸을 숙인 뒤 입을 맞췄다. 잊고 있던 어린 시절의 습관으로 마음의 위안을 얻기 위해서였다. 그리고 지친 몸으로 돌아섰을 때, 앞에 네심이 서 있는 것을 발견했다. 그는 하얗게 질린 얼굴로 그녀를 쳐다보고 있었다. 그 시선은 따뜻한 호기심으로 불타오르고 있었다. 그녀는 모든 것을 이해할 수 있었다. 두 사람은 고통스러울 정도로 꼭 끌어안았다. 키스는 하지 않고, 그저 서로 몸만 꼭 붙인 채였다. 그러자 너무 지쳐 있던 네심이 이를 부딪치며 온몸을 떨기 시작했다. 멜리사는 그를 성가대석으로 이끌고 가 자리에 앉게 했다. 네심은 순간 넋을 잃은 채, 말을 하려고 애쓰고 있었다. 그녀는 물에 빠진 사람을 구하는 것처럼 그의 손을 이마 위로 잡아당겼다. 네심은 그녀에게 할 말이 없었다. 하지만 아무 말도 할 수 없다는 것이 그에게는 발작이 일어날 정도로 공포심을 불러일으켰다. 네심이 쉰 목소리로 내뱉었다. "너무 늦었어. 벌써 6시 30분이 지났군." 그는 수염이 까칠하게 자란 자기 뺨에 멜리사의 손을 가져다 댄 뒤, 자리에서 일어났다. 그리고 그의 뒷모습을 계속 쳐다보고 있는 멜리사를 뒤에 남겨 놓은 채 노인처럼 손으로 더듬어가며 햇빛이 들어오는 교회 정문으로 나갔다.

　이른 아침 햇빛이 네심에게는 그리 좋지 않은 듯했다. 그에게 도시는 보석처럼 눈부시게 보였다. 금융가들이 실제로 살고 있는 거대한 석조 건물을 가득 채우고 있는 날카로운 전화벨 소리가 네심에게는 커다란 기계로 만든 새소리처럼 들렸다. 그 새들은 젊음으로 눈부시게 빛나고 있다. 공원에 있는 나무들은 흔치 않은 새벽 비에 촉촉하게 젖어 있었다. 반짝거리는 나무들은 자기 화장실에 만족하고 있는 고양이들처럼 보였다.

엘리베이터가 5층까지 올라가는 동안, 그는 어색하게 옷매무시를 다듬었다.(턱에 수염이 거무스름하게 난 것을 느끼며 타이를 다시 맸다.) 네심은 싸구려 거울 속에 비친 자기 모습을 보고 의아했다. 자신이 본 이 짧은 장면들을 통해 새롭게 펼쳐지는 감정과 신념이 혼란스러웠다. 그러나 지금 손가락 부상이나 충치처럼 통증을 일으키는 것들은 모두 멜리사가 그에게 던진 여덟 마디 말의 떨리는 의미 위에 놓여 있었다. 네심은 멍한 상태에서 저스틴이 죽은 것처럼 인식하고 있었다. 그녀는 그에게 이제 가슴 위에 영원히 걸고 다니는 로켓처럼 마음속에 새겨져 있었다. 낡은 삶을 떠나 새로운 삶으로 가는 것은 언제나 쓸쓸한 일이다. 여자들은 모두 빈틈없고 자급자족하는 독자적이면서도 새로운 삶을 누린다. 사람으로서의 저스틴은 갑자기 희미해졌다. 네심은 그녀를 소유하고 싶은 것이 아니라 이제 벗어나고 싶었다. 저스틴은 그런 상황에 처해 있었다.

네심은 비서 셀림을 불렀다. 그리고 그가 나타나자, 놀랄 만큼 차분하게 몇 가지 지루한 업무용 편지들을 받아 적으라고 지시했다. 그 내용들을 빠짐없이 속기로 받아 적고 있는 셀림의 손이 떨리고 있었다. 아마 그 순간 갑자기 나타나 반들거리는 전화기들이 울리고 있는 번쩍거리는 커다란 책상 앞에 앉아 있는 네심보다 셀림을 더 두렵게 만드는 존재는 없었을 것이다.

네심은 그 일이 있은 뒤 얼마 동안 멜리사를 만나지 않았다. 하지만 그는 그녀에게 긴 편지들을 썼고, 그 편지들은 전부 화장실에 버렸다. 그건 네심에게 필요한 일인 것 같았다. 이상하긴 하지만, 멜리사에게 저스틴에 대해 설명하고 정당화하기 위해서 였다. 그래서 편지마다 저스틴과 자신의 과거에 대한 길고 고통 스러운 설명으로 시작하고 있었다. 그는 그런 서론이 없다면 어떻게 멜리사가 그를 감동시키고 자신의 마음을 사로잡았는지에 대해 설명할 수 없다고 느꼈다. 네심은 아내를 지키고 싶었다. 물론 저스틴을 전적으로 비판하지 않는 멜리사에게서가 아니라 (그 한 구절은 제외하고), 정확하게는 멜리사와 함께했던 경험에서 우러나온 저스틴에 대한 모든 새로운 의심으로부터였다. 내가 저스틴을 통해 멜리사를 새로 조명하고 재평가했던 것처럼, 네심은 멜리사의 잿빛 눈동자 속에서 저스틴의 새로운 모습을 보고 있었다. 그는 이제 그녀를 증오하는 것이 가능할 수도 있다는 것에 놀라고 있었다. 지금 그는 증오란 오직 이루지 못한 사랑이라는 것을 깨달았다. 네심은 퍼스워든의 성실함을 떠올리며 질투심을 느꼈다. 퍼스워든은 발타자르에게 준 마지막 작품의 겉표지에 놀리는 듯한 말을 휘갈겨 놓았다.

퍼스워든이 인생에 대해 쓴다.
주의하라. 음식은 먹기 위한 것이다.
예술은 예술을 하기 위한 것이다.
여자는 _____ 를 위한 것이다.
끝.
편히 쉬기를.

그리고 멜리사와 네심은 아주 다른 상황에서 다시 만났다……. 하지만 나는 계속 이 이야기를 이어 나갈 용기가 없다. 난 멜리사를 내 마음과 머릿속으로 충분히 깊이 탐구했고, 네심이 그녀에게서 무엇을 찾아냈는지 떠올리는 것을 견딜 수 없다. 이 부분에 대해 기록한 장들은 온통 내용을 삭제하거나 교정한 것으로 뒤덮여 있다. 난 그 부분들을 기록에서 찢어버렸고, 없애버렸다. 성적 질투심은 동물 최고의 호기심이다. 그리고 그 질투심은 어디서든 자리를 차지할 수 있다. 심지어 추억에서조차. 난 네심의 수줍은 키스, 멜리사의 키스를 생각하면 얼굴을 돌린다. 내게 가장 가깝게 입술을 내주었던 멜리사는 네심을 키스 상대로 선택했다…….

빳빳한 종이 뭉치 가운데 두꺼운 종이 한 장을 골랐다. 임시로 고용한 지역 인쇄업자에게 부끄럽긴 하지만 끈덕지게 요구한 끝에, 이름과 주소를 인쇄해 달라고 부탁하고 펜으로 다음과 같이 썼다.

_____씨는 기꺼이 _____씨의
마레오티스 호수 오리 사냥 초대에 참석하겠습니다.

이제야 나는 인간 행동의 어떤 중요한 진실들에 대해 알게 된 것 같다.

* * *

마침내 가을이 확연히 겨울의 문턱으로 들어섰다. 해안 절벽가 도로를 따라 돌로 만든 텅 빈 틀 사이로 높은 파도가 밀려왔다. 마레오티스 호수의 얕은 유역에 철새들이 늘어나기 시작했다. 강물은 겨울색으로 물들어 금빛에서 잿빛으로 변했다.

황혼 녘 네심의 집 앞으로 초대 손님들이 모여들었다. 많은 자동차와 스테이션왜건이 모습을 보이기 시작했다. 사냥 대회에 참석한 손님들의 짐과 버드나무 바구니, 총 가방 들이 길게 늘어 서기 시작했고, 샌드위치와 칵테일 준비 도구들도 줄을 이었다. 승마복을 입은 사냥꾼들이 모습을 보이기 시작했다. 총과 탄약 상자를 비교하기도 하고, 당찮은 충고들을 산만하게 주고받기도 하면서 사냥꾼의 생활에서 뗄 수 없는 대화가 꽃을 피웠다. 노란 빛을 띤 어둠 속으로 땅거미가 내려앉기 시작했다. 햇빛의 각도가 천천히 유리 같은 옅은 자색의 저녁 하늘 쪽으로 향했다. 물잔처럼 맑은 상쾌한 날씨였다.

벌써 무리 짓기 시작한 사람들 사이에서 저스틴과 나는 거미집 같은 고민 속으로 빠져들어 가고 있다. 그녀는 눈에 익은 무명 벨벳 승마복을 입고 있다. 안쪽으로 트임이 깊게 들어가고, 주머니가 비스듬히 달린 코트다. 부드러운 벨루어 모자를 눈썹 바로 위까지 푹 눌러쓰고 있는데, 여학생 같은 모자였다. 그리고 가죽으로 된 긴 부츠를 신고 있다. 우리는 이제 서로 얼굴을 쳐다보지 않고, 감정을 담지 않은 채 말한다. 나는 머리가 쪼개질 것처럼 아프다. 그녀는 자기가 가지고 있던 여분 총을 내게 빌려주었다. 퍼디사(社)에서 제조한 아름답고 튼튼한 12구경으로, 나처럼 총이 손에 익지 않은 사람에게 아주 이상적인 물건이다.

다양하게 무리를 이룬 사람들의 웃음소리와 박수 소리가 여기저기서 터져 나온다. 우리는 호수 주위로 넓게 분산될 것이다. 그리고 서쪽에 있는 사격 대회장은 멕스와 사막 주변 도로를 거쳐 멀리 우회해서 가게 되어 있다. 각 무리의 대장은 모자에서 참석자 명단이 적혀 있는 종이를 꺼낸다. 네심은 벌써 카포디스트리아를 한편으로 빼냈다. 카포디스트리아는 가장자리를 벨벳으로 두른 말쑥한 사냥용 가죽조끼를 입고, 개버딘으로 된 넓은 반바지에 체크 양말을 신고 있다. 또 장끼 깃털을 꽂은 낡은 트위드 모자를 쓰고, 실탄이 가득 들어 있는 탄약대를 메고 있다. 그다음으로 눈앞에 어처구니없는 승마 바지에 잿빛 가방을 든 늙은 그리스인 장교 랄리가 나타난다. 양가죽 코트를 입은 프랑스 대사 대리(代理) 팔리스도 있다. 마지막으로 내가 있다.

저스틴과 퐁발은 에롤 경의 무리에 끼었다. 이제 우리가 헤어지게 될 거라는 건 분명하다. 네심의 무표정한 눈이 번쩍거리는 것을 보며 나는 갑자기 난생처음으로 피부에 직접 와 닿는 공포를 느낀다. 우리는 스테이션왜건을 타고 다양한 장소로 흩어진다. 무거운 돼지가죽 총집을 매고 있는 셀림이 손을 떨고 있다. 모든 배치가 완료되자, 차들이 출발하기 위해 시동을 건다. 그 소리가 신호가 되어 하인 한 무리가 저택 밖으로 뛰어나와 우리에게 출발하기 전에 건배를 나눌 샴페인 잔을 건네준다. 그사이에 무연 탄약을 건네준다는 핑계로 우리 차로 건너온 저스틴이 내 팔을 한 번 따뜻하게 잡아준다. 그리고 순간 의미심장하게 빛나는 검은 눈동자로 나를 응시한다. 어쩐지 그녀가 안도하고 있는 것 같다고 착각할 법한 눈빛이다. 난 입술을 벌려 웃어 보이려고 애쓴다.

네심이 운전하는 차에 탄 우리는 꾸준히 이동하여 일몰의 마지막 빛을 받으며 나지막한 사구 지대를 따라 시내에서 아부키르를 향해 달린다. 다들 흥이 오른 듯하다. 랄리는 쉴 새 없이 지껄이고 있고, 카포디스트리아는 그 전설적인 미친 아버지에 대한 일화로 분위기를 즐겁게 띄운다.("아버지가 미쳐가면서 저지른 첫 번째 행동은 당신의 두 아들에게 고소를 제기한 거라네. 아들들이 고집 세고 악착같은 서출이라고 비난하셨지.") 그는 간간이 손가락을 들어 올려 왼쪽 눈을 가리고 있는, 속에 솜을 압착한 검은 안대를 만졌다. 커다란 방한모의 귀덮개 때문에 늙은 사슴

밀렵꾼인 팔리스는 사색에 잠긴 프랑스 집토끼처럼 보였다. 가끔씩 백미러로 네심의 시선과 미소를 볼 수 있었다.

황혼이 내려올 무렵, 우리는 호숫가에 도달한다. 우리를 맞아 주는 건 낡은 수상 비행기가 요란하게 윙윙거리는 소리다. 그곳에는 미끼가 잔뜩 쌓여 있다. 갈대가 무성한 황무지를 건너 우리가 밤을 보낼 황량한 오두막집으로 출발하기 전에 네심은 나지막한 너벅선에 커다란 오리 사냥용 총 두 자루와 삼각대를 모은다. 우리가 탄 시끄러운 수상 비행기가 컴컴해지는 수로를 타고 내려가고 있을 때 갑자기 수평선이 끝나 버린다. 시끄러운 엔진 소리가 호수의 철새들을 방해하고 있다. 갈대와 수면 위로 곳곳에 삐죽 솟아오른 사초 풀숲이 우리 앞을 가로막고 있다. 우리 앞으로 한 번인가 두 번 물길이 열리자, 작은 섬들이 보인다. 그리고 우리는 잔잔한 호수 위에 진을 치고 있던 청둥오리 떼가 우르르 하늘로 날아오르는 것을 보게 된다. 여기저기 바로 가까이에서 가마우지들이 식탐에 사로잡혀 긴 부리를 사초에 처박은 채 골동품 상점을 지키고 있다. 어둠이 짙게 깔리면서 우리 주위를 에워싸고 있던 호수의 비옥한 군생지는 더 이상 시야에 보이지 않는다. 수상 비행기의 엔진을 끄자 사방이 조용해지면서 갑자기 모기 떼가 윙윙거리는 소리와 오리 울음소리로 가득 찬다.

상쾌한 바람이 살짝 불어오기 시작하자, 호수에 물결이 인다. 짐꾼들이 호수에 붙어 있는 작은 나무 오두막의 발코니에 앉아 우리를 기다리고 있다. 갑자기 어둠이 내려앉자, 뱃사람들의 목소리가 커지고 활기를 띠며 경쾌하게 들린다. 짐꾼들은 난폭한 선원들이다. 그들은 추위를 막기 위해 허리에 갈라베아[19]를 두른 채, 날카로운 소리를 지르며 이 섬에서 저 섬으로 질주한다. 그들은 덩치가 큰 흑인들로, 마치 어둠 속에 새겨진 듯한 모습이다. 짐꾼들은 우리를 차례로 발코니로 끌어올린 다음, 나지막한 너벅선에 쌓여 있는 미끼들을 한 아름씩 운반하기 시작한다. 그동안 우리는 미리 파라핀 램프를 밝혀 놓은 안쪽 방으로 들어간다. 작은 주방에서 식욕을 돋우는 냄새가 나자, 우리는 총과 탄약 상자를 내려놓고, 부츠를 벗어버린다. 이제 사냥꾼들은 백개먼이나 트릭트랙[20] 놀이에 빠지거나, 남성들이 세상에서 가장 즐겁게 열중할 수 있는 대화의 소재라고 할 수 있는 사냥과 사냥감에 대한 이야기에 열중한다. 랄리는 여러 번 짜깁기한 낡은 부츠를 돼지기름으로 문지르고 있다. 맛있는 스튜와 붉은 포도주 덕에 모두 기분이 유쾌하다.

그러나 9시가 되자, 우리 대부분은 그 자리를 파하고 잠자리를 준비한다. 네심은 컴컴한 바깥에서 짐꾼들에게 마지막 지시를 내리고, 녹슬고 낡은 알람 시계를 새벽 3시에 맞추느라 분주하다. 카포디스트리아 혼자 잠자리에 들 생각이 없는 듯 보인다. 그는 깊은 생각에 잠긴 듯 포도주를 마시며, 양쪽 끝을 자른 엽궐련을 피우고 있다. 우리는 잠시 잡담을 나눈다. 그러다 갑자기 카포디스트리아가 막 출간된 퍼스워든의 세 번째 작품을 비평하기 시작한다. "정말 놀랄 일은 퍼스워든이 연이어 정신적인 문제들을 제기하고 있다는 걸세. 마치 그런 문제들이 평범한 것인 양 작품에 나오는 등장인물과 함께 설명하고 있지. 난 호색가인 파의 성격에 대해 생각해 봤다네. 그자는 나와 지나치게 닮았어. 책에서는 파의 방탕한 생활에 대해 정말 끝내주게 좋은 쪽으로 변명해 주고 있지. 그 단락에서 파는 우리 행동의 규범이 한심할 정도로 아무것도 아닌 일에 열중하고 있을뿐더러 원초적인 미에 대한 갈망을 완전히 놓치고 있다고 말한다네. 사람들은 어떤 얼굴에 깊은 인상을 받으면 그 이목구비를 하나씩 뚫어지게 보게 되지. 그리고 그 얼굴 아래의 몸을 안고 싶어서 잠시도 쉴 새 없이 안달하고 있는 거라네. 그렇다고 해서 우리 같은 사람들이 무엇을 할 수 있겠나?' 카포디스트리아는 한숨을 내쉬며, 갑자기 예전의 알렉산드리아에 대한 이야기를 시작한다. 그는 새삼 체념하며 오래전의 관대함에 대해 이야기한다. 그때 카포디스트리아는 자신이 젊은 시절에 너무 조용하고 소극적으로 움직였다는 것을 알고 있었다. "난 우리 아버지처럼 밑바닥까지 가지 않았어. 무슨 일에든 아버지의 관점은 신랄했지만, 그건 반대로 상처받은 당신의 영혼을 감추기 위해 그런 것일 수도 있지. 누구든 다른 사람들의 기억에 남을 만큼 날카롭게 지적을 하는 사람은 평범한 사람이라고 할 수 없어. 아버지가 한번은 결혼에 대해 이렇게 말씀했지. '결혼은 절망을 합법화하는 것이다.' 그리고 '모든 키스는 증오를 정복하는 것이다.' 라고 말이야. 중간에 광기가 방해하긴 했지만 아버지의 인생에 대한 일관적인 관점은 정말 인상적이었어. 그런 것이 내가 아버지에 대해 가지고 있는 얼마 안 되는 일화와 당신이 남긴 말씀에 대한 추억의 전부라네. 좀 더 많은 것을 남겨 주었다면 좋았을 텐데."

나는 좁은 나무 침대에 누운 채, 잠시 카포디스트리아가 했던 이야기를 생각한다. 이제 주위는 완전히 깜깜해졌고, 발코니에서 네심이 짐꾼들에게 나지막하지만 빠르게 지시하는 소리 외에는 아무 소리도 들리지 않는다. 난 그가 무슨 말을 하는지 알아들을 수 없다. 카포디스트리아는 창문 아래 있는 침대로 올라가기 전에, 잠시 어둠 속에 앉아 엽궐련을 마저 피운다. 랄리가 심하게 코를 고는 소리로 봐서 다른 이들은 이미 잠들었다. 나의 공포심은 여기서 다시 체념으로 바뀐다. 나는 잠의 경계선에서 저스틴에 대한 추억이 멀리서 들리는 졸린 듯한 목소리와 한숨처럼 밀려오는 호수의 소리만 살아 있는 망각의 구렁으로 빠져들기 전에 다시 한 번 그녀를 떠올린다.

여전히 컴컴한 어둠 속에서 어깨를 부드럽게 흔드는 네심의 손에 난 잠에서 깨어난다. 우리는 알람 시계에 맞춰 일어나지 못했다. 하지만 방 안에 있던 사람들은 이미 입을 크게 벌리고 하품을 하며, 침대에서 몸을 일으키고 있다. 짐꾼들은 발코니 밖에서 양 떼를 지키는 개처럼 몸을 웅크린 채 잠들어 있다. 그들이 분주히 파라핀 램프의 불을 밝히자, 우리는 기분 나쁠 정도로 번뜩이는 그 빛을 받으며, 정신없이 커피와 샌드위치로 아침 식사를 한다. 나는 아래쪽으로 내려가 얼음처럼 차가운 호수 물에 얼굴을 씻는다. 주위가 완전히 새까맣다. 마치 어둠의 무게가 내리누르고 있는 것처럼, 모두 낮은 목소리로 이야기한다. 한 줄기 돌풍에 빈약한 목재로 물 위에 지은 작은 오두막이 흔들린다.

우리는 각자 너벅선과 짐꾼을 할당받는다. "자넨 파라즈를 데리고 가게." 네심이 말한다. "가장 경험이 많고 믿을 만한 자니까." 난 네심에게 고맙다는 인사를 한다. 때 묻은 하얀 터번 아래 검은 야만인의 얼굴에는 미소가 없었고, 내키지 않는 것처럼 보인다. 그는 내 장비들을 들고 아무 말 없이 검은 너벅선에 올라탄다. 나도 작별 인사를 속삭이며, 너벅선에 올라 자리에 앉는다. 파라즈가 수로를 따라 물거품을 일으키며 유연하게 노를 젓기 시작하자, 우리가 탄 배는 검은 다이아몬드의 중심을 향해 갑자기 앞으로 나아가기 시작한다. 호수는 온통 별로 가득하다. 오리온이 내려오고, 카펠라[21]가 눈부신 섬광을 던진다. 한참 동안 우리는 별이 지천에 깔린 물 위를 천천히 지나간다. 노가 진흙 속을 헤쳐 나가는 소리 이외에는 아무 소리도 들리지 않는다. 그러다 갑자기 넓은 수로에 들어서자, 우리가 타고 있는 너벅선에 계속해서 잔물결이 부딪히는 소리가 들린다. 불어오는 바람이 눈에 보이지 않는 해안선의 소금 맛을 느끼게 한다.

그 잃어버린 세계의 어둠 속을 가로지르고 있을 때, 벌써 새벽의 징후가 느껴진다. 눈앞으로 다가온 텅 빈 호수는 에칭 기법으로 그린 듯한 흐릿한 섬들과 까끄라기, 갈대, 사초의 싹에 흔들린다. 그리고 사방에서 오리의 시끄러운 울음소리에, 해안선을 따라 날카롭게 쥐어짜는 듯한 갈매기의 울음소리가 들린다. 파라즈는 투덜거리며 가까운 풀숲을 향해 너벅선을 돌린다. 나는 어둠 속에서 손을 내밀어 차가운 총신을 힘겹게 들어 올린다. 사냥터로 지정된 곳에는 마른 나무통 두 개가 연결되어 있고, 그 주위는 갈대에 가려져 있다. 짐꾼이 너벅선을 고정시키는 동안, 나는 그가 들고 있던 짐을 대신 들어주었다. 지금은 새벽이 될 때까지 그 자리에 앉아서 기다리는 것 이외에는 할 일이 없다. 깜깜하기만 할 뿐 아무것도 보이지 않는 어둠 속 어딘가에서 해가 떠오를 것이다.

지금은 지독하게 춥다. 내가 입고 있는 두꺼운 외투마저 그 추위를 막아주기에는 역부족인 듯하다. 나는 파라즈에게 내가 직접 총을 장전할 것이며 그가 바로 내 옆에서 여분의 총이나 탄약 상자를 다루길 원하지 않는다고 말했다. 부끄럽긴 하지만 내가 그랬다는 것을 여기서 고백해야 한다. 하지만 내 신경을 가라앉히기 위해서는 그렇게 할 수밖에 없었다. 파라즈는 무표정한 얼굴로 고개를 끄덕이더니, 너벅선에서 내려 옆에 있는 갈대숲에 위장 허수아비처럼 뚝 떨어져 서 있다. 우리는 고개를 돌려 호수의 먼 곳을 바라보며 기다린다. 몇백 년은 기다린 것 같다.

갑자기 거대한 수로 끝이 희미하게 전율하면서 시야를 자극한다. 점차 동쪽 하늘에서 햇살이 검은 구름을 뚫고 노란 미나리아재비색으로 천천히 환하게 비치기 시작한다. 우리 주위에 있던 보이지 않는 철새들 서식처에서 잔물결이 일면서 점점 더 부산해진다. 절반쯤 열린 문처럼 새벽이 어둠을 물리치며 천천히, 힘겹게 다가온다. 일 분 정도 지나자, 부드러운 미나리아재비 빛깔의 햇살이 하늘에서 미끄러지듯 내려와 수평선에 닿을 듯하다. 그 빛이 우리의 눈과 마음에 방향을 제시해 준다. 파라즈는 요란하게 하품을 하면서 몸을 긁는다. 이제 주황색의 장밋빛 햇살은 따뜻한 금색으로 빛난다. 구름은 초록에서 노란색으로 변한다. 호수가 잠에서 깨어나기 시작한다. 나는 동쪽에서 물오리의 검은 윤곽을 볼 수 있다. "지금입니다." 파라즈가 속삭인다. 하지만 내 손목시계의 분침은 아직 5분은 더 있어야 한다고 말한다. 마치 어둠이 뼛속까지 스며들고 있는 것 같은 느낌이다. 난 졸린 마음과 싸우며, 몸이 굼뜨고 일순간 정지된 듯한 기분을 느낀다. 4시 30분 전에는 사냥을 시작하지 않기로 되어 있다. 나는 천천히 총알을 재고, 손에 쉽게 잡을 수 있게 탄약띠를 놓는다. "지금입니다." 파라즈가 좀 더 다급하게 말한다. 근처에서 새들이 몸을 숨기려 도망가는 듯 풍덩 소리가 난다. 호수 한가운데서 검둥오리 두 마리가 사색에 잠긴 듯 웅크리고 있는 것이 보인다. 내가 무슨 말인가 하려고 하는 순간, 남쪽에서 첫 번째로 총성이 들린다. 멀리서 크리켓 공이 부딪치는 소리 같다.

이제 한 마리씩 지나가기 시작한다. 하나, 둘, 셋. 주위가 점점 환해지면서, 하늘은 붉은색에서 초록색으로 변하고 있다. 구름은 하늘의 거대한 공동(空洞)을 드러내 보이며 이동하고 있다. 구름은 과일 껍질처럼 아침을 벗긴다. 200미터가량 떨어진 곳에서 오리 네 마리가 화살처럼 날아오른다. 오리 떼는 나와 각도상으로 정확한 교차점에 있다. 그래서 나는 거리를 재려고 시험 삼아 오른쪽으로 총을 겨누고 쏘아본다. 오리 떼가 평소보다 빠르고 높이 날아가는 것 같다. 심장이 두근거리고, 시간은 흐른다. 근처에서 총들이 발사되면서, 이제 이 호수는 온통 경계 상태에 들어간다. 오리는 제법 빈번하게 세 마리, 다섯 마리, 아홉 마리로 무리 지어 나타난다. 아주 느리거나 아주 빠르다. 날개를 퍼덕거리며, 목을 내밀고 하늘을 헤쳐 나간다. 다시 좀 더 높이 중천까지 올라간 청둥오리 떼는 햇빛을 등지고 날아가는 비행기처럼 편대로 모여 천천히 부드럽게 하늘을 가른다. 청둥오리 떼가 대양을 향해 천천히 나선형으로 비스듬히 지나가자 총탄들이 대기를 가른다. 야생 거위들이 손에 닿지 않을 정도로 높이 올라가면서 애처롭게 우는 소리가 햇살이 내리비치는 마레오티스 호수 위에 울린다.

지금은 생각을 하기가 힘든 시간이다. 내 머리 위로 물오리와 홍머리오리가 다트 던지는 것 같은 소리를 내며 지나가면, 나는 기계적으로 천천히 총을 쏘기 시작한다. 목표물이 너무 많다 보니 총을 겨누는 동안 종종 하나가 둘로 갈라지며 고르기 힘들어진다. 나는 오리 대열을 향해 한 번인가 두 번 정도 속사로 총을 쏜다. 명중했을 경우, 새는 비틀거리거나 빙글빙글 돌다가 일단 정지한다. 그러다가 숙녀의 손에서 떨어지는 손수건처럼 우아하게 밑으로 떨어진다. 그 갈색 시신들이 갈대밭으로 떨어지면, 피곤을 떨쳐 버린 파라즈가 리트리버처럼 죽은 새를 찾아 미친 듯이 배를 젓는다. 가끔씩 그는 걸치고 있던 갈라베아를 횡격막까지 걷어 올리고 물속에 뛰어든다. 그의 얼굴이 흥분한 것처럼 보인다. 가끔씩 파라즈는 날카로운 함성을 지른다.

이제 오리들은 도처에 나타나기 시작한다. 사방에서 온갖 속도로 날아다닌다. 호수의 앞뒤로 날아다니는 새들을 쫓아 귀청이 떨어질 듯 여기저기서 총을 쏘고 있다. 재빠르게 날아다니던 새들도 지친 듯 피해가 상당하다. 외따로 날던 새들은 공포에 질린다. 어리석은 새끼 오리 한 마리가 잠시 너벅선에 올라탔다가, 하마터면 파라즈의 손에 잡힐 뻔한다. 갑자기 위험을 감지한 오리는 거품처럼 그의 손에서 미끄러지며 하늘로 올라간다. 이런 흥분 상태에서 자신을 통제하며 침착하게 총을 쏘는 건 힘든 일이었지만, 나는 휘말리지 않고 신중하게 방아쇠를 당긴다. 이제 밤안개는 사라졌고, 태양이 높이 떴다. 옷을 두껍게 입은 터라 한 시간이 채 지나기 전에 땀을 흘리게 될 것이다. 태양은 마레 오티스의 일렁이는 물결 위에서 빛나고 있다. 새들은 여전히 호수 위를 날아다니고 있다. 이제 너벅선들은 흠뻑 젖은 희생물들의 시신으로 가득하고, 바닥의 갈라진 틈으로 붉은 피가 흐른다. 근사한 깃털들은 죽음으로 빛이 바랬다.

나는 최선을 다해 탄약을 아꼈지만, 8시 15분이 되었을 때 이미 마지막 탄약 상자를 써버렸다. 파라즈는 여전히 리트리버처럼 충실하게 갈대밭 사이를 헤치고 죽은 오리들을 찾아다니며 고생하고 있다. 나는 담배에 불을 붙인다. 처음으로 징조와 예감의 그늘에서 자유로워졌음을 느낀다. 다시 한 번 편안하게 숨을 쉬며 마음을 가라앉힌다. 죽음의 예감이 정신의 자유로운 활동을 가라앉힐 수 있다는 건 정말 놀라운 일이다. 그것은 희망과 소망만으로 자라난 미래를 강철 덧문처럼 가로막는다. 나는 턱에 수염이 자란 것을 느낀다. 그리고 뜨거운 물로 목욕하고, 따뜻한 아침 식사를 할 수 있기를 간절히 바란다. 파라즈는 여전히 지칠 줄 모른 채 사초 풀숲을 헤매 다니고 있다. 총소리가 줄어들더니, 호수의 여러 구역에서 침묵이 흐르기 시작한다. 나는 가슴에 둔한 통증을 느끼며, 이 햇살이 반짝이는 호수 어딘가에 있을 저스틴을 생각한다. 그녀의 안전에 대해서는 걱정하지 않는다. 저스틴은 짐꾼으로 내 충실한 하인 하미드를 데려갔기 때문이다.

나는 다시 한 번 기분이 좋아지고 근심이 사라지는 것을 느끼며, 파라즈에게 탐사를 그만두고 너벅선을 타고 돌아가자고 소리친다. 파라즈는 마지못해 그 말에 따른다. 마침내 우리는 호수에서 출발해 수로와 갈대밭을 건너 오두막으로 향한다.

"여덟 쌍으로는 충분하지 않아요." 랄리와 카포디스트리아가 돌아올 때 가지고 올 커다란 사냥꾼용 자루와 마주하게 될 것을 생각하며 파라즈가 말한다. "나한테는 충분하고도 남아. 난 총을 잘 쏘지 못하니까. 이보다 더 잘할 수는 없었을걸." 내가 말한다. 이제 우리는 복잡하게 얽힌 수로에 들어선다. 마치 호수에 접해 있는 소형 운하 같다.

그 끝에서 나는 우리 쪽으로 다가오는 또 다른 너벅선의 불빛을 본다. 배가 점점 가까워지면서 익숙한 네심의 모습이 보인다. 그는 귀덮개를 위에서 묶은 낡은 몰스킨 모자를 쓰고 있다. 내가 손을 흔들었지만 그는 반응이 없다. 네심은 멍하니 너벅선의 뱃머리에 앉은 채 무릎 위로 양손을 꼭 움켜쥐고 있다. "네심." 내가 소리친다. "어떻게 됐나? 난 여덟 쌍을 잡고 한 마리 놓쳤다네." 우리가 탄 배들이 거의 나란히 나아간다. 우리 모두 오두막으로 이어지는 마지막 수로의 입구를 향하고 있었기 때문이다. 네심은 우리 사이의 거리가 몇 미터 안으로 가까워질 때까지 기다렸다가, 이상할 정도로 침착하게 말한다. "자네 들었나? 사고가 있었다는군. 카포디스트리아가……." 갑자기 나는 심장이 내려앉는 기분이 든다. "카포디스트리아가 어떻게 됐는데?" 난 말을 더듬는다. 네심은 마치 엄청난 에너지를 소진한 뒤 쉬고 있는 사람처럼 이상할 정도로 침착하다. "죽었다네." 네심이 말한다. 그때 갑자기 갈대밭 뒤에서 수상 비행기가 시동을 거는 요란한 소리가 들린다. 네심은 그 소리를 듣고 앞으로 고개를 숙이며, 좀 전과 같은 목소리로 말을 덧붙인다. "저들이 카포디스트리아를 알렉산드리아로 데리고 갈 거야."

천 개의 진부하고 상투적인 일, 천 개의 진부한 온갖 의문이 내 마음속에서 솟아난다. 하지만 한참 동안 나는 아무 말도 하지 못한다.

발코니에 사람들이 거북한 분위기 속에 모여 있다. 그들은 대부분 겸연쩍은 듯한 모습으로 서 있다. 어리석은 장난으로 친구를 죽음으로 몰아넣은 경솔한 학생들 같다. 수상 비행기의 물때 낀 엔진 소음이 여전히 대기를 뒤덮고 있다. 그 가운데 누군가 고함을 지르는 소리와 자동차에 시동을 거는 소리를 들을 수 있다. 보통 때라면 흡족한 듯 바라보며 무용담에 곁들일 소재가 될 오리 시신들이 시대착오적인 어리석음을 보여 주며 오두막에 높이 쌓여 있다. 지금은 거기서 카포디스트리아의 죽음이 연상된다. 우리는 그저 각자 무기를 가지고 확실히 자기 몫을 챙길 준비를 한 채 컴컴한 호수로 나갔을 뿐이다. 카포디스트리아의 죽음은 여전히 악취처럼, 질 나쁜 농담처럼 그 분위기 속에 매달려 있다.

카포디스트리아와 같이 나갔던 랄리가 호수의 얕은 물속에 얼굴을 박은 채 누워 있는 그의 시신을 발견했다. 검은 안대가 근처 물 위에 떠 있었다. 사고임이 분명했다. 카포디스트리아의 짐꾼은 가마우지처럼 여윈 노인이었다. 노인은 지금 발코니에 엉망으로 쏟아진 콩 위로 웅크리고 앉아 있다. 그는 사건의 경위를 조리 있게 말할 수 없었다. 상 이집트 출신인 노인은 사막의 수사처럼 잔뜩 지친 몸으로, 걱정 때문에 어쩔 줄 모르는 표정을 짓고 있었다.

랄리는 극심한 불안에 떨며, 브랜디를 쉴 새 없이 마시고 있다. 그는 같은 이야기를 일곱 번째 되풀이하고 있었는데, 곤두선 신경을 가라앉히려면 계속 이야기를 하는 수밖에 없었기 때문이다. 카포디스트리아의 시신은 물속에 오래 있지 않았는데도 피부가 여자 세탁부의 손처럼 불어 있었다. 그들이 시신을 들어 올려 수상 비행기에 실었을 때, 입에서 틀니가 떨어지면서 바닥에 부딪혀 깨지는 바람에 모두 깜짝 놀랐다. 그 사고는 랄리에게 깊은 인상을 준 것 같았다. 나는 갑자기 피곤함이 사라지면서 무릎이 떨리기 시작하는 걸 느낀다. 뜨거운 커피 잔을 들고, 신발을 벗은 다음 가까이 있는 침대로 파고든다. 랄리는 여전히 귀청이 떨어질 것 같은 목소리로 끈질기게 이야기를 계속하면서, 술잔을 들지 않은 손으로 허공에 의미심장한 손짓을 한다. 다른 이들은 각자 생각에 잠긴 채 멍하니, 이미 한풀 꺾인 호기심으로 랄리를 쳐다보고 있다. 카포디스트리아의 짐꾼은 눈부신 햇살에 눈을 깜박거리며 굶주린 동물처럼 요란스레 콩을 먹고 있다. 경관 세 명이 불안정하게 너벅선을 타고 나타난다. 네심은 어쩐지 만족스럽다는 듯 가볍고 침착한 태도로 경관들의 우스꽝스러운 모습을 보고 있다. 혼자 웃고 있는 것처럼 보일 정도다. 요란한 발소리와 목재 계단에 머스킷 총을 부딪치는 소리를 내면서 안으로 들어온 경관들이 수첩을 들고 우리 앞에 자리를 잡는다. 그들은 우리들 모두를 의심하는 듯, 심상치 않은 분위기를 풍기고 있다. 경관 중 한 명이 신중하게 카포디스트리아의 짐꾼에게 수갑을 채워 너벅선에 태운다. 멍하니 상황을 이해하지 못한 채 수갑을 손목에 찬 노인의 모습은 인간의 행동을 배우기는 했지만,

이해는 하지 못하고 따라 하는 늙은 원숭이처럼 보인다.

거의 1시가 다 되어서야 경찰들이 일을 마치고 돌아갔다. 사냥 대회 참석자들이 호수에서 도시로 돌아가면 카포디스트리아가 죽었다는 소식을 듣게 될 것이다. 하지만 그게 다가 아니다.

우리는 물가에서 한 사람씩 차례로 짐을 들고 뿔뿔이 흩어진다. 자동차들이 우리를 기다리고 있다. 이제 짐꾼과 뱃사람 들에게 지불해야 할 보수를 놓고 길고 긴 흥정이 시작된다. 총을 분해하고 짐을 나눈다. 이처럼 어수선한 분위기 속에서 나는 눈부신 햇살에 눈을 찡그린 채 사람들과 작별 인사를 나누며 하미드가 다가오는 모습을 본다. 틀림없이 나를 먼저 찾을 거라고 생각했지만, 그는 그러지 않는다. 하미드는 네심에게 다가가 작은 푸른색 봉투를 건넨다. 난 이 일에 대해 정확하게 묘사하고 싶다. 네심은 멍하니 그 편지를 왼손으로 받아 든다. 오른손은 자동차의 글러브 박스 안에 탄약 상자를 집어넣고 있다. 네심은 아무 생각 없이 수취인을 보다가 다시 한 번 자세히 들여다본다. 그는 하미드의 얼굴을 쳐다보며 깊은 한숨을 내쉰다. 그리고 봉투를 뜯더니, 그 안에 들어 있는 반으로 접혀 있는 편지지를 꺼내 읽는다. 그 편지를 한참 쳐다본 뒤, 다시 봉투 안에 집어넣는다. 네심은 갑자기 표정이 변한 것처럼 보인다. 몸이 아픈 듯 주위를 돌아보며 토할 자리를 찾는다. 네심은 사람들 사이를 뚫고 나간다. 그리고 진흙 벽 한구석에 머리를 기대고 달리기 선수처럼 숨을 거칠게 몰아쉬며 흐느낀다. 그런 다음 그는 다시 차로 돌아온다. 완전히 마음을 가다듬은 듯, 메마른 눈으로 짐을 마저 싣는다. 다른 손님들은 아무도 그 짧은 순간에 벌어진 일을 알아차리지 못한다.

도시를 향해 자동차들이 출발하기 시작하자 먼지구름이 일어난다. 거친 뱃사람 무리가 소리치며 손을 흔들고, 금과 상아를 아로새긴 수박처럼 미소를 짓는다. 하미드가 차 문을 열고 원숭이처럼 올라탄다. "무슨 일이야?" 내가 묻는다. 그는 용서를 구하듯 작은 손을 포갠 채 내 앞으로 내민다. 그건 '이런 비보를 전하게 된 것을 용서해 달라'는 의미다. 하미드가 나를 달래려는 듯한 작은 목소리로 말한다. "주인님, 아가씨가 떠나셨습니다. 집에 가면 편지가 있을 거라고 하셨어요."

마치 도시 전체가 무너지는 것 같은 소리가 들렸다. 난 천천히 아파트로 걸어간다. 지진이 일어난 뒤, 생존자들이 정처 없이 거리를 떠돌다가 익숙한 것들이 얼마나 많이 변했는지 알고 깜짝 놀라는 모습 같았다. 피루아가(街), 프랑스가(街), 테르바나 모스크(사과 냄새가 나는 찬장), 시디 아부 엘 아바스가(街)(빙과 커피), 안푸치, 라스 엘 틴(무화과 곶), 이킨기 마리우트(야생화를 함께 따던 곳, 여기서 저스틴은 나를 사랑할 수 없다고 확신했다.), 광장에 있는 모하메드 알리의 기마상……. 얼 장군의 우스꽝스러운 작은 반신상, 1885년에 살해당한 수단 총독……, 저녁이면 몰려오는 제비 떼……, 콤 엘 수가파의 무덤들, 어둠과 젖은 흙, 어둠을 두려워하던 두 사람……, 오래된 카노푸스 대로 같은 포드가, 당시의 로제트가(街)……, 허친슨이 도시의 물 공급을 막기 위해 무너뜨린 제방……. 『풍속』을 보면 아르나우티가 저스틴에 대해 쓴 글을 그녀에게 읽어주려는 장면이 있다. 〈그녀는 손을 무릎 위에 놓은 채 고리버들 의자에 앉아 있다. 마치 초상화에 어울릴 법한 자세다. 하지만 얼굴에는 공포가 역력하게 드러나 있다. 마침내 나는 더 이상 참지 못하고, 이렇게 외치며 난로에 원고를 던져버렸다. "이런 게 무슨 의미가 있어? 심장에 구멍이 난 심정으로 써 내려간 이 원고들을 당신이 전혀 이해하지 못하는데."〉 난 마음의 눈으로 네심이 커다란 옷 가방을 끌고 그녀의 방으로 뛰어가는 모습을 볼 수 있다. 그는 그 방에서 멍하니 텅 빈 옷장과 마치 표범이 발로 휩쓸고 간 것처럼 깨끗한 화장대를 보고 있는 셀림을 보게 될 것이다.

알렉산드리아 항구에서 고동이 소리치며 운다. 배의 스크루가 부서지면서, 기름이 뒤덮인 초록색 바다를 휘젓는다. 요트 떼가 한가롭게 선체를 돌리며 대지의 심장이 수축하고 확장하는 박자에 맞춘 듯 가볍게 흔들린다. 그리고 돛대를 하늘로 올린다. 만일 우리가 충분히 주의를 기울이고, 충분히 사랑하며, 충분히 인내한다면, 우리를 깜짝 놀라게 하는 경험의 중심 어딘가에는 질서와 통일이 있을 것이다. 그런 순간이 과연 올까?

4부

 저스틴이 사라졌다는 새로운 상황은 견디기 어려웠다. 우리 관계의 전체적인 구조가 변했다. 마치 그녀가 아치의 종석을 옮겨 버리기라도 한 것 같았다. 네심과 나는 그 폐허 사이에 남아, 이른바 저스틴이 만들어놓은 관계의 복구 작업에 직면하게 되었다. 나는 이제 그녀의 부재는 공허함으로 나타나, 앞으로도 항상 어두운 영향을 미칠 죄책감을 만들 것이라고 생각한다.
 네심의 고통은 모든 이에게 명백했다. 표정이 풍부했던 얼굴에 건강하지 못한 기운이 드러나기 시작했고, 마치 교회의 순교자처럼 창백했다. 그를 보고 있으면, 예루살렘에 있는 요양원으로 떠나기 전 마지막으로 멜리사를 만났을 때 내가 느꼈던 감정을 고스란히 떠올릴 수 있었다. 멜리사는 솔직하고 부드럽게 말했다. "모든 것이 끝났어……. 원래대로 돌아갈 수 없을지도 몰라……. 지금 이 이별은……." 그녀의 목소리는 점점 잦아들면서 촉촉해지더니, 말끝을 흐렸다. 그때 멜리사는 몹시 아팠다. 병이 재발한 상황이었다. "우리 자신에 대해 다시 생각해 볼 시간이야……. 만일 내가 저스틴이었다면……. 당신이 나를 안으면서도 그녀를 생각했다는 거 알고 있어……. 그 사실을 부정하지 마……. 이미 알고 있으니까……. 난 당신의 상상마저 질투했는걸……. 비참한 생각에 자책까지 쌓인다는 건 정말 끔찍한 일이야……. 신경 쓰지 마." 멜리사는 코를 풀었다. 그리고 간신히 미소 지었다. "몸이 안 좋아서 쉬어야 해……. 지금 난 네심과 사랑에 빠졌어." 난 슬픈 말이 흘러나오는 그녀의 입을 내 손으로 막았다. 택시가 가차 없이 흔들렸다. 잘 차려입은 알렉산드리아의 부인들이 유령이 미끄러지듯 우리 옆을 지나가고 있었다. 택시 기사가 첩자처럼 백미러로 우리를 보고 있었다. 그는 백인들의 감정은 이상하리만큼 자극적이고 음란하다고 생각할 것이다. 기사는 고양이들이 교미하는 장면을 보는 것 같은 시선으로 우리를 쳐다보고 있었다.

"당신을 잊지 않을 거야."

"나도 그래. 편지 보내줘."

"당신이 원하면 언제라도 돌아올게."

"그 점만은 의심하지 마. 몸조리 잘해, 멜리사. 반드시 나아야 해. 당신을 기다리고 있을 테니까. 이제 새로운 시간이 시작될 거야. 그래도 내 안에 모든 것이 그대로 남아 있다는 걸 난 느낄 수 있어."

그럴 때 연인들이 나누는 말은 왜곡된 감정으로 가득 차 있게 마련이다. 오직 그들의 침묵만이 잔인할 정도로 정확하게 연인들의 진실을 알려 준다. 우리는 손을 잡은 채 아무 말도 하지 않았다. 멜리사는 나를 끌어안고는 기사에게 출발하자는 신호를 보냈다.

〈저스틴이 가버리자 도시는 그에게 이상한 무력감을 안겨 주었다. 그녀에 대한 그의 추억은 어느 곳이든 친숙한 골목을 돌

때마다 저스틴의 모습을 순식간에 생생히 재현했고, 거리와 광장에 잊을 수 없는 눈과 손을 새겨놓았다. 두 사람이 한 때 함께 앉아서 술고래처럼 서로의 눈을 응시하던 카페의 반들거리는 테이블에서 나누었던 대화들이 튀어나와 그에게 부딪혔다. 가끔씩 저스틴은 어두운 거리에서 그보다 몇 걸음 앞에서 걸어가기도 했다. 그녀가 신발 끈을 묶기 위해 멈춰 서면, 그는 떨리는 마음으로 그녀를 따라갔다. 하지만 언제나 다른 사람이 보이곤 했다. 확실히 저스틴만 들어갈 수 있는 특별한 문이 있는 것 같았다. 그는 그 자리에 앉아서 그 문들을 끈질기게 지켜보곤 했다. 어떤 때는 갑자기 그녀가 기차를 타고 도착했을지도 모른다는 참을 수 없는 확신에 사로잡혔다. 그러면 서둘러 역으로 달려가 강을 건너는 사람처럼 사람들의 물결 사이를 헤치고 다녔다. 아니면 공항의 무더운 대합실에 앉아, 자정이 넘을 때까지 출발하는 사람들과 도착하는 사람들의 모습을 지켜보기도 했다. 혹시라도 저스틴이 갑자기 돌아와 그를 놀라게 할지도 모르는 일이었다. 그렇게 그녀는 그의 망상을 지배하고 있었고, 그의 판단이 얼마나 유약한지 가르쳐주었다. 그는 그녀가 떠났음에도 자신에게서 떠나지 않고 있다는 것을 의식하고 있었다. 아기가 죽어도 그 관계를 끊을 수 없는 것처럼.〉 아르나우티는 이렇게 쓰고 있다.

저스틴이 떠나버린 날, 밤이 되자 엄청나게 강한 뇌우가 내리쳤다. 나는 몇 시간이고 비를 맞으며 헤매고 다녔다. 내 자신을 제어할 수 없다는 느낌뿐 아니라 네심도 틀림없이 같은 심정일 거라는 생각에 괴로웠다. 솔직히 나는 텅 빈 아파트로 돌아갈 수 없었다. 결코 계획했던 건 아니지만, 어쩌면 이제는 편히 쉬고 있을 퍼스워든을 따라갈 수도 있을 것 같았다. 코트도 입지 않고 모자도 쓰지 않은 채, 앞이 보이지 않을 정도로 퍼붓는 비를 맞으며 포드가를 일곱 번째로 지나치다가, 나는 클레어의 창문에 불이 켜져 있는 것을 발견했다. 갑자기 그 집 초인종을 누르고 싶은 충동을 느꼈다. 윙 소리와 함께 현관문이 열리자, 나는 건물 안으로 조용히 들어갔다. 컴컴한 거리는 쏟아지는 비에 홈통이 요란하게 울리고, 맨홀이 넘쳐 빗물이 튀고 있었다.

클레어는 문을 열고 내 상태를 살폈다. 나는 방 안으로 들어가 젖은 옷을 벗고, 푸른색 화장복을 입었다. 작은 전기난로가 고마웠다. 클레어는 뜨거운 커피를 준비해 주었다.

그녀는 벌써 잠옷 차림이었고, 금발도 잠자기 좋게 빗은 상태였다. 바닥에는 『거꾸로』[1]가 놓여 있고, 그 옆에는 연기가 피어오르는 담배가 놓인 재떨이가 있었다. 단속적으로 창문을 통해 번개가 내리쳤다. 클레어의 수심 가득한 얼굴이 마그네슘 섬광에 비쳤다. 새까만 하늘에서 천둥이 쿵쿵 울리며 창문을 흔들고 있었다. 나는 차분하게 저스틴에 대해 이야기함으로써 내 안의 공포를 일부분이나마 몰아낼 수 있었다. 클레어는 이미 모든 것을 알고 있는 것처럼 보였다. 알렉산드리아인의 호기심 앞에 숨길 수 있는 건 아무것도 없다. 다시 말해 그녀는 저스틴에 대해 모든 것을 알고 있었다.

"당신도 이렇게 될지 모른다고 생각했잖아." 클레어가 말했다. "전에도 말했지만, 나도 한때는 저스틴을 많이 사랑했어."

그 이야기를 하기 위해 클레어는 큰 결심을 해야 했다. 그녀는 한 손에 커피 잔을 든 채, 푸른색 줄무늬가 있는 잠옷을 입고 문 옆에 서 있었다. 클레어는 눈을 감고 이야기했다. 마치 그 강풍에 자기 머리의 왕관이 떨어지기라도 기대하고 있는 것 같았다. 감은 두 눈에서 천천히 눈물이 흐르기 시작하더니 코 옆으로 흘러내렸다. 클레어는 발목이 부러진 어린 수사슴처럼 보였다.

"아! 더 이상 저스틴 이야기는 하지 말자." 마침내 그녀가 속삭이듯 말했다. "이제 저스틴은 다시 돌아오지 않을 거야."

잠시 후 그 집을 나오려고 했지만, 폭풍우는 좀처럼 가라앉지 않았고 내 옷도 여전히 심하게 젖어 있었다. "여기 같이 있어도 돼." 클레어가 말했다. 그리고 내가 감격에 목이 멜 정도로 부드럽게 덧붙였다. "하지만 부탁인데…… 뭐라고 말해야 좋을까…… 그러니까 날 안지만 말아 줘."

우리는 좁은 침대에 나란히 누워 저스틴에 대한 이야기를 나누었다. 그동안 폭풍우는 잠잠해졌지만 방파제에서 몰아치는 빗줄기가 아파트의 창문틀에 내리치기 시작했다. 클레어는 이제 체념한 듯 침착해졌다. 그리고 그 일에 대해 자세히 이야기하기 시작했다. 클레어는 자신만이 알고 있는 저스틴의 과거에 대해 많은 이야기를 해주었다. 사랑과 증오가 뒤섞인 감정을 느끼는 여왕에 대한 이야기를 하듯 놀랄 만큼 다정하게 저스틴의 이야기를 해주었다. 클레어는 재미있다는 듯 아르나우티가 과감하게 저스틴의 심리 분석을 시도한 이야기를 했다. "당신도 알다시피, 저스틴은 사실 똑똑한 건 아니야. 하지만 궁지에 몰린 야생동물 같은 기지를 가지고 있지. 난 저스틴이 그런 연구 결과의 주제를 정말로 이해했을 거라고는 생각하지 않아. 하지만 의사들은 피했을지 몰라도, 저스틴은 친구들에게는 완벽하게 솔직했어. 이를테면 '워싱턴 D. C.'라는 암호로 보내오던 서신을 예로 들 수 있을 거야. 다들 무척 열심이었는데, 기억나? 어느 날 밤, 우리는 여기 같이 누워 있었어. 그때 저스틴에게 그 단어에서 연상되는 것을 아무거나 이야기해 보라고 했지. 물론 그녀는 완전히 내 재량을 믿고 있었어. 저스틴은 정확히 대답했지.(그녀는 아르나우티에게는 말하지 않았지만, 이미 그 일을 하고 있었던 게 분명해.)'워싱턴 근처의 알렉산드리아라는 도시야. 우리 아버지는 언제나 그곳에 사는 먼 친척을 찾아간 이야기를 해주셨어. 그분들에게는 저스틴이라는 딸이 있었는데, 딱 내 또래였다고 해. 그 애는 미쳐서 정신병원에 갇혔어. 남자에게 강간당한 적이 있다나 봐.' 그때 내가 D. C.에 대해 묻자 저스틴이 대답했어. '다 카포. 카포디스트리아.'"

난 그 대화가 얼마나 오래 지속되었는지, 그게 아니라면 얼마나 빨리 잠들어 버렸는지 알 수 없다. 하지만 다음 날 아침 우리가 서로의 품 안에서 깨어났을 때, 폭풍우는 그쳐 있었고 도시는 깨끗하게 변해 있었다. 우리는 서둘러 아침 식사를 했고, 난 면도를 하기 위해 므넴지안의 이발소로 갔다. 거리는 지난밤 비바람에 깨끗해지면서 본래의 색을 되찾았으며, 부드러운 대기 속에서 따뜻하고 아름답게 빛나고 있었다. 나는 여전히 주머니 속에 저스틴의 편지를 가지고 있었다. 하지만 그 편지를 다시 읽을 엄두는 나지 않았다. 클레어 덕분에 얻은 마음의 평화를 해치고 싶지 않았다. 오직 그 편지의 첫 구절만이 고집스럽고 끈질기게 두근거리는 마음속에서 계속 메아리치고 있었다. "만일 당신이 호수에서 살아 돌아온다면, 이 편지를 보게 될 거야."

저스틴의 편지는 2년간 상 이집트에 있는 가톨릭 학교 선생으로 일해 달라는 내용의 다른 편지와 함께 아파트 거실 벽난로 위에 놓여 있었다. 난 그 일을 그 자리에서 바로 승낙했고 수표를 받았다. 그 일은 다시 한 번 모든 것을 변화시킬 것이며, 이 도시의 거리에서 나를 자유롭게 해줄 터였다. 이 거리는 나를 늦게까지 붙잡고 있고, 그 때문에 나는 멜리사를 찾아 아랍 거주지의 꺼져가는 불빛 사이를 끝없이 헤매는 꿈을 꾼다.

새 직장에서 일하겠다는 승낙 편지를 우체통에 넣고 나면 새로운 시기가 시작될 것이다. 무엇보다 그것이 나를 이 도시에서 분리해 줄 것이기 때문이다. 너무나 많은 일들이 일어났고, 중요한 일도 많았으며, 나를 나이 먹게 만들어버린 이 도시에서. 하지만 짧은 인생은 시간과 날짜라는 힘에 의해 앞으로 이동할 것이다. 역사 속에서 파로스 등대가 불탄 것처럼 똑같은 거리와 광장이 내 상상 속에서 불타오를 것이다. 내가 사랑을 나눈 특별한 방들, 손가락으로 내 손목을 누르며 나를 마법에 걸리게 만들었던 특별한 카페의 테이블들, 돌고 도는 알렉산드리아의 달아오른 보도를 지나가는 듯한 느낌은 온몸으로 전해졌다. 그건 오직 굶주린 키스와 깜짝 놀랄 정도로 완전히 잠긴 목소리로 말하는 사랑의 언어로밖에 표현할 수 없는 육체의 리듬이다. 그렇게 사랑하지만 헤어져 있어야 하는 것은 고통스럽지만 꼭 필요한 성장을 위해서다. 사랑의 탐구자들에게 그런 이별은 삶에 대한 갈망을 제외한 모든 것에서 정신적으로 자유롭게 해준다.

이제는 그런 감정들의 실질적인 토대 또한 미묘한 변형을 경험하게 된다. 다른 부분들 역시 변화가 시작되었기 때문이다. 네심은 휴가를 보내러 케냐로 떠난다. 퐁발은 십자 훈장을 받았고, 로마 관공서에 자리를 얻었다. 그곳에서 그가 좀 더 행복할 거라는 것에는 의심의 여지가 없다. 연이어 벌어지는 느긋한 작별 파티들은 모든 이의 목적에 부합하기 시작했다. 더 이상 어느 누구도 저스틴을 언급하지 않았지만, 그들은 모두 그 한 사람의 부재를 무겁게 느끼고 있었다. 그리고 세계대전이 역사의 통로를 건너 천천히 다가오고 있다는 것이 분명해졌다. 그 점이 서로에 대한, 인생에 대한 우리의 주장을 배가시키고 있었다. 달콤하지만 혐오스러운 피 냄새가 암흑의 대기로 퍼져 나가 어리석고 경망스러운 흥분감을 고취시키고 있다. 이전까지는 없었던 그런 상태다.

내가 싫어하는 대저택의 볼품없는 샹들리에의 눈부신 불빛 아래로 친구에게 작별 인사를 하기 위해 모두가 모인다. 그 자리에 참석한 이들은 내가 얼굴도, 과거사도 모두 잘 알고 있는 사람들이다. 검은 머리의 스베바, 금발의 클레어, 가스통, 클레르, 개비. 난 지난 몇 주일간 네심의 머리가 희미하게 세기 시작했음을 알아차린다. 프톨레미오와 포드는 옛 연인답게 말싸움을 하고 있다. 내 주위 사람들의 전형적인 알렉산드리아인다운 활기는 덧없고 어리석은 유리 섬유 같은 대화로 부풀었다가 가라앉는다. 유행처럼 부정을 저지르는 알렉산드리아의 여자들은 이 자리에서 누군가와 작별 인사를 나눈다. 그들을 매혹하고 친구가 되어버린 그 남자와. 퐁발은 승진이 확정된 이래 살이 제법 올랐다. 지금 그의 옆모습은 확실히 로마 황제 네로 역에 어울린다. 퐁발은 내게 낮은 소리로 걱정을 털어놓았다. 이제 몇 주일만 지나면 우리는 자주 만나지 못하게 될 것이다. 그는 오늘 밤에야 내가 교직을 맡게 될 거라는 이야기를 들었다. "전부 그만두고 유럽으로 돌아가게 될걸. 이 도시는 자네의 의지를 무너뜨릴 테니까. 더군다나 상 이집트라고 했나? 타는 듯 뜨거운 열기, 먼지, 파리, 별 볼 일 없는 일…… 무엇보다 자네는 랭보[2]가 아니잖아." 그가 다시 말한다.

사람들이 우리를 물결처럼 에워싸며 축배를 든다. 그 축배 덕분에 내가 퐁발에게 대답할 필요가 없으니 기쁘다. 나는 이상할 정도로 무감각하게 그를 응시하며 고개를 끄덕인다. 클레어가 내 손목을 잡고 한쪽으로 잡아끌며 속삭인다.

"저스틴에게서 엽서가 왔어. 팔레스타인에 있는 유대인 키부츠에서 일하고 있대. 네심에게도 말해 줄까?"

"그래, 아니. 난 모르겠어."

"저스틴은 말하지 말라고 했어."

"그럼 하지 마."

난 그 엽서에 내게 보내는 전갈이 있는지 물어볼 수 있다는 것이 몹시 자랑스럽다. 일행은 모두 함께 「그는 참 좋은 친구」[3]라는 동요를 다양한 박자와 어조로 부른다. 풍발은 기쁨으로 얼굴이 달아오른다. 나도 클레어의 손을 부드럽게 잡고 흔들며 함께 노래를 부른다. 작은 총영사는 풍발에게 아첨하는 듯한 손짓을 한다. 내 친구가 떠나는 것에 총영사는 너무 안도한 나머지 우정과 후회가 발작적으로 교차하고 있었다. 영국 영사관 무리는 털 뽑힌 칠면조 가족처럼 침울한 분위기다. 마담 드 베누타는 우아한 장갑을 낀 손으로 박자를 맞춘다. 하얀색의 긴 장갑을 낀 흑인 하인들은 손님들 사이사이에서 월식처럼 재빠르게 이동하고 있다. 만일 떠난다면, 새로운 종류의 삶을 시작하기 위해 이탈리아나 프랑스로 갈 것이다. 난 잠시 생각하는 것을 멈춘다. 그때는 도시 생활이 아니라 어쩌면 나폴리 만에 있는 섬으로 갈지도 모르겠다……. 하지만 내 인생에는 해결해야 할 문제가 있다는 것을 깨달았다. 그 문제는 저스틴이 아니라 멜리사다. 이상한 일이지만, 앞날을 생각할 때면 언제나 멜리사가 떠올랐다. 그러나 나는 그 미래에 어떤 결정이나 희망으로도 영향력을 미치지 못한다는 무력함을 느낀다. 나는 우리 역사의 피상적인 결과들이 다시 조화를 이룰 때까지, 다시 한 번 우리가 걸음을 내디딜 수 있을 때까지 끈기 있게 기다려야 한다. 그러기 위해서는 몇 년이 걸릴 수도 있다. 어쩌면 갑자기 상황이 변해 우리 두 사람 다 백발이 되어 있을지도 모른다. 아니면 희망이 사산되어 죽거나, 인생의 조류에 난파된 것처럼 부서질 것이다. 나는 나 자신에 대한 신념이 별로 없다. 퍼스워든이 남긴 돈은 아직도 은행에 있다. 나는 한 푼도 건드리지 않았다. 그 정도 액수면 어딘가 외지고 햇빛이 비치는 곳에서 몇 년 정도는 살 수 있을 터였다.

멜리사는 여전히 기운차고 태연하게 편지를 쓰고 있다. 내가 처한 환경이나 경솔함에 대해 투덜거리는 것을 제외하면 나는 답장에 쓸 내용이 없다. 이제 이 도시를 떠나는 것이 수월해졌다. 새로운 길이 열릴 것이다. 나는 멜리사에게 무조건 솔직하게 쓸 것이다. 내가 느끼는 모든 것을 그녀에게 말하고 있다. 심지어 영원히 그녀가 나를 완전히 이해하지는 못할 거라고 생각하고 있다는 것까지도. "전 봄에 돌아올 생각입니다." 네심이 티바울트 남작에게 말하고 있다. "아부시르에 있는 여름 별장에 머물 생각이죠. 앞으로 이 년간은 일에서 손을 뗄 생각입니다. 지금까지 너무 열심히 일만 한 것 같아요. 그럴 가치도 없는데 말입니다." 얼굴이 귀신처럼 하얗게 질렸는데도, 그가 새로 휴식을 취하거나 긴장을 늦추고 있는 것을 본 사람은 없다. 마음은 산란했지만 신경은 마침내 휴식을 얻었다. 네심은 회복기 환자처럼 몸이 약하다. 하지만 더 이상 아픈 곳은 없다. 우리는 잠깐 동안 조용히 대화를 나누고, 농담을 주고받는다. 머지않아 우리의 관계가 회복되리라는 것은 확실하다. 왜냐하면 이제 우리는 불행을 가져다주는 공통의 샘을 가지고 있기 때문이다. "저스틴이……." 내가 말한다. 네심은 누군가 손톱 밑을 작은 가시로 찌를 때처럼 조용히 숨을 들이마신다. "팔레스타인에서 연락을 보내왔어." 네심은 재빨리 고개를 끄덕이며 내게 작은 몸짓을 보낸다. "알고 있네. 우리도 저스틴을 추적했으니까. 그럴 필요 없었는데……. 난 저스틴에게 편지를 쓰고 있네. 그곳에서 자기가 원하는 만큼 오래 머물 수 있을 거야. 때가 되면 돌아오겠지." 네심에게 그런 희망과 위안을 빼앗는 것은 바보 같은 짓이다. 하지만 나는 저스틴이 이제 다시는 돌아오지 않을 거라는 것을 알고 있다. 그녀가 쓴 편지의 모든 구절이 그 사실을 분명히 밝히고 있다. 저스틴이 포기한 것은 우리가 아니라 자신의 이성을 위협했던 생활 방식이다. 그것은 도시, 사랑, 우리가 나눈 모든 것을 합한 것이다. 나는 하얗게 칠한 벽에 기대어 짧은 울음을 토해내던 네심의 모습을 떠올리며, 그때 저스틴이 그에게 보낸 편지에 무슨 내용이 들어 있었는지 궁금했다.

* * *

이른 아침 햇살이 바다에서 천천히 퍼지기 시작하는 섬의 봄날 아침, 상 이집트에서 지냈던 시간의 추억을 떠올리려 애쓰며 나는 인적이 드문 해변을 걷는다. 이상하게도 알렉산드리아에서 있었던 일들은 전부 너무나 생생하고, 기억하지 못하는 시간이 거의 없다. 아니, 어쩌면 그건 그리 이상한 일이 아닐지도 모른다. 내가 그 도시에서 살았던 생활에 비하면 내 새로운 생활은 지루하고, 아무 사건도 없었으니 말이다. 나는 몹시 힘들었던 교직 일을 기억한다. 난 죽은 사람들의 뼈 위에서 대풍작을 이루는 평평하고 비옥한 들판을 거닐었다. 삼각주를 거쳐 거창하게 바다로 흐르는 검은 침니[4]가 쌓인 나일 강. 왕권을 박탈당한 증거인 양 누더기를 통해서도 빛나는 고귀함과 끈기를 가진, 주혈흡충[5] 병에 시달리는 영세 농민. 영창(詠唱)을 읊는 마을 장로들. 지루함을 이기기 위해 눈을 가린 채 물레바퀴를 천천히 돌리는 눈먼 소. 얼마나 작은 세상인가? 그곳에 있는 동안 나는 아무것도 읽지 않았고, 생각도 하지 않았으며, 아무것도 하지 않았다. 학교의 신부들은 친절했고, 여가 시간에 나를 혼자 있게 해주었다. 아마도 성복과 성구에 대한 나의 혐오감을 느낀 모양이었다. 그곳은 성직에서 운영하는 기관이었다. 당연히 학생들은 끔찍했다. 하지만 나는 감수성이 예민한 교사답게 톨스토이의 대단한 문장을 마음속에 떠올리지 않고는 견딜 수 없었다. "언제나 내가 학교에 들어가면 수많은 아이가 보인다. 걸치고 있는 얇은 누더기는 지저분하지만, 아이들의 눈은 맑고 천사 같은 표정을 하고 있다. 나는 마치 익사하는 사람들을 지켜보고 있는 것처럼 불안과 공포에 사로잡혔다."

편지라는 것 자체가 비현실적으로 느껴졌기에, 나는 주기적으로 도착하는 멜리사의 편지에 가끔씩 답장을 보냈을 뿐이다. 클레어는 한 번인가 두 번 정도 편지를 보냈다. 그리고 정말 놀랍게도 내게 심한 불쾌감을 표시했던 스코비는 내가 몹시 그리웠던 모양이다. 그가 보낸 편지들에는 정말 놀랍게도 유대인(그는 언제나 그들을 비웃으며 '반쪽짜리 물건들'이라고 불렀다.)과 소극적인 남색자(그는 그들을 '추니', 곧 남녀추니라고 불렀다.)에 대한 터무니없는 비판으로 가득했다. 나는 비밀 정보부에서 스코비를 내쳤다는 사실을 알았을 때 놀라지 않았다. 이제 그는 하루 중 많은 시간을 팔 닿는 곳에 '맥주병' 같은 것이 놓여 있는 침대에서 보낼 수 있게 되었다. 하지만 스코비는 외로웠고, 그래서 내게 편지를 보내는 것이었다.

그 편지들은 유용했다. 내 자신의 기억이 의심스럽거나 알렉산드리아와 같은 도시에서라면 믿기 힘든 그런 일들이 있을 때마다 비현실적인 감각은 더욱 커져 갔다. 그런 상황에서 그 편지들은 이제는 내 안에 없지만 큰 부분을 차지하고 있던 존재와 나를 연결시켜 주는 구명줄이었다.

나는 일이 끝나자마자 방문을 걸어 잠그고 침대 속으로 기어

들어갔다. 침대 옆에는 해시시가 함유된 담배가 가득 들어 있는 초록색 옥상자가 놓여 있다. 내가 일을 하는 데 비난받을 여지를 조금이라도 남겨 놓았다면, 아마 그런 내 생활 방식이 주의를 받거나 비판받았을 것이다. 지나치게 고독한 생활을 하고 있다는 이유만으로 내게 유감을 표시하기는 힘들었을 것이다. 사실 라신 신부는 한두 번 정도 나를 밖으로 끌어내려고 시도했다. 그는 그곳에 있는 사람 중에서 가장 섬세하고 지성적인 인물이었다. 어쩌면 나와의 우정을 통해 자신의 지성적인 고독을 해소시킬 수 있을 거라고 느꼈을지도 모른다. 그런 제안에 응해 주지 못해 그에게 미안했고 후회되었다. 나는 점차 이렇게 다른 이들과 접촉을 피하게 만드는 무감각과 정서적인 무관심에 괴로워하게 되었다. 그래서 라신 신부와 한 번인가 두 번 정도 강가를 따라 산책했다.(그는 식물학자였다.) 신부가 자신의 관심사에 대해 편안하면서도 재미있게 이야기하는 것을 들었다. 하지만 나는 재미없고 철 지난 풍경에는 반응하지 않았다. 태양은 모든 욕구를 시들하게 했다. 음식이나 친구, 심지어 말하는 것조차 그랬다. 나는 침대에 누워 가만히 천장을 바라보는 것을 좋아했고, 교사용 건물에서 울리는 소음을 듣곤 했다. 고디에르 신부는 서랍을 열었다가 닫으며 재채기를 한다. 라신 신부는 어두운 예배당 안에 울리는 화성(和聲) 사이에 음이 묻혀 버리는 것을 되새기며 플루트로 몇 소절을 계속 반복해서 연주하고 있다. 짙은 담배 연기는 마음을 달래주고 모든 걱정을 사라지게 만든다.

하루는 고디에르 신부가 나를 부르기에 다가가자, 내게 전화가 와 있다고 전해 주었다. 그 말을 듣고 나는 내 귀를 믿을 수 없었다. 이제껏 누구에게서도 전화가 온 적이 없는데, 대체 누가 건 것일까? 혹시 네심일까?

전화는 교장 서재에 있었다. 그곳은 커다란 가구와 좋은 서책들이 가득한, 범접하기 어려운 장소였다. 조그맣게 지지직거리는 소리가 들리는 수화기가 앞에 있는 압지 위에 놓여 있었다. 신부는 나를 살짝 노려보며 마음에 들지 않는다는 듯이 말했다. "알렉산드리아에서 어떤 여자분이 전화를 걸었어요." 나는 틀림없이 멜리사일 거라고 생각했다. 하지만 놀랍게도 종잡을 수 없는 기억 속에서 갑자기 클레어의 목소리가 튀어나왔다. "지금 여긴 그리스 병원이야. 멜리사가 여기 있어. 상태가 많이 좋지 않아. 어쩌면 죽을지도 모르겠어."

내가 놀란 건 말할 필요도 없다. 혼란스러움은 분노로 표출되었다. "멜리사가 당신한테는 말하지 말라고 했어. 이렇게 아픈 모습으로는, 몸이 많이 마른 채로는 당신을 만나고 싶지 않았나 봐. 그래서 이제야 연락한 거야. 여기까지 빨리 올 수 있겠어? 지금이라면 멜리사도 당신을 만날 거야."

난 마음의 눈으로 야간열차에 타고 있는 내 모습을 볼 수 있었다. 기차는 천천히 달리면서 먼지가 뒤덮인 지저분하고 열기가 가득한 도시와 마을을 지날 때마다 끝없이 정차하고 발차한다. 하룻밤이 꼬박 걸릴 것이다. 난 고디에르 신부를 돌아보며 일주일 동안 학교를 비울 것을 허락해 달라고 부탁했다. "특별한 경우에만 허락할 수 있습니다. 예를 들어 결혼을 하러 간다거나, 누군가 중병에 걸렸을 경우 같은 일들이 해당되죠." 신부가 친절하게 대답했다. 나는 멜리사와 결혼하겠다고 맹세했다. 그가 그 말을 꺼낼 때까지는 생각조차 하지 않았던 일이다.

싸구려 가방에 짐을 챙기는 동안 또 다른 추억이 떠올랐다. 반지, 코헨이 준 반지들은 갈색 종이로 싼 내 커프스 버튼 상자 안에 여전히 들어 있다. 나는 그 반지들을 쳐다보며 잠시 서 있었다. 이런 생명이 없는 물건들도 인간처럼 운명을 가지고 있는지 궁금했다. 반지들이 불쌍하다고 생각했다. 어쩌면 이 반지들도 인간처럼 이 자리에서 내내 걱정에 싸여 기다리고 있었을지도 모른다. 정략결혼을 하는 어떤 이의 손가락에 끼워져야 하는 비참한 의무를 이행하는 날이 오기만을 기다리고 있었을 것이다. 난 그 불쌍한 반지들을 주머니에 집어넣었다.

먼 과거의 일들은 추억 속에서 변모해 추억의 광택에 윤이 나게 만든다. 왜냐하면 그들은 그 추억만 따로 떼어내서 보고, 추억의 특성과 세월이라는 섬유질의 포장에 따라 전후의 자세한 사정에서 완전히 분리되어 버리기 때문이다. 배우들 역시 변형으로 고통받는다. 그들은 몸이 무거워진 것처럼 천천히 추억의 바닷속으로 점점 더 깊이 빠져들고, 사람의 마음속에서 새로운 평가와 사정의 단계들을 찾아야 한다.

나는 멜리사의 배신에 많이 고통스럽지 않았다. 그건 분노였다. 내 생각에 그 무익한 분노는 회개를 기반으로 하고 있었다. 내가 막연하게 미래의 광범위한 전망 속에 떠올렸던 그녀의 모습은 이제는 내 게으름 때문에 사라져버렸다. 그리고 나는 이제야 내 스스로 영양을 주며 그런 미래를 키워 왔다는 것을 깨달았다. 내가 언젠가 이용할 수 있는 막대한 예금이나 신용 기금처럼 모든 것이 거기에 있었다. 그리고 지금 나는 갑자기 파산했다.

발타자르가 작은 차에 탄 채 역에서 나를 기다리고 있었다. 그는 내 손을 꼭 잡으며, 미리 준비한 위로의 말을 보통 때와 똑같은 목소리로 전했다. "어젯밤에 멜리사가 죽었네. 그녀가 가는 길을 돕기 위해 모르핀을 주었지. 편하게 갔어." 그는 한숨을 쉬며 나를 흘깃 쳐다보았다. "불쌍하게도 자네는 눈물조차 흘리지 못하는군. 한바탕 울고 나면 위로가 될 텐데."

"위로를 이상하게 하는군."

"감정이 깊을 때는…… 마음을 비워야 하니까."

"입 좀 다물지, 발타자르. 시끄러워."

"내가 보기에 멜리사는 자넬 사랑했어."

"나도 알아."

"그녀는 끊임없이 자네 이야기만 했어. 클레어가 일주일 내내 멜리사와 함께 있었지."

"그만하지."

부드러운 아침 대기 속에서 도시는 더할 나위 없이 환상적으로 보였다. 수염이 거뭇거뭇 자란 뺨에 스치는, 항구에서 불어오는 부드러운 바람이 옛 친구의 키스 같았다. 야자수 나무들 사이로, 진흙 오두막과 공장들 사이로 마레오티스 호수가 반짝반짝 빛나고 있었다. 포드가에 죽 이어진 상점들은 온갖 화려한 물건과 파리의 신상품들을 팔고 있는 것 같았다. 상 이집트에서 내가 얼마나 촌사람이 되어버렸는지 알 수 있었다. 알렉산드리아가 대도시 같았다. 잘 다듬어진 공원의 보호목들 사이로 사람들이 유모차를 끌거나, 아이들이 굴렁쇠를 굴리고 있었다. 시가전차는 덜컥거리며 요란스럽게 달리고 있었다. "한 가지 더 있어." 차를 타고 가는 동안 발타자르가 말했다. "멜리사에게 아이가 있어. 네심의 아이야. 자네도 어떻게 된 일인지 알고 있을 거라고 생각하네만. 지금은 여름 별장에 있다네. 여자아이야."

나는 아무 말도 할 수 없었다. 그동안 잊고 있던 이 도시의 아름다움에 완전히 취해 있었기 때문이다. 시 당국 밖에서는 전문 서기들이 뿔로 만든 잉크 그릇과 펜, 도장이 찍힌 종이를 옆에 두고 의자에 앉아 있었다. 그들은 몸을 긁거나 서로 정답게 잡담을 나누고 있었다. 우리는 카노푸스 대로의 길고 좁은 중추를 지나 병원이 있는 나지막한 언덕을 올라갔다. 발타자르는 우리가 엘리베이터 3층에서 내려 하얗고 긴 복도를 지날 때까지 계속 말하고 있었다.

"네심과 내 관계가 안 좋아졌어. 멜리사가 돌아왔을 때, 네심이 그녀를 보러 가지 않겠다고 정떨어지게 거절했을 때 그 친구가 얼마나 냉정한 사람인지 알게 됐다네. 도무지 이해할 수 없었어. 알 수 없었지……. 네심은 그 아이를 받아들이도록 노력하겠다고 했다네. 물론 그 친구는 그렇게 되는 걸 싫어할 테지만 말이야. 네심은 자기가 멜리사의 아이를 받아들이면 저스틴이 절대로 돌아오지 않을 거라고 생각하고 있으니까. 이건 물론 내 생각이지만." 발타자르는 천천히 말을 덧붙였다. "그래도 난 그럴 거라고 생각하네. 이 일은 사랑의 가장 끔찍한 교환 중 하나라고 말이야. 저스틴이 잃은 아이를 네심이 돌려받게 된 거지. 저스틴을 통해서가 아니라 멜리사를 통해서 말이야. 알겠나?"

어렴풋이 익숙한 느낌이 들기 시작했다. 지금 우리가 찾아가고 있는 작은 방은 죽음을 앞둔 코헨이 누워 있던 바로 그 방이었기 때문이다. 당연히 멜리사도 한쪽 벽에 붙어 있는 바로 그 철제 침대에 누워 있을 터였다. 이 시점에서는 현실이 예술을 모방하는 것 같다.

방 안에는 간호사들이 침대 주위를 가로막고 서서 분주히 속닥거리고 있었다. 그러나 발타자르의 말 한마디에 간호사들은 모두 흩어지면서 밖으로 나갔다. 우리는 잠시 문 앞에 팔짱을 낀 채 서 있었다. 멜리사는 창백해 보였고, 어딘가 시든 것처럼 보였다. 간호사들이 그녀의 턱을 테이프로 묶고, 눈을 감겨 놓았다. 그래서 멜리사는 미용술을 받으며 잠들어 있는 것처럼 보였다. 그녀의 눈이 감겨 있어서 다행이었다. 난 멜리사의 눈동자를 보는 것이 두려웠다.

　나는 하얗게 칠한 병실의 압도적인 침묵 속에 잠시 혼자 남아 있었다. 갑자기 심한 당혹감이 느껴지면서 괴로웠다. 죽은 사람과 함께 있을 때는 어떻게 해야 하는 건지 알 수 없었다. 아무것도 듣지 못하고 엄숙하게 누워 있는 그들의 모습은 너무나 부자연스러워 보였다. 마치 왕을 접견하고 있는 것처럼 거북했다. 나는 손으로 입을 가리고 헛기침을 했다. 그리고 병실 안을 이리저리 걸어 다니다가 멜리사를 곁눈으로 훔쳐보았다. 예전에 그녀가 꽃을 들고 나를 찾아왔을 때 혼란스러웠던 기억이 떠올랐다. 나는 코헨의 반지를 그녀의 손가락에 끼워주려고 했지만, 이미 멜리사의 몸은 붕대로 감싸여 있었고, 팔은 양옆에 단단하게 고정되어 있었다. 이런 날씨에는 시신들이 빨리 부패하기 때문에 이곳에서는 형식에 얽매이지 않고 서둘러 매장했다. 나는 그녀의 귀에 입을 대고 확실하지 않은 소리로 이름을 두 번 불렀다. "멜리사, 멜리사." 그리고 담배에 불을 붙인 뒤, 그녀 옆에 앉아 한참 동안 얼굴을 들여다보았다. 내 추억 속에서 밀려오는 멜리사의 다른 얼굴들을 확인하며, 지금 이 얼굴과 비교해 본다. 멜리사는 그 모습 중 어느 얼굴과도 닮지 않았다. 그렇지만 그녀는 그 얼굴들을 모두 상쇄하고 마지막 모습을 얻었다. 그 마지막이 지금 눈앞에 보이는 이 작고 하얀 얼굴이다. 이 시점을 넘어서면 더는 없다.

　사람들은 죽은 사람의 얼굴에서 무서울 정도로 냉정하고, 침착한 의지에 어울리는 손짓을 찾을 수 있을 것이다. 인간의 감정을 모두 담고 있는 헝겊 주머니 안에는 아무것도 없다. 〈무서운 건 사랑의 네 가지 얼굴이다.〉 아르나우티는 다른 단락에서 이렇게 썼다. 나는 침대 위에 누워 있는 그녀에게 마음속으로 말했다. 만일 네심이 아이를 데리고 있지 않겠다고 한다면, 내가 그 아이를 맡겠다고. 나는 멜리사의 창백한 이마에 약속의 의미로 키스를 했다. 그런 다음 그녀를 매장할 준비를 하고 있는 교구 사람들을 남겨 놓고 그 자리를 떠났다. 나는 그 방을 벗어날 수 있어서, 극도로 정교하고 금지된 침묵을 벗어날 수 있어서 기뻤다. 나는 우리 작가들은 무정한 사람들이라고 생각한다. 죽은 이들에게는 관심을 가지지 않는다. 우리가 모든 존재하는 인간의 마음속에 묻혀 있는 메시지를 알아내기 위해서는 살아 있어야 그 대상이 될 수 있다.

("배로 항해를 하기에 바닥짐[6]이 필요했던 옛날에는 본토에서 거북이들을 모았다. 그리고 그 거북이들을 커다란 통에 산 채로 집어넣었다. 힘겨운 여행에서 살아남은 거북이들은 아이들을 위한 애완동물로 팔았고, 죽은 거북이의 부패한 시체들은 동인도 선창에 버렸다. 그 결과 그곳에는 본토보다 거북이가 더 많아졌다.")

나는 탈옥한 죄수처럼 가볍고 한가로이 도심으로 걸어갔다. 따뜻하게 나를 안아주는 므넴지안의 보랏빛 눈에서는 보랏빛 눈물이 흘렀다. 그는 직접 내 면도 준비를 했다. 그런 모든 동작에서 다정하게 내 슬픔을 달래주려는 마음이 느껴졌다. 햇살에 흠뻑 젖어든 바깥 보도에서는 개인적인 관계와 두려움이라는 각자의 세상에 갇혀 있는 알렉산드리아의 시민들이 걸어가고 있었다. 그러나 그것이 내 눈에는 그 순간 떠오른 내 생각이나 느낌과 많이 동떨어져 있는 것처럼 보이기도 한다. 이 도시는 통렬한 미소를 지으며 어둠에서 기운을 찾는 매춘부와 같다.

이제 한 가지 일만 남았다. 네심을 만나는 일이다. 나는 그가 그날 저녁 도심으로 나온다는 것을 알고 안도했다. 여기서 다시 세월은 내게 또 다른 놀라움을 안겨 주었다. 가게에서 만난 네심은 내가 기억하는 모습에서 많이 변해 있었다.

네심은 여자처럼 나이를 먹은 모습이었다. 입술이 두툼해지고, 얼굴이 넓어졌다. 그는 몇 번이나 출산을 한 사람처럼 몸의 무게중심을 발바닥에 두고 걷고 있었다. 이상할 정도로 유연하던 발걸음은 사라졌다. 처음 봤을 때 알아보지 못할 정도로 네심은 축 늘어진 모습을 하고 있었다. 걱정이 될 정도였다. 거기에 예전에 보여 주던 매력적인 수줍음은 어리석어 보이는 고압적인 분위기가 대신하고 있었다. 그는 막 케냐에서 돌아온 상황이었다.

그 같은 네심의 새로운 인상을 살피고 알아볼 새도 없이 네심은 내게 에투알에 가자고 제안했다. 그곳은 멜리사가 예전에 춤을 추던 나이트클럽이었다. 네심은 그곳의 소유주가 바뀌었다고 덧붙였다. 그것이 멜리사의 장례식 날 우리가 그곳을 찾아가는 것에 대한 변명이라도 되는 것처럼. 나는 놀라고 충격받았지만, 바로 동의했다. 아이에 대한, 그 신화적인 아이에 대한 문제를 의논하고 싶다는 생각과 네심의 감정을 알고 싶다는 호기심이 앞섰기 때문이다.

좁고 바람이 통하지 않는 계단을 내려가자 눈부신 조명이 번쩍이고 시끌벅적한 실내가 나타났다. 사방의 구석에서 여자들이 바퀴벌레처럼 뛰어나왔다. 네심이 여기 단골손님이라는 것을 알 수 있었다. 그는 큰 소리로 웃으며 양팔을 활짝 벌린 채 여자들을 맞이했다. 그리고 그런 행동에 대해 허락을 받으려는 듯 나를 돌아보았다. 네심은 여자들의 손을 차례로 붙잡고 지그시 눌렀다. 여자들은 탐욕스럽게 그의 코트 안주머니에 지폐가 가득 들어 있는 두꺼운 지갑을 만지려고 했다. 그 모습에서 나는 어두운 도시의 골목을 지나칠 때 날 잡아끌던 임신한 매춘부를 떠올렸다. 그 여자는 내가 그냥 가지 못하게 내 손을 잡더니 잔뜩 부른 자기 복부에 대고 눌렀다. 마치 자기가 내게 즐거움을 줄 방법이 있다는 것처럼.(어쩌면 그녀의 경제적인 어려움을 강조한 건지도 모른다.) 지금 네심을 지켜보면서, 나는 갑자기 8개월 된 태아의 떨리는 심장 박동 소리를 떠올렸다.

예전에 알았던 것보다 두 배는 더 저속해진 네심 옆에 앉은 채, 내가 이런 사실들을 알아차렸다는 사실이 얼마나 낯선 경험이었는지 설명하기란 어렵다. 나는 네심을 날카롭게 쳐다보았지만, 그는 내 시선을 피했다. 그리고 대화를 지루한 사업 이야기에만 국한했다. 이야기가 끊어지고 하품이 나올 때면 네심은 반지 낀 손을 들어 입을 가렸다. 그 새로운 모습 뒤로 예전의 수줍던 기색이 조금씩 새어 나오기 시작했지만 예전의 근사하던 체격이 이제는 지방산 속에 파묻혀 버린 것처럼 곧바로 묻혀 버렸다. 화장실에서 졸탄이라는 웨이터가 내게 털어놓았다. "저분은 부인이 떠난 뒤로 진정한 본모습을 찾으신 것 같아요. 알렉산드리아 사람들은 모두 그렇게 말하고 있답니다." 알렉산드리아인들의 말대로 정말 네심은 그렇게 된 것 같았다.

그날 밤 늦게 그가 갑자기 달빛이 비치는 몬타자에 가겠다고 변덕을 부렸다. 우리는 아무 말 없이 한참 동안 차 안에 앉아 담배를 피우면서, 모래톱을 비추는 달빛 파도를 응시하고 있었다. 그 침묵 속에서 나는 네심의 진심을 알게 되었다. 그의 내면은 사실 하나도 변하지 않았다. 네심은 그저 새로운 가면을 쓰고 있을 뿐이다.

*　*　*

초여름에 나는 클레어에게서 긴 편지를 받았다. 그 편지 때문에 알렉산드리아에 대한 짧은 회상이 끝나 버렸다.

〈몇 주일 전에 저스틴을 잠깐 만났다는 이야기에 관심 있을지 모르겠네. 당신도 알다시피 그동안 우리는 각자 자기 나라에 있으면서 가끔씩 엽서를 주고받곤 했어. 그런데 내가 팔레스타인을 거쳐 시리아로 간다는 이야기를 듣고 저스틴이 잠깐 만나자고 제안하더군. 하이파행 기차가 삼십 분 정도 정차하는 국경 역으로 직접 찾아오겠다면서 말이야. 저스틴이 자리 잡고 일하는 곳이 그 근처라 잠깐 나올 수 있다고 했어. 기차역에서 만나 이야기를 하자는 거였지. 난 그렇게 하자고 했어.

처음에는 저스틴을 알아보지 못할 뻔했어. 얼굴 살이 많이 쪘고, 머리도 쥐 꼬리가 삐져나온 것처럼 아무렇게나 잘랐지 뭐야. 내가 보기에 입고 있는 옷도 대부분 낡은 옷을 손질한 것이었어. 우아하고 세련된 예전 모습은 흔적도 찾아볼 수 없었지. 몸에도 살이 붙었는데, 그 덕분인지 좀 더 유대인답게 보이더군. 입술과 코도 조금 앞으로 튀어나왔어. 하지만 무엇보다 저스틴의 반짝거리는 눈과 빠르고 거친 호흡, 그 말투에 놀랄 수밖에 없었지. 마치 열병에 걸린 사람 같았어. 우리가 서로 수줍어하는 모습을 한번 상상해 봐.

저스틴과 나는 역에서 나와 길을 따라 걷다가 건조한 골짜기 끝에 앉았어. 발밑에 보잘것없는 봄꽃이 몇 송이 피어 있는 와디[7]였지. 우리가 대화를 나눌 장소로 저스틴이 미리 골라놓은 장소 같다는 느낌이었어. 소박하긴 해도 나름 어울리는 곳이었던 것 같아. 잘은 모르겠지만 말이야. 저스틴은 처음에는 네심이나 당신에 대해 언급하지 않았어. 그저 자신의 새로운 생활에 관한 이야기를 했지. 그녀는 자기가 '공동생활'을 통해 새롭고 완벽한 행복을 이루었다고 주장했어. 마치 종교를 개종하라고 권하는 것 같은 분위기로 말하더군. 웃지 마. 약자에게 인내하는 것이 어렵다는 건 알고 있으니까. 저스틴은 공산주의의 혹독한 노동 속에서 '새로운 겸손'을 찾았다고 주장했어.(겸손이라니! 절대적인 진리를 찾는 자아를 기다리고 있는 마지막 함정이다. 난 혐오감을 느꼈지만, 아무 말도 하지 않았다.) 그곳에서 정착하기 위해 일하는 것이 농사를 짓는 것처럼 힘들다고 설명하더군. 한때 곱게 손질했던 저스틴의 손이 이제는 거칠고, 굳은살이 박여 있다는 것을 알 수 있었어. 난 사람들에게는 자기가 옳다고 여기는 일에 몸을 바칠 권리가 있다고 생각해. 난 부끄러움을 느끼면서 혼잣말을 중얼거렸어. 그날 내 모습에서 내가 청결과 여가 시간, 좋은 음식과 목욕하는 것을 즐기고 있다는 것이 분명히 보였을 테니까. 어쨌든 저스틴은 아직 마르크스주의자는 아니야. 그저 아부시르의 파나요티스처럼 노동하는 신비주의자일 뿐이지. 그런 그녀의 모습을 보면서, 예전에는 감동적일 정도로 열정적이었던 그녀가 그렇게 거칠어진 손을 가진 작고 뚱뚱한 농부로 변했다는 것을 도무지 이해할 수 없었어.

나는 사건이란 그저 우리 감정에 주석을 다는 것과 같은 거라고 생각해. 하나의 감정은 다른 감정에서 생겨날 수도 있는 거야. 시간이 우리를 이끌어가지.(우리 자신의 개인적 미래를 조형화하는 것은 각자의 자아라는 것을 뚜렷이 떠올려봐.) 시간은 우리가 거의 의식하지 못하는 내면적인 감정의 추진력을 따라 앞으로 나아갈 수 있게 해주지. 당신한테는 너무 추상적인 이야기일까? 그렇다면 내가 표현을 잘못한 거야. 저스틴의 경우, 봉지에서 바람이 빠진 것처럼 그녀의 꿈과 공포에서 기인한 정신적인 탈선이 치료되었다는 의미니까. 오랫동안 저스틴의 인생 전면을 차지하고 있던 건 환상이었어. 이제 그녀에게서 그런 환상들이 전부 다 사라져버린 거야. 카포디스트리아가 죽음으로써 그 그림자극의 주연배우이자 저스틴의 감시인도 없어지게 된 거지. 질병 자체가 그녀를 계속 분주하게 만들었지만, 그 병이 사라지자 그 대신 전체적인 피로만 남게 되었어. 다시 말하면, 저스틴의 인생에서 아주 큰 부분을 차지했고, 어쩌면 살아가는 이유이기도 했던 성욕이 사라져버렸다는 말이야. 이처럼 자유의지의 경계선을 아슬아슬하게 달리는 사람들은 어디선가 확고한 결정을 내릴 수 있게끔 도움을 받으면 강제로 방향을 돌릴 수 있어. 만일 저스틴이 알렉산드리아인이 아니었다면(다시 말해 회의론자가 아니었다면), 이 일은 종교를 개종하는 형태로 일어났을 거야. 대체 누가 그런 일들에 대해 말할 수 있겠어? 이건 행복해지느냐, 불행해지느냐의 문제가 아니야. 누구든 인생을 살아가다 보면 갑자기 바다에 빠지는 것 같은 장애에 부딪힐 수 있어. 어쩌면 멜리사가 죽었을 때 당신도 그런 장애에 빠졌을 테지. 하지만(그 일은 인생에서 악에는 선을, 선에는 악을 가져다주는 인과응보의 형태로 나타나지.) 저스틴 자신의 해방은 정열적인 인생을 지배하던 억압에서 네심도 해방시켜 준 거야. 나는 네심이 저스틴과 같이 사는 동안에는 언제나 다른 사람과 가벼운 인간관계를 갖는 것도 견딜 수 없어 했을 거라고 생각해. 멜리사는 네심이 틀렸다는 것을 입증했고, 적어도 그는 그렇게 생각했어. 저스틴이 떠나자 네심의 오랜 마음의 병이 다시 튀어나왔고, 자신이 그녀에게, 그러니까 멜리사에게 저지른 짓에 대한 극도의 혐오감에 사로잡히게 되었지.

연인들은 결코 동등하지 않아. 당신도 그렇게 생각하지? 언제나 한쪽은 상대방을 우울하게 만들고, 남자든 여자든 상대방의 성장을 막아버리잖아. 그래서 우울한 쪽은 언제나 탈출하고 싶고, 자유롭게 성장하고 싶은 욕망에 괴로워하지. 사랑의 유일한 비극은 그런 것이 아닐까?

다른 관점에서 본다면 네심이 카포디스트리아의 죽음을 계획했을때 (소문은 이미 퍼졌고 다들 그게 사실이라고 믿고 있어.) 그런 비참한 방법을 선택할 수밖에 없었던 거야. 당신을 죽이는 편이 훨씬 영리한 짓이었을 테지. 어쩌면 네심은 저스틴을 악령에서 풀어주고 싶었던 건지도 몰라.(네심 이전에 아르나우티가 그랬던 것처럼.) 그 자신을 위해서도 그녀를 자유롭게 해 주고 싶었을 거야.(예전에 네심이 그렇게 말한 적이 있어. 당신이 말해 줬지.) 하지만 그 반대의 일이 벌어졌어. 네심이 저스틴을 사면한 셈이야. 그런 게 아니라면 불쌍한 카포디스트리아는 자기도 모르게 그렇게 된 거겠지. 결과적으로 저스틴은 이제 네심을 연인으로서가 아니라 수석 사제처럼 생각하게 됐어. 그래서 네심에게 공손하게 말을 했고. 그의 입장에서는 그 소리가 끔찍하게 들렸을 테지. 저스틴은 이제 다시 돌아가지 않을 거야. 어떻게 그럴 수 있겠어? 그리고 설사 돌아간다 하더라도 네심은 저스틴을 영원히 잃어버렸다는 것을 바로 알게 될 거야. 고해 상대를 사랑할 수는 없으니까. 결코 진심으로 사랑할 수 없으니까.

(저스틴은 어깨를 살짝 들어 올리며, 당신에 대해서는 이렇게만 말했어. "마음속에서 그 사람을 몰아내야 했어.")

이런 생각들은 내가 탄 기차가 오렌지밭을 지나 해안으로 가고 있을 때 마음속에 떠올랐던 거야. 그래서 『신은 유머 작가다』의 연작 중 뒤에서 두 번째 책에 나오는 여행에 관한 부분을 골라 읽고 나서 곧장 안도감을 느꼈어. 퍼스워든은 죽은 뒤에 얼마나 대단한 위치를 얻게 됐는지! 그보다 앞서 퍼스워든은 그의 작품과 그 책들에 대한 우리의 이해 사이에 있었어. 나는 이제 우리가 그 남자에 대해 알 수 없었던 건 우리 탓이었다는 것을 알아. 예술가들은 우리처럼 개인적인 삶을 살지 않지. 퍼스워든은 자신의 생활을 숨겼고, 우리가 그의 감정의 진정한 원천에 도달하고 싶으면 자기 작품 속으로 들어가게 만들었어. 그 아래에 퍼스워든의 성(性)과 사회, 종교와 기타 여러 가지 편견이 깔려 있었지.(전뇌를 사용하여 쓸 수 있는 모든 추상적인 개념으로 말이야.) 한마디로 퍼스워든은 애정 결핍을 참을 수 없을 만큼 괴로워한 남자였어.

이런 모든 일들이 나 자신을 돌아보게 해주었지. 나 역시 뭔가 이상하게 변해 버린 것 같아. 오랫동안 자부심이 강했던 생활에 뭔가 작은 구멍이 뚫려 버렸고, 공허함으로 변해 버렸어. 내 삶이 더 이상 내 깊은 곳에서 필요로 하는 것에 응답하질 않아. 내 본성이 바다 깊은 곳 어딘가에 가라앉아 버린 것 같아. 왜 그런지는 모르겠어. 하지만 내 친구, 최근 들어 당신 생각을 점점 많이 해. 솔직히 말해 볼까? 우정에서 사랑의 단면을 찾아내는 것이 가능한 일일까? 이 이상으로 사랑에 대해 말하지는 않을 거야. 그 단어와 그 단어의 진부함에 기분이 나빠지니까. 그렇다면 우정이라는 이름도, 관념도 없는 어떤 깊은 감정에 도달하는 것은 가능한 일일까? 인간에게는 충실할 수 있는 대상을 발견하는 것도 어느 정도 필요한 일인 것 같아. 몸을 통해서가 아니라(그건 성직자들에게 맡겼어.), 죄를 지은 마음을 통해서 말이야. 어쩌면 이건 당신이 요즘 관심을 가질 만한 문제가 아닐 수도 있겠지. 난 어쩌면 당신이 돌아와서 그 아이를 보살피는 일을 내게 맡겼으면 좋겠다는 터무니없는 욕망을 한두 번 정도 느꼈어. 하지만 이제 당신은 더 이상 누구도 필요로 하지 않고, 무엇보다도 고독에 가장 큰 가치를 두고 있다는 것이 분명해 보여…….)

그 편지에는 몇 줄 더 적혀 있었고, 애정이 담긴 수취인의 주소와 성명이 남아 있었다.

* * *

매미들이 거대한 플라타너스 나무에서 고동치고 있고, 지중해의 여름이 매력적인 푸르름으로 내 앞에 펼쳐져 있다. 보랏빛으로 물결치는 수평선 너머 어딘가에 아프리카가 있다. 알렉산드리아가 있다. 추억을 통해 보잘것없는 감정을 유지하려 하지만 이미 망각이 기억을 서서히 덮어가고 있다. 오래전에 있었던 친구들과의 사건들에 대한 추억을. 느린 시간의 비현실성이 그 추억들을 움켜잡기 시작하면서 윤곽을 흐리게 만든다. 가끔 나는 이 기록이 진짜 사람이 한 일을 기록한 것인지, 아니면 그 사람들 주위의 극적인 사건들을 촉진시키는 몇 가지 물건들에 대한 단순한 이야기인지 궁금하다. 이를테면 검은 안대나 시계 열쇠, 오갈 데 없는 한 쌍의 결혼반지 같은……。

이제 곧 저녁이 될 것이고, 맑은 밤하늘에는 여름철 별자리가 빈틈없이 뿌려질 것이다. 나는 언제나 여기에 있을 것이다. 물가에서 담배를 피우며. 나는 클레어의 마지막 편지에 답장을 보내지 않고 떠나기로 결심했다. 더 이상 어느 누구도 억압하거나 약속하거나, 계약이나 결의, 서약의 개념으로 인생을 생각하고 싶지 않았다. 내 침묵은 클레어 자신의 필요와 욕구에 따라 해석될 것이고, 경우에 따라서는 그녀가 원하든 원하지 않든 내게로 오게 될 것이다. 모든 것은 우리를 둘러싼 침묵에 대한 우리의 해석에 의존하는 것이 아닌가? 그렇기에……。

뒷이야기

풍경 분위기 : 가파른 지평선, 낮게 깔린 구름, 우윳빛과 보랏빛 그림자가 드리워진 진줏빛 대기. 나태함. 암회색과 레몬빛 호수 위. 여름 : 모래색에 옅은 자색이 깃든 하늘. 가을 : 부풀어 오른 멍 같은 잿빛. 겨울 : 얼어붙은 하얀 모래, 맑은 하늘, 장대한 천체.

* * *

등장인물 형(型)

스베바 마그나니 : 버릇없음, 불평분자.
가스통 퐁발 : 곰, 관능의 아편.
테레사 디 페트로몬티 : 화장한 베레니케.
프톨레미오 단돌로 : 천문학자, 점성가, 선(禪).
포드 엘 사이드 : 검은 달의 진주.
조시 스코비 : 해적.
저스틴 호스나니 : 어둠 속의 화살.

클레어 몬티스 : 고통의 잔잔한 물결.
가스통 핍스 : 양말 모양의 코, 검은 모자.
아메드 자나니리 : 북극성의 범죄자.
네심 호스나니 : 매끈한 장갑, 무표정하고 냉정한 얼굴.
멜리사 아르테미스 : 슬픔의 수호자.
S. 발타자르 : 우화, 연구, 무지.

* * *

퐁발은 야회복을 입은 채 잠들어 있다. 침대 위에 놓여 있는 침실용 변기에는 그가 카지노에서 딴 지폐가 가득 들어 있다.

* * *

다 카포 : "껍질을 벗기지 않은 사과처럼 육욕에 불탄다."

* * *

가스통 핍스의 즉흥시. "연인은 생선을 문 고양이처럼 서로에게서 벗어나기를 갈망하면서도 독점하려 한다."

* * *

사고인가, 아니면 살인미수인가? 저스틴이 롤스로이스를 타고 카이로를 향해 사막 길을 달리고 있을 때 갑자기 라이트가 꺼졌다. 시계(視界)를 잃어버린 커다란 자동차는 도로를 벗어나 화살 같은 굉음을 내며 사구에 충돌한다. 마치 실처럼 가늘게 늘어놓은 전선처럼 보인다. 네심은 삼십 분도 채 지나지 않아 그녀에게 달려온다. 그들은 눈물 속에 포옹한다.

* * *

발타자르가 저스틴에게. "당신도 알게 될 거야. 그녀의 강한 태도가 유치한 수줍음이라는 부서지기 쉬운 기반에 세워져 있다는 것을."

* * *

클레어는 어떤 결정을 내리기 전에 항상 별점을 본다.

* * *

클레어에게 들은 끔찍한 파티 이야기 : "저스틴과 함께 차를 타고 가다가 길에서 갈색 마분지 상자를 발견했어. 시간이 많이 늦었기 때문에, 뒷좌석에 싣고서 차고에 도착한 뒤에야 열어봤지. 그 안에는 신문지에 둘둘 말려 있는 죽은 아기의 시신이 들어 있었어. 이 쭈글쭈글한 소인(小人)을 대체 어떻게 하란 말이지? 시신의 장기는 모두 완벽한 형태를 유지하고 있었어. 이제 곧 손님들이 도착할 시간이기에 우리 두 사람은 서둘렀지. 현관에 놓여 있던 탁상 서랍에 저스틴이 아기 시신을 밀어 넣었어. 파티는 대성공이었지."

* * *

퍼스워든의 'N차원 소설' 연대기 중에서 : "이야기를 앞으로 끌고 가기 위해 적절한 순간에 과거를 언급하면 도리어 도약의 추진력이 된다. 작품의 인상을 강하게 남기는 것은 a에서 b로 가는 순차성이 아니라 시간을 넘어 전체적 구조를 이해할 수 있게 이야기 자체의 축을 천천히 돌려 주는 것이다. 모든 사건을 앞으로 진행시켜 다른 사건들과 연결시키는 것이 아니라 그중 어떤 사건은 과거로 되돌아가야 한다. 그 같은 과거와 현재의 결합은 다양한 미래로 비상해 결과적으로 하나의 결말을 향해 나아가게 된다. 누가 뭐라 해도 이건 내 생각이다……."

* * *

"그렇다면 그건, 그 사랑은 얼마나 오래 지속하게 될까?"(농담처럼)

"모르겠어."

"삼 주, 삼 년, 삼십 년……?"

"당신도 다른 사람과 똑같아……. 숫자로 영겁의 시간을 줄이려고 노력하지." 조용히 말했지만, 격앙된 감정이 묻어 있었다.

* * *

수수께끼 : 공작의 눈. 그들의 몹시 서투른 키스는 초기 인쇄술과 닮았다.

시에 대해 : "난 알렉상드랭 격[1]의 부드러우면서도 무거운 울림이 좋아."(네심)

* * *

클레어와 그녀가 존경하는 늙은 아버지. 백발에 꼿꼿한 자세로 자신의 딸인 젊은 미혼의 여신을 바라보는 시선에는 일종의 안타까움이 가득 담겨 있다. 일 년에 한 번, 제야의 밤에 두 사람은 세실 호텔에서 우아하고 세련된 춤을 춘다. 그는 시계태엽 인형처럼 규칙적으로 왈츠를 춘다.

* * *

스베바에 대한 퐁발의 사랑 : 이 내용은 퐁발의 공상에서 나온 유쾌한 전언에 기인한다. 잠에서 깨어났을 때 그녀는 이미 가고 없었지만, 그의 존 토머스[2]에 예복용 넥타이를 단정하고 완벽하게 매어놓았다. 이 전언에 매혹된 그는 단숨에 옷을 차려입고 스베바에게 청혼하러 갔다. 그녀의 유머 감각 때문에.

* * *

퐁발이 자신의 작은 차를 헌신적으로 사랑하는 모습은 가히 감동적이라고 할 수 있다. 난 그가 달빛 아래에서 참을성 있게 세차하던 모습을 기억한다.

* * *

저스틴 : "난 항상 내 감정의 힘에 놀라곤 해. 손으로 갓 구운 빵을 뜯어내는 것처럼 책 한가운데를 찢어내고 있었어."

* * *

장소 : 아케이드가 있는 거리 : 차양들 : 은식기와 식용 비둘기. 퍼스워든이 바구니를 떨어뜨리자, 거리에 사과가 잔뜩 쏟아졌다.

* * *

신문 한 귀퉁이에 나온 전언. 교통 체증에 걸린 택시, 따뜻한 육체들, 밤, 흐드러지게 핀 재스민.

* * *

    시장에서 메추라기를 담아놓은 바구니 뚜껑이 열렸다. 메추라기들이 도망가려고 시도해 보지만, 쏟아진 꿀처럼 천천히 옆으로 퍼져 나갈 뿐이다. 메추라기들은 너무 쉽게 다시 잡혔다.

* * *

    발타자르에게 온 엽서 : "스코비의 죽음은 정말 재미있었어. 그도 틀림없이 즐거워했을 거야. 스코비의 주머니는 부관이었던 하산에게 보내는 연애편지로 가득했어. 그리고 풍기 사범 단속반 전체가 스코비의 무덤 앞에서 흐느껴 울었다네. 검은 고릴라 같은 치들이 아기처럼 울고 있었지. 알렉산드리아인의 정이란 걸 증명한 셈이랄까. 물론 그 무덤은 관에 비해 너무 작았어. 무덤 파는 일꾼들이 점심을 먹으려고 잠시 일손을 놨을 때, 그 자리에 있던 경찰들이 모여 행동에 나섰지. 여느 때와 마찬가지로 엉망진창이었어. 관이 옆으로 떨어지면서 하마터면 스코비의 시신이 굴러 나올 뻔했으니 말이야. 비명 소리가 난무했어. 신부가 화를 내며 펄펄 뛰었고, 영국 영사는 부끄러워 죽을 지경이었지. 하지만 그 덕분에 그 자리에 있던 알렉산드리아인은 즐거운 시간을 보냈다네."

* * *

    퐁발은 포드가를 위풍당당하게 걸어가고 있다. 아침 10시인데도 곤드레만드레 취한 상태로, 전날 밤에 입었던 연미복과 망토와 오페라해트[3]를 걸친 모습이었다. 하지만 셔츠 앞자락에는 립스틱으로 "공화주의자들의 엉덩이나 닦아라."라고 쓰여 있었다.

* * *

(박물관)[4]

알렉산더는 아몬의 뿔을 달고 있다. 그가 A와 자신을 동일시한 것은 뿔 때문일까?

* * *

저스틴은 사제들이 제물로 바친 어린 딸 때문에 비탄에 잠긴 베레니케상을 슬픈 듯 바라본다. "베레니케는 어떻게 그 슬픔을 달랠 수 있었을까? 그렇지 않다면 그 슬픔은 영원히 굳어버린 걸까?"

* * *

아폴로도로스[5]의 묘석은 그의 아이에게 주는 장난감이다. "누구라도 눈물을 흘릴 수 있어. 그 사람들은 모두 죽었으니까. 아무것도 남아 있지 않아." (퍼스워든)

* * *

아우렐리아는 악어 신 페테수코스에게 탄원했다……. 나로우즈.

* * *

황금 꽃을 움켜쥔 암사자…….

* * *

우샤브티…… 지하 세상에서 미라를 위해 일했던 것으로 여겨지는 작은 인형들.

* * *

아무튼 스코비가 죽었음에도 우리가 그려내는 그의 모습에는 변함이 없다. 나는 아주 오래전부터 그가 천국에 가 있는 모습을 보고 있다. 아기 엉덩이같이 부드러운, 갓 요리한 콘클린색 참마. 어슴푸레 푸르른 밤의 어둠이 깊은 심호흡으로 앵무새 깃털보다 부드럽게 토바고 섬 위로 내려앉고 있다. 금박을 입힌 종이 플라밍고는 하늘 위를 오르내리고, 짙은 멍 자국 같은 물 대나무의 날카로운 소리에 내려앉는다. 그의 작은 갈대 오두막에 놓여 있는 철제 침대 옆에는 스코비가 생전에 그토록 자랑하던 케이크 선반이 여전히 서 있다. 예전에 클레어가 그에게 물었다. "스코비, 바다가 그립지 않아요?" 그러자 노인은 주저하지 않고 단번에 대답했다. "난 매일 밤 꿈속에서 바다로 떠나는걸."

* * *

난 카바피스의 시 중 두 개의 번역본을 그녀에게 복사해 주었다. 그 시들을 문자 그대로 번역한 것은 아니었지만, 그녀는 기뻐했다. 카바피스의 작품은 마브로고르다토의 사려 깊은 최고의 번역으로 자리를 잡았다. 그리고 그 덕분에 어떤 의미에서는 다른 시인들이 자유로이 새로운 시도를 할 수 있었다. 난 번역을 했다기보다 이식을 했다. 성공했는지는 모르겠지만.

도시

그대는 말한다, 떠날 거라고.
다른 땅을 찾아, 다른 바다를 찾아.
이보다 훨씬 아름다운 도시로.

이곳이 언제 아름다웠던 적이 있는가, 앞으로도 아름다워질 수 있을까…….

발걸음을 옮길 때마다 올가미가 조인다.

심장이 몸에 파묻혀 더 이상 뛰지 않는다.

나는 얼마나 오래, 얼마나 오랫동안 여기

이 적막한 변두리의 세속적인 사람들 사이에

갇혀 지내야 하는가? 이제 나는 어디서든

내 인생의 검은 폐허를 눈앞에서 볼 수 있다.

너무나도 오랜 세월을 나는 이곳에서

낭비하고 탕진하며 아무것도 얻지 못했다.

새로운 땅은 없다, 내 친구여.

새로운 바다도 없다. 이 도시가 그대를 따라다닐 것이기에.

그대는 똑같은 거리를 끝도 없이 헤매게 될 것이다.

똑같은 정신적인 변두리에서 청춘에서 노년까지 허비하게 될 것이다.

끝내는 똑같은 집에서 백발이 될 것이다…….

도시는 새장이다.

다른 장소가 아니라 언제나 이곳에서

그대는 이 땅에 발을 디디게 될 것이다. 이곳을 탈출하게 해줄 배는 없다.

그대 자신에게서 그대를 데리고 가라. 아! 그대는 모르겠는가,

그대의 인생이 이렇게 파멸하리라는 것을.

그대는 이 작은 땅에서도 그 가치를 파멸시켜 버렸다.

이제는 모든 곳을…… 온 지구를 그렇게 만들 것인가?

신은 안토니우스를 버렸다

한밤중 어둠 속에서 눈에 보이지 않는 동료가 지나칠 때
뚜렷한 목소리를 들었다.
보이지 않는 성가대의 매혹적인 음악
그대의 운은 이제 그대를 나락으로 떨어뜨렸다.
희망은 좌초되어 사라진다. 일생의 소망은
연기로 변해 버렸다. 아! 그대로 지나쳐버린 의심 때문에
괴로워하지 마라.
떠나가는 알렉산드리아에게
용감하게 마지막 작별 인사를 고하라.
오래전부터 각오하고 있었던 남자처럼.
다른 이에게 속지 말고, 그것은 꿈이었다고,
아니면 그대의 귀가 속은 거라고 말하지 마라.
간청이나 불평은 겁쟁이들에게 넘겨라.
온갖 쓸모없는 희망은 버려라.
오래전부터 각오하고 있었던 남자처럼.
그대와 이 도시에 어울리는 가치를
신중하게, 자부심을 가지고, 단념하라.
몸을 돌려 창문을 열고, 내려다보라.
모든 의심을 떨쳐 버리고 이 신화적인 무리로부터
그대의 마지막 은밀한 환희를 마셔라.
그리고 작별 인사를 말하라. 떠나는 알렉산드리아에게.

옮긴이 주

1부

1) 목자자리에서 가장 밝은 오렌지색 별.
2) 아교나 달걀의 노른자 등으로 안료를 녹여 만든 불투명한 물감으로 그린 그림. 고대 서양화의 대표적인 회화 기법이다.
3) 서양 주사위 놀이의 일종.
4) 하나의 성부가 주제를 나타내면 다른 성부들이 차례로 이 주제를 모방하여 전개되는 대위법적 악곡. 둔주곡이라고 부르기도 한다.
5) 금실을 넣어 짠 천.
6) 프랑스 화가 앙리 루소. 세관원이라는 의미의 두아니에라는 별명을 가지고 있다.
7) 프랑스의 소설가. 프랑스의 유명 극작가이자 시인인 클로드 프로스페르 졸리오 시외르 드 크레비용의 아들이다.
8) 백색 또는 황색의 수용 결정성 알칼로이드. 화상 치료제, 항균제, 항생제, 건위제로 사용한다.
9) 야자 즙, 당밀 등으로 만든 중근동 지역의 독한 증류주.
10) Jamais de la vie, '결코, 두 번 다시는' 이라는 뜻의 프랑스어.
11) 이슬람교 사원.
12) '쓰이는 자' 라는 뜻의 히브리어.
13) 이슬람교에서 기도 시간을 알리는 모스크의 직원.
14) 직물의 일종.
15) 이탈리아의 화가, 건축가, 작가. 『이탈리아의 뛰어난 건축가, 화가, 조각가의 생애』라는 책으로 유명하다.

16) mari complaisant, '아내의 부정을 묵인하는 남편'이라는 뜻의 프랑스어.
17) 가짓과 식물로 추출액을 눈에 넣으면 크고 반짝거려 보인다고 한다.
18) 여기서는 올리브를 뜻한다.
19) 프랑스산 싸구려 살담배.
20) 한쪽에 벽이 없는 트인 복도.
21) 이마에 난 V자형 머리털 끝 선. 이것이 있으면 일찍 과부가 된다고 한다.
22) 두 사람이 32장의 패를 가지고 하는 카드놀이.
23) 카이로 시 남부 교외에 있다.
24) hortus conclusus, '보호받는 정원'이라는 뜻의 라틴어.
25) soror mea sponsor, '나의 신부'라는 뜻의 라틴어.
26) regard dérisoire, '가소로운 눈빛'이라는 뜻의 프랑스어.
27) angoisse, '고난'이라는 뜻의 프랑스어.
28) 알렉산더 대왕을 의미한다.
29) 고대 이집트 알렉산드리아에 있던 고전 연구 기관.
30) 고대 이집트 왕비인 베레니케가 남편의 전승을 기원하며 아프로디테에게 바친 머리카락이 별자리가 되었다는 전설에서 유래했다.
31) 영지주의라고도 하며, 2세기 무렵 그리스·로마 세계에서 두드러졌던 철학·종교적 운동.
32) 파라셀수스의 말을 인용한 것이다.
33) 이집트에서 문지기를 의미한다.
34) 독일의 철학자.
35) 잎이 강심제로 사용되는 인도 원산지의 상록 저목(低木).
36) 인도산 대마로 만든 마취제.
37) 약품 이름.
38) 고대 이집트에서 죽은 자와 함께 부장했던 미라 모양의 작은 인형. 나무, 돌, 상아로 만든다.
39) 기둥과 기둥 사이의 벽 윗부분에 가로지른 나무.
40) engorge-moi, '나를 막아줘요.'라는 뜻의 프랑스어.
41) amor fati, 독일의 철학자 니체의 운명관을 나타내는 용어로 '운명애'라고 번역된다.
42) 그리스의 유명한 창부.

2부

1) 생명을 뜻하는 고대 이집트의 신성 문자로, 윗부분이 고리 모양으로 된 십자.
2) 유대교의 비의적 신비주의.
3) 이집트 신 토트의 계시를 받아 신비롭고 신학적·철학적 주제를 다룬 작품.
4) 멤피스에서 처음으로 마주치게 되는 이집트·그리스의 태양신으로, 프톨레마이오스 왕조에서 융합 정책을 위해 받아들였다.
5) 프랑스의 상징주의 시인.
6) fons signatus, 봉인된 샘.
7) Omnis ardentior amator propriae uxoris adulter est. '열정적인 사랑은 상대가 아내여도 간음이다.' 라는 뜻의 라틴어.
8) 기름 성분이 없는 비듬 제거용 머리 화장수.
9) Pfui, 독일어로 '안 된다' 라는 의미.
10) 원서에는 '좋은 친구' 라는 뜻의 프랑스어 bonne copine으로 표기되어 있다.
11) 전갈좌.
12) 구약성경 창세기 4장 9절을 인용한 것이다.
13) 찬송가 「영원하신 아버지는 구원의 힘이 강하다」에서 아버지를 할머니로 바꾸었다.
14) 그리스 송진이 든 포도주.
15) 1100년과 1307년에 대지진으로 모습을 감춘 것으로 추정하고 있다.
16) 영국 국기를 뜻한다.
17) 이슬람력의 아홉 번째 달로 단식과 재계(齋戒)를 하는 달.
18) 윌리엄 셰익스피어의 『태풍』에 나오는 구절.
19) 루이스 캐롤의 『이상한 나라의 앨리스』에 나오는 고양이.
20) 구약성경 이사야서 21장 11절.
21) 남아프리카공화국의 네덜란드계 백인.
22) 1829년 리버풀 - 맨체스터 간 선로에서 시범 운행된 초기 증기기관차.
23) 영국 그레이터런던 안쪽 자치구에서 결성한 단체.
24) pasha, 터키·이집트의 주지사, 군 사령관 등 고관의 존칭.
25) 셰익스피어의 『리어 왕』 5막 2장에 나오는 대사.
26) 영국의 옛 화폐, 1/4페니에 해당하는 돈으로 1961년에 폐지되었다.
27) 넬슨이 마지막 항해에서 빅토리호의 선장인 하디에게 했던 말.

28) 노아의 방주가 상륙했다는 곳.
29) 고대 로마의 5단 노예선.
30) 태양, 달, 별과 같은 천체와 지평선 사이의 각을 측정하는 기구.
31) 아프리카 동해안의 섬.
32) 스리랑카의 수도.
33) 지금은 토고와 가나 공화국으로 분리된 서아프리카 지역.
34) 숟가락 모양의 외과 수술 기구. 주로, 자궁내막을 포함하여 자궁내강 내의 이상 조직을 긁어내는 데 쓴다.
35) 르네상스기의 장식적인 조각으로, 큐피드 등 발거벗은 어린이의 상.
36) 그리스 신화의 여행, 웅변, 상업, 도둑을 주관하는 신인 헤르메스와 이집트 신화에 나오는 행운의 신 토토가 결합한 알렉산드리아의 그레코로만 문화의 상징으로, 전설적인 연금술사.

3부

1) 중동의 사막지대에서 4월에 부는 무서운 모래바람.
2) 풀, 아교 등을 빳빳하게 먹인 아마포.
3) 무덤을 파헤쳐 시체를 먹는다는 이슬람 귀신.
4) 고대 그리스인이 큰 사각 천을 접어 몸에 걸치고 어깨를 핀으로 고정시켜 입던 옷.
5) 양끝을 매어 중간이 V자형으로 쳐진 밧줄.
6) 식물성 향료와 단맛을 가미한 알코올 음료.
7) 엘러리 퀸의 추리소설에 등장하는 전직 연극배우 출신의 탐정.
8) 프랑스의 제2공화정 후, 나폴레옹 3세가 수립했다.
9) 중세에 창설된 탁발 수도회 중 하나.
10) 러시아에서 차를 끓일 때 사용하는 주전자.
11) 아라비아인이 입는 소매 없는 옷.
12) 오리온자리 중 1등별.
13) 이집트에서 신들의 왕으로 숭배된 신. 숫양의 모습으로 나타난다.
14) 철학, 논리학, 수학 등의 가장 보편적인 원칙, 공리 등을 말한다.
15) 고대 그리스 · 로마 시대에 남녀가 입던 무릎까지 내려오는 옷.

16) 무늬가 돋아나게 짠 옷감.
17) 스웨덴의 신비주의자, 자연과학자, 철학자.
18) 두 개의 작은 고리와 연필이 달린 심장 모양의 판. 손가락을 얹어 생긴 모양이나 글자로 잠재의식이나 심령 현상을 읽어내는 데 쓰인다.
19) 이집트 농민들이 입는 헐렁하고 긴 옷.
20) 백개먼의 일종.
21) 마차부자리에서 가장 밝은 별.

4부

1) 프랑스 작가인 조리스 위스망스의 장편소설. 귀족 가문의 후계자가 권태로운 나머지 심미적 퇴폐에 빠지게 된다는 내용이다.
2) 프랑스의 상징주의 시인. 「지옥에서 보낸 한철」, 「세상에서 가장 슬픈 사랑의 명시」 등의 작품이 있다.
3) 마더구스 이야기에 나오는 옛 동요.
4) 모래보다는 잘지만 진흙보다 굵은 충적토.
5) 기생충의 일종인 주혈흡충이 사람이나 가축의 혈관 속, 특히 문맥 속에 기생하여 병해를 끼친다.
6) 배가 뒤집어지는 것을 방지하기 위해 바다에 싣는 돌과 모래.
7) 건조 지역에서 평소에는 마른 골짜기였다가 큰 비가 내리면 홍수가 되어 물이 흐르는 강.

뒷이야기

1) 12음절 시행. 프랑스의 대표적 시형이다.
2) 남성의 성기를 지칭.
3) 야회나 극장에서 관람할 때 쓰는 모자. 접을 수 있는 실크해트와 같은 모양이다.
4) 이후부터는 박물관의 전시품들을 보며 서술한 것이다.
5) 그리스의 학자. 기원전 2세기 무렵 활약했으며, 신화나 전설 모음을 남겼다.

PENGUIN CLASSICS

유토피아 토머스 모어
서문 폴 터너/류경희 옮김

노생거 수도원 제인 오스틴
임옥희 옮김/작품해설 매럴린 버틀러

오만과 편견 제인 오스틴
서문 비비엔 존스/김정아 옮김

채털리 부인의 연인 D. H. 로렌스
서문 도리스 레싱/최희섭 옮김

로빈슨 크루소 대니얼 디포
서문 존 리체티/남명성 옮김

고독의 우물 래드클리프 홀
임옥희 옮김·작품해설

왕자와 거지 마크 트웨인
남문희 옮김/작품해설 제리 그리스월드

톰 소여의 모험 마크 트웨인
서문 존 실라이/이화연 옮김

드라큘라 브램 스토커
서문 프레일링/박종윤 옮김/작품해설 힌들

벤자민 버튼의 시간은 거꾸로 간다
스콧 피츠제럴드 서문 오도넬/박찬원 옮김

아가씨와 철학자 스콧 피츠제럴드
서문 오도넬/박찬원 옮김

위대한 개츠비 스콧 피츠제럴드
서문 토니 태너/이만식 옮김

지킬 박사와 하이드 스티븐슨
서문 로버트 미갤/박찬원 옮김

헨리와 준 아나이스 닌
홍성영 옮김

도리언 그레이의 초상 오스카 와일드
서문 로버트 미갤/김진석 옮김

별에서 온 아이 오스카 와일드
서문 이언 스몰/김전유경 옮김

켈트의 여명 윌리엄 버틀러 예이츠
서혜숙 옮김·작품해설

주홍 글자 너새니얼 호손
김지원, 한혜경 옮김·작품해설

기쁨의 집 이디스 워튼
서문 신시아 그리핀 울프/최인자 옮김

피터 팬 제임스 매튜 배리
서문 잭 자이프스/이은경 옮김

동물농장 조지 오웰
서문 맬컴 브래드버리/최희섭 옮김

1984 조지 오웰
서문 벤 핌롯/이기한 옮김

그렌델 존 가드너
김전유경 옮김·작품해설

한밤이여 안녕 진 리스
윤정길 옮김·작품해설

광막한 사르가소 바다 진 리스
서문 앤젤라 스미스/윤정길 옮김

크리스마스 캐럴 찰스 디킨스
서문 마이클 슬레이터/이은경 옮김

데이지 밀러 헨리 제임스
서문 데이비드 로지/최인자 옮김

셜록 홈즈 : 주홍색 연구 코난 도일
남명성 옮김/작품해설 이언 싱클레어

PENGUIN CLASSICS

자유론 존 스튜어트 밀
서문 거트루드 힘멜파브/권기돈 옮김

군주론 니콜로 마키아벨리
서문 앤서니 그래프턴/권기돈 옮김

논어 공자
논어집주 주자/최영갑 옮김·작품해설

차라투스트라는 이렇게 말했다
니체 서문 홀링데일/홍성광 옮김

젊은 베르테르의 슬픔 괴테
김재혁 옮김/작품해설 마이클 헐스

이탈리아 기행 괴테
홍성광 옮김·작품해설

성 프란츠 카프카
홍성광 옮김·작품해설

소송 프란츠 카프카
홍성광 옮김·작품해설

모피를 입은 비너스 자허마조흐
김재혁 옮김·작품해설

좁은 문 앙드레 지드
이혜원 옮김·작품해설

전원 교향악 앙드레 지드
김중현 옮김·작품해설

인간의 대지 생텍쥐페리
허희정 옮김/작품해설 윌리엄 리스

야간 비행·남방 우편기 생텍쥐페리
서문 앙드레 지드/허희정 옮김

오페라의 유령 가스통 르루
홍성영 옮김

세월의 거품 보리스 비앙
이재형 옮김/작품해설 질베르 페스튀로

첫사랑 이반 투르게네프
서문 V.S.프리쳇/최진희 옮김

대위의 딸 푸시킨
심지은 옮김·작품해설

이반 일리치의 죽음 레프 톨스토이
서문 앤서니 브릭스/박은정 옮김

지하로부터의 수기 도스토옙스키
조혜경 옮김·작품해설

크로이체르 소나타 레프 톨스토이
서문 도나 터싱 오윈/이기주 옮김

7인의 미치광이 로베르토 아를트
엄지영 옮김·작품해설

인상과 풍경 로르카
엄지영 옮김·작품해설

홍길동전 허균
정하영 옮김·작품해설

금오신화 김시습
김경미 옮김·작품해설

오셀로 윌리엄 셰익스피어
서문 톰 매캘링던/강석주 옮김

맥베스 윌리엄 셰익스피어
서문 캐럴 칠링턴 러터/김강 옮김

퀴어 윌리엄 버로스
조동섭 옮김

정키 윌리엄 버로스
서문 올리버 해리스/조동섭 옮김

PENGUIN CLASSICS

알렉산드리아 사중주 : 저스틴
로렌스 더럴 권도희 옮김

알렉산드리아 사중주 : 마운트올리브
로렌스 더럴 김종식 옮김

알렉산드리아 사중주 : 발타자르
로렌스 더럴 권도희 옮김

알렉산드리아 사중주 : 클레어
로렌스 더럴 권도희 옮김